Die Fürsten der See und der Erde

Band 1:
Das Erwachen der Meere

Jorina C. Havet

Jorina C. Havet

Die Fürsten der See und der Erde

Das Erwachen der Meere

Fantasy - Roman

Text Copyright © 2021 Clara Hilsberg
Alle Rechte vorbehalten.
ISBN: 978-3-948785-05-5

Jorina C. Havet
c/o Block Services
Stuttgarter Str. 106
70736 Fellbach

Coverdesign: J.C. Havet

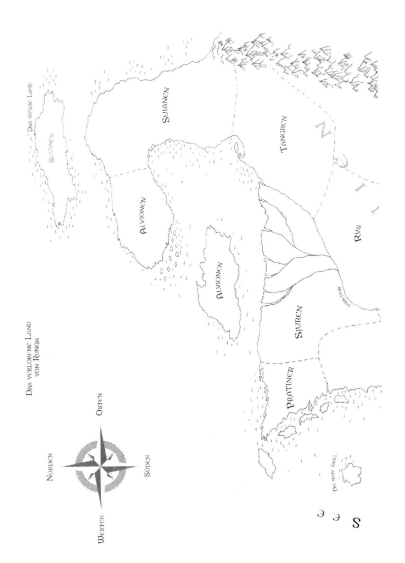

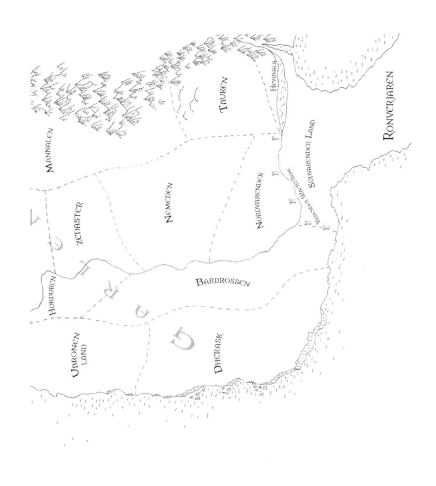

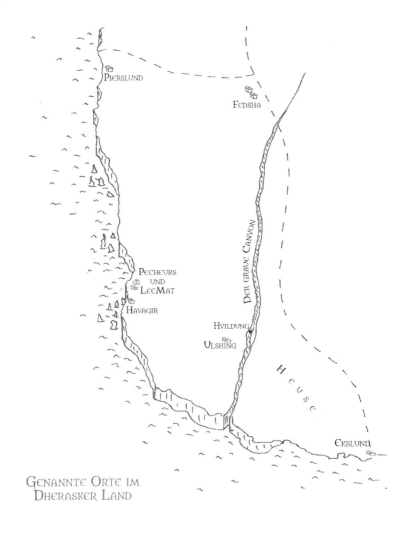

GAIN

1. Die Nachricht

480 Winter n.T.

garlenische Zeit

Die gyrmische See

Sie hatten gesagt, er solle den Brief mit seinem Leben schützen, aber er war kurz davor, beides zu verlieren. Mit einer Hand presste er die feste Lederrolle an die Brust, mit der anderen ruderte er verzweifelt durch das kalte Wasser. Eine Welle hob ihn hoch, schlug gischtschlagend über ihm zusammen und tauchte seinen Kopf unter das eisige Wasser. Strampelnd kämpfte er sich nach oben, erreichte die Wasseroberfläche mit brennenden Lungen und stieß mit dem Kopf hindurch. Keuchend rang er nach Luft.

Die Lederrolle war noch da. Die Fürsten waren so klug gewesen, die Rolle wasserdicht mit Wachs zu versiegeln, als hätten sie geahnt, dass er unvorsichtig werden würde.

"Gain von den Mannalen, wir vertrauen dir nicht nur unser Leben an, sondern das aller sechzehn Fürstentümer", hatten sie gesagt. "Was du trägst, ist mehr wert als dein Leben, also schwöre bei den Göttern, dass du diese Rolle mit eben diesem schützt."

Gain hatte es geschworen. Wenn er die Rolle verlor, musste er ertrinken. Er durfte nicht ohne sie überleben, die Schande wäre zu groß. Gain versuchte sich umzublicken, aber ein Schwall Salzwasser erwischte ihn im Gesicht. Er verschluckte sich, das salzige Nass stieg ihm in die Nase. Mit verzweifelter Anstrengung hielt er seinen Kopf über Wasser und drehte den Kopf. Sein Blick glitt über die schwarzen Wellen, und dann sah er sie. Die "Adagio", ein großer Dreimaster, wankte wie eine Nussschale auf den Wellen, aber noch konnte er sie wieder erreichen. Die Segel waren eingeholt, in einem flammenden Blitz sah Gain die Masten, die im Sturm zerbrechlich wie dünne Äste in den Himmel ragten.

Gain schob die harte Lederrolle in seinen Ärmel, zog die klamme Schnürung am Handgelenk so fest, dass es schmerzte und nahm seine Zähne zur Hilfe, um den Knoten straff zu ziehen. Dann schwamm er um sein Leben und um seine Botenehre. Er tauchte durch die Wellen, das Wasser zerrte an seinen Kleidern, als wolle es ihn von der "Adagio" wegzerren, aber Gain kämpfte, wie er noch nie zuvor gekämpft hatte. Wäre es nur um sein Leben gegangen, hätte er vielleicht aufgegeben. Aber die schwere Rolle in seinem Ärmel erinnerte ihn daran, dass es um mehr ging als nur sein eigenes Leben.

Für einen Moment verlor er den Sichtkontakt zum Schiff. Panisch tauchte er auf, tauchte wieder unter, bis er voller Erleichterung die hölzernen Planken plötzlich dicht zu seiner Rechten sah und sie ächzen und stöhnen hören konnte. Die Rufe der Matrosen hallten zu ihm herunter. Gain winkte, er schrie gegen den heulenden Wind und die peitschende See an und endlich beugte sich eine Gestalt über die Reling und deutete zu ihm herunter.

Eine Welle erfasste Gain und schmetterte ihn gegen den Schiffsrumpf. Ein scharfer Schmerz durchschoss seinen Kopf, seinen Nacken, für einen Moment wurde ihm schwindelig, aber dann sah er das Tau mit einem hölzernen Ring daran, der vor ihm ins Wasser klatschte. Er streckte die Hand aus. Der Ring entwischte ihm um Haaresbreite, Gain brauchte noch zwei Versuche, bevor er das glatte Holz erfasst hatte. Mit aller ihm verbleibenden Kraft streifte er sich den Ring über Kopf und Arme. Kaum hatte er das feste Holz unter den Achseln eingeklemmt, spürte er einen Ruck und das Tau begann sich zu heben. Gains Körper wurde der stürmenden See entrissen, wütend zischte die Gischt unter ihm. Der kalte Wind zerrte an seinen nassen Kleidern. Die Planken des Schiffes glitten an ihm vorbei, bis kräftige Hände ihn packten und äußerst unsanft über die Reling zogen. Kaum hatte Gain sich aufgerichtet, schlug ihn jemand so hart ins Gesicht, dass er beinahe wieder das Gleichgewicht verloren hätte. Der Knall ließ es in seinen Ohren summen, aber der Schmerz machte ihm kaum etwas aus. Er war gerettet. Er - und die Schriftrolle. Gain drehte den Kopf, um zu sehen, wem er seine Rettung zu verdanken hatte.

Der erste Maat starrte ihn aus blutunterlaufenen Augen an, die hängenden Wangen, die Gain immer an einen alten Hund erinnerten, glänzten nass unter den Bartstoppeln.

"Was hatte ich dir befohlen?", schrie er Gain durch den Sturm hinweg an.

Zwei Matrosen rollten das nasse Tau auf und warfen es über eine hölzerne Klampe.

"Unten bleiben", murmelte Gain.

"Aber der Fürstensohn ist wohl zu edel, um Befehle eines einfachen Maats entgegenzunehmen?"

Der erste Maat holte aus und traf Gains zweite Wange. Wären sie nicht auf offener See, sondern an Land gewesen, hätte er es niemals gewagt, Hand an jemanden wie Gain zu legen. Aber der Sturm peitschte sie alle auf, seit drei Tagen hatte niemand mehr richtig geschlafen, die Matrosen taumelten an Deck von einem losen Tau zum nächsten, an den Pumpen im Schiffsrumpf ächzten die Männer ohne Unterlass, und doch schwappte das Wasser bis dicht unter den Laderaum.

Gain entschied, dass es besser war, nichts zu sagen. Der erste Maat kannte nicht nur das Schiff wie seine Westentasche, er war auch mit seinen sechsunddreißig Wintern doppelt so alt wie Gain, und er hatte sein Leben fast ganz auf See verbracht. Im Gegensatz zu Gain, der vor acht Wochen zum ersten Mal den Fuß auf ein Schiff gesetzt hatte. Falls er richtig gerechnet hatte, das Konzept der Woche war ihm immer noch ein wenig fremd. Gain duckte sich unter dem erhobenen Arm des ersten Maats hindurch und schlitterte auf den nassen Planken, als das Schiff sich einer neuen Welle entgegenstemmte. Schwankend tastete Gain sich an der Reling entlang, die Gischt sprühte in sein Gesicht, das Schlingern des Schiffes unter ihm ließ ihm übel werden, obwohl er seine Seekrankheit eigentlich längst hinter sich hatte.

Hätten sich die Fürsten nicht anderswo als auf dieser Insel treffen können? Hätten sie ihren Thing auf dem Festland abgehalten, wäre die Rolle längst sicher bei den Dherask, die sie weiter ins Landesinnere bringen würden. Und die Fürsten hätten sich vermutlich schon am ersten Tag des Things gegenseitig die Köpfe eingeschlagen, vermutete Gain, wenn auch nur einer von ihnen sich auf Heimatboden gewähnt hätte.

Eine hohe Welle brach sich an der Reling. Gain klammerte sich mit beiden Armen fest, wartete, bis das Wasser über ihn hinweg gedonnert war und über die dunklen Planken wieder zurück ins Meer strömte. Dann wankte er weiter. Zwischen den Tauen und Seilen tauchte glänzend nass der eiserne Griff der Luke auf, die in den Bauch des Schiffes hinunter führte. Gain griff danach und zog die schwere Lukentür auf. Ein Schwall Wasser folgte ihm auf die Leiter, bevor er die Luke wieder schließen konnte. Mit einem beruhigenden Schlag fiel sie über ihm zu und sperrte Wind und See aus.

Plötzlich drangen die Geräusche nur noch dumpf zu Gain herunter. Das Rufen der Matrosen oben an Deck wirkte merkwürdig fern. Gain sprang von der letzten Sprosse der Leiter und griff nach der Laterne, die er beim Hinaufsteigen an einen Haken gehängt hatte. Das Schiff neigte sich ächzend zur Seite und Gain fiel gegen die hölzerne Wand des schmalen Ganges. Beinahe liegend hielt er die Luft an, wartete darauf, dass das Schiff sich wieder aufrichten würde. Die Zeit schien stillzustehen, der Moment kam Gain wie eine Ewigkeit vor, bevor sich das Schiff endlich wieder in die andere Richtung bewegte und er wieder auf seinen Füßen stand. Stampfend und dröhnend bahnte sich die "Adagio" weiter ihren Weg durch das Wellenmeer. Gain tastete sich vorwärts. Es fiel ihm schwer, in dem ständigen Auf und Ab das Gleichgewicht zu halten.

Durch die Tür zu seiner Kajüte fiel er mehr, als dass er ging. Gain musste den Knoten an seinem Handgelenk mit seinem Messer aufschneiden, bevor er die Rolle aus dem Ärmel ziehen konnte. Er betrachtete sie nachdenklich. Das Licht der Lampe fiel flackernd auf die eingebrannten Muster darauf. Nicht einen Moment hatte er daran gezweifelt, dass er der Richtige für diese Aufgabe war, als seine Mutter ihn als einzigen Fürstensohn mit auf dieses Thing nahm, damit er Nachrichten auf das Festland bringen konnte, bevor die Versammlung beendet war. Er war schnell, er bewegte sich sicher. Seine Nachrichten kamen immer am Ziel an, seit er mit zwölf Wintern angefangen hatte, Botendienste unter den Fürstenländern zu verrichten. Aber es waren immer seine Beine oder die seines Pferdes, die ihn vorwärts getragen hatten. Ein Schiff war unbekanntes Terrain für ihn, und ausgerechnet auf dem Festland, wo er wieder zum geflügelten Boten hätte werden können, würde seine Reise zu Ende sein. Warum nicht er, sondern die Dherask die Nachricht weiter ins Landesinnere bringen würden, wusste er nicht. Ein versiegelter Brief an die Kinder des amtierenden Fürsten der Dherask, den Gain nun nachdenklich aus seinem Beutel zog, würde es ihm vermutlich verraten. Gain betrachtete das Siegel einen Moment, bevor er den Brief wieder tief in seinem Beutel verstaute. Er würde niemals ein ihm anvertrautes Siegel brechen, um eine Information zu lesen, die nicht für ihn bestimmt war.

Gain hängte die Laterne an einen Haken neben der Tür. Mit den Geräuschen der stampfenden See im Ohr durchwühlte er seinen Beutel auf der Suche nach trockenen Kleidern. Er fand ein Hemd, eine Hose und eine ärmellose Tunika. Er legte die Schriftrolle in seiner Koje ab und zog sich das nasse Hemd über den Kopf.

Seit drei Tagen war er unten im Schiff eingesperrt gewesen, seit drei Tagen hatte er keine frische Luft mehr eingeatmet. Gain hatte es nicht mehr ausgehalten. Die Rolle hatte er mitgenommen, weil er nie ohne sie irgendwohin ging, und das wäre fast sein Verhängnis geworden. Als er den Kopf aus der Luke gestreckt hatte, um nur für einen kurzen Moment die frische Luft einzuatmen, war sie ihm aus der Hand gerollt. Gain hatte gar nicht nachgedacht. Er hatte die Luke aufgestoßen, war auf das Deck geklettert, hatte die Rolle erwischt und alles, was er von dem nächsten Moment noch wusste, war, dass eine gewaltige Wassermasse über ihn hereingebrochen war und ihn von Bord gespült hatte.

Erst jetzt, hier unten in den scheinbar sicheren Wänden des Schiffes, wurde ihm klar, wie nah er dem Tod gewesen war. Mit zitternden Händen steckte er die Rolle in den Bund seiner Hose und ließ das Hemd darüber fallen, bevor er sich einen Moment lang erlaubte, die bedrohliche Situation im Wasser vor seinen Augen vorbeiziehen zu lassen und Platz für die Erleichterung zu schaffen, dass er ihr entronnen war.

Dann hängte er das nasse Hemd über die Kante des winzigen Tisches neben seiner Koje, wo es hin und her schaukelte. Sein Vater zog ihn gerne damit auf, dass er sich wie ein Bettler kleidete, wenn er seine Botengänge verrichtete, aber Gain störte weder der grobe Stoff noch der abgewetzte Ärmelsaum. Es hielt Bettler und Diebe fern, und außerdem machte es ihm das Reisen leichter, denn die Matrosen akzeptierten ihn so als ihnen ebenbürtig. Würde er mit den fein bestickten Hemden unter ihnen auftauchen, würden sie ihn meiden, und Gain verspürte auf einmal das dringende Bedürfnis nach Gesellschaft, egal welcher. Er wollte der einsamen Enge seiner Kajüte entfliehen, er fürchtete, in der Einsamkeit würde die Angst ihn packen wie eine unsichtbare Faust, denn der Sturm war lange nicht vorüber und die "Adagio" nichts weiter als ein unsicherer Hafen, der jederzeit zur Todesfalle werden konnte.

Gain nahm die Laterne vom Haken und machte sich auf die Suche nach Gesellschaft. Er erreichte die Matrosenkajüte am Ende des Ganges und trat ein.

Es war ein dunkler Raum, Hängematten hingen dicht an dicht von den Balken herunter, es roch muffig nach ungewaschenen Körpern. In einigen der Hängematten versuchten Matrosen, der wütenden See zum Trotz, Schlaf zu finden. Gain neidete ihnen das Schaukeln der Hängematten. In seiner Koje musste er sich anbinden, um nicht aus dem Bett zu rollen.

"Na, Söhnchen?", sagte eine raue Stimme aus einer dunklen Ecke. "Hast du dich verlaufen?"

Gain tastete sich zu der Ecke vor und fand Matida, eine zahnlose Matrosin mit wettergegerbten Gesicht, die vermutlich schon länger zur See fuhr als der erste Maat. Es war schwer zu schätzen, wie alt sie war. Sie hatte ihre Zähne an Skorbut verloren, aber die tiefen Falten in ihrem Gesicht waren wohl eher Wind und Wetter als ihrem Alter zuzuschreiben. Ein schmuddeliges Kopftuch bedeckte ihre Haare. Gain hängte die Lampe an einen Haken über ihren Köpfen.

"Was hast du da?" Er deutete auf eine Kette mit geschnitzten Figuren, die Matida durch ihre Finger gleiten ließ und ließ sich neben ihr an der Schiffswand nieder. Hinter sich konnte er die See durch die Planken spüren, wie ein Tier, dessen Kraft ihm im Nacken saß.

Matida beugte sich so weit zu ihm herüber, dass Gain ihren übel riechenden Atem auf der Haut spürte.

"Glaubst du an die Götter, Söhnchen?", fragte sie.

"Sicher", sagte Gain. Wer glaubte nicht an die Götter?

"Und, Söhnchen? Welcher gehört dir? Welcher ist der Gott der vielgerühmten Mannalen aus den fernen Bergen?"

"Gurier", sagte Gain mit einigem Widerwillen.

Matida lachte lauthals auf.

"Und?", fragte sie, "bist du ein Krieger, wie dein Gott?"

Gain spürte, wie ihm heiß wurde. Die Lampe am Haken über ihn schwang hin und her und ließ die Schatten der Hängematten über die Wände wandern.

"Ich denke nicht", sagte er wahrheitsgemäß. "Die Götter haben sich wohl einen Spaß erlaubt, als sie meine Seele zu den Mannalen schickten, um dort auf die Welt zu kommen. Meine Mutter sagt gerne, an mir wäre ein Zedaster verloren gegangen."

Aber Matida legte plötzlich eine faltige Hand auf seine linke Brust.

"Ein Krieger", sagte sie, "wohnt im Herz, nicht in den Schultern."

Dann lachte sie wieder, als habe sie einen Scherz gemacht und ließ weiter die geschnitzten Figuren der Kette durch ihre knotigen Hände gleiten, während sie leise vor sich hin murmelte.

"Was haben die Götter mit deiner Kette zu tun?", fragte Gain.

In Matidas Augen blitzte Schalk auf. Für einen ganz kurzen Moment konnte Gain einen Blick auf die junge Matida erhaschen, bevor der Skorbut ihre Zähne gestohlen und der Wind ihre Haut gegerbt hatte.

"Kannst du ein Geheimnis bewahren?", fragte sie.

Gain dachte an die vielen ungebrochenen Siegel aus Wachs und die mündlichen Botschaften, die dem nicht minder festen Siegel der Ehre unterlagen. "Sagen wir", grinste er und lehnte sich an die schwankende Holzwand, "ich bin so etwas wie ein Meister der Geheimniswahrerei."

"Die See", sagte Matida gedankenverloren, "hat ihre eigenen Kräfte, lange vergessen, lange verbannt, die Nichessa, die Kerikenkraken, die leuchtenden Hantare."

Sie hielt die Kette in die Höhe und Gain konnte die fein geschnitzten Figuren erkennen. Sie war filigran gearbeitet und musste ein Vermögen gekostet haben, das sich ein Seefahrer niemals leisten konnte. Er erkannte eine Frau mit Fischschwanz, einen koboldartigen Unhold, eine Schlange mit zwei Körpern, die am Schwanz zusammenwuchsen und einen Raben, auf dessen Rücken ein Mann ritt.

Gain wurde kalt.

Matida betrachtete ihn interessiert, als studiere sie seine Reaktion.

"Du betest nicht zu den Göttern. Du betest zu den Magischen", sagte Gain tonlos.

"Die Götter haben uns verlassen. Aber je mehr von uns zu den Magischen beten", wisperte Matida, "desto eher werden sie zu uns zurückkehren."

"Reicht es nicht, dass unsere Ahnen sich mit ihnen herumschlagen mussten? Die letzte Welle der Magischen ist hundertvierzig Jahre her." Wie ein unsichtbarer Windhauch richtete die Angst die feinen Härchen in Gains Nacken auf.

"Aber die Frage ist", wisperte Matida, "wo waren sie vor siebzig Jahren? Warum sind sie nicht gekommen, wie sonst jedes siebzigste Jahr?"

"Weil die Wellen endlich vorbei sind", wiederholte Gain, was jeder Garlenier, der nicht verrückt war, wie Matida, sich immer wieder vorsagte. "Sie kommen nicht mehr wieder. Wir haben sie endlich endgültig besiegt."

Matida lachte leise. "Wir sollten beten, dass sie wiederkommen", sagte sie.

"Warum?" Gains Hände wurden kalt, Schweiß sammelte sich auf seiner Stirn, aber er wollte wissen, wie irgendjemand auf die Idee kommen konnte, die Rückkehr der Magischen sei etwas Wünschenswertes.

"Sie sind so alt wie das Land", sagte Matida, "sie wollen es schützen und sie werden uns helfen, es zu schützen. Sie werden einen neuen Krieg verhindern und die Verlorenen zurückholen."

Gain schnaubte, halb erleichtert, halb belustigt. Das einfache Volk hatte nur eine vage Vorstellung der Politik an der Grenze der Fürstentümer zum Königreich im Süden, und der "Kontrakt der verlorenen Kinder", wie sie das Friedensabkommen mit dem

Süden bezeichneten, war für sie eine Schande, keine ehrbare Leistung nach neun Jahren Krieg, der sich vom Süden des Landes bis zu seiner Mitte hinauf gezogen hatte und fast die Fürstentümer im Norden an der See erreicht hätte.

"Matida, das ist Unsinn, es gibt keinen Krieg mehr im Süden, und die Verlorenen, wie du sie nennst, sind freiwillig in den Süden an den Hof der Königin der Ronverjaren gegangen, um den Frieden zu besiegeln."

Matida schnaubte. "Frag deinen Bruder", sagte sie, "ob er das auch so sieht."

Gain schüttelte den Kopf. "Ich habe keinen Bruder", sagte er.

Matida lachte gehässig. "Sicher nicht", sagte sie.

Gain fragte sich, ob er nicht doch lieber in seiner Kajüte hätte bleiben sollen. Dieses Gespräch nahm eine Richtung, der er in seinem übernächtigten und knapp dem Tod entronnenen Zustand alles andere als gewachsen war.

Ganz plötzlich ließ Matida die Kette in den Falten ihrer schmutzigen Kleidung verschwinden und lächelte zahnlos nach oben. Gain drehte den Kopf. Unbemerkt hatte sich eine der Leichtmatrosinnen angeschlichen. Gain brauchte einen Moment, um sich zu erinnern, dass ihr Name Ann war. Ihre Haare waren durchnässt und ihr rundes Gesicht bleich, nur die Wangen leuchteten rot wie im Fieber. Dunkle Schatten lagen unter ihren Augen. Sie war fast noch ein Kind, etwas jünger als Gain zu den Zeiten, in denen er mit seinen Botengängen angefangen hatte. Gain schätzte sie auf etwa elf Winter. Ann warf einen misstrauischen Blick zu Matida, die nun so unschuldig aussah, als könne sie kein Wässerchen trüben.

"Acht Glasen", sagte Ann nur knapp und wankte, weil das Schiff von einer weiteren Welle in die Höhe gehoben wurde und sich dann zur Seite neigte. Gain wurde gegen die Holzwand gedrückt.

Er schloss die Augen und schickte ein Stoßgebet zu Segura, der Göttin des Schutzes und der Milde. Matida erhob sich, um zurück an Deck zu gehen und sich der stürmischen See zu stellen. Die Leichtmatrosin hielt sich an einer der Hängematten fest, kletterte mit einigen Schwierigkeiten hinein und rollte sich zusammen wie ein Baby.

Gain wusste, sie war zu müde, um noch Furcht zu empfinden, aber vor zwei Tagen hatte sie ihm gestanden, dass sie den Entschluss, zur See zu fahren, bitter bereute. Sie hätte sich lieber eine Arbeit auf dem Land suchen sollen. Dass das Segeln zum größten Teil aus Langeweile und harter Arbeit bestand und die See ihre eigene Art hatte, unerwünschte Besucher wieder loszuwerden, war ihr wohl nicht klar gewesen.

Nachdem Matida gegangen war, saß Gain eine ganze Weile an die Wand gelehnt da. Er musste sich an einem herabhängenden Stück Seil festhalten, damit das Schlingern des Schiffes ihn nicht durch den Raum katapultierte.

Er fühlte sich unendlich müde. Sie hatten zuerst einen guten Kurs gehabt, die Kapitänin war sicher gewesen, dass ihre Fahrt nicht länger als zwei Tage dauern würde. Aber der Sturm hatte sie weggeweht wie eine Feder und nur die Götter wussten, in welche Gefilde sie abgetrieben waren. Die Umrisse der Hängematten verschwammen vor Gains Augen. Undeutlich nahm er wahr, wie die letzte Schicht in den Raum gestolpert kam, müde, hungrig und schlecht gelaunt raunzten die Matrosen sich gegenseitig an, bevor sich jeder einen Platz gesucht hatte, wo er die nächsten acht Glasen seine Ruhe hatte. Ruhe vor der See, vor dem Wind, den barschen Befehlen. Wie Ann waren sie alle viel zu erschöpft, um noch Angst zu empfinden, aber der Sturm zerrte trotzdem an ihren Nerven.

Anfangs hatte Gain sich gefürchtet. Als die erste Sturmwelle das

Schiff hochgehoben und dann in ein Tal geschleudert hatte, hatte er sich beinahe in die Hosen gemacht. Er hatte zu allen Göttern gebetet, an deren Namen er sich erinnerte, sogar an die Nebengötter und die Halbgötter, einfach jeden. Nur den Gedanken an Oceanne, die Göttin der See, hatte er tunlichst vermieden. Wer sie anrief oder nur an sie dachte, während sein Schiff sich im Sturm befand, den holte sie zu sich in die Untiefen des salzigen Grunds.

Aber jetzt war jede Nervosität von ihm gewichen. Mit jeder Welle, die auf das Deck schlug, jedem Schlingern der "Adagio", wurde ihm sein Schicksal gleichgültiger. Nur um das Schriftstück tat es ihm leid. Wenn der Sturm die "Adagio" auf den Grund des Meeres sinken ließ, wäre dies die erste Nachricht, die zu überbringen er versagen würde. Und er wusste genau, wie unbarmherzig die Erinnerung der Stämme war. Jede durchrittene Nacht, jedes Überqueren eines reißenden Flusses seinerseits würde vergessen werden. Erinnern würden sich die Stämme an ihn nur noch als den Fürstensohn, der Unheil gebracht hatte. Gain, der Untergegangene.

Gain döste in einem halbwachen Zustand vor sich hin und nahm die Veränderung deshalb erst wahr, lange nachdem sein Körper sie längst gespürt hatte. Die Wellen wurden sanfter. Das Auf- und Abwogen des Bugs weniger dramatisch. Ohne es bewusst zu merken, löste er seinen Griff von dem Tau und die nächste Welle schleuderte ihn nicht gegen die Wand. Er blieb, wo er war. Sein Oberkörper sackte erschöpft in sich zusammen. Sein Kopf landete auf einem schmutzigen Bündel alter Lappen. Bevor er noch einen klaren Gedanken fassen konnte, war er eingeschlafen.

Gain erwachte von einem unsanften Tritt gegen seine Schulter.

"Weckt ihr den endlich?", knurrte eine unleidliche Stimme, "Wissen die Götter, wie oft ich heut' schon über den gestolpert bin."

Gain fragte sich verschlafen, warum der Matrose ihn nicht geweckt hatte, wenn er ihm im Weg gelegen hatte, aber er hatte kaum Zeit, seine Gedanken zu sammeln, da sagte eine Frauenstimme barsch: "Los, hoch mit dir, Bürschchen. Käpt'n Bogra wartet auf dich."

Gains Vater würde ihn windelweich schlagen, wenn er hören würde, dass Gain sich als "Bürschchen" bezeichnen ließ, aber zum Glück hörte er es hier ja nicht. Gain tastete sich an der Holzwand nach oben und hatte einen Moment Probleme damit, sein Gleichgewicht zu finden. Er brauchte kurz, um zu realisieren, dass es nicht daran lag, dass die "Adagio" zu sehr schwankte, sondern daran, dass sie seit Neuestem nicht mehr schwankte, sondern sich nur noch leicht mit dem Bug voran hob und senkte.

"Ist der Sturm vorbei?" Gain fuhr sich durch die Haare. Im Gegensatz zu den letzten Sonnenaufgängen fühlte er sich wach und ausgeschlafen.

"Nein, Mann", knurrte ein Matrose. Sein braunes Kopftuch saß über einem schmalen, jungen Gesicht mit einem großen Mund. "Oceanne hat uns auf den salzigen Grund geholt und da stürmt es nicht." Er lächelte schelmisch und eine Zahnlücke blitzte auf.

Gain grinste. "Oh", sagte er, "gut, dass ich mein schlechtestes Hemd anhabe, ich habe gehört Oceanne holt sich die Reichen gerne in ihr Bett, und ich weiß nicht, ob ich mit ihren Tentakeln klar käme."

Der junge Matrose lachte laut und schlug Gain auf die Schulter.

"An dir ist ein Matrose verloren gegangen. Viel zu schade für einen Fürstensohn", sagte er und grinste wieder.

"Tja, meine Mutter sagt gelegentlich, ich sei ein hoffnungsloser Fall", Gain lächelte gequält.

"Los jetzt", die Matrosin schubste ihn in Richtung des Ausgangs. "Käpt'n Bogra wartet nicht gerne."

Die Tür zur Kapitänskajüte faszinierte Gain. Sie hatte Fenster aus Glas, in das kleine Blasen eingeschlossen waren. Glas gab es auf dem Festland in Garlenien nur äußerst selten. Dieses Schiff war einst ein Porgesenschiff gewesen, war also westlich von Vetvangey, der Insel der Zusammenkünfte, wo das Thing der Fürsten derzeit stattfand, gebaut worden, und hatte die dortigen Meere durchkreuzt. Dann hatte der damalige Käpt'n das Pech gehabt, von Käpt'n Bogra geentert zu werden und so geriet die "Adagio" in den Besitz einer Stammeskapitänin der Pratiner.

Natürlich hatten die Dherask angefangen, die Porgesenschiffe zu kopieren und die einmastigen, flach im Wasser liegenden Ruderschiffe der Garlenier wurden bald durch tief liegende Segelschiffe ergänzt. Aber eines konnten sie nicht herstellen: Glas.

Das Glas, das über die Handelswege zu ihnen kam, war unbeschreiblich teuer. Niemand käme auf die Idee, es verschwenderisch in die Kajüte eines Schiffes einzubauen.

Gain straffte die Schultern und fragte sich, ob er nicht doch eines seiner besseren Hemden auf seine Reise hätte mitnehmen sollen, um für Begegnungen wie diese besser gewappnet zu sein. Er hob die Hand und klopfte.

Von drinnen erscholl ein deutliches "Herein" und Gain öffnete die Tür. Im Gegensatz zu den anderen Räumen des Schiffes war die Kapitänskajüte geräumig, auch wenn auch sie kaum Platz für den Tisch, die Bänke und einen Schrank enthielt.

"Bin ich in Schwierigkeiten, Käpt'n Bogra?", Gain setzte ein Lächeln auf und trat in den Raum.

"Im Gegenteil", Käpt'n Bogra stellte ihren schweren Becher auf dem Tisch ab und wischte sich unfein über den Mund. Ihre Weste spannte sich über ihren Schultern. Käpt'n Bogra war eine kräftige Frau mit rostrotem Haar und einem teigigen Gesicht, das trotz Wind und Wetter nicht braun werden wollte. Stattdessen zogen sich feine rote Äderchen über ihre Wangen. In ihren Augen blitzte es auf. "Verstehst du etwas von Seekarten?", fragte sie. Ihr Blick wanderte kritisch über den abgewetzten Ärmelsaum seines Hemdes. Gain konnte ihr beinahe ansehen, wie sie mit der Frage kämpfte, ob sie es sich leisten konnte, ihn für sein Erscheinen zurechtzuweisen. Hier auf dem Schiff regierte sie. Wer immer es betrat, war für die Zeit seiner Reise ihr Untertan. Aber sie konnte ja nicht wissen, ob sie sich an Land noch einmal wieder begegnen würden, und dann würde sie es vielleicht bereuen, ihn jemals anders als zuvorkommend behandelt zu haben.

"Nein", sagte Gain wahrheitsgemäß.

"Möchtest du etwas darüber lernen?"

"Nein", sagte Gain impulsiv. Dann fügte er rasch an: "Nicht, dass Seekarten nicht eine gewisse Faszination haben, es ist nur so, dass ich nicht vorhabe, je wieder einen Fuß auf ein Schiff zu setzen, wenn ich es vermeiden kann."

Käpt'n Bogra betrachtete ihn mit starrem Blick.

"Also gut." Sie ließ sich auf der Bank hinter dem Tisch nieder, hob die Beine und legte die Füße auf die Tischplatte und sah Gain provozierend an, als wolle sie ihn auffordern, einen Disput über höfliche Sitten mit ihm zu beginnen. Aber Gain konnte in diesem Moment nichts egaler sein als die Frage, ob Stiefel auf einen Tisch gehörten.

Er fragte sich stattdessen, was sie wohl von ihm wollte. Je länger sie ihn betrachtete, desto nervöser wurde er.

"Schade", sagte sie nach einer Weile, "du und ich, wir hätten ein gutes Paar abgegeben, als Käpt'n und erster Offizier."

Gain schwieg, zu sprachlos um zu antworten. Er hatte sich die ganze Fahrt über nicht gerade durch seemännisches Geschick hervorgetan. Das einzige, was ihm vortrefflich gelungen war, war, sich über Bord spülen zu lassen.

Gain deutete eine knappe Verbeugung an.

"Ich bitte um Entschuldigung, Käpt'n, aber ich fürchte meine Nerven und ich sind nicht für die Seefahrt gemacht."

Sie schwang die Beine vom Tisch und musterte ihn mit blanken Augen, in denen urplötzlich eine Mischung aus Abscheu und Frustration loderte.

"Dann wird es dich sicher freuen, dass wir in zwei Tagen den Hafen der Dherask erreichen werden. Und jetzt scher dich raus."

Gain machte, dass er verschwand, so schnell es ging, ohne unhöflich zu sein. Rasch schloss er die Tür von außen wieder. Kurz darauf hörte er von innen etwas scheppern, als habe Käpt'n Bogra etwas gegen die Wand geworfen.

Mit ein paar Schritten lief er zur Reling, lehnte die Unterarme darauf und blickte über die graue See. Der Wind fuhr ihm über das Gesicht. Nachdenklich fragte er sich, was diese merkwürdige Audienz zu bedeuten hatte.

Der Matrose mit dem schmalen Gesicht und dem braunen Kopftuch trat neben ihn und lehnte sich mit dem Rücken gegen die Reling.

"Und?", fragte er neugierig, "was wollte der Drachen?"

"Jedenfalls kein Feuer speien, Miro", sagte Gain, immer noch mit der Frage beschäftigt, warum Käpt'n Bogra ihn als Offizier hatte anheuern wollen.

"Es heißt, sie hat mächtig Ärger mit den Dherask und darf nicht an Land", sagte Miro. "Eigentlich darf sie nicht mal im Hafen ankern." Dann lachte er. "Schon blöd, wenn man ein Schiff besitzt, aber mit dem größten Seehandelsposten in ganz Garlenien im Streit liegt."

Gain sagte nichts, sondern blickte auf die graue See hinaus. Ein paar Delphine tauchten am Bug des Schiffes in das Wasser ein und wieder heraus.

Langsam dämmerte ihm, welchen Spielzug er hier vereitelt hatte. Mit einem Fürstensohn als Offizier hätte Käpt'n Bogra eine ganz andere Verhandlungsposition gegenüber den Dherask bekommen.

"Sie begleiten uns seit dem Sturm", Miro folgte Gains Blick zu den Delphinen. "Vielleicht wollen sie sichergehen, dass wir ankommen." Seine Augen leuchteten auf. Wie alle Seefahrer war er abergläubisch und wie alle Seefahrer glaubte er, Delphine brächten Glück.

"Wenn Käpt'n Bogra sich nicht irrt, sind wir in zwei Tagen da", sagte Gain.

"Wenn sie es sagt, wird's stimmen", sagte Miro, "die Frau ist eine Legende, Mann. Es heißt, sie habe ihre Seele Oceanne verschrieben. Jedenfalls braucht sie keine Karten und keine Sterne. Sie weiß, wo sie ist und wenn's um sie rum nichts als Wasser gibt."

Gain dachte an die Seekarten auf dem Tisch in der Kapitänskajüte und bezweifelte, dass dieses Gerücht der Wahrheit entsprach. Aber vermutlich schürte Käpt'n Bogra es, wo sie nur konnte. Vertrauen in den Käpt'n brachte Gehorsam und nicht zuletzt große Handelsaufträge.

Tatsächlich erscholl am übernächsten Tag der Ruf: "Land in Sicht", als Gain gerade aus der Luke auf das Deck kletterte. Er sah nach oben, um zu schauen, in welche Richtung der Matrose am Ausguck deutete. Es war Ann. Rittlings saß sie auf der Rah, ein Tau um die schmale Taille geknotet. Gain folgte ihrem ausgestreckten Arm mit dem Blick. Der Bug der "Adagio" hob und senkte sich gleichmäßig. Am Klüver vorbei konnte Gain am Horizont einen schmalen Streifen ausmachen, den Ann wohl als Land erkannt hatte. Gain selber hätte es nicht von Wolken unterscheiden können. Er lief an der Reling entlang zum Bug des Schiffes, dort wo das Auf und Ab der Wellen am deutlichsten zu spüren war. Die Delphine waren noch da, aber just in dem Moment, in dem Gain mit ihnen gleichauf war, drehten sie plötzlich ab. Ein grauer Körper rollte sich übermütig im Wasser und klatschte mit der Flosse in die Wellen. Gain lachte über das drollige Schauspiel.

Ann hatte recht. Je näher sie dem grauen Streifen am Horizont kamen, desto deutlicher traten die hohen Klippen hervor. Möwenscharen umkreisten die Felsen in Schwärmen. Am Fuß der Klippen ragten Stege für die Beiboote ins Wasser. Segelschiffe, kleine und große, porgesischer und garlenischer Bauart dümpelten dicht an dicht vor Anker im Hafen. Am Strand unterhalb der hohen Klippen schien reges Treiben zu herrschen.

Schritte wippten auf den Schiffsplanken hinter Gain und kurz darauf tauchte Miro neben ihm auf. Er blickte auf das Treiben im Hafen und seine Augen leuchteten auf.

"Der Tölpelmarkt", sagte er begeistert. "Wir kommen wohl zum richtigen Zeitpunkt."

"Tölpelmarkt?" Gain zog die Augenbrauen nach oben.

Miro lachte. "Es heißt, einer der ersten Händler, der diesen Hafen nutzte, hat bei Ebbe auf dem Watt einen Stand aufgebaut, um den Marktzoll oben in der Stadt zu umgehen. Morgan Dherask der Erste hat daraufhin ausgerufen: "Nur ein Tölpel baut seinen Stand dort auf, wo die See ihn bei Flut verschlucken wird!" Der Händler hat nur mit den Achseln gezuckt und gesagt, er wäre schneller als die Flut. Na ja, und andere haben auch gelernt, schneller als die Flut zu sein. Der Tölpelmarkt findet alle drei Wochen bei Ebbe statt, bis die Flut am Markierungsstab ankommt. Dann packen die Händler ihre Sachen und es ist sozusagen ein Wettbewerb, der Schnellste zu sein. Der langsamste muss einen Taler in die Reparaturkasse für den Aufzug werfen, wenn er nicht das Pech hat, dass die Flut seine Waren ins Meer spült."

"Den Aufzug?" Gain kniff die Augen zusammen, um deutlicher sehen zu können. Gestalten wuselten wie Ameisen über den Strand.

Miro lachte wieder. "Für einen Boten bist du erstaunlich schlecht informiert", sagte er. "Es gibt einen Aufzug, der von Eseln angetrieben wird. Die Leute wären ja verrückt, wenn sie die ganzen Waren die Treppe hoch und runter schleppen würden. Es gibt auch einen für Personen, aber na ja."

Miro lehnte sich über die Reling. "Du kannst dir den vermutlich leisten, unsereins muss halt die Treppe nehmen, wenn wir nach oben wollen."

Von der Treppe hatte Gain tatsächlich gehört. Es hieß, sie habe genau fünfhundert Stufen und sei in den Fels gehauen, so breit, dass zehn Männer nebeneinander darauf laufen könnten.

"Vorbereiten zum Segel reffen und ankern!", brüllte der erste Maat und Miro war so schnell verschwunden, wie er gekommen war.

Die Wellen wurden sanfter, je näher sie der Bucht kamen. Jetzt sah das Meer richtig friedlich aus und Gain wunderte sich über Oceannes launische Natur. Die Ankerkette rasselte. Kurz darauf stoppte die langsame Fahrt des Schiffes mit einem Ruck, der den

Rumpf zur Seite krängen ließ, bevor die "Adagio" neben einem kleinen Schoner zum Halt kam.

Gain lief zur Luke, kletterte nach unten und packte seine wenigen Sachen in seinen Beutel. Dann kletterte er die Leiter wieder hinauf und wollte sich in die Schlange der Matrosen einreihen, die auf das zweite Beiboot warteten, aber der erste Maat winkte ihn nach vorne.

"Komm her, Bürschchen", knurrte er, "ich kann dich zwar nicht leiden, aber die Dherask machen Kleinholz aus mir, wenn ich dich warten lasse."

Mit einem entschuldigendem Blick hastete Gain an den Matrosen vorbei und kletterte über die Reling das Fallreep hinunter in das erste Beiboot, das mit den beiden Offizieren, drei höhergestellten Matrosen und, zu Gains Überraschung, auch der Leichtmatrosin Ann nicht gerade überladen war.

Während sie auf das Ufer zuruderten, beobachtete Gain amüsiert, wie Ann den näher kommenden Ort mit offenem Mund bestaunte. Weiße Möwen umkreisten kreischend die gigantischen, steil aufragenden Felsen. Der dunkle Stein hob sich gegen den weißen Sand an seinem Fuß ab. Die Aufzüge, von denen Miro gesprochen hatte, hingen wie zwei riesige Fliegen an der Felswand. Der Linke bewegte sich nach oben, das Knarren und Ächzen der Seilzüge war bis hierher zu hören. Ein Esel ließ ein lautes I-aah erschallen.

An den beiden rechten Stegen dümpelten Schiffe mit gerefftem Segel, die hier ihren Heimathafen hatten. Die beiden linken waren für die Beiboote reserviert, die von den vor Anker liegenden Schiffen zum Ufer kamen.

Der Strand hinter den Stegen zog sich viel weiter hin, als Gain es vom Schiff aus vermutet hatte. Auf dem unteren Teil war der

Sand nass von der Flut. Kleine leichte Stände drängten sich dort dicht an dicht, die Verkaufsflächen quollen über von Waren.

Ganz vorne bot ein bärtiger Mann seidene Bänder an, die im Wind flatterten, auf dem angrenzenden Stand türmten sich Tuchballen. Die Händlerin hinter den Tuchballen diskutierte lautstark mit ihrer Nachbarin, die Gewürze feilbot. Ein helles Puder war offenbar umgestoßen worden und hatte einen Ballen dunkelgrünes Tuch ruiniert, und beide Frauen schienen gleichermaßen der Meinung zu sein, die andere schulde ihr etwas.

Der Wind trug den Geruch von gebratenem Fisch und würziger Soße herüber. Gains Magen gab ein lautes Knurren von sich, als wolle er ihn daran erinnern, dass er am frühen Morgen zum letzten Mal etwas zu sich genommen hatte.

Die Matrosen ließen das Boot sanft an den Steg herangleiten, wo es andockte. Ein schmaler Junge von vielleicht vierzehn Wintern in einem zerschlissenen Hemd fing das Seil auf, das sie ihm zuwarfen und vertäute das Boot. Dann wollte er ihnen an Land helfen, aber die Matrosen knurrten ihn an, und er machte vorsichtshalber einen Satz nach hinten. Die Seefahrer sprangen behände auf den Steg. Gain tat sich etwas schwerer, das Boot wollte unter ihm zur Seite gleiten, während er sprang und er verfehlte beinahe den Steg. Er drehte sich um, um Ann nach draußen zu helfen, aber Ann war dicht hinter ihm schon auf die Holzbohlen gesprungen und sah sich mit großen Augen um.

Die Matrosen und die Offiziere waren so schnell verschwunden, dass Gain mutmaßte, sie hätten sich in Luft aufgelöst. Nur Ann und er standen noch etwas verloren auf dem Steg herum. Anns Lächeln erlosch.

"Es ist Brauch, dass der neueste Crewzuwachs als Erstes mit den Offzieren an Land geht und sie ihn mitnehmen, damit er lernt, sich nicht ausnehmen zu lassen", erklärte sie, als sie Gains fragenden Blick auffing. "Aber es sieht so aus, als müsste ich mich allein durchschlagen." Ein Lächeln stahl sich in ihre Mundwinkel.

Gain seufzte. "Na los", sagte er. "Ich kenn' mich zwar auch nicht mit Häfen aus, aber ich glaube, ich kann einen Gauner von einem Händler unterscheiden."

Gain

2. Der Tölpelmarkt

480 Winter n.T.

garlenische Zeit

Strand von LeeMat

Ann folgte ihm auf Schritt und Tritt wie ein Schatten. Gain hätte eigentlich nur etwas essen und sich dann gleich auf den Weg nach oben machen wollen, aber nun fühlte er sich verpflichtet, die kleine Ann möglichst viel von dem Hafen der Dherask sehen zu lassen.

Ann war nicht wieder zu erkennen. Auf dem Schiff war sie immer gereizt und blass gewesen, pausbackig und stumm leidend hatte sie die wogende See über sich ergehen lassen. Kaum hatte sie einen Fuß an Land gesetzt, war sie auf einmal voller Elan und konnte sich gar nicht an allem sattsehen.

Als Erstes wollte sie zu den Aufzügen, und Gain ließ sich gutmütig dorthin schleifen. Eine ganze Weile hatten sie festen, feuchten Sand unter ihren Schritten, auf dem Gains gute Stiefel Abdrücke hinterließen. Ann bohrte ihre bloßen Zehen in den Sand, um zu sehen, wie sich die Löcher mit Wasser füllten. Erst nach einigen Schritt erreichten sie den trockenen Strandabschnitt und das Gehen wurde merklich mühsamer. Der weiche Sand gab unter jedem Schritt nach. Gain hatte das Gefühl, auf einer immer wieder nachgebenden Wolke zu laufen.

Um die Aufzüge war ein hölzerner Zaun gezogen, so dass sie in einiger Entfernung stehen bleiben mussten, aber es war auch so genug zu sehen. Vier Esel waren an ein liegendes Rad gespannt, vier weitere an ein zweites. Die eine Esel-Gruppe bewegte sich bedächtig im Kreis und das Rad drehte sich. Über ein kompliziertes Gewirr aus Seilen und Gewichten wurde die Bewegung auf den linken Aufzug übertragen, der so groß schien, als könne die halbe "Adagio" darin Platz finden. Ann legte den Kopf in den Nacken und betrachtete den Aufzug mit leuchtenden Augen. Langsam bewegte sich die hölzerne Konstruktion an den steilen Klippen nach oben. Darunter liefen Männer und Frauen hin und her, Befehle wurden gebrüllt, schwere Kisten über Karren auf Schienen hin und hergefahren. Ann stand mit offenem Mund da und hätte sich vermutlich gar nicht mehr von der Stelle gerührt, wenn Gain nicht auf ein vernehmliches Knurren seines Magens hin Ausschau nach einer Mahlzeit gehalten hätte. Er eiste Ann von dem Anblick der Aufzüge los und sie fanden einen Stand mit kleinen gebackenen Broten, gefüllt mit einer würzigen Paste aus Gemüse und Kräutern. Ann bestand darauf, ihr Brot selbst zu bezahlen, obwohl es eigentlich zu teuer für sie war. Der rundliche Verkäufer drückte ihnen die Brote in die Hand, zählte das Geld in eine kleine Holztruhe und wandte sich sofort dem nächsten Kunden zu.

Gain und Ann schlenderten weiter. An dem Stand mit den

bunten Bändern standen zwei Kinder, ein Junge und ein Mädchen, und befühlten mit schmutzigen Fingern sehnsüchtig ein blaues Seidenband. Der Verkäufer hatte ihnen den Rücken zugedreht. In dem Moment, in dem Gain und Ann den Stand passierten, drehte der Verkäufer sich um und sah die beiden Kinder bei dem blauen Band stehen.

"Schert euch weg, ihr vermaledeiten Gören!", er hob eine Hand, als wolle er die Kinder nötigenfalls mit Gewalt vertreiben. "Ihr macht mir meine Waren schmutzig!" Der Junge machte erschrocken einen Satz nach hinten. Das Mädchen sah aus, als wolle sie etwas erwidern, aber der Junge war klüger, zog sie am zerrissenen Ärmel und beide trollten sich zum Meer hinunter.

Gain blieb nachdenklich stehen. Er besah sich das blaue Seidenband, das leicht im Wind wehte. Es glänzte, war aber ansonsten schlicht, es konnte also nicht besonders teuer sein. Gain dachte noch einen Moment nach, dann trat er an den Stand und kaufte zwei Stücke von dem Band.

"Was willst du denn damit?", fragte Ann, als Gain mit den beiden Stücken zu ihr zurückkam. "Ich will dich ja nicht beleidigen, aber das Blau ist viel zu hell für deine Augen."

Erstaunt sah Gain sie an. Dass die kleine Leichtmatrosin sich Gedanken um die passende Farbe für ihn machte, erschien ihm irgendwie absurd.

"Die sind nicht für mich", er zwinkerte ihr zu.

"Ah", Anns Augen leuchteten auf, als sie verstand. Aber dann runzelte sie die Stirn. "Wozu machst du das?", fragte sie.

"Darum. Sieh her", sagte Gain und lief raschen Schrittes los, um die beiden ärmlich gekleideten Kinder einzuholen. Er zwängte sich zwischen feisten Leibern hindurch, roch den Schweißgeruch der Käufer zwischen den Ständen und musste sich durch einen kleinen Tumult bahnen, der sich vor dem Stand eines

Wollhändlers gebildet hatte, der lautstark behauptete, bestohlen worden zu sein. Die Kinder waren ein Stück hinunter zum Meer gelaufen und saßen hinter den vielen Ständen auf dem feuchten Sand. Das Mädchen stocherte mit einem Stöckchen im Schlick herum und der Junge versuchte mit wenig Zielsicherheit, Muscheln in eine etwas entfernte Pfütze zu werfen.

Gain trat hinter die beiden und bedeutete Ann mit einem Finger auf den Lippen zu schweigen. Dann nahm er beide Hände nach vorne und ließ die beiden Stücke des blauen Bandes vor den Gesichtern der Kinder baumeln.

Erschrocken sprangen die beiden auf, drehten sich beide im Sprung mit einer etwas drolligen Drehung zu ihm herum und blickten ihn misstrauisch an.

Gain hielt jedem von ihnen ein Stück des blauen Bandes hin.

Eine Weile standen sie schweigend da, nur die Wellen auf dem Sand und die Geräusche des Marktes waren zu hören.

"Soll das für uns sein?", fragte der Junge schließlich.

Das Mädchen warf einen Blick auf das Band. Gain konnte ihr ansehen, wie gerne sie danach gegriffen und es genommen hätte.

"Sie sind für euch", sagte er.

Die Augen des Mädchens leuchteten auf und es wollte nach dem Band greifen, aber Gain zog die Hand noch einmal zurück.

"Es sind zwei Bedingungen daran geknüpft", sagte er.

Die beiden Kinder schauten ihn erwartungsvoll an.

"Erstens: Wenn ihr irgendwann einmal mehr habt als ein anderer und der sich etwas wünscht, dann müsst ihr den Wunsch erfüllen."

Der Junge nickte nachdenklich und das Mädchen eifrig.

"Und ihr müsst euch meinen Namen merken", sagte Gain mit einem Lächeln.

Die Kinder sagten nichts, sondern starrten ihn an.

"Mein Name ist Gain von den Mannalen", sagte er.

Es dauerte einen Moment, bis die Kinder begriffen. Ann konnte ihnen fast beim Denken zusehen. Gain hatte nicht gesagt: "Gain vom Stamm der Mannalen." Er hatte gesagt: "Gain von den Mannalen." Langsam dämmerte auf den Gesichtern der Kinder die Erkenntnis, dass sie jemanden aus der Fürstenfamilie der Mannalen vor sich hatten.

Der Junge wurde blass, das Mädchen knallrot vor Aufregung.

"Wiederholt das", sagte Gain streng.

"Gain von den Mannalen", wiederholte das Mädchen eilfertig und der Junge etwas langsamer.

"Könnt ihr euch das merken?", fragte Gain freundlich.

Die beiden nickten wieder. Gain streckte die Hände aus und hielt beiden das Band hin. Er genoss die eifrige Freude des Mädchens genauso wie das stille Glück des Jungen. Und obwohl es für ihn immer eine politische Entscheidung war, hier und da kleine Wünsche zu erfüllen, musste er sich eingestehen, dass es eigentlich dieser Moment war, dieses Aufleuchten des Glücks in den Augen der Beschenkten, weswegen er es machte.

"Und jetzt verschwindet", sagte Gain gutmütig. Die beiden Kinder fegten davon. Das Mädchen ließ das blaue Band im Wind hinter sich her flattern.

Ann blickte ihnen nach. "Jetzt sag doch, warum machst du das?", fragte sie verwirrt.

"Weil die Armen diejenigen sind, die uns an den Kragen gehen, wenn es ihnen anfängt zu schlecht zu gehen. Schau dir die Ubronen an."

"Die Ubronen gibt es nicht mehr", erwiderte Ann.

"Ganz genau", sagte Gain. "Die Fürsten haben ihren eigenen Stamm ausgenommen bis auf's Blut. Sie brauchten das Geld für ihren Streit mit den Sjuren, die ihr Land besetzen wollten. Die

Ubroner mussten sich wehren, weil die Sjuren alle Bauern der Ubronen getötet hätten, wenn sie es geschafft hätten, das Land für sich einzunehmen. Aber die ubroner Bauern wussten nicht, dass das von ihnen abgepresste Geld zu ihrem eigenen Schutz eingesetzt wurde. Alles, was sie wussten, war, dass sie Abgaben und Zölle zahlen mussten, die sie sich nicht leisten konnten, und dass sie ihre Söhne und Töchter im Krieg verloren. Weißt du, was dann passiert ist, Ann?"

"Sie haben sich gegen die Fürsten zusammengetan", sagte Ann.

"Sie haben sich gegen die Fürsten zusammengetan", bestätigte Gain, "und zwar all jene, die vor diesem Krieg schon nichts mehr hatten, und all diejenigen, die durch den Krieg nichts mehr hatten. Die Fürsten waren für sie zu Monstern geworden, also haben sie sie getötet."

Ann gab einen kleinen Schreckenslaut von sich. Einen Fürsten zu töten war in ihren Augen ein genauso schlimmes Vergehen, wie sich gegen die Götter aufzulehnen.

"Dann kamen natürlich die Sjuren und haben die Ubroner Bauern ausgelöscht. Sie wollten das Land mit ihrem Stamm neu besiedeln. Aber gleichzeitig brach im Wriedordelta eine Seuche aus, der die Hälfte ihrer Bevölkerung zum Opfer fiel. Die Sjuren hatten auf einmal nicht mehr genug Bauern, um das Ubronenland zu besiedeln. Es lag viele Jahre lang brach, bevor Sabeta Dherask es für sich eingenommen hat", sagte Gain und fügte nach einer kurzen Denkpause an: "Verstehst du jetzt, warum es gut ist, hier und da unter den Ärmsten der Stämme ein gutes Wort für die Fürsten einzulegen?"

Ann nickte bedächtig. "Die beiden werden es weiter erzählen und dabei deinen Namen nennen", sagte sie. "Weil es etwas Besonderes war." Gain nickte und stellte fest, dass er diese neue, fröhliche Ann und ihren schnellen Verstand gern hatte. Ann dachte eine Weile nach, dann sagte sie: "Aber, die beiden gehören doch nicht zu deinem Stamm."

"Stimmt", sagte Gain, "aber im Falle des Falles kann es auch nicht schaden, freundlich Gesinnte auf der anderen Seite zu haben." Er zwinkerte ihr zu.

Anns Augen wurden groß und rund, aber sie sagte nichts mehr.

Sie standen noch eine Weile am Meer und sahen der einlaufenden Flut zu, bis von den Felsen ein laut schallendes Horn erklang. Gain drehte sich zum Tölpelmarkt um. In Windeseile begannen die Händler ihre Waren einzupacken. Fasziniert schaute Gain zu, wie in geradezu militärischer Präzision die Waren verstaut und weggetragen wurden. Einige Händler schienen sich zusammengetan zu haben, denn sie bauten gemeinsam erst einen und dann die anderen Stände ab. Von überall her kamen plötzlich Helfer angewuselt, und nun verstand Gain, was die beiden Kinder hier zu suchen gehabt hatten. Es schien auf einmal von abgerissenen Kindern, die hier und da mit anpackten und dafür ein Stück Brot oder eine halbe Kupfermünze kassierten, nur so zu wimmeln. Sie trugen die Waren zum trockenen Strand hinauf oder hinunter zu den Booten. In beispiellos kurzer Zeit war der Tölpelmarkt verschwunden. Die Wellen hatten Gain und Ann erreicht und beide schlenderten zurück zum trockenen Strand. Gain war in Gedanken versunken und mit der Frage beschäftigt, wie viele Male der Tölpelmarkt schon von einer Sturmflut überrascht worden war und wie viele Händler dabei ihre Waren an das Meer verloren hatten, und so bekam er nicht mit, wie Ann plötzlich stehen blieb und mit einem unscheinbar aussehenden Mann ins Gespräch kam, der ihr Dreiecke aus Tuch hinhielt und sie begutachten ließ. Erst als Ann nach ihrem Geldbeutel kramte, bemerkte Gain den Fremden und hastete rasch hinüber. Er warf nur einen kurzen Blick auf die Kopftücher und sagte barsch zu Ann: "Lass dein Geld stecken."

Der Mann funkelte Gain aus dunklen Augen böse an, aber Gain ließ sich nicht beeindrucken. "Das ist mindere Ware, Ann." Gain nahm dem Händler eines der Tücher aus der Hand und zeigte es ihr. "Es ist dünn und hat eine unregelmäßige Webstruktur. Das Garn wird reißen. Wenn du es auf See gegen Sonne und Wind verwenden willst, wird es spätestens im Sommer schon zerschlissen sein."

Der Mann warf Gain einen wütenden Blick zu, schien aber zu verstehen, dass er hier nichts mehr ausrichten konnte. Gain reichte ihm das Kopftuch zurück und der Mann trollte sich.

"Tut mir leid, Ann", grinste Gain, "aber wenn du ein Kopftuch willst, kauf es oben in der Stadt. Da ist es teurer, aber es hält länger. Hier unten prüft niemand die Waren, deshalb muss man hier aufpassen, wem man etwas abkauft."

Ann starrte ihn an. "Du bist doch kein Weber", sagte sie und schüttelte den Kopf. Gain lachte. "Nein", sagte er, "aber Handelswaren aller Art sind das Standbein jeden Stammes. Die meisten haben sich spezialisiert und die Mannalen handeln neben dem Erzabbau vor allem mit Tuchen, wie du vielleicht weißt. Ich muss dir allerdings im Vertrauen gestehen, dass ich mich nicht mit allen Waren auskenne. Ich kann zum Beispiel reinen Zimt nicht von mit Tonerde gestrecktem unterscheiden." Er zwinkerte ihr zu und Ann kicherte.

Ann wäre sicher gerne einmal mit dem Aufzug nach oben gefahren, aber sie konnte es sich nicht leisten und außerdem musste sie zurück auf die "Adagio". Und Gain dachte nicht daran, seine Münzen zum Fenster hinaus zu werfen. Er konnte genauso gut die Treppe nehmen, nachdem er Ann wieder bei den Matrosen abgeliefert hatte. Der breite Strandabschnitt leerte sich jetzt schnell. Die Seeleute und Händler kehrten entweder auf ihre vor Anker liegenden Schiffe zurück oder reihten sich bei den Einheimischen ein, die der Treppe zustrebten. Gain und Ann standen unten am Steg und warteten auf die Matrosen der "Adagio", die Ann mit zum Schiff zurücknehmen sollten.

Nach einer kurzen Weile erkannte Gain von weitem das leuchtend rote Kopftuch des ersten Offiziers. "Also dann", sagte Gain, während der erste Offizier heran wankte. Offenbar hatte dieser einen Metstand gefunden und seine ganze Heuer dort gelassen, denn er konnte keinen Schritt mehr vor den anderen setzen, ohne dabei zu torkeln. Gain sah ihm stirnrunzelnd entgegen. Hoffentlich waren ein paar der Matrosen nüchtern, sonst konnte er Ann unmöglich zu ihnen mit ins Boot setzen. Ann blickte zu dem Offizier hinüber und seufzte abgrundtief. Der Wind zerzauste ihr struppiges blondes Haar. Die Wellen schlugen sacht gegen die hölzernen Pfosten des Steges.

"Keine Sorge", sagte Gain, "irgendwer wird nüchtern genug sein, um dich wieder zurückzubringen."

Ann druckste ein wenig herum und murmelte etwas Unverständliches.

"Was hast du gesagt?", fragte Gain und beobachtete kritisch, wie der erste Offizier versuchte, einen Schritt nach vorne zu machen, aber irgendwie das Gleichgewicht verlor und unelegant in den Sand fiel.

"Es ist nur...", begann Ann und brach dann ab.

"Spuck's aus", sagte Gain ungeduldig. "Ich beiße nicht."

Zwei Matrosen der "Adagio" erreichten den ersten Offizier und halfen ihm etwas unbeholfen wieder auf die Beine. Ein paar unverständlich gelallte Wortfetzen wehten zu Gain und Ann herüber.

"Also ich... unter den Matrosen geht das Gerücht, dass du ein

Bote bist und den Dherask eine Nachricht überbringen sollst."

Gain wunderte sich nicht über dieses "Gerücht", das der Wahrheit entsprach. Er hatte zwar niemandem den Grund seiner Reise genannt, aber die Matrosen hatten natürlich eins und eins zusammengezählt, zumal fast jeder von dem "geheimen" Thing aller amtierenden Fürsten auf Vetvangey zu wissen schien. Nur über den Grund des Zusammentreffens gab es die wildesten Spekulationen, von denen eine unsinniger war als die andere. Gain war ein Fürstensohn, aber selbst er wusste nicht, worum es wirklich ging. Sicher war, dass es sich nicht um das zweijährliche Allthing handelte, bei dem die Gesetze der Stämme angeglichen und diskutiert wurden. Seine Mutter hatte ihm erzählt, es ginge um neue Handelsabkommen, aber Gain glaubte kein Wort davon. Auch das Schriftstück, das er mit sich trug, sprach dagegen. Aber Gain war niemand, der sich in wilden Spekulationen erging. Wenn es irgendetwas gab, das ihn selbst anging, dann würde er es früher oder später schon erfahren.

"Und?", fragte er an Ann gewandt.

"Na ja, ich...ich würde sie so gerne mal sehen."

Gain seufzte. Obwohl Ann es nicht ausgesprochen hatte, ahnte er, wen sie meinte.

Anns Augen glitzerten. "Es heißt, sie habe die Heere der Königin der Ronverjar von der Nemeden- bis zur Taukengrenze das Fürchten gelehrt, bis der Süden nach einem Friedensvertrag gebettelt hat. Ich würde sie so gerne mal sehen, die weiße Kriegerin, bitte, bitte, nimm mich mit."

Gain seufzte wieder und wusste schon, dass er angesichts der hoffnungsvoll leuchtenden Augen des Mädchens nicht Nein würde sagen können. Was das Abschlagen von Bitten anging, war er ein hoffnungsloser Fall.

"Ich hab' gehört, sie benutzt den Speer wie einen dritten Arm", sagte Ann.

"Ich hab' gehört, sie streut gerne Gerüchte, das ist Teil ihrer Politik", erwiderte Gain.

"Stimmt es, dass sie erst siebzehn Winter alt war, als sie die Sjuren und Tangren davon abgehalten hat, das Pratiner Land zu zerstören?", fragte Ann.

"Ich bezweifle, dass die Sjuren und Tangren das Land zerstören wollten, ich denke eher, sie wollten die Pratiner um ihre Bernsteine erleichtern, aber ja, sie war siebzehn", bestätigte Gain.

Sabeta Dherask, die angeblich den Speer zu ihrem dritten Arm gemacht hatte, war im Grunde keine Kriegerin im eigentlichen Sinne, wusste Gain. Sie war eine brillante Strategin und hatte vor acht Jahren, kurz nach der Vereitelung des Sjurenraubzuges in das Pratiner Land, verhindert, dass die Ronverjaren den Wriedor überquerten. Als sie in den damals schon sechs Winter dauernden Krieg eingegriffen hatte, hatte sich das Blatt endlich zugunsten der Stämme gewendet. In drei Wintern hatte Sabeta Dherask geschafft, woran sechzehn untereinander zerstrittene Fürsten sechs Winter lang gescheitert waren und die Heere der Ronverjar-Königin hinter die natürliche Grenze des Wriedor zurückgedrängt und den Friedenskontrakt ausgehandelt, auch Kontrakt der verlorenen Kinder genannt. Die Varender hatten den südlichen Teil ihres Stammesgebietes an die Ronverjar verloren, aber das war ein kleiner Preis für den Frieden.

Der erste Offizier der "Adagio" war, gestützt von den beiden Matrosen, herangewankt. Als sie näher kamen, erkannte Gain, dass es sich bei einem der beiden um Miro handelte, der die Augen zu Gain hin verdrehte und mit dem Kinn auf den besoffenen Offizier zeigte.

Gain unterdrückte ein Lachen. Stattdessen machte er eine winzige angedeutete Verbeugung in Richtung des betrunkenen

Offiziers, der versuchte, diese großmütig zu erwidern, dabei aber einen übel riechenden Schwall auf den Boden erbrach, vor dem Gain schnell seine guten Stiefel in Sicherheit brachte.

Der Offizier richtete sich auf, fuhr sich mit dem Ärmel über den Mund und lallte: "Zu Diensten, Gain von den Mannalen, was ist Euer Begehr?"

Dann erbrach er sich ein zweites Mal auf den weißen Sand. Miros Mundwinkel zuckten verdächtig.

Gain warf einen Blick auf Anns hoffnungsvoll leuchtende Augen. "Ich bitte um die Erlaubnis, eure Leichtmatrosin für eine Weile zu entführen. Sie soll mir mein Gepäck die Treppe hinauftragen."

Anns Lächeln leuchtete in ihrem Gesicht auf und sie streckte sofort die Arme nach Gains Beutel aus, um seinen Worten Nachdruck zu verleihen. Gain ließ seine Habe nur ungern los, er hatte die Schriftrolle darin verstaut, aber schließlich ließ er den Riemen über die Schulter gleiten. Ann nahm den Beutel entgegen, presste ihn fest gegen die Brust und blickte den ersten Offizier herausfordernd an.

Der erste Offizier sah Gain eine Weile stumm an, als habe er gar nichts kapiert, aber dann nickte er hoheitsvoll. "Nehmt die Göre mit", sagte er, "aber wir laufen heute Abend wieder aus. Käpt'n Bogra darf hier nicht ankern, sie hat's nur gemacht, weil die Fürsten ihr hoch und heilig versprochen haben, dass sie ein neues Schiff bekommt, falls die Dherask ihr die geliebte "Adagio" abfackeln, wenn sie sie hier sehen. Und wenn die Göre dann nicht da ist und sie hört, dass ich erlaubt habe, dass sie noch bleibt, macht sie mich bei der wunderbaren Stimmung, in der sie sich befindet, seit wir den verhassten Hafen erreicht haben, bestimmt einen Kopf kürzer."

Für einen Betrunkenen konnte der erste Offizier sich erstaunlich gut ausdrücken, fand Gain. Er fragte sich, was Käpt'n Bogra wohl verbrochen haben mochte und weshalb sie fürchten musste, die Dherask würden ihr beim bloßen Auftauchen ihres Schiffes in der Bucht dasselbe abfackeln, aber jetzt war nicht der richtige Zeitpunkt, um diese Frage zu erörtern.

Er nickte knapp. "Du hast mein Wort", sagte er. Dann drehte er sich zu Ann um. "Los", sagte er, "die Treppe wird nicht kürzer und wir haben nicht viel Zeit."

Die Treppe lag ein gutes Stück links von den Aufzügen. Gain konnte die Menschen, die schon beinahe oben angekommen waren, wie kleine, sich bewegende Tupfen am oberen Ende der Klippen sehen. Außer ihnen kamen nur ein paar Nachzügler verspätet am Fuß der Treppe an. Die Stufen waren einigermaßen regelmäßig in den Fels gehauen und tatsächlich war die gesamte Treppe so breit, dass bequem zehn Menschen nebeneinander hochgehen konnten. Ann bestand darauf, den Beutel weiter zu tragen.

"Er ist zu schwer für dich", sagte Gain ungeduldig, aber Ann warf einen nervösen Blick zur "Adagio".

"Wenn sie sehen, dass ich den nicht trage, muss ich nachher Fragen beantworten", ihre Stimme klang ängstlich. "Und wenn sie rausfinden, dass du mich gar nicht brauchtest, dann krieg ich bestimmt mindestens fünf Hiebe."

"Also gut", sagte Gain, "aber halt ihn bloß gut fest, hörst du?"

Ann nickte eifrig.

Am Fuß der Treppe standen zwei Männer, die aufgeregt miteinander diskutierten. Sie trugen die typischen hellblauen Fischermützen mit den senffarbenen Troddeln an einer Seite. Der ältere der beiden, ein weißbärtiger Mann mit einer Hakennase, hatte ganze vier Troddeln an seinem Hut baumeln, während der

Jüngere erst eine einzige besaß, was bedeutete, dass der ältere seit vierzig Wintern zur See fuhr, und der jüngere erst seit höchstens zehn.

Die beiden waren so vertieft, dass sie Gain und Ann gar nicht zu bemerken schienen.

"Ich sage, du sammelst jedes Einzelne davon ein und verbrennst sie. Es ist ein Scherz, kapierst du das endlich? Ein verdammt schlechter Scherz, aber trotzdem eben nichts weiter als das", sagte der Ältere scharf.

"Aber was, wenn sie es doch waren? Sollten wir nicht die Fürsten benachrichtigen?", beharrte der Jüngere.

Der Ältere gab dem Jüngeren einen unsanften Klaps auf den Hinterkopf. "Hat dir eine Möwe ins Hirn geschissen, Junge? Als ob die sich für Hafenklatsch interessieren. Die knüpfen dich auf, wenn du sie wegen so einer Lappalie störst."

"Aber was, wenn..." beharrte der Jüngere trotzig, aber da fiel sein Blick auf Gain und Ann. Er runzelte die Stirn und schwieg.

Der Ältere drehte sich um, lächelte die beiden Neuankömmlinge mit einem schleimigen Lächeln zahnlos an und tippte sich geflissentlich gegen die Mütze.

"Einen wunderschönen guten Tag, werter Herr", sagte er leutselig mit einem Blick auf Gains gute Stiefel, die mit dem Rest seiner Erscheinung nicht so recht zusammenpassten.

"Braucht ihr einen Träger für eure Beute vom Tölpelmarkt?" Er verbeugte sich mit einem berechnenden Grinsen. "Der alte Maurizius ist stets zu Diensten."

"Nein", sagte Ann schnell und presste sich den Beutel gegen die Brust.

"Danke, aber wir kommen zurecht", lehnte Gain etwas höflicher ab. "Aber kannst du mir sagen, wie ich zur Halle der Dherask komme?"

Der alte Maurizius machte einen weiteren eilfertigen Diener. "Vielleicht", sagte er, "vielleicht aber auch nicht."

Gain schnaubte. Er würde ganz sicher dem Alten keine halbe Kupfermünze für diese Information zahlen, auch wenn der Fischer ganz offenbar darauf wartete.

"Danke", sagte Gain kühl, "wir finden es auch so."

Damit drehte er sich um und setzte seinen Fuß auf die erste Stufe der berühmten Dherasker Treppe.

Die Treppenstufen waren genauso dunkel wie der schroffe Fels rings um sie. Rechts und links krallten sich zähe Gewächse in die Ritzen des Felsens, grünes, kurzes Moos und hartes Gras sprossen auf dem unwirtlichen Untergrund. Hier und da sah man kleine lila Blumen zwischen den Ritzen sprießen, deren distelartige Köpfe sich im Wind wiegten. Gain warf einen Blick zurück zur See. Grau lag sie da, die Wellen brachen sich mit einer weißen Krone aus Gischt und rollten dann an den Strand. Ihr gleichmäßiges Rauschen hatte eine beruhigende Wirkung. Der Strandabschnitt mit dem festen, nassen Sand war fast vom Meer verschluckt worden. Auf dem trockenen Abschnitt liefen noch hier und da vereinzelte Händler und Seefahrer hin und her. Die meisten Ruderboote vom Steg waren verschwunden. In der Bucht lagen rund zwei Dutzend Schiffe vor Anker, die sanft auf den Wellen hin und her schaukelten. Auf manchen Decks wuselten die Seeleute wie Ameisen herum, andere waren leer und verlassen. Die Masten schwankten, die gerefften Segel leuchteten weiß und rot zu ihnen herüber. Gain musste sich von diesem Anblick losreißen, drehte sich um und schaute stattdessen auf die schier unendliche Anzahl an Treppenstufen vor ihm. Vielleicht hätte er doch den Aufzug nehmen sollen. Ann war schon die ersten Stufen hinaufgelaufen und drehte sich ungeduldig zu ihm um.

Auf der Hälfte der Treppe mussten sie eine Pause machen. Ann war außer Atem, ihre Pausbacken gerötet und auf Gains Stirn hatten sich Schweißtropfen gebildet. Je weiter sie nach oben kamen, desto schärfer wehte der Wind ihnen ins Gesicht. Ann ließ sich auf einer Stufe nieder und atmete keuchend ein und aus.

"Es geht gleich wieder", versicherte sie schnaufend, "ich werde dich sicher nicht weiter aufhalten."

Aber Gain war selber froh über die Pause. Seine Oberschenkel schmerzten von der ungewohnten Bewegung. Setzen wollte er sich aber lieber nicht. Er war sich halbwegs sicher, nicht wieder aufstehen zu können, wenn er sich jetzt niederließ. Eine Möwe flog kreischend über sie hinweg.

"Was meinst du", sagte Ann nach einer Weile mit glänzenden Augen. "Ist sie so wie man sich erzählt? In meiner Vorstellung ist sie viel größer als andere Menschen." Ann überlegte kurz. "Aber das stimmt vermutlich nicht. Sie stammt ja von den Dherask ab, und die sind eher kleiner als die Leute aus den Bergen... Also müsste sie auch kleiner sein als du, oder?"

Gain schnaubte belustigt. "Wenn du schon wieder reden und Überlegungen über die Größe der weißen Kriegerin anstellen kannst, kannst du sicher auch weiterlaufen", sagte er etwas barscher als beabsichtigt. Er hatte vor, seine verantwortungsvolle Last so schnell wie möglich loszuwerden. Danach konnte er sich endlich auf den Heimweg machen. Es war ein weiter Weg über Land, einmal quer durch ganz Garlenien. Er musste eine Reise von mindestens zwei Mondzyklen hinter sich bringen, bevor er die Berge erreichen würde. Aber Gain schreckte das nicht. Das einzige, was er brauchte, war ein Pferd, aber da der Zwillingsbruder der weißen Kriegerin seine freie Zeit damit verbrachte, Pferde auszubilden, war er sich ziemlich sicher, dass dieser Mangel kein größeres Hindernis war. Sein eigenes hatte

Gain zurücklassen müssen, denn sie waren bei Porsings Hall im Süden des Landes über den Seeweg nach Vetvangey aufgebrochen.

"Hast du gar keine Angst in den Bergen?", fragte Ann und richtete sich wieder auf.

"Wieso sollte ich?" Gain fragte sich erstaunt, welche Vorstellung Ann von den Bergen hatte. Vielleicht stellte sie sich schroffe Felsspalten und gefährliche Lawinen vor.

"Wegen der roten Schatten", sagte Ann und Gain musste über ihr ernstes Gesicht dabei lachen.

"Ann", sagte er nachsichtig, "die roten Schatten sind ein Märchen. Ich kann dir jedenfalls versichern, dass ich, obwohl ich mein ganzes Leben in den Bergen verbracht habe, bisher nicht mal einen roten Mond gesehen habe."

GAIN

3. Die weisse Kriegerin

480 Winter n.T.

Garlenische Zeit

LeeMat

Erster Sitz der Dherask

Sie erreichten den oberen Rand der Klippen, als die Sonne direkt über ihnen stand, und drehten sich noch einmal zum Meer um. Bleiches Licht ergoss sich über das silbern glitzernde Meer unter ihnen. Am Himmel zogen Wolken vom Binnenland in Richtung der See. Ann wollte erst gar nicht weiter gehen. Mit offenem Mund starrte sie hinunter auf die Bucht, die Wangen gerötet von der Anstrengung, das zerzauste Haar in der Stirn feucht. In der Bucht dümpelten die Schiffe auf einem Meer aus Silber, das in brechenden Wellen auf den weißen Sand hin auslief.

"Es sieht so verlockend aus, das Meer", sagte Ann zu

niemandem bestimmten.

Gain brummte zustimmend.

"Aber es hat sein Versprechen nicht gehalten", schmollte Ann. "Ich war zwei Monate ganz grün im Gesicht, hat Miro gesagt, und danach war ich immer müde. Und sie ist so unberechenbar, Oceanne, mit ihren stürmischen Tagen und den nicht-stürmischen Tagen."

"Na ja, sie heißt ja auch Oceanne, die Unberechenbare, also hat sie wohl gehalten, was sie versprochen hat", merkte Gain an.

Ann schürzte die Lippen und dachte nach.

"Du hast Angst vor der See, wenn du auf dem Schiff bist, richtig?", fragte Gain.

Ann nickte beschämt. "Jeden Tag", gab sie zu.

"Warum bleibst du nicht hier?", fragte Gain. Soweit er wusste, hatte Ann keine Familie mehr, es gab für sie also keinen Grund, zu ihrem Heimathafen zurückzukehren, wo immer das sein mochte.

Ann wurde blass um die Nase.

"Man muss sich für ein Jahr verpflichten, sonst gibt's keine Heuer", sagte sie. "Und Käpt'n Bogra findet jeden, der seinen Vertrag nicht hält, und richtet ihn übel zu, heißt es."

Gain schwieg. Er wusste, Käpt'n Bogra konnte mit den entlaufenen Matrosen zu tun, was immer ihr beliebte. Die See sprach ein eigenes Recht. Jeder Käpt'n war der König seines Schiffes und die Matrosen, so lange ihr Vertrag galt, seine Untertanen, ob sie sich nun auf Land oder auf See aufhielten.

"Komm. Ann", sagte er, "wir haben eine Aufgabe zu erledigen."

Sofort leuchteten die Augen des Mädchens wieder auf und sie vergaß ihre Angst vor dem Meer. Sie fragten eine junge Frau mit einem Korb voller Fische auf der Hüfte nach dem Weg zur Halle der Dherask und sie gab ihnen bereitwillig Auskunft, ohne dass sie eine halbe Kupfermünze dafür erwartete.

Sie deutete nach links. "Da liegt LeeMat", sagte sie.

Gain nickte. Die mit Schilfgras bedeckten Häuser und Hütten von LeeMat waren nicht zu übersehen und drängten sich aneinander, als würden sie Schutz vor dem rauen Wind suchen. In den kleinen Vorgärten wuchsen Kräuter, die die Bewohner dem kargen Boden abgerungen hatten. Hier und da standen die Häuser so dicht, als seien Gärten nachträglich besiedelt worden.

"Die Stadt macht einen Bogen", die Frau deutete mit einer schwungvollen Bewegung den Bogen an, die die Häuserreihen hinter einer breiten Senke nach rechts machten. "Und dort", sie zeigte hinter die letzten Häuserreihen, "seht ihr die hohen Klippen? Auf einem der Vorsprünge steht die Halle. Von hier aus sieht sie fast aus wie ein Haus, weil der hintere Teil von den Viehställen verdeckt wird, aber sie ist riesig. Ihr könnt sie nicht verfehlen." Die Frau nickte freundlich und Gain und Ann setzten ihren Weg fort.

Ein sandiger Pfad führte rechterhand um die große Senke herum. Als hätten Riesen ein Loch mitten in den Fels geschlagen, senkten die Kanten sich schroff ab. Stacheliges Seegras pikte ihnen am Rand des Weges durch den Stoff ihrer Hosen, wenn sie einem Pferd oder einem Ochsen ausweichen mussten. An einer Stelle, an der der Weg besonders dicht an die Senke heran reichte, lief Ann zum Rand und schaute hinunter.

"Komm her, Gain", rief sie aufgeregt, "das musst du sehen!"

Gain verzichtete darauf, sie darauf hinzuweisen, dass sie nicht mehr an Bord des Schiffes waren und sie ihn hier nicht einfach so ansprechen konnte, als wäre er ein einfacher Matrose.

"Ann", sagte Gain ungeduldig. "Ich hab' dich nicht mitgenommen, damit du mich aufhältst."

Aber Ann ließ sich nicht beirren und winkte ihn begeistert zu sich. Gain seufzte und trat ebenfalls an den Rand. Er schaute den Abhang hinunter. Unten in der Senke glitzerte ein schwarzer See wie das Auge eines Kraken. Riesige aufrechtstehende Steine gruppierten sich darum. Eine Mauer aus grauem Stein um den See herum, mit runden Säulen versehen, verriet Gain, dass das Bauwerk zumindest teilweise älter war als seine eigene Kultur. Flach in der Mitte des Sees lag ein Stein, bemalt mit leuchtend roten Runen.

Aber das eigentlich Beeindruckende war der Anblick des schroffen Abhanges auf der gegenüberliegenden Seite. Aus einem kunstvoll gefertigten, übermannsgroßen Mosaik schaute ihnen die Göttin Oceanne entgegen. Die Augen waren aus funkelnden Smaragden, in denen sich die Sonnenstrahlen brachen. In der einen Hand hielt sie einen Fisch, in der anderen einen Menschen. Ihr Unterleib endete in den Armen eines Kraken, jeder Arm hielt einen weiteren Bestandteil der irdischen Welt. Gain erkannte einen Baum, einen Fels und ein Schiff.

Ann legte den Kopf schief.

"Kannst du es lesen?", fragte sie.

"Was?", fragte Gain zerstreut und fragte sich, wo man derartig riesige Smaragde herbekam.

"Die Runen", sagte Ann ungeduldig.

"Ja", sagte Gain und blickte zu dem Stein hinunter. "Thunisa yron-œ naudingcha" Er legte den Kopf schief. "Und in der Mitte die alte Bezeichnung für Oceanne, Aldach", fügte er an.

"Und? Weißt du, was es heißt?"

" 'Ich spüre deine Furcht', vermute ich", sagte Gain und zuckte die Schultern.

"Sprichst du die Alte Sprache?", fragte Ann mit großen Augen.

Gain lachte. "Niemand außer vielleicht ein paar der Alvionen spricht die Alte Sprache wirklich", sagte er. "Sie ist verloren, es gibt sie nur noch auf alten Bauten und solchen Stätten wie dieser hier, die älter sind als die Stämme. Wobei ich vermute, das Mosaik wurde später hinzugefügt."

Das war nicht ganz richtig. Als Fürst hätte er die Alte Sprache können müssen, aber seine Ausbildung wies an dieser Stelle einige Lücken auf.

"Woher weißt du dann, was es heißt?" Ann runzelte die Stirn und betrachtete die Runen.

"So viel davon kann selbst ich übersetzen", sagte Gain. "Es sind Oceannes Worte."

"Hat sie den Stämmen die Wörter gesagt, oder woher wissen wir sie?", fragte Ann.

Gain musste lachen. Ann hatte eine erfrischende Art, die Welt zu sehen.

Ann betrachtete das Mosaik eine Weile. "So was habe ich noch nie gesehen", sagte sie dann. "Meinst du Oceanne selber hat diesen Platz gemacht?"

"Ich bin sicher, das ist es jedenfalls, was die Leute glauben sollen", schmunzelte Gain. "Los jetzt, Ann. Wir können hier nicht ewig rumstehen."

Nach einer Weile ging der sandige Pfad in einen hölzernen Weg über, der auf Bohlen dicht über der Erde schwebte. Ann kämpfte sich tapfer weiter, aber ihre Beine waren nach dem Aufstieg müde und sie erlaubte es Gain immer noch nicht, ihr den Beutel wieder abzunehmen. Gain brachte es nicht über das Herz, ihr den Stolz zu nehmen, indem er ihr den Beutel gegen ihren Willen abnahm. Also bezahlte er eine halbe Münze an einen Händler, der mit seinem Wagen auf einem Querweg vorbeikam, und Gain und Ann durften hinten auf dem Wagen zwischen Säcken voll Meersalz Platz nehmen.

Der Karren war schlecht gefedert und rüttelte sie ordentlich durch, aber Ann rieb dankbar ihre schmerzenden Beine. Gain verstand bald, dass hier jeder Weg zweimal angelegt worden war, einmal mit hölzernen Planken, einmal als Sandweg. Auf den Sandwegen ging man zu Fuß, zu Pferd oder mit dem Maultier, die Holzwege waren offenbar ausschließlich für die Fuhrwerke gedacht. Noch dazu schienen die Fuhrwerke auf jeder Straße nur in eine Richtung zu fahren. Gain konnte nicht umhin, den Dherask für diese Lösung Respekt zu zollen. Er wusste nur zu gut, wie ärgerlich Kutscher wurden, wenn vor ihnen ein langsamer Esel hertrottete und nicht ausweichen wollte, was bei den schmalen Bergwegen seiner Heimat, wo es oft auf der einen Seite steil bergauf und auf der anderen genauso steil bergab ging, auch gar nicht möglich war.

Je näher sie der Halle kamen, desto mehr hob sie sich von den umgebenden Stallungen ab. Vier riesige bunt bemalte Säulen stützten das Vordach, vor jeder Säule stand eine Wache, wie eine Statue mit einem Speer und einem runden Schild vor der Brust. Die mit Schnitzereien verzierte Tür war verschlossen. Das Dach bedeckten Bündel aus Seegras. Weit zog sich die Halle nach hinten, wo sie an einen hoch aufragenden Felsen stieß.

Eine Treppe führte zu dem hölzernen Vorbau hinauf. Rechts davon pickten frei umherlaufende Hühner und Gänse auf dem Boden nach Samen. Links davon knabberten ein paar Schafe an den trockenen Pflanzen. Der Wind plusterte ihre dichte Wolle auf, so dass sie aussahen wie Kugeln auf Beinen.

Gain sprang vom Wagen, als sie die Treppe und die ersten pickenden Hühner erreichten. Er half Ann herunter, die ihm wie ein nasser Sack in seine Arme fiel. Gain grüßte den Kutscher, der etwas Unverständliches brummte und ohne anzuhalten weiterfuhr.

Mutlos betrachtete Gain die Treppe, die zwar nicht ganz so lang war wie die Treppe vom Strand nach oben, aber doch ein gutes Stück hinauf ging. Er seufzte. Die Obsession der Dherask mit Treppenstufen war ihm fremd. Obwohl er in den Bergen auch ständig Wege rauf und runter musste, käme dort niemand auf die Idee, diese Wege mit Hunderten von Stufen auszustatten.

Ann sah die Treppe an, als sei sie ein Seeungeheuer, das sie verschlingen wollte, aber sie sagte nichts, sondern kniff nur die Lippen zusammen und machte sich mit Gain zusammen an den Aufstieg.

Sie hatten den Vorbau noch nicht ganz erreicht, da lösten sich zwei der Wachen aus ihrer Erstarrung. Sie kamen nach vorne und ließen ihre Speere zur Seite kippen, so dass sie ein Kreuz bildeten.

Gain blieb dicht vor dem Kreuz stehen.

Die linke Wache war eine schlanke Frau mit blitzenden Augen, die rechte ein Mann mit einem gutmütigen Gesicht und einem ziemlich langen Bart. Gain machte eine angedeutete Verbeugung und sagte dann mit fester Stimme: "Gain von den Mannalen. Ich muss die Dherask sprechen."

"Der amtierende Fürst ist nicht zugegen", knurrte der Mann, nicht unfreundlich, eher gelangweilt. Die Frau musterte Gains abgerissene Erscheinung, blieb dann kurz mit dem Blick an seinen guten Stiefeln hängen und sah ihm dann wieder ins Gesicht.

"Ich weiß, dass Morgan Dherask nicht hier ist", sagte Gain, "ich komme von ihm und habe eine Botschaft für seine Kinder."

Die Frau zögerte noch einen Moment, dann blinzelte sie und ihr Gesichtsausdruck änderte sich von scharfer Wachsamkeit zu Gleichgültigkeit, als wolle sie sagen: Sollen die halt entscheiden, was sie von dir halten.

"Die weiße Kriegerin findet ihr beim Sandplatz. Ihren

Zwillingsbruder vermutlich bei den unteren Stallungen."

"Und den jüngsten?", fragte Gain.

Die Wachen tauschten einen Blick. Sie schienen nicht zu wissen, wo Tristan Dherask sich aufhielt, aber Gain ersparte ihnen die Schmach, dies zuzugeben, indem er rasch anfügte: "Wo finde ich den Sandplatz?"

Die Frau steckte zwei Finger in den Mund und pfiff so durchdringend, dass Gain sich zurückhalten musste, um sich nicht reflexartig die Finger in die Ohren zu stecken. Sofort kam ein Junge in Anns Alter um die Hausecke gefegt. Er trug das gleiche aus grauen und grünen Dreiecken zusammengesetzte Wams wie die Wachen, nur war seines an den Säumen ausgefranst, aus den etwas zu kurzen Ärmeln schauten seine mageren Handgelenke hervor.

Der Junge schoss heran und blieb dann stehen, bevor er sich artig verbeugte und die Wachen ansah.

"Führ Gain von den Mannalen zum Sandplatz, Lenos", sagte der Mann. Seine Stimme war genauso gemütlich und brummig wie sein Aussehen, aber Gain vermutete, dass dieser Schein trog.

Der Junge verbeugte sich wieder und wandte sich an Gain. "Fürst Gain, es wird mir eine Ehre sein", sagte er etwas steif. Sein Blick huschte zu Ann herüber und ein Lächeln stahl sich auf sein Gesicht. Dann winkte er Gain, ihm zu folgen.

Lenos führte sie an den Schafen vorbei, dann seitwärts die Klippe im Zickzack wieder ein Stück hinunter, diesmal ohne Treppenstufen.

Der Sandplatz lag verdeckt hinter einer Ansammlung von hölzernen Schuppen und steinernen Bauten. Gain konnte den unverkennbaren Geruch des Schmiedefeuers wahrnehmen, das Zischen von heißem Eisen, wie es in Wasser getaucht wurde und das Stöhnen eines Blasebalges. Die Schmiede befand sich in einem der Steinbauten, aber Lenos führte sie daran vorbei. Ann wäre gerne stehen geblieben, um dem riesigen Hammer zuzusehen, der laut klingend eine Speerspitze auf dem Amboss bearbeitete, aber sie hielt sich zurück und folgte Gain und Lenos an der Schmiede vorbei.

Der Sandplatz lag ein gutes Stück hinter der Schmiede, gerade so weit weg, dass der Schmiedelärm nicht mehr in den Ohren schmerzte, wenn man sich länger hier aufhielt. An der Umzäunung hatte sich ein Publikum versammelt, das genauso aus Kindern wie Erwachsenen bestand. Zum Teil waren es Mitglieder der Kriegerkaste, wie Gain an den im selben graugrün der Wachen gehaltenen Streifen über der Schulter erkennen konnte, zum Teil aber auch Handwerksburschen und -mädchen, die offenbar einfach zum Zusehen hier waren. Gains Mutter hätte einen solchen Müßiggang nur an Festtagen erlaubt, aber hier schien sich niemand daran zu stören.

In der Mitte des Sandplatzes kämpften zwei Frauen miteinander, eine mit je einem Schwert mit schmaler Klinge in jeder Hand, die andere mit einem Speer, und Gain verstand zum ersten Mal, wie jemand auf die Idee kommen konnte, eine Waffe als einen dritten Arm zu bezeichnen.

Die Frau mit den Doppelschwertern kämpfte gut, ihre Bewegungen waren flüssig, ihre Taktik hervorragend. Trotzdem wirkte sie langsam gegen ihre wendige Gegnerin.

Sabeta Dherasks Kleider waren genauso weiß, wie es ihr Schlachtenname vermuten ließ, aber ihre Wolltunika war am Saum und am Rücken schmutzig, als trage sie sie häufiger zum Training. Sie trug Ärmlinge aus weißem Fell, die nur bis knapp über die Ellbogen reichten und den Blick auf das Spiel ihrer Muskeln am Oberarm freiließen. Die Beinlinge waren mit grauweißem Garn bestickt, die Unterschenkel wie die Unterarme in Fell gekleidet, das den Stiefelschaft verbarg. Im deutlichen Gegensatz zu den verschiedenen Weißtönen ihrer Kleidung glänzte ihr Haar dunkelbraun. Vereinzelte Strähnen, die sich aus ihrer Flechtfrisur gelöst hatten, flogen um ihr Gesicht, als sie sich um ihren Speer drehte.

Sabeta hob ihre Waffe und ließ den Schaft so schnell einmal über ihrem Kopf kreisen, dass Gain Schwierigkeiten hatte, der Bewegung zu folgen. Dann warf sie ihn aus der Drehbewegung heraus nach vorne. Ihre Gegnerin wich aus, der Speer blieb im abgeknickten Winkel im Sand stecken. Mit einer Drehung in der Luft und einem gleichzeitigen Tritt in Richtung ihrer Gegnerin verschaffte Sabeta sich Platz, war mit einem Satz wieder bei ihrem Speer und hatte ihn im nächsten Moment wieder in der Hand.

Ann presste sich Gains Beutel fest gegen die Brust, schien ihn aber ganz vergessen zu haben. Mit leuchtendem Blick folgte sie Sabeta, die jetzt die Angriffe der Doppelschwerter abwehrte, indem sie stetig vorwärts laufend ihren Speer immer wieder über den Kopf hinweg in den Nacken legte, um ihn dann wieder zurückzuschwingen und auf Taillenhöhe zuzustoßen.

Lenos stand an der Umzäunung, aber anstatt den Kampf zu beobachten, starrte er Ann an und schien sich über ihre Faszination zu amüsieren.

Sabeta drängte ihre Gegnerin immer weiter zurück. Diese stieß schließlich mit dem Rücken an das Holz der Umzäunung und wollte unter Sabetas Speer hindurchtauchen, aber Sabeta trat ihr mit einem Fuß eines der Schwerter aus der Hand und verhinderte mit einem Absenken des Speerschaftes den Fluchtversuch. Sabetas Gegnerin ließ das zweite Schwert in den Sand fallen und ergab sich. Sabeta hob die Schwerter auf und hielt sie mit dem Speer zusammen in die Höhe. Das Publikum applaudierte und pfiff und begann dann sehr schnell, sich zu zerstreuen.

Sabeta half ihrer Gegnerin wieder auf die Beine, schloss sie freundlich in die Arme und klopfte ihr auf die Schulter, so vertraut, als handele es sich um eine langjährige Freundin.

Ann sah sich suchend um. "Können wir ihren Mann auch kennenlernen?", fragte sie, als ob sie überlege, wer von den Umstehenden Sabetas Gemahl war.

"Das glaube ich kaum", sagte Gain, "Sabeta Dherask ist vor sieben Jahren kurz nach den Friedensverhandlungen mit den Ronverjaren kinderlos verwitwet."

"Aber sie hätte sich doch einen neuen Mann nehmen können", sagte Ann verständnislos. "Sie ist doch eine Fürstin."

Gain musste ein Lachen über Anns naive Weltanschauung unterdrücken.

Bald standen nur noch Gain, Ann und Lenos an der Umzäunung. Alle anderen waren nach und nach verschwunden. Auch Sabeta und ihre Gegnerin machten Anstalten zu gehen, da fiel der Blick der Doppelschwertträgerin auf die drei einsamen Gestalten am Zaun. Sie machte Sabeta darauf aufmerksam und beide kamen zu ihnen herüber.

Sabeta hatte den Speer locker quer über ihre Schulter gelegt und schlenderte zu ihnen hin. Hinter dem Zaun blieb sie stehen und musterte Gain aus grünen Augen, die aus einem ovalen Gesicht mit einem weichen Kinn und geschwungenen Augenbrauen hervorsahen. Mit einem raschen Blick maß sie seine Erscheinung, zuerst die aufrechte Haltung, dann die ein wenig schäbige Kleidung und zum Schluss die feinen Stiefel. Mit Schwung hob sie den Speer von der Schulter und stach ihn neben sich in die Erde.

Dann winkelte sie den rechten Unterarm mit geschlossener

Faust vor der Brust an, öffnete die Faust und wiederholte die Geste spiegelgleich mit dem linken Arm, so dass ihre geöffneten Handflächen vor ihrem Körper für einen kurzen Moment übereinander schwebten, bevor sie sie aufeinander legte. Gain erwiderte den Gruß förmlich.

Ann sah den beiden etwas skeptisch zu. Gain vermutete, dass sie nur die verkürzte Variante dieses Grußes kannte, der bei den einfachen Leuten üblich war und bei der man nur die rechte Faust öffnete und den Teil der linken Hand ganz wegließ.

Der Gruß offenbarte Gain, dass Sabeta ihn trotz seiner Erscheinung als einen von ihrem Stand erkannt hatte und er bekam unwillkürlich einigen Respekt vor diesem Scharfsinn.

"Was kann ich für dich tun?", fragte Sabeta. Ihre grünen Augen blitzten ihn an. Sie schien weder Ann noch Lenos überhaupt wahrzunehmen.

Gain hatte gedacht, dass ihm jemand, der sein Leben dem Krieg verschrieben hatte, auf Anhieb unsympathisch sein musste, aber mit einigem Widerwillen musste er feststellen, dass Sabeta mit ihrer schmalen Nase, den Sommersprossen, dem etwas schiefen Mund und ihren wachen grünen Augen etwas äußerst Einnehmendes an sich hatte, das schwer zu erklären war, denn schön war sie eigentlich nicht.

"Gain von den Mannalen", stellte Gain sich vor.

Sabetas Augen blitzten wieder auf. "Der geflügelte Bote", lachte sie.

"Ich habe eine Nachricht für dich und deine Brüder. Von eurem Vater und den anderen amtierenden Fürsten", sagte Gain.

In Sabetas Augen leuchtete etwas auf, das Gain schwer einordnen konnte. Neugier? Hoffnung? Oder war es gar Zorn? Im nächsten Moment war es verschwunden. Sie streckte die Hand aus, aber Gain schüttelte den Kopf.

"Meine Anweisung ist, es euch allen gemeinsam zu geben", sagte er.

Nun war Gain sich sicher, einen Funken Zorn in ihren Augen aufglühen zu sehen, aber sie hatte sich schnell wieder unter Kontrolle.

"Ich hole meine Brüder", sagte sie. "Komm zur Halle, wir treffen uns dort.

Gain nickte, wiederholte den respektvollen Gruß und wandte sich zum Gehen.

Sie waren kaum außer Hörweite, als es aus Ann herauszusprudeln begann.

"Hast du gesehen, wie schnell sie ist?", fragte sie aufgeregt und zog Gain am Ärmel.

"Ann", ermahnte er sie, "ich bin kein Matrose, verstanden? Du kannst mich nicht einfach Ärmel ziehen."

"Oh", sagte Ann und wirkte einigermaßen vor den Kopf geschlagen, aber sie fasste sich gleich wieder und redete weiter.

"Und sie ist wirklich fast ganz weiß, wie macht sie das nur? Ob sie ein ganzes Heer von Nähern hat, die ihr immer neue Kleidung machen, wenn sie zu dreckig werden? Oder vielleicht wird man nicht so furchtbar dreckig, wenn man auf dem Sandplatz übt. Wenn ich mich mit meinen Brüdern geprügelt habe, waren wir immer alle ganz dreckig." Ein kurzer Anflug von Trauer huschte über ihr Gesicht, als sie sich erinnerte, dass ihre Brüder tot waren.

"Ann", sagte Gain, "tu mir den Gefallen und verschon' mich mit deiner Begeisterung." Aber er lachte, während er das sagte und nahm seinen Worten damit die Schärfe. Dann wandte er sich an Lenos. "Kannst du sie mitnehmen und ihr etwas zu tun geben, bis sie zurück zum Schiff muss? Ann, wir treffen uns wieder hier, wenn die Sonne noch etwa fünf Fuß über dem Meer steht.

Verstanden?"

Ann nickte.

Lenos verbeugte sich kurz und sagte dann: "Natürlich, Fürst", und dann an Ann gewandt: "Komm, ich zeig dir, wo ich morgens immer die Hühner füttere." Eine Spur Stolz schwang in seiner Stimme mit. Lenos und Ann verschwanden in Richtung der vielen kleinen Bauten neben der Halle.

Gain wanderte eine Weile alleine umher und fand schließlich eine abgelegene Stelle, von der aus man über die Stadt und das Meer sehen konnte. Zum ersten Mal seit seinem Aufbruch von zu Hause war er alleine mit sich und der Welt. Er sog die salzige Luft in die Lungen und dankte den Göttern für seine heile Rückkehr auf das Festland von Garlenien.

SABETA

4. Die drei Dherask

480 Winter n.T.

Garlenische Zeit

LeeMat

Erster Sitz der Dherask

Wo sie ihren Zwillingsbruder finden würde, wusste Sabeta nur zu genau. Bei Tristan war das eine andere Sache, also beschloss sie, zuerst Hoister aufzusuchen. Vorher machte sie Halt an einer unscheinbaren Hütte, deren Dach sich zwischen zwei großen Felsen so erstreckte, dass man Dach und Stein erst auf den zweiten Blick voneinander unterscheiden konnte. Sabeta trat durch die niedrige Tür. Ihre Kontrahentin aus dem Zweikampf hatte Kerzen angezündet, und das weiche Licht fiel auf ihr scharf geschnittenes Gesicht mit einer etwas zu großen Nase. Sie saß in einer schlichten hellblauen Tunika und grauen Beinlingen auf einem umgestülpten Weinfass und flocht sich die rotblonden Haare. Als Sabeta eintrat, warf die Frau ihr einen Lappen zu, mit dem Sabeta sich dankbar über die verschwitzte Stirn rieb.

"Der Tritt und die Drehung waren unnötig." Die Frau beendete ihren Zopf und warf ihn sich über die Schulter.

"Jetzt sei nicht so ein Spaßverderber, Merie." Sabeta zog sich die Stulpen von den Armen und klemmte sie mit einer hölzernen Klammer auf eine am Rand des Raumes gespannte Leine. Dann grinste sie. "Wir hatten so viele Zuschauer, und ich habe einen Ruf zu verteidigen." Sie lockerte die Schnürung ihres Oberteiles an der Seite und zog es sich zusammen mit ihrem verschwitzten Hemd über den Kopf. Der Schein der Kerzen flackerte auf ihrer bloßen Haut.

"Wenn du dir solche unnötigen Tricks angewöhnst, die dir keinen Vorteil bringen und dich nur erschöpfen, ist das im Kampf ein Nachteil für dich", sagte Merie unversöhnlich.

Sabeta nahm sich einen Krug Wasser von einem reichverzierten Tisch, einem Möbelstück, das nicht so recht in die Schlichtheit der restlichen Einrichtung passen wollte, und goss einen Becher voll, den sie Merie reichte.

"Hier", sagte sie, "das Doppelschwert liegt dir schon viel besser als am Anfang, aber ich krieg dich immer noch jedes Mal über deine linke Flanke." Merie nahm den Krug, trank und schien etwas besänftigt. "Danke", sagte sie, nahm nur das Lob an und ließ die Kritik unkommentiert. Sabeta seufzte.

"Ich sollte wohl besser meine Brüder finden, damit dieser Bote mit seiner Nachricht rausrückt." Sabeta zog sich ein frisches Hemd und eine saubere Tunika über.

"Für einen Moment dachte ich, du nimmst sie ihm einfach ab", Merie stand auf und öffnete die Tür nach draußen. Sabeta zog die Kordel am Hosenbund fest und ließ die Tunika darüber fallen.

"Für einen Moment dachte ich das auch", sagte sie, ging an Merie vorbei und trat nach draußen.

Vor der Tür blieb sie stehen und schaute zu dem verwaisten Sandplatz herüber. Das Klingen eines Hammers auf einem Amboss klang schwach und regelmäßig zu ihr herüber. Ihre Gedanken schweiften zu einem anderen Morgen, einen Mondzyklus entfernt, an dem ihr Vater sich hier von ihr verabschiedet hatte. Vergeblich hatte Sabeta versucht, ihm zu entlocken, welcher Art die Nachricht war, die ihn nach Vetvangey aufbrechen ließ. Ungewöhnlich und untypisch waren sie an diesem Morgen im Zwist auseinandergegangen, denn Sabeta war es nicht gewöhnt, dass er ihr nicht einfach die Regierungsgeschäfte überließ, um sich selbst in alten Schriften zu vergraben.

Seit diesem Tag fühlte Sabeta eine innere Unruhe, die sie an die Tage des Ronverjarenkrieges erinnerte. Sie konnte es kaum erwarten, die Nachricht dieses Mannalenfürsten in die Hände zu bekommen.

Nach und nach tauchten die jungen Auszubildenden der Kriegerkaste, die Apprendi, am Sandplatz auf, unter ihnen Lenos und dieses Mädchen, das mit dem Mannalenfürsten gekommen war. Es war Zeit für ihr tägliches Waffentraining, aber Sabeta verspürte wenig Lust, sich die stümperhaften Versuche der Apprendi anzusehen, ein Holzschwert durch die Luft zu schwingen.

Sie verabschiedete sich von Merie und lief über einen Sandweg hinunter auf einen breiten Felsvorsprung, auf dem sich Büsche und knorrige Bäume der kargen Erde zum Trotz in die Höhe wanden. Zwischen den Ästen zweier Nusssträucher stand ein reich mit Schnitzereien verziertes Gebäude, der fürstliche Stall, wo die Pferde der Dherask untergebracht waren. Der

Stallmeister, der auf einer Bank an der Wand gesessen hatte, klopfte rasch seine Pfeife aus und sprang eilfertig auf.

"Bring mir Oci", sagte Sabeta, "nur gezäumt, kein Sattel."

Der Stallmeister nickte und verschwand im Gebäude. Sabeta wartete ungeduldig auf seine Rückkehr. Ihre Gedanken kehrten zu dem Boten zurück. Gain von den Mannalen hatte sich einen Ruf erarbeitet, indem er die zwei Winter, die ein Fürstenkind in der Regel als Bote verbrachte, um seine Nachbarn kennenzulernen, auf sechs Winter ausgedehnt hatte. Sabeta wusste nur deshalb von seinem Namen, weil er sich nicht auf Botengänge im näheren Umkreis seines Stammesgebietes beschränkte, seit er seinem Ausbilder entwachsen war. Mit seinen achtzehn Wintern hatte Gain bereits fast ganz Garlenien östlich des Wriedors bereist. Ein böses Gerücht besagte, er sei Bote geblieben, weil er zu feige war, um zu den Kriegern zu wechseln, wo er als erstgeborener Fürst hingehörte. Sabeta war sein skeptischer Blick auf ihren Speer nicht entgangen, und sie zweifelte keinen Lidschlag lang daran, dass an diesem Gerücht etwas Wahres dran war. Aber das eigentlich Faszinierende an diesem Mannalen war, dass ihm diese Verlängerung seines Botendaseins Schimpf und Schande hätte einbringen sollen, aber das Gegenteil war passiert.

Der Stallmeister kam mit einer aufgezäumten weißen Stute zurück. Sabeta ließ sich von ihm auf das Pferd werfen und drückte der tänzelnden Stute dann unsanft die Unterschenkel an den Leib. Die empfindliche Stute machte einen Satz, der Sabeta wenig beeindruckte, und fiel dann in einen langsamen Trab.

Sabeta ritt bergab durch ein kleines Wäldchen aus Birken und Haselnusssträuchern, deren Ästen sie ausweichen musste. Das Wäldchen öffnete sich zu einer offenen Fläche im Windschatten der Klippe. Hier unten waren die eigentlichen Stallungen und der große Platz, auf dem die Pferde ausgebildet wurden. Der Stall war langsam gewachsen, und Hoister Dherask hatte an seinem heutigen, in Sabetas Augen viel zu großen Ausmaß eine nicht geringe Mitschuld. Sabeta verstand zwar nicht genau, was er daran fand, aber er konnte sich den ganzen Tag im Stall herumtreiben. Jedes neue Pferd sorgte bei Hoister für einen Glanz in den Augen, den kein Mensch ihm je entlocken konnte. Sabeta hatte es längst aufgegeben, sich darüber zu wundern.

Auf eingezäunten Koppeln neben den Stallungen liefen ein paar der kleineren, weniger wertvollen Tiere herum und zupften am harten Gras.

"He", fuhr Sabeta einen Stallburschen an, der gerade dabei war, einen Zaun auszubessern. Der Stallbursche zuckte zusammen und ließ bei ihrem Anblick sein Werkzeug fallen.

"Wo ist mein Bruder?"

"Auf dem Platz", sagte der Junge schüchtern, "wir haben einen neuen Hengst, einen Rappen und er..."

Sabeta wartete nicht ab, bis der Junge zu Ende geredet hatte. Sie trieb die Stute erneut unnötig heftig an, was diese zu einem weiteren Satz nach vorne veranlasste und galoppierte den Sandweg entlang. Beim ersten Stallgebäude parierte sie die Stute zum Schritt durch und ritt langsam weiter. Überall liefen Stallhelfer unterschiedlichen Alters aus den Ställen heraus und wieder hinein. Zwei Mädchen zogen Karren mit verdrecktem Stroh vom Stall zu den Misthaufen, ein anderes führte ein Pferd über den Hof, das so klein war, dass sich im Leben niemand darauf setzen konnte, außer einem Kind vielleicht. Sabeta fragte sich, was um alles in der Welt man mit einem so kleinen Pferd anfangen sollte. Vermutlich eine von Hoisters verrückten Ideen.

Als Sabeta vorbeiritt, ließen die beiden Mädchen rasch ihren Karren los und machten eine kleine Verbeugung in ihre Richtung.

Das Mädchen mit dem Zwergpferd zog es ein Stück am Halfter zurück, um Sabetas Stute Platz zu machen. Das Zwergpferd scharrte ungeduldig mit den Hufen.

Hoister war auf dem großen Platz dabei, einen Rappen zu longieren. Der Rappe hatte allerdings offenbar keine große Lust, sich das gefallen zu lassen. Ein paar Schritte ging er brav im Schritt, aber kaum schnalzte Hoister, fing der Schwarze an zu buckeln und zu bocken wie ein Fohlen.

Sabeta hielt ihre Stute in einiger Entfernung an, um es ihrem Bruder nicht noch schwerer mit dem Hengst zu machen, stieg ab und drückte einem vorüber eilenden Stallburschen wortlos den Zügel in die Hand. Etwas verloren stand er mit der Stute da, nicht wissend, was er jetzt mit ihr anfangen sollte. Vermutlich war er neu.

Sabeta ging zur Umzäunung des Platzes und beobachtete ihren Bruder. Seine dunklen Locken hatte er lose im Nacken zusammengebunden. Auf der Stirn seines kantigen Gesichts hatten sich kleine Schweißperlen gebildet. Mit einigem Nachdruck gab er Energie auf die Longe und der Rappe fiel widerwillig wieder in den Schritt. Hoister drehte seinen Körper und der Rappe blieb stehen. Hoister sprach mit ruhiger Stimme auf den Hengst ein und ging ein paar Schritte auf ihn zu. Kaum zuckte der Rappe leicht mit dem Kopf, blieb Hoister stehen und wartete.

So arbeitete er sich bis an den Kopf vor, strich dem Rappen leicht über den Hals und machte gleichzeitig die Leine los. Als hätte man einen eingesperrten Wirbelwind losgelassen, zischte das Pferd nach vorne. Hoister brachte sich mit einem Satz in Sicherheit.

"Ich weiß, dass du hier bist", sagte er nach einer Weile, immer noch mit dem Rücken zu Sabeta, den Blick fest auf den Hengst gerichtet.

"Wie fängst du ihn wieder ein?", fragte Sabeta und richtete sich auf.

"Gar nicht", Hoister drehte sich zu ihr um und kam mit ein paar raschen Schritten zum Zaun. Der Rappe hatte sich in eine Ecke des Platzes zurückgezogen. Mit durchgebogenem Hals und rollenden Augen tänzelte er hin und her. Hoister lehnte sich mit dem Rücken an die Umzäunung.

"Er wird zu mir kommen", sagte er optimistisch.

Sabeta zog beide Augenbrauen nach oben und sah zu dem Rappen, der diesen Augenblick nutzte, um sich auf den Hinterbeinen aufzurichten.

"Er ist nicht bösartig", lachte Hoister, "er möchte nur, dass wir sehen, wie schön er ist."

Sabeta schnaubte.

"Was bringt dich hierher?" Hoister wandte sich wieder seiner Schwester zu. "Ich glaube, ich habe dich zum letzten Mal hier unten gesehen, als du dir ein neues Pferd aussuchen musstest, weil deine Stute an einer Kolik gestorben war, und das ist schon vier Jahre her."

"Es gibt Nachrichten von Vetvangey", sagte Sabeta.

"Und?" Hoister klang nur mäßig interessiert. Sabeta schüttelte innerlich amüsiert den Kopf über ihn. Die Geschicke seines Stammes überließ er gerne anderen, wenn er dafür einem Fohlen das Aufhalftern beibringen durfte. "Weltfremd" nannten ihn die einen, "sonderbar", die anderen. Sabeta wusste, weder das eine noch das andere stimmte. Hoister hatte ein feines Gespür für die Stimmungen der Menschen und war damit politisch unersetzbar, auch wenn es ihm oft an Tatkraft mangelte.

"Der Bote hat Anweisung, sie nur uns allen gemeinsam zu

überbringen."

Hoister lachte. "Ich bin mir sicher, du hast in voller Sanftmut angenommen, dass Vater seine Gründe dafür hatte."

Sabeta grinste. "Ich bin mir sicher, dass er Gründe hatte", sagte sie, "ich bin mir nur nicht sicher, ob ich sie gutheißen soll. Ich glaube, das letzte Mal, dass Tristan freiwillig an einem Rat teilgenommen hat, ist genauso lange her, wie mein Besuch hier unten." Sabeta beobachtete den Rappen, dem es langweilig geworden war, sich aufzuführen wie ein Gockel, und der nun dastand, als wisse er nicht, was er als Nächstes anfangen sollte.

"Ich glaube, du unterschätzt Tristan." Hoister strafte den Rappen mit Missachtung, und Sabeta hatte das deutliche Gefühl, dass das dem stolzen Pferd missfiel und Hoister das seinerseits ganz genau wusste.

"Weil du ein unverbesserlicher Optimist bist", sagte Sabeta. "Tristan ist ein Bengel ohne Verstand. Er weiß nicht mal, wo unser Gebiet endet und das der Barbrossen beginnt."

"Ich bin mir auch nicht sicher, ob die Barbrossen es wissen", sagte Hoister. "Der Händler, der den Rappen gebracht hat, behauptet, sie hätten Felder bei der Heuse angelegt. Allerdings wollte er mir nicht erzählen, warum er den Umweg über die Heuse genommen hat, obwohl er aus Fedsha kam, aber ich nehme mal an, es hat irgendwas mit dieser barbrossischen Bauerntochter zu tun, von der er..."

"Hoister", unterbrach Sabeta ihn ungeduldig. "Erspar mir die Details irgendwelcher Gefühlsduseleien."

"Entschuldige, Schwester", sagte Hoister, "ich vergaß, dass Gefühle dir fremd sind, solange die Besitzer derselben nicht dem Fürstengeschlecht angehören."

Sabeta lachte. "Ich denke nur, der wesentliche Punkt deiner Erzählung war ein anderer. Überprüf' es. Wenn es stimmt, muss ich mich darum kümmern. Ich hätte die Wachen von Garlshing an der Heuse im letzten Herbst nicht abziehen sollen, aber ich brauchte sie im Norden." Sie schüttelte den Kopf. "Wir haben erst im letzten Mondzyklus einen Vertrag mit ihnen ausgearbeitet, weil sie allen Ernstes versucht haben, den Hafen von Ekslund wiederzubeleben und zu besetzen. Offenbar war der Vertrag das Papier nicht wert, auf das er geschrieben stand."

"Dass du dich immer noch darüber aufregst, wenn Menschen ihr Wort brechen. Dabei warst du diejenige, die trotz des Friedensvertrages mit den Ronverjaren auf die Varender Wachtürme bestanden hat. Außerdem weiß bei den Barbrossen die linke Hand nicht, was die rechte tut, die amtierende Fürstin ist eine Säuferin, und ihre Tochter ist hinter ihrer gelangweilten Fassade entweder ein Biest, oder sie hat tatsächlich an Politik so wenig Interesse wie du an Pferden", sagte Hoister und lehnte sich gegen die Umzäunung. Er warf dem Hengst einen Blick zu, der sofort den Hals wieder durchbog. "Alter Angeber", murmelte Hoister freundlich.

Sabeta seufzte. "Dabei wollte ich mich eigentlich um das Ubronenland kümmern, nachdem ich endlich erfolgreich klargemacht habe, dass das Land jetzt den Dherask gehört."

"Hat lange genug gedauert", sagte Hoister abwesend.

"Tja, die Sjuren und Tangren sind halt einfach unverbesserliche Hitzköpfe."

"Dann solltest du dich doch eigentlich blendend mit denen verstehen", sagte Hoister und brachte dann schnell seinen Kopf in Sicherheit, bevor Sabeta ihm einen Klaps verpassen konnte.

"Übrigens", wechselte Hoister das Thema und wies mit dem Kinn zu dem Stallburschen, der Sabetas immer noch tänzelnde Stute zu beruhigen versuchte, "wenn du sie beim Losreiten nicht immer so ärgern würdest, wäre sie wesentlich entspannter."

"Ich weiß", sagte Sabeta, "aber ich brauche sie nicht entspannt, sondern willig. Wir treffen uns in der Halle und ich will keine Ausreden von kranken Pferden hören."

Bei der kleinen Stallung oberhalb des Wäldchens traf Sabeta auf Hoisters Frau. Sie saß neben dem Stallmeister auf der Bank und war mit ihm in ein angeregtes Gespräch vertieft. Der Stallmeister stand auf und wollte Sabeta das Pferd abnehmen, aber Sabeta schüttelte den Kopf.

"Hat Tristan sein Pferd geholt?"

Der Stallmeister schüttelte betrübt den Kopf. "Wenn ich den Gaul nicht ab und zu bewegen würde, würde er fett werden, fürchte ich."

Sabeta schnaubte. "Schließlich wirst du nicht dafür bezahlt, Schwätzchen auf deiner Bank zu halten."

Der Stallmeister errötete bis zu den Haarwurzeln.

"Wenn du Tristan suchst", sagte Hoisters Frau sehr leise, "ich glaube er wollte zu den Docks."

Der Stallmeister und Sabeta wechselten einen Blick.

Hoisters Frau blickte Sabeta schüchtern an. Sie war ein schmales Geschöpf mit leicht hängenden Schultern und ausdruckslosem, fahlblondem Haar. Ihre Augen wirkten immer ein wenig erstaunt, als sei sie bis heute verwundert über ihren plötzlichen Aufstieg von einer armen Fischerstochter in das Fürstenhaus.

Sabeta erinnerte sich an den Abend, an dem sie sie zum ersten Mal gesehen hatte. Es war windig gewesen, fast stürmisch. Mit grimmiger Miene und wilder Entschlossenheit hatte Hoister sie Sabeta und ihrem Vater als seine Frau vorgestellt.

Sabeta hatte zuerst geglaubt, ihr Bruder scherze. Es stellte sich heraus, dass Hoister nicht gescherzt hatte. Fünf ehrbare Männer und Frauen konnten die Hochzeit und ihren Vollzug bezeugen. Dann hatte Sabeta vermutet, Hoister habe seine Frau aus einem falsch verstandenen Gefühl von Liebe geheiratet, aber auch da hatte sie sich getäuscht.

Hoister hatte in der ihm eigenen stillen Art den ewigen, unterschwelligen Druck der Nachfolgefrage von den Schultern ihres Vaters genommen. Durch eine Nachlässigkeit der Hebamme wusste niemand mehr, ob Hoister oder Sabeta der erstgeborene Zwilling gewesen war, und ihre Mutter war nach der schweren Zwillingsgeburt kaum mehr bei Bewusstsein gewesen. Falls sie gewusst hatte, wer von ihnen der Ältere war, hatte sie es spätestens Jahre später, als sie nach der Geburt ihres letzten Kindes im Kindbett starb, mit in ihr Grab genommen.

Morgan hatte sich mit der Frage, welchem der beiden Geschwister er den Vorzug geben sollte, fürchterlich gequält. Es hatte Zeiten gegeben, als er keinem von ihnen in die Augen blicken konnte, aus Angst, sie könnten es als Zeichen nehmen, wenn er einen von ihnen häufiger ansah als den anderen.

Durch seine nicht abgesegnete heimliche Heirat mit der armen Fischerstochter hatte Hoister sich selbst aus der Erbfolge katapultiert. Morgan Dherask hatte der Form halber drei Tage lang gewütet und nicht mehr mit seinem Sohn gesprochen, aber dann hatte er sich mit ihm versöhnt und eine Freundschaft mit Hoisters Frau angefangen, die seine absurde Vorliebe für das geschriebene Wort teilte.

Sabeta wusste bis heute nicht, ob sie Hoister dankbar war, dass er ihr den Vortritt gelassen hatte, oder ihn dafür verachtete, weil er ihr diese Verantwortung ohne Gegenwehr geschenkt hatte, als hätte er sie loswerden wollen.

Sabeta lenkte ihre Stute den Weg zum Sandplatz hinauf, wo Lenos und ein anderer Apprendi versuchten, sich gegenseitig mit Holzschwertern zu piken - zumindest sah es für Sabetas gequältes Auge so aus - und verzichtete Hoister zuliebe darauf, ihre Stute beim Angaloppieren hinter dem Sandplatz wieder zu ärgern. Sie ritt einen Bogen um die Halle und sah Gain von Weitem im Seegras liegen, wo er vor sich hin döste.

Wo immer Sabeta entlang kam, wichen die Bewohner des Städtchens ihr wie selbstverständlich aus, aber Sabeta nahm sie kaum wahr. Sie musste die ganze Stadt durchqueren, um den mehrstöckigen Holzbau der Schenke zum tanzenden Delphin am anderen Ende zu erreichen, wo sie ihren jüngeren Bruder vermutete. Der "Tanzende Delphin" stand etwas abseits der Stadt so dicht an der Klippe, dass man meinen konnte, ein kräftiger Windstoß würde ihn bei der nächsten Gelegenheit herunterwehen. Sabeta sah den Bau immer mit Skepsis, sah er doch aus, als wäre er zu hoch, und könnte jeden Moment einstürzen. Die Wirtin kam aus den Porgesen, wo man offensichtlich an solch mehrstöckige Häuser gewöhnt war. Erfolglos hatte sie versucht, die sturen Stammesväter dazu zu bringen, den Platz besser zu nutzen und die flachen Häuser der Stadt durch Bauten wie den tanzenden Delphin zu ersetzen.

Bunte Tücher flatterten aus den Fenstern und vom Dach, zwei Esel standen angebunden vor der Tür und verscheuchten mit den Quasten ihrer festen Schweife Sandfliegen. Ein junges Mädchen eilte Sabeta entgegen und nahm ihre Stute, während Sabeta sich von deren Rücken herunterschwang. Vom Meer her wehte eine raue Brise und zerzauste ihr das Haar. Möwen riefen an den Klippen und suchten über dem Wasser nach Futter.

Sabeta ging auf die Tür des Hauses zu und stieß sie auf. Hinter der Tür lag ein dunkler Raum, in dem Tag und Nacht ein Feuer brannte, um die leicht bekleideten Gestalten warm zu halten, die sich hier tummelten. Ein hübscher junger Mann mit blonden Locken und einem Grübchen am Kinn kam zu Sabeta hinüber, kaum hatte sie die Tür geöffnet. Er trug nur einen kurzen Rock und sonst nichts. Der Feuerschein ließ die glatten Muskeln an seinem Oberkörper hervortreten. Er verbeugte sich mit einem Lächeln vor Sabeta. "Was darf es heute sein, Fürstin?" fragte er ohne Unterwürfigkeit in der Stimme. Diese fehlende Unterwürfigkeit war es, die Sabeta an ihm mochte. Sie gab ihm einen sanften Klaps auf den Hintern. "Heute nichts, Anu", sagte sie. "Ich suche Tristan."

"Tristan", sagte Anu, als müsse er sich daran erinnern, wer das war, und geleitete Sabeta zu einem der runden Tische. Ein barbusiges Mädchen brachte ihr scheu ein Glas Met, und ein dunkelhaariger junger Mann mit fast nichts am Leib zwinkerte Sabeta aus einer Ecke her zu. Sie versuchte sich zu erinnern, ob sie sein Gesicht hier schon mal gesehen hatte, aber der schelmische Ausdruck und das dunkle Haar kamen ihr unbekannt vor.

"Ich glaube, er war hier", sagte Anu mit verschmitztem Gesichtsausdruck, "wenn ich mich nur erinnern könnte, wann... Vielleicht hilft eine kleine Abwechslung meinem Gedächtnis auf die Sprünge..." Er beugte sich vor und zog das Metglas heran, wobei er wie zufällig Sabetas Brust strich. Sabeta griff ruckartig nach seinem Handgelenk und hielt ihn unsanft fest.

"Vielleicht hilft es deinem Gedächtnis auf die Sprünge, wenn ich dich in die Halle kommen lasse?", fragte sie barsch. Anu schien zu verstehen, dass sie heute ausnahmsweise nicht gekommen war, um sich von ihm verwöhnen zu lassen, und sank auf den Stuhl zurück. "Er war hier, Fürstin", sagte er ohne jedes verführerische Gehabe, "hat die Mädchen ganz verrückt gemacht, weil er ihnen doppelt so viel gezahlt hat, als er gemusst hätte. Aber er ist vor einer Weile gegangen."

"Wohin?", fragte Sabeta, aber Anu zuckte die Schultern.

"Keine Ahnung", gab er freimütig zu.

Sabeta griff in den Beutel an ihrem Gürtel. Sie wollte rasch wieder hier raus, ihre Wollkleidung war eindeutig zu warm für die Hitze hier drin. Sie legte eine halbe Münze auf den Tisch. Anu legte beiläufig seine Hand darauf und ließ sie verschwinden, so dass es wirkte, als habe er die Münze weggezaubert. Sabeta stand auf und ließ sich von ihm zurück zur Tür bringen. Bevor sie sie aufdrückte, strich sie Anu über den Oberkörper.

"Ich komme heute Abend", sagte sie, "sorg dafür, dass der große Kaminraum oben frei ist. Und der junge Mann dahinten auch." Sie deutete mit dem Kinn auf den Dunkelhaarigen, der ihr zugezwinkert hatte. Anu verbeugte sich leicht. Falls Sabeta ihn mit ihrem Wunsch gekränkt hatte, ließ er es sich nicht anmerken.

Sabeta stieß die Tür auf und trat aus der stickigen Luft hinaus in den salzigen Wind.

"Also Tristan", murmelte sie vor sich hin, "wo bist du?"

Sie fand ihn bei den Fischern im Hafen. Nicht in dem großen Hafen am Tölpelmarkt, sondern in dem kleineren weiter nördlich, um den sich das Dorf Pecheur gruppierte. Pecheur lag in einer tiefen Senke, die zum Meer hin offen war, und der Weg zum Strand war hier sehr viel weniger steil. Da LeeMat im Laufe der Zeit immer weiter gewachsen war, gingen Stadt und Dorf mittlerweile fast übergangslos ineinander über, aber dennoch konnte Sabeta die kleinen Unterschiede wahrnehmen. Die Häuser waren kleiner, die Gärten größer. Hühner und Ferkel liefen frei herum, und es waren weniger Leute unterwegs.

Tristan saß unten am Steg und flickte zusammen mit zwei jungen Fischern Netze. Sein rotes Haar leuchtete in der tief stehenden Sonne wie Feuer. Für einen Moment musste Sabeta an sich halten, um nicht vom Pferd zu springen, ihren kleinen

Bruder an den Haaren zu packen und ihm ein Bad im kalten Meerwasser zu verpassen, damit er sich daran erinnerte, was sich für einen Fürstensohn gehörte und was nicht. Aber er war siebzehn und keine sechs mehr, und Sabeta würde sich ihn später vorknöpfen müssen, wenn sie keine Zeugen mehr hatten.

In diesem Moment hob Tristan den Kopf. Seine Augen weiteten sich, als er sie sah, ob vor Erstaunen oder Entsetzen konnte Sabeta auf die Entfernung nicht ausmachen, aber jedenfalls sprang er auf die Beine, als habe Oceanne ihn mit einem ihrer Krakenarme hochgerissen. Immerhin hatte er den Anstand, ohne Umschweife zu ihr zu kommen.

Sabeta ließ ihn für einen kurzen Moment neben ihrem Pferd stehen, nur so lange, dass er nervös wurde, aber niemand der Umstehenden den stummen Konflikt zwischen ihnen wahrnehmen konnte, bevor sie ihm hinter ihrem Rücken die Hand reichte und ihn zu sich aufs Pferd zog.

Tristan traute sich nicht zu fragen, warum sie ihn holte, und Sabeta dachte gar nicht daran, es ihm zu sagen. Schweigend machten sie sich auf den Weg zurück zur Halle, galoppierten über den Außenweg um die Stadt herum und parierten am Fuß der Klippe wieder in den Schritt durch. Statt der Treppe nahm Sabeta den seitlichen Weg nach oben, den auch ihr Pferd mühelos gehen konnte. Neben der Halle hielt sie an, wartete, bis Tristan abgestiegen war und sprang dann selbst vom Pferd. Lenos und das Mädchen mit dem struppigen blonden Haar und den Pausbacken tauchten auf. Lenos nahm den Zügel der Stute und strich beruhigend ihren Hals. Das Mädchen blieb in einiger Entfernung scheu stehen und betrachtete Sabeta mit leicht geöffnetem Mund. Dann verschwanden die beiden mit Sabetas Stute in Richtung des Stalles.

"Verrätst du mir, warum du mir nachstellst?", fragte Tristan, als die beiden nicht mehr zu sehen waren.

Sabeta gab ihm eine unsanfte Kopfnuss. "Nein", sagte sie, "wärst du beim Training gewesen, wo du hingehörst, wüsstest du es."

Tristan rieb sich über den schmerzenden Hinterkopf und sagte nichts, aber aus seinen grauen Augen sprach der Groll.

Über einen Weg, der seitlich zum Vorbau der Halle führte, schritt Sabeta zum Tor. Die Wachen machten ihr und ihrem Bruder Platz, der unwillig hinter ihr her schlenderte. Dann nahmen sie ihre ursprüngliche Position wieder ein und richteten ihren Blick über die Klippe hinunter auf Stadt und Meer. Eine Apprendi, die auf der Bank neben der Tür saß, sprang auf und legte einen Hebel um, woraufhin die Torflügel der Halle schwerfällig nach innen aufschwangen.

Sabeta schritt an den großen Torflügeln vorbei, dessen Schnitzereien neben fliegenden Möwen und Schiffen auf Wellen auch die Schlangen und Meerdrachen des salzigen Grunds darstellten.

Hoister war schon da. Zwischen den Säulen rechts und links der Mittelhalle standen Tische. Hoister saß an einem davon und blickte ihnen entgegen, die Stiefel auf eine Bank gelegt. In zwei Feuerstellen rechts und links von der Tür loderten Flammen. Der Rauch darüber kräuselte sich und zog durch Luken im Dach ab. Der flackernde Schein ließ die Schatten im Raum tanzen und erhellte die Halle bis zu den Stufen des Hohen Sitzes am der Tür gegenüberliegenden Ende. Die Lehne des Hohen Sitzes bestand aus in sich verschlungenen Armen einer Krake, deren Tentakel sich als Armstützen nach vorne wandten. Im oberen Teil ging die Rückenlehne in einen Frauenkörper über, das wehende Haar fiel ihr über die bloßen Schultern. Hinter dem Hohen Sitz erhob sich der rissige Fels der Klippe, der eine natürliche Rückwand für die Halle bildete. Auf den vielen Vorsprüngen des schwarzen Felsens flackerten Hunderte von Kerzen wie Sterne hinter dem großen Stuhl.

Sabeta ging zu Hoister und ließ sich neben ihm nieder. Das Mädchen, das ihnen die Tür aufgemacht hatte, brachte ihnen einen Krug Met und vier Trinkpokale. Offenbar wusste sie über den kommenden Besuch Bescheid.

"Danke, Kerit", sagte Sabeta, und Tristan blickte sie einigermaßen überrascht an.

"Was?", fragte Sabeta.

"Du weißt den Namen?", fragte Tristan mit einer Spur Bissigkeit in der Stimme.

"Wenn du dich häufiger mal hier oben aufhalten würdest, wüsstest du ihn auch", sagte Sabeta.

"Ich dachte nur, du würdest vielleicht denken, es lohne sich nicht, sich den Namen einer Apprendi zu merken, bevor klar ist, ob sie die Prüfung zur Kriegerkaste bestehen wird."

Der Dolch flog so schnell aus Sabetas Hand in die Säule dicht neben Tristans Kopf, dass der sich erst erschrocken umdrehte, als die Klinge singend stecken blieb.

"Du solltest lernen, endlich deine Zunge im Zaum zu halten", sagte Sabeta, "Sie könnte dich eines Tages deinen Kopf kosten."

"Wenn du in der Nähe bist, sicher", murmelte Tristan so leise, dass die beiden anderen ihn nicht hören konnten.

Die Türflügel öffneten sich ein weiteres Mal, und Gain trat ein, begleitet von einer der Wachen. Sabeta genoss es, einen Ausdruck von Staunen über sein Gesicht huschen zu sehen, als er die reich verzierten Rundbögen und den Hohen Sitz betrachtete. Sie gab der Wache einen Wink und diese zog sich zusammen mit Kerit nach draußen zurück. Das Tor schloss sich wieder.

Ohne jede Scheu kam Gain zu ihnen herüber. Seine Schritte hallten leise in der Stille. Gain blieb vor dem Tisch stehen.

"Gain von den Mannalen", stellte er sich Hoister und Tristan vor. "Ich bringe eine Botschaft von eurem Vater und den anderen Fürsten."

"Ich nehme an, allein dafür haben sie dich als einziges Fürstenkind mit auf die Insel genommen", meinte Sabeta.

"Richtig", sagte Gain. Er öffnete seinen Beutel, holte eine gut verschlossene und mit Wachs versiegelte Lederrolle und einen versiegelten Brief heraus. Für einen kurzen Moment schien er unschlüssig, wem von ihnen er sein wertvolles Gut in die Hand drücken sollte, dann reichte er alles an Sabeta, die es entgegennahm und auf dem Tisch ablegte.

"Und?", fragte sie, "was steht drin?"

Sie lachte, als Gain vor Empörung leicht rot anlief und anhob sich zu verteidigen. "Ich würde niemals...", begann er, aber mit einem Blick auf Sabetas amüsiertes Lächeln brach er ab.

"Sie zieht dich nur auf", sagte Tristan. "Ihre Lieblingsbeschäftigung."

Gain sah Sabeta an und ein Lächeln zuckte in seinem Mundwinkel. Offenbar war er aus anderem Holz geschnitzt als Tristan, der jeden Scherz als tödliche Beleidigung verstand. Sabeta empfand eine spontane Sympathie für den Boten mit dem dunkelblonden, fast hellbraunen Haar und der leicht schiefen Nase, die aussah, als wäre sie einmal gebrochen gewesen.

Gain wollte sich umdrehen und gehen.

"Bleib", sagte Sabeta, und Gain drehte sich mit erstauntem Gesichtsausdruck wieder um. Sabeta deutete auf den Platz neben Tristan.

"Bei allem Respekt, ich denke nicht, dass ich...", begann Gain, aber Sabeta unterbrach ihn.

"Willst du mich beleidigen, indem du eine Einladung zu einem Krug Met ausschlägst?", fragte sie.

In Gains Augen blitzte ein humorvolles Funkeln auf und er setzte sich. Sabeta füllte einen Pokal mit dem verdünnten Met und schob ihn zu Gain hinüber. Sie hob ihren Pokal, wartete, bis Gain getrunken hatte und nahm dann selbst einen Schluck. Der Met rann süß und würzig ihre Kehle hinunter.

"Was sollen wir zuerst öffnen?", fragte sie an Gain gewandt. Der schien einigermaßen perplex, dass er gefragt wurde. Nach einer Weile sagte er: "Ich denke, was euch am wichtigsten erscheint." Sabeta lachte und nickte Hoister auffordernd zu. "Du bist der Mann mit dem Gespür für die Feinheiten, die unser Vater gerne andeutet", sagte sie.

"Feinheiten?", fragte Hoister und griff nach dem Brief. "Ich glaube kaum, dass wir die Rolle vor dem Brief aufbrechen sollten, falls sie überhaupt für uns bestimmt ist. Wer macht sich die Mühe, alle Götterbilder darauf zu brennen, nur um sie uns zu schicken? Wohl niemand."

Hoister brach das Siegel des Briefes und öffnete ihn, gab die zwei ineinandergefalteten Pergamente aber sogleich an Sabeta weiter, die sie auffaltete. Mit leicht gerunzelter Stirn überflog sie die Nachrichten, bevor sie eine davon zur Seite legte. "Diese hier betrifft nur dich und mich", sagte sie an Gain gewandt. Gain wurde eine Spur blasser. Dass eine der Nachrichten ihn betraf, schien ihn zu überraschen. Sabeta nahm die andere Nachricht, lehnte sich zurück und legte ihre Stiefel auf eine Bank ihr gegenüber.

"Wie immer hattest du recht, Hoister. Die Rolle ist nicht für uns bestimmt und wir sollen sie auch nicht öffnen. Ihr Zielort erklärt auch, warum keiner von den Mannalen sie dort abliefern kann, wo sie hingehört." Sie blickte Gain an. "Ich meine gehört zu haben, deine Mutter hätte sich mit den Heydvala überworfen, als sie entgegen deren Rat die Handelswege nach Osten über die

Berge geöffnet hat?"

Tristan richtete sich unmerklich auf und Hoister rutschte unruhig einmal auf der Bank hin und her. Gain nickte beklommen. Er hatte seinen Eltern abgeraten, die Mauern einzureißen, die ihre Vorfahren errichtet hatten, und die Wege zu öffnen, aber wann hätten sie je auf ihren Sohn gehört?

"Die Stämme haben mit den Heydvala nichts zu schaffen", sagte Tristan, "die Heydvala beten die falschen Götter an."

"Die falschen und die richtigen", bemerkte Hoister unwirsch.

"Ja, ich weiß", Tristan winkte ab, "sie nehmen einfach jeden Gott in ihren Kreis auf, wenn er ihnen seherische Fähigkeiten durch Blutmagie verspricht."

Sabeta nahm die Rolle in die Hand. Das Leder fühlte sich kühl an. "Diese Rolle jedenfalls ist für die Heydvala bestimmt, und du", sie blickte Hoister an, "wirst sie dorthin bringen." Sie hielt ihm die Rolle hin, aber Hoister machte keine Anstalten, sie zu nehmen. Seine Kiefer verkrampften sich und ein Muskel an seiner Schläfe zuckte leicht. Sabeta legte die Rolle wieder ab und nahm stattdessen den Brief in die Hand. "Dir Hoister, als dem verlässlichsten und bedachtesten meiner Kinder, übertrage ich die Aufgabe, die Rolle den Heydvala zu überbringen. Verteidige diese Rolle mit deinem Leben, wenn es sein muss, unser aller Zukunft hängt davon ab", las sie laut.

Für einen Moment war es ganz still. Das Knistern der Scheite in den Feuern wirkte unnatürlich laut in der großen Halle.

"Ich nehme an, Vater verrät uns nicht, was es mit dieser Zukunft auf sich hat?", fragte Tristan mürrisch. Sabeta blickte Gain auffordernd an, aber dieser schüttelte leicht den Kopf. "Ich habe nicht mehr Ahnung als ihr", gestand er, "sie haben mich mitgenommen, damit ich Botschaften zurück zum Festland bringe, wenn nötig, nicht um mich an ihrem Thing teilhaben zu lassen. Ich nehme an, wir sollen es nicht wissen, damit niemand es uns unter Folter entlocken kann."

Seine Worte hallten nach, schienen von den Wänden zu ihnen zu sprechen. Was immer diese Rolle enthielt, es war mehr als nur eine Nachricht. Sie markierte eine Wende in ihrem Leben, nur welche, wussten sie nicht.

Sabeta nahm die Rolle vom Tisch und betrachtete sie nachdenklich. Das Leder war an einigen Stellen verkratzt und durch Salzwasser beschädigt, aber es hoben sich deutlich erkennbar die Zeichen aller sechzehn Götter und damit aller sechzehn Stämme darauf ab, die irgendwer mit einem feinen Gerät in das Leder gebrannt hatte. Sabeta könnte sie öffnen. Sie wusste, weder Hoister noch Tristan würden sie davon abhalten. Sie könnte sie öffnen und wieder verschließen und niemand würde wissen, dass sie gelesen hatten, was nicht für ihre Augen bestimmt war. Sabeta fing Gains Blick auf, der zu ahnen schien, was sie dachte, und der Moment der Versuchung driftete vorbei.

Sie hielt Hoister ein weiteres Mal die Rolle hin. "Hier", sagte sie, "du hältst damit offenbar dein Leben in der Hand, also verlier sie bloß nicht. Ich möchte ungern in die Verlegenheit kommen, dich für ein Stammesvergehen bestrafen zu müssen." Hoister streckte die Hand aus und Sabeta ließ die Rolle hineinfallen. Sabeta sah ihm an, wie schwer sie in seiner Hand lag, während er die Finger darum schloss und mit einem Mal ging ihr auf, dass diese Rolle ihr den Bruder entreißen würde, der sie schon im Mutterleib begleitet hatte. Sie waren nie getrennt gewesen, und obwohl ihre Wesen so unterschiedlich waren, waren sie auf ihre eigene Weise eins, so wie nur Zwillinge eins sein können. Sie riss sich von dem Gedanken los, der als Schmerz in ihre Brust zu sickern drohte und wandte sich Tristan zu.

"Du wirst auch gehen", sagte sie.

Tristan richtete sich auf.

"Freu dich nicht zu früh", sagte Sabeta, "ich muss für dich hier erst noch etwas erledigen, bevor du dich auf den Weg machen kannst." Sie nahm den Brief zur Hand und schaute auf die Zeilen, die mit der kantigen Handschrift von Morgan Dherask über das fürstliche Siegel geschrieben waren.

"Dir, Tristan, dem unter meinen Kindern, der den weiten Weg der Weisheit noch vor sich hat, trage ich auf, die irdischen Belange hinter sich zu lassen und die glühenden Höhlen der Alvionen aufzusuchen. Mögen sie dir einen Hinweis auf die Zukunft der Erde geben und du dieses Beben in die Welt tragen."

Tristan schwieg. Sabeta dachte, dass dies vermutlich ein geschickter Schachzug von Morgan war, Tristan mit dieser nutzlosen Aufgabe in die Abgeschiedenheit des Nordens zu schicken. Das würde ihn aus der Schusslinie bringen, falls Unruhen im Land auf sie zukamen. Tristan war immer Morgans Liebling gewesen, allen Versuchen Tristans zum Trotz, sich unbeliebt zu machen.

"Er will mich aus dem Weg haben", sagte Tristan mit plötzlicher Klarheit. Sabeta nickte und zuckte dann die Schultern. "Vermutlich", sagte sie und goss sich noch einen Schluck Met ein.

Gain schien etwas sagen zu wollen, entschied sich dann aber dagegen und schwieg.

"Und was ist mit dir?", fragte Hoister an Sabeta gewandt und durchbrach damit die unangenehm gespannte Stille.

"Ich bleibe hier", Sabeta lehnte sich zurück und hielt Hoister den Brief hin.

"Dir, Sabeta übertrage ich, was du schon lange für uns alle übernimmst: Die Verantwortung für das Volk der Dherask, als diejenige unter meinen Kindern, die tut, was getan werden muss und nicht vor den Schwierigkeiten einer Entscheidung zurückschreckt", las Hoister vor.

"War das alles?", fragte Tristan nach einer Weile, in der nur das Knistern des Feuers zu hören war, und der Wind, der über den Kamm der Klippen heulte. "Kann ich gehen?"

Sabeta warf ihm einen missbilligenden Blick zu. "Unter einer Bedingung", sagte sie.

Tristan sah sie trotzig an.

"Bei Sonnenuntergang finde ich dich am Sandplatz und nirgendwo anders. Dein Schwert braucht Übung, und bevor du nicht wenigstens Kristop entwaffnen kannst, gehst du nirgendwohin, Vaters Anweisung hin oder her."

Tristan stand heftig auf, verbeugte sich in Sabetas Richtung in einer Weise, die man gerade noch als nicht ungehörig durchgehen lassen konnte und stampfte unnötig laut in Richtung des Tores. Der Wind, der durch die Halle fuhr, als die Türflügel sich öffneten, ließ die Feuer hoch aufflackern.

"Er ist und bleibt ein Bengel", schnaubte Sabeta.

"Verrätst du mir, was du für ihn noch erledigen musst?", fragte Hoister.

Sabeta warf einen Blick auf Gain. "Nein", sagte sie.

"Du solltest nicht so hart mit ihm sein", sagte Hoister.

"Hast du ihn in letzter Zeit mal kämpfen sehen?", fragte Sabeta. "Ein Raubüberfall mit mehr als einer Person auf dem Weg in den Norden, und du kannst seinen Rotschopf ohne Körper vom Boden aufsammeln", sagte sie. "Dabei hat er Talent. Einiges sogar. Aber er ist faul."

Hoister zuckte die Schultern. "Gib ihm mehr Wachen mit", sagte er pragmatisch.

Dann nickte er zu dem zusammengefalteten Brief, der noch auf dem Tisch lag.

"Ich glaube, ihr beide habt noch etwas zu besprechen", sagte er, "und ich sollte wohl besser anfangen, mich von meiner Frau und meinen Kindern zu verabschieden."

Er stand auf, nahm die Rolle und steckte sie in die Innentasche seines nachlässig über die Tunika geworfenen Mantels.

GAIN

5. FORTHACHDEN

480 Winter n.T.

garlenische Zeit

LeeMat

Erster Sitz der Dherask

Nachdem Hoister die Halle verlassen hatte, wurde es sehr still. Sabeta machte keine Anstalten, den zweiten Brief wieder in die Hand zu nehmen. Gain war sich unsicher, ob sie in Gedanken versunken war oder ihn herausfordern wollte. Es wäre unhöflich gewesen, direkt nach dem Brief zu fragen, obwohl er darauf brannte zu erfahren, was darin stand. Also brach er die Stille auf andere Art und Weise.

"Ich wurde unten am Strand Zeuge einer Auseinandersetzung", sagte er.

Sabeta drehte den Kopf zu ihm und betrachtete ihn mit dem

Blick ihrer wachen Augen.

"Ein Fischer, der sich selbst als 'der alte Maurizius' bezeichnete, hat einem jüngeren Fischer befohlen, etwas zu verbrennen, der jüngere schien allerdings zu glauben, dass die Fürsten Interesse daran haben könnten."

"Mh", machte Sabeta und blickte ihn weiter an. Gain begann unter diesem Blick leicht zu schwitzen. Vielleicht konnte sie es nicht leiden, mit Kleinigkeiten behelligt zu werden? Sabeta schwang die Stiefel von der Bank, stand auf und ging zur Wand, wo ein breiter, reich bestickter Streifen Stoff von der Decke baumelte. Sabeta zog einmal heftig daran, und Gain konnte von draußen den Klang einer leisen Glocke vernehmen. Fast sofort öffnete sich das Tor. Eine der Wachen kam herein, schritt durch die Halle und blieb mit einer kleinen Verbeugung vor Sabeta stehen, die zum Tisch zurückgekehrt war.

"Bring mir einen Fischer, der sich selbst als 'alten Maurizius' bezeichnet. Und falls es nicht zu spät ist, sag ihm er soll die Verbrennungen stoppen und mit nach oben bringen, was immer er vor unser Augen verbergen wollte."

Die Wache nickte und verschwand wieder. Sabeta sah Gain ins Gesicht. Ein leichtes Funkeln lag in ihren Augen, wie der Hauch einer Anerkennung, und Gain spürte, wie er sich entspannte. Sabeta übte einen merkwürdigen Sog aus, ihre Anerkennung war wie der seltene Sonnenstrahl an einem regnerischen Morgen, und Gain stellte verwundert und leicht amüsiert fest, dass er danach zu lechzen schien.

Sabeta setzte sich wieder und zog den zweiten Brief zu sich heran.

"Deine Mutter scheint nicht viel von deinen Kampfkünsten zu halten, Gain von den Mannalen", sagte sie, und das angenehme Gefühl ihrer Anerkennung verschwand wie eine Wolke, die vom

Wind verweht wurde.

"Sag mir, bist du wirklich so ungeschickt, wie sie schreibt, oder nur faul wie mein Bruder?"

"Ich fürchte, ich bin tatsächlich so ungeschickt, wie sie schreibt", erwiderte Gain mit einem Gefühl im Bauch, als wolle er sich gleich übergeben.

"Nun", sagte Sabeta und reichte ihm den Brief, "wie es scheint, bin ich ab heute dafür verantwortlich, dir deine Ungeschicklichkeit auszutreiben und aus einem Boten einen Krieger zu machen. Und wie könnte ich einem Fürsten, mit dem wir schon seit Jahren so hervorragende Handelsbeziehungen pflegen, irgendetwas abschlagen?"

Gain griff nach dem Brief und überflog die Zeilen.

An Sabeta, Fürstin aus dem Hause der Dherask, Tochter des amtierenden Fürsten Morgan Dherask, amtierende Fürstin des Ubronenlandes, Besatzungsleiterin der fünf Varender Wachtürme,

es bereitet mir Bedauern, über die Kampfkünste meines Sohnes nichts anderes sagen zu können, als dass sie der Euren nicht nur nicht im Mindesten gleich stehen, sondern das Schwert in seiner Hand zu einem Lumpen wird, den er versucht, über dem Kopfe zu schwingen. Sein Widerwille ist so groß, dass er bis auf einen Dolch unbewaffnet auf Reisen geht, und allein die Götter mögen wissen, warum sein Leben bisher verschont geblieben ist. Es bereitet meinem Mann und mir großes Ungemach, ihn ungeschützt zu wissen, und die Schande seiner Weigerung, in den Stand der Krieger einzutreten, bringt Schmach über die ganze Familie.

So wende ich mich in letzter Hoffnung an Euch, Fürstin, Euch, die weiße Kriegerin, deren Künste mit den Waffen weitgerühmt sind und deren Geschick in der Kriegsführung in diesem Lebensalter unübertroffen sind.

Wir hoffen, Ihr werdet Euch seiner annehmen und endlich einen Krieger aus ihm machen und können in aller Bescheidenheit die Dienste unserer Weber anbieten, deren Waren von nun an bis auf diesen Tag in fünf Jahren den Regeln der Stammesverbundenheit unterliegen sollen.

Herrida von den Mannalen, amtierende Fürstin.

Es war bezeichnend für die Verzweiflung seiner Mutter, dass sie Sabetas Stärke und Geschick als "unübertroffen" darlegte, war sie es doch gewesen, die vor noch nicht allzu langer Zeit gespottet hatte, mehr Glück als Erfahrung habe Sabeta zur Feldherrin gemacht.
"Fünf Jahre Stammesverbundenheit im Tuchhandel scheint mir kein angemessener Gegenwert für meine Ausbildung", sagte Gain verstimmt, "du solltest zehn verlangen, um den Lumpen, den ich über dem Kopf kreise, in eine Waffe zu verwandeln."
Sabetas Mundwinkel zuckten belustigt.
"Ich denke, fünf Jahre den besten Tuchhandel aus ganz Garlenien hierher zu befördern, würde meine Pläne des Stadtaufbaus im Ubronenland mächtig vorantreiben und ist ein guter Gegenwert, um aus einem Boten einen Krieger zu machen."
"Ein hoffnungsloses Unterfangen", murmelte Gain und überlegte, ob er auf ihre unverschämte Bemerkung über den Tuchhandel eingehen sollte oder nicht.
Sie schien seine Unentschlossenheit zu spüren und sah ihn mit hochgezogenen Augenbrauen an. "Möchtest du etwas dazu sagen?", fragte sie. "Vielleicht an deiner Mutter statt verhandeln?"

Aber Gain schüttelte den Kopf. Die Stammesverbundenheit im Handel sah vor, dass sie von nun an alle Waren erst einem Vertreter der Dherask vorlegen mussten, der sie zu einem vergünstigten Preis kaufen durfte. Der Rest der Ware ging an die Mannalen zurück und durfte dort verkauft werden, wie es den Händlern beliebte. Nur dass es entgegen dem Glauben seiner Mutter keinen Rest geben würde. Sabeta würde den Tuchhandel übernehmen. Die Dherask waren einer der wenigen Stämme, die reich genug waren, um den Mannalen alle Waren und nicht nur eine Auswahl abzukaufen.

"Klug von dir", sagte Sabeta, stand auf und zog mit einem Ruck den Dolch aus dem hölzernen Pfeiler, den sie nach Tristan geworfen hatte. Sie wog ihn in der Hand, bevor sie Gain den Griff hinhielt. "Sie schrieb, du würdest einen Dolch tragen", sagte sie, "also", sie setzte sich und lehnte rücklings die Ellbogen auf den Tisch. "Zeig mir, was du kannst."

Gain stand auf und nahm dem Dolchgriff. Wie jedes Mal, wenn seine Hand eine Waffe umschloss, fühlte er ein plötzliches Gefühl von Fremdheit und Abscheu, als müsse er sich zwingen, die Waffe nicht in einem hohen Bogen von sich zu werfen.

"Ein Lumpen, ja?", sagte Sabeta amüsiert, "wohl eher eine Schlange."

Ganz plötzlich stand sie auf, nahm die Klinge zwischen ihre geöffneten Handflächen und drehte sie mit einem Ruck zur Seite. Der Griff wurde Gain aus der Hand gedreht, im gleichen Moment spürte er, wie sein rechtes Bein von einem heftigen Tritt zur Seite geschleudert wurde. Er machte sich steif und drehte sich leicht im Fall, so dass er mit beiden Unterarmen auf dem Boden aufkam und sich abstützen konnte. Reflexartig warf er sich herum, um wieder auf die Beine zu kommen, aber da kniete Sabeta schon über ihm und hielt ihm den Dolch seitlich an den

Hals.

"Ich denke", sagte sie und lächelte, "bevor wir aus der Schlange einen Dolch machen, arbeiten wir an deinen Reaktionen."

Mit einem Satz sprang sie wieder auf die Beine und gab ihn frei.

In dem Moment, in dem Gain etwas verdrossen wieder auf die Beine kam, öffnete sich das Tor ein weiteres Mal, und herein kamen zwei Wachen, die einen äußerst eingeschüchterten alten Fischer zwischen sich hertrieben. Die senffarbenen Troddeln an seinem Hut baumelten neben seinen weit aufgerissenen Augen, in denen sich der Feuerschein spiegelte.

"Seid ihr geflogen?", fragte Gain, bevor er die Frage aufhalten konnte. Er konnte sich nicht erklären, wie sie den alten Maurizius in der kurzen Zeit aufgetrieben hatten, er hatte mit mehreren Tagen Wartezeit gerechnet.

"Er war gerade dabei, seinen heutigen Fang an Eure Küche zu verkaufen", sagte eine der Wachen zu Sabeta. "Es war nicht schwer, ihn zu finden, Lenos kennt ihn und wusste, dass er hier oben ist."

Der Fischer nahm seinen Hut ab und begann, den Stoff in seinen knotigen Händen zu kneten. Das schleimige Grinsen, mit dem er Gain seine Dienste angeboten hatte, war verschwunden.

"Ich schwöre bei Oceanne, dass ich nur frische Ware verkaufe", stammelte der Fischer, "wenn ein stinkender Fisch dabei war, war es sicher nicht meine Schuld, ich habe einen Lehrling, ein rechter Taugenichts, wenn Ihr wollt, kann ich ihn holen lassen, aber ich wünsche mir Nachsicht für ihn, er hat noch nicht gelernt, den guten von dem weniger guten Fang zu unterscheiden und..."

Sabeta hob eine Hand und der alte Maurizius schwieg.

"Ich bin nicht hier, um mit dir über die Frische deiner Ware zu diskutieren", sagte Sabeta. Das humorvolle Funkeln in ihren Augen war verschwunden.

"Ich möchte wissen, was dein Lehrling verbrennen sollte."

Die Augen des alten Maurizius wurden noch größer, sein Gesicht wurde bleich und mit zitternden Beinen sank er auf ein Knie.

"Wenn es ein Fehler gewesen sein sollte, nicht Euren Rat einzuholen, bin ich untröstlich, Fürstin, doch es schien mir das richtige..."

Sabeta unterbrach diesen erneuten Wortschwall mit einem abfälligen Schnauben.

"Das Geschwätz ist ja nicht zu ertragen, hol mir den Lehrling", sagte sie, "vielleicht ist der in der Lage, ein klares Wort heraus zu bringen."

"Er steht vor der Tür, Fürstin", sagte eine Wache und drehte sich um, um den Lehrling zu holen.

Der alte Maurizius, eben noch weiß wie ein Segel, lief jetzt dunkelrot an.

"Skelette", murmelte er fast unhörbar.

"Wie war das?", fragte Sabeta scharf.

"Skelette", sagte der alte Maurizius etwas fester, während hinter ihm sein Lehrling die Halle betrat und mit festen Schritten an ihm vorbei ging.

Der Lehrling trat aufrecht nach vorne, warf seinem Meister einen verächtlichen Blick zu und richtete sich dann direkt an Sabeta.

"Fischskelette", sagte er mit fester Stimme, offenbar erleichtert ihr diese Information weiter geben zu können.

"Und?", fragte Sabeta. "Was ist so besonders an diesen Skeletten, dass ihr sie verbrennen musstet?"

Der Lehrling griff in seine Umhängetasche und zog einen Gegenstand heraus, den Gain erst auf den zweiten Blick als Fischskelett erkannte. Ein unangenehmer Geruch breitete sich in der Halle aus. Der Lehrling trat nach vorne, kniete vor Sabeta und legte ihr das Skelett vor die Füße. Er wollte aufstehen und sich zurückziehen, aber Sabeta hielt ihn mit einer Geste zurück und kniete sich ebenfalls hin. Ausdruckslos musterte sie das, was einmal ein Thunfisch gewesen sein mochte. Der Kopf war noch vollständig erhalten, genauso wie die hintere Flosse. Die Gräten dazwischen waren blank und weiß. Der ganze Fischkörper war in sich verdreht worden, die Rückenwirbel stets um einen kleinen Hauch verschoben, sodass die Gräten wie eine Spirale um den Körper abstanden. Der Anblick war grotesk und der Gestank so abscheulich, dass Gain sich fragte, wie Sabeta sich darüber beugen konnte, ohne dass sich ihr der Magen umdrehte.

"Es gab mehr davon", sagte der Lehrling mit einem weiteren verächtlichen Blick auf Maurizius, "aber mein Meister hat mir befohlen, sie zu verbrennen. Ich habe den hier aufgehoben, weil ich dachte, Ihr würdet es vielleicht am Ende doch gerne sehen."

Ein warmes Lächeln erhellte Sabetas Gesicht und veränderte ihre Ausstrahlung von der eines eisigen Wintermorgens zu einem Sonnentag im Frühling.

"Du hast richtig gehandelt", sagte sie und dann an die Wachen gewandt: "Nehmt ihn mit und gebt ihm ein neues Hemd. Seines sieht etwas... abgenutzt aus."

Abgenutzt war ein freundliches Wort für das fadenscheinige Teil aus schlechtem Garn, das an den Ärmelansätzen auseinanderfiel und hunderte Male geflickt schien. Der Lehrling stand gleichzeitig mit Sabeta auf und verbeugte sich, ein ums andere Mal seinen Dank stammelnd, bis Sabeta ihn mit einer gnädigen Geste entließ. Gain kannte sie mittlerweile gut genug, um ihr anzusehen, dass das Verhalten des Lehrlings sie amüsierte.

Erst nachdem der Lehrling gegangen war und das Tor geschlossen, wandte Sabeta sich wieder an den alten Maurizius.

Von Güte und Freundlichkeit war keine Spur mehr in ihrem Gesicht.

"Und du hast geglaubt, die Entscheidung darüber, was mit diesen Skeletten passiert, läge bei dir? Wer bist du?"

Der Fischer schwieg. Kleine Schweißperlen erschienen auf seiner Stirn.

"Beantworte meine Frage", sagte Sabeta gefährlich ruhig. "Wer bist du?"

"N...nur e...ein alter Fischer", stammelte Maurizius.

"Ein alter Fischer, der sich zu Höherem berufen fühlt und glaubt, die Geschicke seines Stammes in die Hand nehmen zu müssen?"

"A...aber", verteidigte Maurizius sich, und Gain war einigermaßen erstaunt, dass er sich traute Widerworte zu geben, "es bedeutet nichts. Es ist nur ein schlechter Scherz...", er brach unter Sabetas eisigem Blick ab.

"Die Deutung überlässt du besser klügeren Köpfen als deinem", sagte Sabeta, und dann zu den Wachen: "Peitscht ihn aus. Schneidet seine Troddeln ab und untersagt der Küche, Ware von ihm anzunehmen. Stellt den Lehrling als fürstlichen Lieferanten ein und geht sicher, dass er sich einen neuen Meister sucht."

Der Ausblick auf die Peitschenhiebe schien Maurizius nichts auszumachen, aber als er hörte, wie Sabeta befahl, die Troddeln seines Hutes abzuschneiden, begannen seine Lippen zu zittern. Die Wache zog ihren Dolch und riss dem Fischer den Hut aus den faltigen Händen. Mit vier scharfen Schnitten hatte sie die Fäden der Troddeln durchschnitten und die zusammengehaltenen Wollbänder fielen auf den Boden. Eine einzelne Träne rann über das faltige Gesicht des Fischers und er schien unfähig, sich zu bewegen. Die Wache zog ihn unsanft auf die Beine und schleifte ihn zur Tür hinaus.

Mit einem dumpfen Laut schlugen die Flügeltüren wieder zu. Sabeta fuhr sich mit beiden Händen über das Gesicht und wirkte auf einmal verletzlich. Aus ihren Wangen wich die Farbe und sie taumelte ein paar Schritte rückwärts, bis sie eine Bank erreicht hatte, auf der sie sich zitternd niederließ. "Mögen die Götter uns beistehen, Gain", sagte sie leise.

Gain warf einen Blick auf das grotesk verrenkte Skelett. Er verstand nicht, warum es einen solchen Schrecken verbreitete. Er eilte zu Sabeta herüber und kniete sich neben sie.

"Was bedeutet es?", fragte er, aber Sabeta schüttelte den Kopf.

"Später", sagte sie, "erst musst du mich halten."

Gain, einigermaßen erstaunt über diese Bitte, stellte sich hinter sie und umschloss mit seinen Armen ihre leicht zitternden Schultern.

Sabeta Dherask hatte ihre Beherrschung verloren. Vermutlich würde sie ihn in Zukunft spüren lassen, dass er Zeuge dieser Schwäche geworden war. Trotzdem hielt er sie, bis das Zittern aufhörte und die Farbe in ihre Wangen zurückkehrte.

Gain zog das Pergament, das auf der dunklen Tischplatte lag, ein Stück zu sich heran. Es war eine Übersetzung einer altrungischen Weissagung, und jemand hatte sie über und über mit Anmerkungen versehen. Gain vermutete, dass dieser Jemand Morgan Dherask gewesen war.

"Rafsalugor - rabenbefiedert / rabenbeseelt?" Stand an einer Stelle. "Bolsking - Bär? Schakal? Bolskor - schakalfellig?" Stand direkt darunter und ganz klein an den Rand gekritzelt: "Tur - Riese? Geist? Beseeltes Chaos?"

Nachdem Sabeta sich wieder gefangen hatte, hatte sie Gain hierhergebracht, in eine Kammer neben der Halle, deren Rückseite ebenfalls aus bloßem Fels bestand, in den

Aushöhlungen hinein geschlagen worden waren. Die Aushöhlungen quollen über von Büchern, Karten und Schriftrollen. Steinerne Bögen gegenüber der Felswand bildeten Fenster, durch die das Sonnenlicht hereinfiel. Geschützt zwischen Felsen und Halle war es windstill im Raum, obwohl die Läden vor den Bögen nicht geschlossen waren.

Mitten im Raum stand ein riesiger Tisch aus dunklem Eichenholz. Die Verzierungen der Beine verrieten, dass sein Hersteller eine Zuneigung zu Envira, der Göttin des vergänglichen Lebens gehabt haben musste, denn sie waren üppig mit geschnitzten Ranken und Blumen versehen. Auf dem Tisch lag das Pergament, das Gain eben studiert hatte, während Sabeta unter den Büchern und Aufzeichnungen in den Felshöhlungen etwas suchte.

Endlich schien sie gefunden zu haben, weswegen sie in diesen Raum gekommen war. Sie zog ein schweres Buch mit Holzdeckeln zwischen den anderen hervor und kam damit zum Tisch. Gain rettete schnell Morgans Übersetzung, bevor Sabeta das schwere Buch so heftig auf die Holzplatte fallen ließ, dass es dumpf aufschlug.

Gain besah sich den gebrannten Titel des Buches. In verschlungenen Buchstaben stand dort: "Die Forthachden - eine Aufzeichnung der Wellen".

"Eine der wenigen Abschriften des Originals der Alvionen", sagte Sabeta. "Zum ersten Mal bin ich fast froh, einen Vater zu haben, der das geschriebene Wort mehr schätzt als seine täglichen Mahlzeiten."

Sie schlug das Buch auf und schien sich konzentrieren zu müssen, um die Worte zu lesen, denn sie schwieg mit gerunzelter Stirn. Das Buch war geheftet, so dass man nach Belieben Seiten dazu fügen oder herausnehmen konnte. Sabeta blätterte eine

Weile darin herum, bevor sie endlich gefunden hatte, wonach sie gesucht hatte.

"Hier", sagte sie, "eine Sammlung der Magischen."

Gain beugte sich über das Buch. Die aufgeschlagene Seite war eng beschrieben und mit Zeichnungen versehen, die auch auf dem Kopf betrachtet wenig spektakulär aussahen. Ein Mann, wenn auch mit düsterem Gesichtsausdruck, war darauf zu sehen und eine Schlange, die sich um die Buchstaben wand. Sabeta blätterte so rasch weiter, dass Gain die Zeichnungen auf den nächsten Seiten nur flüchtig wahrnahm, bevor sie eine der Seiten glattstrich und sich aufrichtete.

"Hier", flüsterte sie leise.

Gain ging um den Tisch herum und stellte sich neben Sabeta, um die Zeichnungen richtig herum zu sehen. Eine davon zeigte ein ebensolches Skelett, wie der Fischerlehrling ihnen gebracht hatte. Sabeta ließ sich auf den schweren Stuhl fallen, während Gain sich über das Pergament beugte und versuchte die Schrift zu entziffern.

"Sichtungen der Nichessa, oder Meermenschen, benannt nach dem ersten Entdecker derselben, Niru Nichor, gehörten zu jeder der Wellen. Sie verschlingen Menschen und Schiffe, ziehen alles und jeden in die Tiefe. Sie werden angelockt vom Fleisch der Menschen, welches für sie kostbarer ist, als das der Fische, Wale und Delphine. Wo keine Menschen sind, findet man auch in Zeiten der größten Forthachdenkriege keine Nichessa. Sie schwärmen in die Häfen, folgen den Schiffen, sie werden angezogen von unserem Sein, wie die meisten der Magischen, der Forthachden. An Land können sie nur für kurze Zeit überleben. Ihr Blut hat eine blaue Farbe, wie dunkle Tinte, und ihre Zähne ähneln denen kleiner Haifische. Die ersten Anzeichen ihres

Auftauchens sind meist verdrehte Skelette, die das Meer an Land spült, bevor die Nichessa selber auftauchen."

Gain hörte auf zu lesen und betrachtete stattdessen die Zeichnung einer Nichessa, die ihm wie lebendig entgegensprang. Der Oberkörper einer Frau - oder eines Mannes? - der in einem Fischschwanz endete und die mit grimmiger Miene einen Menschen verschlang, der gerade halb so groß wie sie zu sein schien.

Gain wurde kalt. Vor seinem inneren Auge sah er Matidas alte Hände, die eine Kette mit geschnitzten Anhängern durch die Hände gleiten ließ.

"Es gibt keine Magischen mehr", sagte er tonlos, "die letzte Welle ist hundertvierzig Winter her und im siebzigsten Sommer sind sie nicht gekommen. Sie sind besiegt. Sie kommen nicht wieder."

Sabeta beugte sich vor. Ihr braunes Haar fiel ihr über das Gesicht. Sie sah müde aus.

"Sabeta", sagte Gain vorsichtig, "könnte es nicht sein, dass sich jemand einen Scherz erlaubt hat und diese Skelette so hergerichtet hat, um irgendwem einen Schrecken einzujagen?"

Sabeta nickte langsam. "Der Gedanke klingt verlockend", sagte sie. "Aber wir wissen es nicht."

"Nein", sagte Gain.

"Du wirst wegen deines Trainings eine Weile hierbleiben, habe ich recht?", sagte Sabeta.

Gain nickte widerwillig. Er wollte nach Hause, er wollte zurück in die Berge, er vermisste die klare Luft und den weiten Blick über Täler und schneebedeckte Wipfel, aber er würde hierbleiben und dem Wunsch seiner Mutter entsprechen.

"Ich möchte, dass du dich umhörst, Gain. Du hast ein sympathisches Gesicht und ein nettes Lachen."

Gain sah sie überrascht an und Sabetas Mundwinkel zuckten amüsiert.

"Es ging mir nicht darum, dir ein Kompliment zu machen", sagte sie.

"Das hätte mich auch sehr gewundert", gab Gain zurück.

"Ich möchte, dass du dich umhörst. Die Menschen mögen dich. Dieses kleine Mädchen, das du bei dir hattest, als du ankamst, vergöttert dich geradezu."

Gain war einigermaßen überrascht. Er hatte den Eindruck gehabt, Sabeta hätte Ann gar nicht wahrgenommen.

"Sie werden mit dir reden. Und was immer du hörst, erzähl es mir. Egal wie unbedeutend es erscheinen mag. Kannst du das tun?"

Sabeta sah ihn mit einem seltenen wohlwollenden Lächeln und einem Funkeln in den Augen an, in dem Gain das Wiedererwachen ihres Kampfgeistes erkannte.

"Natürlich", sagte er.

Durch die steinernen Bogen fiel ein rötlich werdendes Licht, und Gain fiel plötzlich siedend heiß ein, dass er Ann zur "Adagio" zurückbringen musste.

"Kann ich gehen?", fragte er etwas steif. Streng genommen brauchte er dafür natürlich Sabetas Erlaubnis nicht, aber da sie in der nächsten Zeit seine Trainerin sein würde, hielt er es für angebracht, ihr ein Mindestmaß an Respekt entgegenzubringen.

Sabeta blickte etwas zerstreut auf und sah dann nachdenklich aus dem Fenster.

"Natürlich", sagte sie und machte eine Handbewegung, als würde sie einen Vogel verscheuchen.

"Aber tu mir den Gefallen und lass dir von Kerit anständige Kleider geben. Hoisters Sachen dürften dir ein wenig zu groß sein, aber ich denke, Tristan und du haben die gleiche

Schulterbreite."

Gain lief zur Tür hinüber, die beim Öffnen leise knarzte, und dann zurück in die Halle. Dort war es ein wenig wärmer als in der Studierstube, was wohl den beiden Feuern neben der Tür zu verdanken war. Gain schritt an den riesigen Säulen und an den beiden Feuern vorbei auf das Tor zu und stand für einen Moment unschlüssig davor. Das Tor hatte keinen Türknauf. Vermutlich gab es auch von innen irgendeinen Trick, um sie zu öffnen. Schließlich zog er mit beiden Händen an der hervorstehenden Schnitzerei eines Wales. Die Türflügel waren so schwer, dass Gain sie kaum bewegen konnte. Aber ganz plötzlich wurde es leicht und die beiden Flügel schwangen ihm entgegen. Eine der Wachen hatte draußen den Hebel umgelegt und nickte Gain zu, während er an ihr vorbeischritt, über die Holzbohlen bis zur Treppe, wo gerade eine Wachablösung stattfand.

Die Sonne stand jetzt schon tief über dem Wasser. Das warmgoldene Abendlicht ergoss sich über die Klippe und das Städtchen. Gain hörte die Wellen am Strand ans Ufer rollen.

Unten an der Treppe bei den Hühnern stand Ann in ein angeregtes Gespräch mit Lenos vertieft. Die beiden steckten die Köpfe zusammen, als seien sie schon seit Jahren die dicksten Freunde. Gain tat es in der Seele weh, Ann von hier weg wieder auf das Meer zu bringen, vor dem ihr so grauste. Für einen Moment beobachtete er sie und dachte an die verdrehten Skelette und die Nichessa. Im Grunde glaubte er, dass das Ganze ein schlechter Scherz war, aber wenn nicht? Wie konnte er Ann dann zurück auf dieses Schiff bringen? Er würde sie in den Tod schicken.

Gain schüttelte den Gedanken ab und lief die Stufen hinunter auf die beiden zu, und der enttäuschte Ausdruck, der über die Gesichter der beiden lief, als sie ihn sahen, gab ihm einen Stich.

"Hallo Gain", sagte Ann und bemühte sich sichtlich um eine feste Stimme, als er bei ihnen angekommen war. Sie behandelte ihn immer noch wie einen Matrosen, aber Gain sagte nichts dazu. Lenos verabschiedete sich verstohlen und huschte mit einem Ausdruck von Leid wieder davon. Gain vermutete, es würde ihn nicht weiter bekümmern, wenn Ann erst mal weg war, und morgen wäre für ihn wieder alles wie sonst auch, aber jetzt in diesem Moment tat es ihm weh.

Ann lief den ganzen Weg zurück zur Dherasker Treppe still hinter Gain her. Ein paar Mal drehte er sich um, um zu sehen, ob sie noch da war, weil sie plötzlich verstummt war, wie ein Vogel, der nicht mehr singt.

Oben an der Dherasker Treppe blieb Gain stehen und wartete, bis Ann zu ihm aufgeschlossen hatte. Der Blick über den Hafen in der Bucht, hinter der die Sonne unterging, war atemberaubend. Schattenhaft erhoben sich die Masten vor dem rotglühenden Himmel. Wie so oft auf seinen Reisen fühlte Gain plötzlich ein tiefes Gefühl von Dankbarkeit. Dafür, dass er dies hier sehen durfte, dafür, dass seine Reise ihn an diesen Flecken Erde gebracht hatte und er seine Sinne hatte, um all das wahrzunehmen, die Farben, den Geruch nach Meer, das Geräusch der Wellen und den Wind in seinem Gesicht.

Unten am Steg fand Gain nach dem Abstieg über die Dherasker Treppe einen Fischer, der bereit war, sie zur "Adagio" hinüber zu rudern. Ann stieg in das leicht schwankende Boot, setzte sich und umschloss die Knie mit den Armen. Trübsinnig schaute sie auf das Wasser. Gain ließ sich neben ihr nieder und der Fischer stieß das Boot vom Steg ab.

Bis sie oben auf dem Deck angekommen waren, hatte Ann all ihre Farbe verloren. Ihre Wangen waren blass, und um die Nase hatte ihre Gesichtsfarbe einen leichten Grünstich angenommen.

Gain vermutete, dass die Seekrankheit sie doch noch einmal einholen würde. Miro, der sie in Empfang genommen hatte, machte Anstalten, das Fallreep wieder einzuholen, aber Gain hielt ihn am Arm fest.

"Und wie soll ich deiner Meinung nach wieder zurück an Land kommen?", fragte er. "Soll ich hinunterspringen?"

"Oh", Miro wirkte für einen Moment verlegen und grinste dann. "Irgendwie habe ich dich zum Schiffsinventar gezählt."

"Ist Käpt'n Bogra da?", fragte Gain.

Miro nickte und deutete auf die geschlossene Tür der Kapitänskajüte.

Gain wandte sich an Ann. "Du bleibst genau hier stehen bis ich zurück bin und rührst dich nicht von der Stelle, verstanden?", sagte er scharf.

Ann nickte verschüchtert, und Gain ging mit festen Schritten auf die Kapitänskajüte zu und klopfte.

"Komm rein", kam es von drinnen.

Käpt'n Bogra saß über einer Seekarte, eine halb leere Glasflasche mit Met stand auf ihrem Tisch und ihre Nase war rot. Sie war betrunken, erkannte Gain, und seine Handflächen wurden feucht. Das machte seine Sache nicht einfacher.

"Bringst du mir meine Leichtmatrosin zurück?" Käpt'n Bogra lallte kaum merklich. "Der Offizier, der ihr erlaubt hat, an Land zu bleiben, liegt unten in der Brigg und kuriert seinen blutigen Rücken." Käpt'n Bogra nahm die Metflasche und betrachtete den Inhalt mit trüben Augen, bevor sie einen kräftigen Schluck nahm.

"Verdammter Hafen, verdammte Dherask", knurrte sie, "nachtragende Leute, alles in allem, die Sache mit der Seide ist über sechs Jahre her." Käpt'n Bogra stierte stumpfsinnig auf die Flasche. "Aber darf ich wieder anlegen? Darf ich Waren an Land bringen? Verhandeln? Nein! Ich sag' dir was, Gain von den

Mannalen, ohne diesen Hafen hier geht jeder Käpt'n vor die Hunde, die anderen Handelshafen sind ein Dreck. Und natürlich musste sie verhindern, dass der Hafen in Ekslund wiederbelebt wurde, diese gierige Kröte."

"Ich würde es vorziehen, wenn Ihr Sabeta Dherask in meiner Anwesenheit nicht als gierige Kröte bezeichnen würdet, Käpt'n", sagte Gain frostig.

Käpt'n Bogra sah aus blutunterlaufenen Augen auf und lachte düster. "Nein, die Fürsten halten zusammen, ja? Schlagen sich die Köpfe ein im ewigen Zweikampf, aber wehe ein Dritter sagt dasselbe, was ihr euch gegenseitig an den Kopf werft. Vermaledeite..."

"An Eurer Stelle würde ich mir gut überlegen, ob ihr das aussprechen wollt", sagte Gain gefährlich leise.

Käpt'n Bogra blickte ihn an, als sei sie irgendwie überrascht, ihn hier zu sehen, dann lachte sie wieder mit gehässiger Miene.

"Wie du willst, Bürschchen", hängte sie provokant an. "Warum bist du also hier, Gain von den Mannalen?" Sie betonte seinen Namen, als sei er etwas Anstößiges.

"Ich bin hier, um Euch Eure Leichtmatrosin abzukaufen."

Käpt'n Bogra warf den Kopf in den Nacken und lachte dröhnend. Gain wartete, bis sie damit aufhörte und ihn misstrauisch ansah.

"Oh, du meinst das ernst, ja?", fragte sie bissig. "Die Antwort ist Nein."

"Vielleicht möchtet Ihr euch erst mein Angebot anhören?"

"Ich will kein Geld", sagte Käpt'n Bogra. "Weißt du, wie schwer es dieser Tage ist, eine Crew zusammenzustellen? Die Gewässer sind völlig übervölkert von all diesen Möchtegernhalunken und Reisenden, die die Dreistigkeit besitzen, sich selbst als Seefahrer zu bezeichnen, nur weil sie mal ein Ruder gehalten haben. Und seitdem...", sie betrachtete nachdenklich die Flasche und Sorgenfalten erschienen um ihren Mund. Auf einmal sah sie müde aus.

"Seitdem was?" Gain horchte auf.

"Seitdem ganze Schiffe zwischen den Porgesen und Garlenien verschwinden, will niemand mehr an Bord. Ganz ohne Stürme, einfach so - piff!" Käpt'n Bogra machte eine schleudernde Handbewegung "Sind sie weg."

"Seit wann passiert das?", fragte Gain.

"Seit ein paar Monaten. Mein erster Maat behauptet, ein Krake würde sie in die See ziehen, Oceanne würde ihn schicken. Aber ich verrat dir was, Bürschchen", sie nahm einen tiefen Schluck, "Oceanne liebt ihre Seefahrer. Sie zieht sie nicht grundlos in die Tiefe."

"Ich gebe Euch kein Geld für Ann", sagte Gain, "ich gebe Euch etwas Wertvolleres."

Käpt'n Bogra blickte auf, und als er nicht weitersprach, wurde sie sichtlich ungeduldig. Gain wartete noch einen Moment, bis die Spannung im Raum sich aufgestaut hatte, dann sagte er: "Ich öffne den Hafen für Euch." Käpt'n Bogra blickte ihn aus rot unterlaufenen Augen an, eine Mischung aus Hoffnung, amüsiertem Spott und Ungläubigkeit sprach aus ihrem Gesicht.

"Innerhalb von sechs Mondzyklen", sagte Gain, "schaffe ich es nicht, bekommt ihr Ann oder einen anderen Leichtmatrosen zurück."

"Drei Monate oder drei Matrosen", sagte Käpt'n Bogra sofort.

Gain brauchte einen kurzen Moment, um sich zu erinnern, dass die meisten Seefahrer das Zählsystem der Porgesen übernommen hatten und ein Monat in etwa einem Mondzyklus entsprach.

"Vier Mondzyklen oder zwei Matrosen", sagte Gain.

"Abgemacht", sagte Käpt'n Bogra und richtete sich auf.

"Und Ihr werdet mir noch einen Gefallen tun", sagte Gain.

"So, werde ich das, ja?" Käpt'n Bogras breite Gestalt schwankte verdächtig.

"Ja", sagte Gain, "Ihr werdet in diesen vier Mondzyklen eine Liste führen. Über jedes verschwundene Schiff, über seine Crew, über seinen Käpt'n. Ihr werdet Erkundigungen einziehen, was die bisher verschwundenen Schiffe betrifft."

Sie maßen sich mit Blicken. Käpt'n Bogra schien es ganz offensichtlich nicht zu passen, Anweisungen von ihm entgegen zu nehmen, aber sie konnte es sich nicht leisten, sein Angebot auszuschlagen.

"Also gut", sagte sie schließlich, "nimm diese vermaledeite Göre mit, hat eh nichts getaugt."

Gain ließ sich seine Erleichterung nicht anmerken. Er verbeugte sich knapp und ging zur Tür hinaus.

"Hol deine Sachen, Ann", sagte er, als er das Fallreep wieder erreichte.

"Was?" Ann sah ihn aus großen Augen an, und aus Miros Miene sprach Verwirrung.

"Sie hat dich freigegeben", sagte Gain. "Du kommst mit mir an Land."

Miro musterte Gain misstrauisch, aber der wich seinem Blick aus.

"Wie...wie hast du das gemacht?", fragte Ann, als könne sie ihr Glück noch nicht ganz glauben.

"Ich verrate dir ein Geheimnis, Ann", zwinkerte Gain ihr zu, "man muss mit den Leuten reden."

"Ja", sagte Ann mit düsterem Gesichtsausdruck, "aber dann müssen sie auch zuhören."

Gain lachte kurz, um Ann aufzuheitern, obwohl ihm nicht danach zumute war. Er hatte keine Ahnung, wie er Sabeta

Dherask davon überzeugen sollte, Käpt'n Bogra wieder einlaufen zu lassen, zumal er nicht die geringste Ahnung hatte, was vorgefallen war, außer, dass es offenbar um Seide gegangen war. Er würde wohl eher stattdessen zwei andere Leichtmatrosen auftreiben müssen.

Miro musterte ihn. "Hast du deine Seele an sie verkauft, Mann?", fragte er.

Gain hob die Augenbrauen. "Also langsam frage ich mich, ob es klug war, mich so vertraut mit euch zu geben. Nicht nur Ann scheint vergessen zu haben, dass ich kein Matrose bin."

Miro wirkte für einen Moment etwas betreten, aber er hatte es schnell wieder überwunden.

"Ich werd' dich vermissen, Mann", sagte er mit Bedauern in der Stimme, "Matrose oder nicht."

Gain sah ihn mit hochgezogenen Augenbrauen an.

"Euch, meine ich", sagte Miro hastig, "ich werde Euch vermissen."

"Hol deine Sachen, Ann", wies Gain das Mädchen an, und Ann flitzte los, um ihren kleinen Beutel von unten zu holen, der all ihre Habseligkeiten beinhaltete.

"Hör mal Miro", sagte Gain ernst und lehnte sich gegen die Reling. "Du musst mir einen Gefallen tun."

"Nur wenn er mir keinen Ärger einbringt, Mann", sagte Miro nervös.

"Tut er nicht", versicherte Gain. "Ich will, dass du dich umhörst. Unter den Seefahrern und in den Häfen und Berichte über jede Unregelmäßigkeit schickst. Verschwundene Schiffe, ungewöhnliches Seemannsgarn, Sichtungen, einfach alles."

"Ich kann nicht schreiben, Mann", sagte Miro. "Und Papier habe ich auch keins."

Gain griff nach seinem Beutel, nahm mehrere silberne Valees

heraus und hielt sie Miro hin.

"Die kann ich nicht annehmen", sagte Miro sofort und zuckte zurück, als hielte Gain ihm eine lebendige Giftspinne hin, "reiche Seeleute leben gefährlich, hast du von Pins gehört? Der hat einen Schatz geerbt, nicht so viel wie das hier, beileibe nicht, aber genug, und zwei Tage später lag er mit aufgeschnittener Kehle vor der Hafenschenke bei Pierslund und sein Geld war weg."

"Nimm es, um einen Schreiber zu engagieren und einen Boten, wenn es sein muss", sagte Gain ungerührt. "Einer der Taler ist für dich, die anderen für die Botschaften."

Miro streckte zögerlich die Hand aus. Gain ließ die Münzen hinein klimpern und Miro steckte sie schnell in die Tasche, wobei er sich verstohlen umsah, ob auch niemand sie beobachtete.

"Und sag Matida, sie soll ihre verdammte Kette verstecken. Ich müsste sie eigentlich ausliefern, aber ich werd's nicht tun", sagte Gain.

Wie Gain vermutet hatte, schien Miro von der Kette zu wissen, denn er nickte nur. "Noch was?", fragte er. Gain schüttelte den Kopf und sah zu Ann, die eben mit zerzaustem Haar und einem zerschlissenen Beutel in der Hand wieder aus der Luke kletterte. In ihren Augen lag ein leicht verstörter Glanz.

"Alles in Ordnung, Ann?", fragte Gain und Ann nickte tapfer. "Es ist nur, die anderen Matrosen..."

Gains Mundwinkel zuckten. Er konnte sich vorstellen, was die anderen Matrosen zu Anns unrühmlicher Angst vor der See und ihrem Abgang zu sagen gehabt hatten.

"Dann lass uns verschwinden", sagte er, und Ann nickte erleichtert. Sie warf ihren Beutel zielsicher in das Ruderboot, wo er dem Fischer fast auf den Kopf fiel, und begann das Fallreep herunter zu klettern.

Während Gain und Ann zum zweiten Mal an diesem Tag die Dherasker Treppe hinaufstiegen, sank die Sonne hinter dem Meer und die Dämmerung zog herauf. Das Seegras wurde zu unheimlich wiegenden Haaren und die Möwenschreie geisterten durch die Luft, die sich empfindlich abkühlte. Gain wünschte, er hätte seinen Mantel mitgenommen, während der Wind unbarmherzig an seinem Hemd zerrte.

Ann dagegen konnte nichts aus der Fassung bringen. Den ganzen Weg über bis zur Treppe hatte sie Gain begeistert von den Unterkünften vorgeschwärmt, in denen die Apprendi wohnten. Nach ihrer Schilderung musste es ein ziemlich enger, vollgestopfter Raum sein, aber Ann erschien es offenbar wie ein Paradies. "Sie lernen nicht nur Waffenkünste, sagt Lenos", sagte sie mit begeistert glänzenden Augen. "Sie lernen alles, was die Kriegerkaste von Politik wissen muss, sie lernen auch schreiben und rechnen und so was. Wusstest du, dass viele von der Kriegerkaste gar nicht kämpfen? Sie heißen nur so. Manche sind auch Rechtsgelehrte und Schreiberlinge und so etwas."

Gain lachte leise. "Ann", sagte er in leicht ermahnendem Ton, "ich bin ein Fürst, also ja, ich weiß, dass die Kriegerkaste nur einen geringen Teil an kämpfenden Soldaten hat, auch wenn sie alle mit dieser Ausbildung starten. Deshalb spricht das gemeine Volk sie auch nicht mit "Krieger", sondern mit der Bezeichnung "Kon" an. Die meisten Kämpfenden, die in Schlachten ziehen, kommen aus den Kampfgilden, wo auch die Ärmeren und alle Stadtbewohner wenn nötig ihre Ausbildung bekommen."

"Oh", sagte Ann und wirkte leicht verwirrt, bevor sie begann, Gain darüber aufzuklären, wer die fürstlichen Eier morgens aus den Nestern holte. "Meinst du, ich kann dort aufgenommen werden?", fragte sie hoffnungsvoll und blieb auf der Treppe stehen. "Ich könnte das auch alles lernen, bestimmt!"

Gain wollte sie nicht enttäuschen, also gab er nur einen unbestimmten Laut von sich, aber Tatsache war, dass die Kriegerkasten schon seit Jahren unter sich blieben. Manchmal stiegen ärmere Leute ob besonderer Verdienste auf, aber dass Ann so mir nichts, dir nichts unter die Apprendi aufgenommen wurde, war äußerst unwahrscheinlich.

Sabeta

6. Hoisters Ahnung

480 Winter n.T.

garlenische Zeit

LeeMat

Erster Sitz der Dherask

Sabeta lehnte an der Umzäunung des Sandplatzes und sah Tristan beim Training zu. Obwohl sie ihn nie hier oben gesehen hatte, hatte er in den letzten Mondzyklen dazu gelernt, vermutlich hatte er sich mit den Fischern unten am Hafen zusammengetan, denn seine Taktiken waren grob, wenn auch wirksam. Tristan besaß ihr Talent, aber nicht ihren Ehrgeiz und Sabeta sah seine teilweise ungelenken Bewegungen mit Missmut. So viel vergeudetes Potenzial tat ihr in der Seele weh. Er hielt jeden Kampf für ein Spiel, und Sabeta fürchtete den Moment, in dem er zum ersten Mal auf einen echten Gegner treffen würde.

Mit einer geschickten Bewegung aus seinem Unterarm und einer Drehung unter demselben hindurch entwaffnete Tristan seine Gegnerin, die sich geschlagen gab und den Kampf mit einer kurzen Verbeugung als entschieden besiegelte. Tristan bückte sich, hob das Schwert seiner Gegnerin auf und gab es zurück. Jarls, der heutige Waffenmeister und Trainer, ein grimmig dreinschauender, recht humorloser Mann mit einer Narbe quer über dem linken Auge, nahm den beiden die Schwerter ab und gab sie einem Apprendi, der sie eilfertig vom Platz trug und mit einem Speer und einer Axt zurückkam, unter deren Gewicht er bedrohlich schwankte. Seine Schultern waren schmal und Sabeta fragte sich, warum Jarls sich nicht einen der kräftigeren Apprendi ausgesucht hatte.

Der Junge reichte Tristan die Axt und seinem Gegenüber den Speer. Tristan hielt die Axt, als habe er zum ersten Mal eine in der Hand. Jarls schüttelte genervt den Kopf.

Zum Glück blieb Sabeta der Anblick eines folgenden stümperhaften Kampfes erspart, denn in diesem Moment tauchte Hoister zwischen zwei der Hütten auf und kam zu ihr herüber.

"Du willst doch nicht auf den Platz?" Sabeta sah besorgt den verkniffenen Ausdruck um seinen Mund und die pochende Ader an seiner Schläfe.

Dass er um diese Uhrzeit hier auftauchte, war äußerst ungewöhnlich, in der Regel absolvierte er sein Training morgens in der Frühe.

"Doch", knurrte Hoister.

"Deine Frau hat die Nachricht deiner Abreise nicht gut aufgenommen?", fragte Sabeta.

"Meistens ist sie ja vernünftig, aber offenbar glaubt sie, von der Hohen Klippe verstoßen zu werden und die Kinder zu verlieren, sollte mir etwas zustoßen, und sie führt sich auf wie eine fürchterliche Heulsuse."

"Dabei sind ihre Kinder die nächsten Fürsten, wenn ich keine mehr bekomme und Tristan unter Stand oder in einen anderen Stamm hinein heiraten sollte, ihrer Abstammung zum Trotz, aber eigentlich geht es dir nicht darum, dass sie eine Heulsuse ist", sagte Sabeta.

"Ach nein?", fragte Hoister.

"Nein,", sagte Sabeta, "im Grunde würdest du nur gerade gerne derjenige sein, der bei ihr Trost sucht, und du hast keine Lust, dich stattdessen als Tröster zu betätigen."

Hoister knurrte. Sabeta unterdrückte ein Grinsen.

"Das findest du lustig, ja?", fragte Hoister humorlos.

"Ein bisschen", sagte Sabeta.

"Wenn du nicht wärst, hätte ich sie gar nicht heiraten müssen", knurrte Hoister.

"Ich hab' dich nicht gezwungen", sagte Sabeta.

"Wenn Vater sich nicht hätte entscheiden können - und bei den Göttern, wir wissen beide, dass er dazu niemals in der Lage gewesen wäre - hätten wir um den Titel kämpfen müssen, weil keiner von uns freiwillig hätte zurücktreten dürfen. Nicht hier auf dem Sandplatz mit einem freundlichen Ausgang. Sondern bis einer von uns mit aufgeschlitzter Kehle vor dem anderen liegt."

"Mh", sagte Sabeta, "aber dank deiner großzügigen Heirat werden wir wohl nie herausfinden, ob ich dich umgebracht hätte."

"Tu mir den Gefallen und such mir einen Gegner aus, der nicht gleich in den Sand fällt", sagte Hoister.

"Ich zieh mich um", sagte Sabeta.

Sie steckte beide Finger in den Mund und pfiff durchdringend. Jarls, Tristan und Tristans Gegnerin unterbrachen ihr Training und kamen zu ihr.

"Training ist für heute vorbei", sagte Sabeta, "macht euch weg. Tristan, ich will dich morgen früh wieder hier sehen, ist das klar?"

"Klar", murmelte Tristan unwillig und kickte einen Stein zur Seite. Sabeta schlug ihn auf den Hinterkopf und Tristan sah unwillig auf.

"Klar", sagte er deutlicher und mit einem bemühten Lächeln. Sabeta nickte und vergab ihm sein ungebührliches Betragen. Tristan trollte sich.

Sabeta wies den Waffenmeister an, Hoister und ihr zwei Übungsschwerter zu bringen. Jarls verschwand, um ihren Auftrag auszuführen, und Sabeta zog sich in die kleine Hütte zwischen den Felsen zurück, wo sie sich ihre Trainingskleidung anlegte.

Als sie zum Sandplatz zurückkehrte, stand Hoister in der Mitte und ließ sein Schwert mit Vor- und Rückhand durch die Luft schwingen. Selbst auf die Entfernung sah Sabeta die Wut in seinen Bewegungen und fragte sich, auf wen er wohl wütend war. Auf seine Frau? Auf ihren Vater Morgan, der ihn von zu Hause wegschickte? Auf Sabeta selbst?

Sabeta duckte sich unter der Umzäunung hindurch und ließ ihr eigenes Schwert vor sich mit einem Sausen durch die Luft fahren. Das Schwert fühlte sich immer ein wenig fremd und schwer an, im Gegensatz zum Speer, der zu ihr gehörte wie ein dritter Arm, und dessen Balance sich für sie so natürlich anfühlte wie Atmen. Selbst das Geräusch des Speerstabes klang in ihren Ohren schöner, runder und weicher als das Schwert, das plump die Luft durchschnitt.

Sabeta trat ihrem Bruder entgegen. Zum ersten Mal seit sie miteinander trainierten, wartete er die Eröffnung nicht ab, sondern griff sofort an. Sabeta riss ihr Schwert zu einem Block nach oben und die stumpfen Klingen krachten aufeinander. In Hoisters Kraft war etwas Neues, das Sabeta nicht hatte kommen sehen. Die Erschütterung ließ ihre Schulter bis hinauf in den Nacken schmerzen. Ihr Schwert war leichter als seines, genau wie sie selbst. Es war einer von Sabetas großen Vorteilen im Kampf und ihres Trainings, dass sie nie versuchte, sich oder ihre Auszubildenden kräftemäßig zu überfordern. Wer weniger Muskeln hatte, setzte auf Schnelligkeit, wer mehr Masse besaß auf Kraft, aber es bedeutete, dass sie mit einer Finte wieder aus der direkten Konfrontation herausmusste, bevor ihre Arme erlahmten. Sie trat Hoister mit Wucht gegen den Oberschenkel und nutzte die Ablenkung, um einen Schritt zurückzuspringen und den Block aufzulösen.

Sabeta ahnte Hoisters Bewegungen voraus, so wie er ihre. Sie kannten einander zu gut, um sich überraschen zu können, nicht nur, weil sie sich jahrelang gegenseitig im Kampf studiert hatten, sondern weil seine Bewegungen ihre waren und umgekehrt. Im Kampf waren sie eins, wie im Mutterleib, verbunden durch ein unsichtbares Band, das sie jede Bewegung des anderen vorausahnen ließ. Aber heute war etwas anders. Zum ersten Mal seit sie kämpften, hatte Sabeta das Gefühl, ihren Bruder zu verlieren. Als würden seine Gedanken ihr entgleiten und eine Tür sich hinter seinen Augen schließen.

Schwer atmend und mit vier Schritten Abstand zwischen sich umkreisten sie sich nach einem kurzen heftigen Gefecht wie zwei Raubvögel.

"Verrätst du mir, warum du so wütend bist?", fragte Sabeta, ahnte einen seitlichen Angriff auf ihren linken Rippenbogen voraus und blockierte ihn mit beidhändig mit dem Griff nach oben. Hoister drehte sich im Kreis, tauchte unter ihrem Schwert hindurch, dessen Schlag auf seine Schulter zielte, versuchte einen zweiten Angriff, indem er rechts antäuschte und dann etwas plump sein Schwert in Schulterhöhe die Luft in Richtung ihres Nackens sausen ließ. Sabeta beugte sich vor, versuchte im Drehen mit einem Tritt seinen Stand ins Straucheln zu bringen, aber Hoister wich ihr mit fast schon beleidigender Leichtigkeit aus, und beide standen wieder voreinander, abwartend und schwer atmend. Sabeta schwitzte, Schweiß rann ihr über die Stirn und den Nacken und ihr Haar klebte feucht in der Stirn.

"Sag du es mir", sagte Hoister und die Ader an seiner Schläfe begann wieder zu pochen.

"Wütend, weil du die Gelegenheit hast verstreichen lassen, mich wegen der Erbfolge zum Kampf zu fordern?", fragte Sabeta. Sie hatte einen Scherz machen wollen, aber der Angriff, der auf ihre Worte folgte, war der allererste von ihm, den sie nicht voraussah. Im letzten Moment ließ sie ihre Waffe auf den Boden fallen, rollte unter Hoisters Klinge hindurch, bekam den Griff ihres Schwertes wieder zu fassen und riss es in dem Moment nach oben, als Hoisters Klinge mit einer Wucht auf sie niederfuhr, als wolle er die Erbfolge doch noch für sich entscheiden. Er war kräftiger als sie und auf dem Boden liegend hatte sie den Vorteil ihrer Schnelligkeit eingebüßt. Der Hieb erschütterte sie bis in die Schulterblätter und ihr Kopf begann zu schmerzen. Mit einer Hand griff sie in die stumpfe Klinge ihres Schwertes und stemmte sich gegen Hoisters Gewicht, aber sie wusste, dass sie es keine zwei Atemzüge lang mehr halten können würde. Also gab sie ganz plötzlich nach. Hoister verlor für einen winzigen Moment das Gleichgewicht. Sabeta drehte sich unter ihm weg, schlug mit der stumpfen Seite ihres Schwertes nach seinem Oberschenkel und brachte ihn damit ins Schwanken. Sie spürte, wie er sich fallen ließ und im Fallen seinen Kampfgeist aufgab. Er wälzte sich im Sand auf den Rücken und blieb liegen, die Augen geöffnet blickte er in den dunkler werdenden Himmel. Über dem Meer versank gerade rot die Sonne, und das letzte warme Licht glühte auf Hoisters Gesicht. Seine dunklen Locken klebten ihm in der Stirn, auf seinen Wangen zeigten sich kleine Bartstoppeln und seine Augen sahen auf einmal müde aus. Ein Tropfen rollte aus seinem Augenwinkel in den Sand und man hätte meinen können, es sei Schweiß, aber Sabeta wusste, dass es eine Träne war. Sie ließ sich auf den Rücken fallen und tastete nach seiner Hand. Hoister griff die ihre und hielt sie fest.

"Vermisst du ihn noch?", fragte er.

Sabeta musste nicht fragen, wen er meinte. "Manchmal", sagte sie. "Nachts vor allem. Aber es ist sieben Jahre her."

"Vielleicht ist es besser, wenn er jetzt nicht mehr hier ist." Hoister drehte sich auf die Seite und sah Sabeta an.

"Wieso?" Sabeta blickte in den Himmel. Sterne leuchteten auf, während der Himmel ein samtenes Nachtblau annahm.

"Weil sich alles ändert."

"Weil du gehst? Hoister", sie lachte, "es ändert sich nicht alles, nur weil du gehst. Die Hohe Klippe bleibt dieselbe, der Strand, das Meer, sie warten auf dich, bis du wieder hier bist."

Aber Hoister schüttelte den Kopf. "Es ist mehr als das", sagte er. "Es ist der Moment, kurz bevor etwas aus dem Gebüsch bricht - man weiß es schon einen Moment vorher und ist trotzdem zu spät, um das Pferd unter einem vom Durchgehen abzuhalten. Da ist eine Spannung, die sich verändert... Die Wellen klingen anders. Verstehst du, was ich meine?"

"Vater hätte dich zu den Alvionen schicken sollen", sagte Sabeta und lachte, aber Hoisters Worte hatten eine Anspannung in ihr erzeugt, die sich mit Lachen nicht vertreiben ließ.

Sie schwieg eine Weile.

"Ich weiß, was du meinst", sagte sie dann.

Sie erzählte ihm von Maurizius und dem Skelett.

"Gain meinte, es sei vermutlich ein Scherz", sagte sie, aber Hoister schüttelte den Kopf.

"Es ist kein Scherz", sagte er. "Die Magischen kommen zurück. Es war immer eine Frage der Zeit."

"Dann bist du der Einzige, der das glaubt. Von den Varendern im Süden bis zu den Alvionen im Norden heißt es, die Magischen seien vor hundertvierzig Jahren für immer verschwunden."

Hoister schnaubte. "Nur ein Narr glaubt das. Von den Varendern im Süden bis zu den Alvionen im Norden gibt es ebenso tausend Stimmen, die das Gegenteil behaupten. Dass sie sich nur gesammelt haben und stärker zurückkommen."

"Wo gehen sie hin?", fragte Sabeta, "während sie siebzig Jahre warten?"

Hoister schwieg.

Ein kalter Windhauch richtete die feinen Haare in Sabetas schweißfeuchtem Nacken auf.

"Willst du deshalb nicht gehen?" Sabeta drehte sich ebenfalls auf die Seite.

Hoister versuchte gar nicht erst abzustreiten, dass er lieber geblieben wäre. Das war das Schlimme und das Schöne zwischen ihnen. Sie waren füreinander immer echt. Es machte keinen Sinn zu versuchen, dem anderen etwas vorzumachen.

"Ich will nicht gehen, wegen dir", sagte er. "Ohne dich bin ich immer nur halb."

"Und doch hätte ich eben schwören können, du wolltest mich loswerden", zwinkerte Sabeta ihm zu.

Ein wehmütiges Lächeln huschte über Hoisters Gesicht. "Ich war wütend auf dich, bin wütend auf dich, aus so vielen Gründen. Vor allem, weil du hierbleibst. Und zum anderen, weil du mich verlässt."

"Du bist derjenige, der weggehen wird", erinnerte Sabeta ihn.

"Ja", gab Hoister ihr Recht, "aber du bist diejenige, die es hätte verhindern können. Du könntest jemand anderen an meiner statt schicken."

"Du weißt, dass das nicht geht, Hoister", sagte Sabeta.

"Ich wusste gar nicht, dass Vaters Wort dir so viel bedeutet", sagte Hoister gehässig.

"Es geht nicht, weil du der Einzige bist, dem wir diese Aufgabe anvertrauen können", sagte Sabeta und ließ für diesen einen Moment den Schmerz des kommenden Verlustes zu, der hinter ihrem Brustbein aufstieg und ihre Kehle zuschnürte. Hoister zu verlieren, mit dem sie ihr Leben geteilt hatte, nahm ihr plötzlich den Mut weiterzumachen. Sie blinzelte hinauf in den kalten Sternenhimmel, und für einen Moment stellte sie sich ein Leben ohne Hoister vor. Ohne seinen verlässlichen Rat und ohne seine unerschütterliche Treue zu ihr, ohne diesen einen Menschen, der ihr nach dem Tod ihres Mannes Geres geblieben war, der sie verstand, ohne dass sie sich erklären musste. Für diesen Moment schien die Welt still zu stehen und der bevorstehende Abschiedsschmerz in ihrer Brust breitete sich aus. Sie war so versunken in diese düsteren Zukunftsgedanken, dass sie beinahe überrascht war, Hoister neben sich zu hören, wie er aufstand. Sein Körper hob sich vor dem dunklen Himmel ab. Er hielt ihr die Hand hin. Sabeta ergriff sie und zog sich nach oben.

"Ich hab noch eine Verabredung im tanzenden Delphin", sagte sie.

Hoister lachte. "Viel Spaß", sagte er.

"Den werde ich wohl kaum haben." Sabeta zog ihr Schwert aus dem Sand.

GAIN

7. VON HEYD UND MET

480 WINTER N.T.

GARLENISCHE ZEIT

LEEMAT

ERSTER SITZ DER DHERASK

Als Gain die Halle nach Sonnenuntergang wieder betrat, erkannte er sie im ersten Moment nicht wieder. Schon durch das geschlossene Tor konnte er Stimmengewirr vernehmen. Die Wachen öffneten ihm diesmal die Türflügel, ohne zu fragen, wer er war oder wohin er hin wollte. Kerit hatte ihm tatsächlich Kleider aus Tristans Truhen herausgesucht und nun trug Gain ein feines weißes Hemd mit einer reich bestickten Tunika darüber, deren Graublau zu seinen Augen passte. Zu Gains amüsierter Verwunderung hatte Kerit äußerst viel Wert darauf gelegt, etwas heraus zu suchen, das zu der Farbe seiner Iris passte.

Die Türflügel schwangen nach innen und Gain betrat die Halle. Die Tische waren umgestellt worden, die Halle voll mit Menschen, lautes Lachen und Reden hallte durcheinander. Ein großer grauer Hund lief schwanzwedelnd zwischen den Tischen hin und her und suchte nach Essensabfällen. Ein köstlicher Duft nach Braten und Gemüse wehte zu Gain herüber. Am Rand der Halle standen Fässer, an denen sich eine Schlange gebildet hatte. Die Trankwarte hatte einiges zu tun, die Krüge zu füllen, die ihnen gereicht wurden.

Lenos kam von irgendwoher angewuselt und drückte dem etwas überrumpelten Gain einen Krug in die Hand.

"Versucht den Kräutermet", sagte er höflich und verbeugte sich leicht, wobei er auf eines der Fässer deutete. "Es stehen nicht so viele an wie beim Bier und beim Wein, aber er ist wirklich gut."

"Danke", sagte Gain etwas abwesend und sah, wie Ann sich mit einem Tablett voller kleiner, flacher Brote einen Weg zwischen den Tischen entlang bahnte. Sie quetschte ihren schmalen Körper zwischen zwei kräftig gebauten Mitgliedern der Kriegerkaste hindurch. Ihre Augen strahlten, als habe sie in ihrem Leben noch nie eine bessere Arbeit gehabt als diese hier. Hatte sie vermutlich auch nicht, überlegte Gain und ging zu dem Fass mit Kräutermet hinüber. Er wich einem bärtigen Mann und einer Frau aus, die in ein Gespräch vertieft waren und niemanden wahrzunehmen schienen, und stellte sich hinter einer Frau mit dunkelbrauner Kleidung an. Kaum hatte sie einen Blick auf seine feinen Kleider geworfen, trat sie höflich zur Seite und wollte ihm den Vortritt lassen, doch Gains Blick blieb am Ausschnitt ihrer Tunika hängen. Gut sichtbar war dort eine blaue Stoffblume befestigt, und Gain trat kopfschüttelnd einen Schritt zurück.

"Ich werde eine schwangere Frau ganz sicher nicht länger stehen lassen als nötig", versicherte er ihr, und sie kicherte wie ein junges Mädchen.

"Das erste?", fragte Gain.

Sie lief rot an und nickte.

"Dann wünsche ich eine von den Göttern gesegnete Schwangerschaft."

Der Trankwart nahm der Frau den Krug ab, füllte ein wenig Met hinein und verdünnte ihn nach einem Blick auf die blaue Stoffblume kräftig mit Wasser.

Die junge Frau bedankte sich höflich. Gain sah ihr gedankenverloren nach, wie sie zu einem Tisch in der Nähe herüberlief, an dem andere Frauen mit gleicher Blume am Ausschnitt und unterschiedlich gewölbten Leibern saßen. Der Anblick des blauen Tisches erinnerte ihn an die Halle der Mannalen zu Hause. Weniger reich beschnitzte, aber dennoch imposante Pfeiler trugen dort die Decke. Über dem Dach war nur noch der Himmel, denn die Halle und ihr Gehöft standen auf dem Gipfel des spitzen Berges. Gain schüttelte den Gedanken ab und ließ seinen Blick zum Nachbartisch des blauen Tisches hinüber gleiten und fand dort den gelben Tisch mit den stillenden Müttern und ihren leuchtend gelben Stoffblumen am Ausschnitt. Einige von ihnen hatten ihre Babys mitgebracht und wiegten sie auf den Knien. Eine dickliche Frau hatte ein weinendes Baby über die Schulter gelegt und klopfte beruhigend seinen Rücken.

Gain beobachtete die Apprendi und stellte fest, dass hier, genauso wie in seiner Heimat, diese beiden Tische stets als erste bedient wurden, noch vor den Fürsten an der hohen Tafel. Die ganze Halle war erfüllt von dem Klappern der tönernen Krüge und den lauten Stimmen der Anwesenden, und so überhörte Gain beinahe die Aufforderung des Trankwartes, ihm seinen Krug zu reichen.

Kaum war Gains Krug gefüllt, tauchte wie aus dem Nichts plötzlich Lenos wieder neben ihm auf. Offenbar hatte man ihn angewiesen, sich um den fürstlichen Gast zu kümmern.

"Wenn Ihr mir folgen wollt, bringe ich Euch an den oberen Tisch", sagte er. Gain nickte und ging hinter Lenos her, der an den ersten Tischen vorbei bis zur linken Wand der Halle lief. Diese Wand war mit gewebten Teppichen bedeckt, auf denen die Weber die Geschichte der regierenden Fürsten dieser Halle verewigt hatten. Der verblichene Teppich am Beginn der Reihe zeigte Sicceta Dherask, die Sanfte im Jahr 299, wie die gestickten Worte und Zahlen unter dem Bild verrieten. Es folgten einige Morgans und Heyds, dazwischen Halko, Livteda, Clot und Gerol, bis Gain beim amtierenden Fürsten Morgan dem siebten angekommen war. Nach seinem Teppich kam nur noch einer, der eine weiß gekleidete Frau zeigte, in der einen Hand einen Speer und in der anderen einen Schild. Darunter der gestickte Name: Sabeta Dherask. Der Platz für ihre Amtszeit war noch frei, denn ihr Vater war derzeit noch der amtierende Fürst.

Am oberen Ende der Halle stand vor dem Hohen Stuhl ein großer Tisch auf einer leicht erhöhten Empore quer zu den anderen. Weder Hoister, seine Frau noch Sabeta waren anwesend, und da Morgan Dherask sich immer noch auf Vetvangey aufhielt, saß Tristan alleine dort und schob missmutig ein Stück Braten auf seinem Teller aus Brotfladen hin und her. Sein rotes Haar leuchtete im Schein der hundert Kerzen hinter seinem Rücken.

Lenos führte Gain zu dem Platz rechts von Tristan und huschte dann wieder davon, zweifellos um die Apprendi mit ihren Platten voll kleinen Broten, Braten und Gemüse zu ihm herauf zu schicken.

Tristan blickte nur kurz auf, als Gain sich setzte.

"Sieh an", sagte er, "der hochwohlgeborene Gast aus den feindlichen Bergen."

"Feindlich?", fragte Gain herausfordernd, und fragte sich, womit er Tristans Unmut auf sich gezogen haben könnte.

"Hat dein Stamm LeeMat nicht in Zeiten von Heyd der Ersten sechs Mondzyklen lang belagert und die ganze Stadt ausgehungert?"

"Mag sein", sagte Gain, "und wenn ich mich richtig an meine Geschichtsausbildung erinnere, haben die Dherask diese Belagerung letztlich für sich entschieden, indem sie sich mit den Barbrossen verbündeten, den Mannalen in den Rücken fielen und sie bis auf den letzten Mann töteten, ohne Gefangene zu machen. Ich würde deshalb sagen, wir sind quitt. Und das ist ja auch erst zweihundert Jahre her, also muss ich wohl Verständnis haben, wenn deine Wunden noch recht frisch sind."

Tristan presste seine Kiefer so fest aufeinander, dass seine Muskeln hervortraten.

Ann tauchte neben Gain auf und hielt ihm ihr Tablett mit den kleinen Broten darauf hin.

Gain zwinkerte ihr zu und ein Lächeln erhellte ihr Gesicht. Er nahm sich ein Brot vom Tablett und Ann verschwand wieder in der Menge. Sie wurde abgelöst von einem mageren Jungen mit dem Gesicht voller Sommersprossen und hasenartigen Vorderzähnen, der Gain eine Platte mit Erbsengemüse hinhielt. Gain griff nach dem Löffel und lud eine ordentliche Portion davon auf den runden Brotfladen, den irgendein aufmerksamer Geist an seinem Platz hingelegt hatte. Während der Junge sich wieder zurückzog, und dabei beinahe stolperte, musterte Tristan Gains Erscheinung.

"Ich glaube, das Hemd und die Tunika kommen mir bekannt vor", sagte er mit grollendem Unterton.

Gain verstand langsam, warum Sabeta so schlecht auf ihren kleinen Bruder zu sprechen war.

"Falls du mich einen Dieb nennen möchtest, rate ich dir, damit zu warten, bis Sabeta hier ist", gab er zurück. "Vielleicht möchte sie als deine zukünftige Fürstin etwas dazu sagen."

Tristan schwieg verbissen und nahm einen Bissen von seinem Braten.

"Ich kann es nicht leiden, dass sie alle glauben, mich in Sicherheit bringen zu müssen", sagte er mit plötzlicher Offenheit. "Weissagungen der Alvionen... Als ob ich darauf reinfallen würde."

"Ich glaube, an dieser Mission ist mehr, als es auf den ersten Blick den Anschein hat", erwiderte Gain.

Tristan schnaubte. "Ja, weil ihr Mannalen hoffnungslos leichtgläubig seid."

Gain spürte Ärger in sich aufsteigen, und er zerrupfte sein Brot mit mehr Kraft als nötig gewesen wäre.

"Da ich mich ungern beleidigen lasse, schlage ich vor, den Rest dieser Mahlzeit lieber schweigend zu verbringen, bevor einer von uns etwas sagt, was er heute Nacht bereuen müsste und die nächste Belagerung auslöst", sagte er ärgerlich und war einigermaßen erleichtert, als kurz darauf Hoister eintraf und sich neben ihnen niederließ. Irgendetwas schien auch ihn zu beschäftigen, aber er bemühte sich um ein freundliches Lächeln in Gains Richtung und erkundigte sich höflich, ob dieser schon eine Unterkunft zugewiesen bekommen hätte. Gain versicherte, es sei alles zu seiner Zufriedenheit. Kerit hatte Gain, nachdem sie ihm Tristans Kleider überlassen hatte, in eine der Hütten neben der Halle geführt, sich ausgiebig für die Schlichtheit des mit teuren Tuchen opulent ausgestatteten Raumes mit eigener Feuerstelle entschuldigt, ihm ein Nachtgewand dagelassen und die Kleider, die Gain während der Überfahrt auf der "Adagio" getragen hatte, samt und sonders in die Wäscherei mitgenommen. Gain war sich einigermaßen sicher, dass er sie mit geflicktem Ärmelsaum zurückbekommen würde.

SABETA

8. Der tanzende Delphin

480 Winter n. T.

garlenische Zeit

LeeMat

Erster Sitz der Dherask

Vor dem "Tanzenden Delphin" standen noch immer oder wieder die beiden geduldigen Esel angebunden. Sie hatten Gesellschaft von drei Pferden und einem Maultier bekommen. Sabeta überließ ihre Stute einer mürrisch dreinblickenden Frau mit der gelbblauen Tunika einer Bordellwache und ging auf die Tür zu.

Von drinnen wehten Gesangsfetzen zu ihr heraus.

"Und in das Heulen des Windes
Mischt sich noch immer sein Schrei

> Von dort, von dem salzigen Grunde
> Fragt er, warum es so sei.
>
> Wir werden sein Leben besingen,
> noch während sein Mund verdorrt,
> Kulri Hat, dein Schiff ist versunken,
> darum weinst du an diesem Ort."

Eine Bordellwache stand vor der Tür und legte ihre Hand auf den Knauf. Der Nachtwind wehte vom Meer herüber und trug mit sich das Ächzen der Schiffsmasten und das Rufen der Matrosen, die unten am Hafen ihren Abend verbrachten. Knarrend bewegte sich der Aufzug am Felsen, und Sabeta fragte sich, wer zu dieser Zeit noch Waren oder Personen im Aufzug beförderte.

> "Und in das Heulen des Windes
> Mischt sich noch immer sein Schrei
> Von dort, von dem salzigen Grunde
> Fragt er, warum es so sei.
>
> Ich bekämpfte die See, so schrie er,
> und ich schlug jede Schlacht
> ich ließ zurück ein Mädchen
> sie hätt mich zum Liebsten gemacht.
>
> Aber ich war besessen
> Böse war ich und wild
> Forderte die See zum Kampfe
> Sie bot meiner Angst einen Schild

> Und in das Heulen des Windes
> Mischt sich noch immer sein Schrei
> Von dort, von dem salzigen Grunde
> Fragt er, warum es so sei."

Die Bordellwache öffnete Sabeta die Tür mit einer Verbeugung und ließ sie eintreten.

Als Sabeta in den Schankraum des "Tanzenden Delphin" eintrat, verstummte der Gesang. Der Raum mit den vielen Tischen war zum Bersten gefüllt und die Hitze darin beinahe unerträglich. Zwei Feuer in seltsamen gemauerten Kaminen mit Schächten, die nach draußen führten, loderten an zwei Enden des Saales, und den Bedienungen lief trotz fehlender Kleidung der Schweiß zwischen den bloßen Brüsten herunter. Nur die Hurenwirtin scherte sich nicht im Geringsten um Sabetas Auftauchen. Sie fuhr damit fort, zwei Gäste zurechtzuweisen, die es offenbar gewagt hatten, sich in ihrem Etablissement, statt sich mit ihren Huren zu beschäftigen, miteinander zu vergnügen.

"Sucht euch irgendeinen Stall, wo ihr es miteinander treiben könnt", schimpfte sie, "das hier ist ein ehrbares Freudenhaus und keine billige Kaschemme, die ihr für euer Vergnügen nutzen könnt."

Sabetas Mundwinkel zuckten. Unwillkürlich wanderte ihr Blick zu Anu, der mit leicht geöffneten Beinen vor einer Kapitänin auf einem der Tische saß und dieser einen Blick zwischen seine Schenkel gewährte. Ihre Blicke trafen sich, und Anu sah schnell wieder weg, um nicht in helles Lachen auszubrechen. Dann entschuldigte er sich bei der Kapitänin für die Unterbrechung, sprang vom Tisch und kam auf Sabeta zu. Die Gäste nahmen ihre Unterhaltungen wieder auf. Eine ältere Dame, die rechts und links von sich je ein Mädchen in nichts als einen dünnen

Seidenschal gekleidet sitzen hatte, summte gedankenverloren den Refrain von Kulri Hat vor sich hin.

Die beiden Gäste entschuldigten sich wortreich bei der Wirtin. Während die Umstehenden sie lachend aufzogen, gaben sie der Wirtin ein paar Münzen, und diese schien wieder versöhnt, wies aber vorsichtshalber zwei ihrer Huren an, bei den beiden am Tisch Platz zu nehmen.

Anu blieb mit einer Verbeugung vor Sabeta stehen.

"Es ist alles bereit", sagte er, "folg mir."

Sabeta ging hinter ihm an der Wand entlang zu einer knarzenden Holztreppe, die in den oberen Teil des Hauses führte. Von einer Galerie gingen mehrere Zimmer ab, aber Anu führte sie noch eine Treppe weiter hinauf und blieb vor einer schlichten Tür stehen.

Er drehte sich zu Sabeta herum und schien noch etwas sagen zu wollen.

"Raus damit", sagte Sabeta.

"Nun", begann Anu offenbar erleichtert über die Aufforderung zum Sprechen, "er ist ganz neu und... Er ist sehr..."

Sabeta hob beide Augenbrauen.

"Tu mir den Gefallen und sei nett zu ihm", sagte Anu schließlich.

Sabeta musste sich ein Lachen verkneifen. "Bin ich nicht immer nett?"

Sie beobachtete amüsiert, wie Anu leicht rot anlief und unruhig von einem Bein auf das andere trat.

"Doch", log er, "aber..." Die Worte schienen ihm im Hals stecken zu bleiben und er machte den Eindruck, als würde er daran ersticken, denn er lief noch ein wenig dunkler an.

"Keine Sorge", sagte Sabeta versöhnlich, "ich bin so nett zu ihm, wie er zu mir."

Anu schien das nur wenig zu beruhigen, aber er trat zur Seite und griff nach dem Türknauf. Sabeta trat einen Schritt auf Anu zu, legte eine Hand in seinen Nacken und strich ihm mit der anderen durch das blonde Haar. Sie hauchte einen Kuss auf seine Lippen und spürte, dass sie diese Nacht lieber mit Anu verbracht hätte als mit dem Fremden in dem Zimmer hinter der Tür. Früher war sie mit Geres zu Anu gegangen. Anu war das Bindeglied, das ihr zu ihrem verstorbenen Mann geblieben war, und immer, wenn sie bei ihm war, schien Geres ihr wieder näher zu sein.

"Das nächste Mal komme ich wieder zu dir", versprach sie, nahm die Hand aus seinem Haar und ließ sie stattdessen seinen Oberschenkel hinauf unter seinen Rock gleiten. Anu stöhnte leise und Sabeta musste all ihre Selbstbeherrschung aufbringen, um sich von ihm abzuwenden und sich wieder der Tür zuzuwenden. Anu schien ihre Gedanken zu ahnen, denn er sah sie nachdenklich an, so als versuche er zu ergründen, was sie mit ihrem Besuch bei der fremden Hure bezwecken wollte, wo sie doch eigentlich offensichtlich lieber bei ihm geblieben wäre. Er zögerte einen Moment damit, die Tür zu öffnen und wieder nach unten zu der Kapitänin zu gehen, für die er nichts empfand und mit der er keine gemeinsame Geschichte teilte.

"Wie heißt er?", fragte Sabeta.

"Lonis", antwortete Anu und drehte den Knauf. Er ließ die Tür aufschwingen und Sabeta betrat den Raum.

Ihr Blick wurde sofort von dem mit roten und gelben Tüchern behängten Himmelbett angezogen, das die Mitte des Raumes einnahm. Rechts unter dem Fenster, dessen Läden geschlossen waren, damit der Wind nicht herein fegte, lag ein Haufen bunter Kissen, neben denen auf einem niedrigen Tisch drei gefüllte Krüge standen. Auf einem großen Holztisch rechts von ihr stand das obligatorische Tablett mit dem grauen Pulver und dem Krug Wasser. Sabeta bestand darauf, dass diese Mischung stets vor ihren Augen eingenommen wurde. Sie konnte es sich nicht leisten, schwanger zu werden, weil irgendwer einen nachlässigen Fehler machte. Hinter dem Bett flackerte ein Kaminfeuer, dessen Licht über die gelben und roten Tücher tanzte, so dass es wirkte, als stünde das Bett selbst in Flammen.

"Hallo Lonis", sagte sie.

Lonis, der auf dem Bett gesessen hatte, sprang auf. Das Licht des Kaminfeuers hinter ihm ließ die Muskeln seines Oberkörpers hervortreten. Wie alle Huren war er auf der Brust glattrasiert, aber anders als Anu schien er nicht von Natur aus haarlos zu sein. Sein dunkles Haar war ordentlich gekämmt und seine fast schwarzen Augen blickten ihr entgegen. Mit einer nervösen Geste rieb er die Handflächen an seinem kurzen Rock ab.

Sabeta hörte, wie Anu leise die Tür wieder hinter ihr schloss.

Sie lächelte freundlich, ließ ihre Augen aufblitzen und Lonis schien sich ein wenig zu entspannen. Einladend deutete Sabeta auf das Schälchen mit dem grauen Pulver. "Würdest du...?", fragte sie höflich.

"Oh, natürlich", Lonis beeilte sich ihrem Wunsch so schnell nachzukommen, dass er beinahe stolperte und blieb an dem Tisch stehen. Er nahm einen Löffel von dem grauen Pulver. Sabeta betrachtete ihn nachdenklich. Kein Wunder, dass die Wirtin Angst hatte, sie könne ihn irgendwie verschrecken und damit vergraulen. Er war ungewöhnlich hübsch. Seine Nase hatte einen eleganten Schwung, seine vollen Lippen waren absolut symmetrisch und die großen Augen taten ihr übriges, obwohl er ein wenig zu alt schien, um als Hure irgendwo neu anzufangen. Die Wirtin würde vermutlich trotzdem ein Vermögen mit ihm machen.

Lonis spülte das Pulver mit einem Schluck Wasser herunter. Sabeta setzte sich halb auf die Tischplatte und ließ ein Bein baumeln.

Lonis blickte sie aus seinen großen, dunklen Augen an und schien unter ihrem Blick wieder nervös zu werden.

Sabeta lächelte amüsiert. "Ich beiße nicht", sagte sie freundlich. "Jedenfalls nicht immer."

"Ich... nein... natürlich nicht", stammelte Lonis, "es ist nur... ich wurde noch nie zu jemandem aus der Fürstenfamilie gerufen."

Sabeta lachte leise. "Weißt du, Lonis", sagte sie und fuhr mit dem Finger durch eine kleine Pfütze Wasser, die aus dem Krug herausgetropft war. "Im Grunde funktionieren wir genauso wie alle anderen auch."

Lonis errötete leicht und Sabeta streckte eine Hand nach ihm aus. Er trat näher und griff zögernd danach. Sabeta zog ihn zu sich heran und legte ihren anderen Arm um seinen warmen Körper. Er blieb ruhig vor ihr stehen und sie hatte Gelegenheit, die Muskeln an seinem Oberarm zu beobachten und sanft mit den Fingern darüber zu streichen. Sie beugte sich vor, küsste seine Brust und nahm seine Brustwarze zwischen die Zähne. Lonis sog leise die Luft ein und Sabeta ließ stattdessen ihre Zunge um seine Brustwarze streichen.

Sie stand auf und ließ ihre Lippen langsam nach oben wandern. Er war nicht viel größer als sie, so dass sie seinen Hals gut erreichen konnte. Er neigte seinen Kopf zur Seite, um ihren Küssen Platz zu machen und drehte sich ihr zu, als sie seinen Mund erreichte. Seine Lippen waren weich und seine Zunge geschickt. Er sah nicht nur gut aus, er machte seine Sache als Liebhaber ausgesprochen gut, und Sabeta beschloss, noch ein wenig zu warten, bevor sie tat, wofür sie eigentlich gekommen war. Neuzugänge machten sie von Natur aus skeptisch, aber dieser hier war ein äußerst erfreulicher.

Langsam dirigierte sie ihn zum Bett. Er lief rückwärts, ließ seine

Hände dabei über ihren Rücken gleiten und begann unauffällig, fast beiläufig, die seitliche Schnürung ihrer Tunika zu lösen. Kurz vor dem Bett leistete er plötzlich unvermittelt Widerstand und blieb stehen. Sabeta hörte auf, ihn rückwärts zu drängen. Seine warmen Hände fuhren von unten unter ihr Gewand. Er hob die Tunika an, streifte sie mitsamt dem Hemd darunter ein Stück nach oben und streichelte Sabetas Bauch. Er war zaghafter als Anu, nicht so stürmisch und fordernd, seine Berührungen waren leise, fast fragend, und Sabeta ließ ihn gewähren. Nach einer Weile griff sie den Saum ihres Oberteiles und streifte es sich mitsamt Hemd darunter über den Kopf. Mit einem sanften Stoß vor die Brust gab sie Lonis zu verstehen, er solle sich auf das Bett fallen lassen. Er tat ihr den Gefallen und sank in die weichen Decken. Sabeta beugte sich über ihn, löste die Kordel ihres Hosenbundes und schob gleichzeitig seinen Rock hoch. Lonis fuhr mit der Hand an sein Glied, aber Sabeta schob seine Hand zur Seite. Sie wusste, die männlichen Huren wurden darauf trainiert, sich selbst so schnell wie möglich steif machen zu können, aber sie hielt davon nichts.

"Das bekommen wir so hin, oder wir lassen es", sagte sie, beugte sich vor und küsste Lonis auf den Mund. Ein paar Strähnen ihres dunkelbraunen Haares hatten sich gelöst und fielen auf seine Schultern. Er hob die Hand und schob sie ihr aus dem Gesicht.

"Ihr seid anders als...", er brach schüchtern ab.

"Anders als was?", Sabeta lachte.

"Als ich mir Euch vorgestellt hatte", sagte er.

"Regieren kann man nicht nur mit Härte", sagte Sabeta, "das sollen nur die Feinde glauben."

Lonis lachte leise, zog ihren Kopf auf seine Brust und wölbte ihr sein Becken entgegen. Sabeta kam ihm für einen kurzen Moment entgegen, entzog sich ihm aber dann wieder. Während er sich aufsetzte, stand sie auf und ließ ihre Hose nach unten fallen. Nackt wie sie war, setzte sie sich auf seinen warmen Schoß und spürte sofort, dass es keine Nachhilfe mehr brauchte, damit sie zu ihrem bezahlten Recht kommen würde. Sie schob seinen Rock bis in seine Taille nach oben und ließ ihn in sich hinein gleiten.

Als sie später nebeneinander auf dem Bett lagen und Sabeta gedankenverloren über Lonis' Brust strich, dachte sie, dass es unklug von ihr gewesen war, ihr eigentliches Vorhaben nach hinten zu verschieben. Die rotgelben Vorhänge bewegten sich leicht hin und her und der Feuerschein flackerte darauf. Lonis stand auf und kam mit einem Krug Met zu ihr zurück. Sabeta richtete sich auf und lehnte sich gegen das Kopfende des Bettes. Lonis setzte sich neben sie und hielt ihr den Krug hin. Es war der gute Honigmet, den die Wirtin nur für die Dherask im Haus hatte. Sabeta bot Lonis einen Schluck an. Erst lehnte er ab, vermutlich hatte die Wirtin ihm eingeschärft, bloß nichts von dem guten Met an seine eigene Kehle zu verschwenden, aber schließlich gab er mit einem verschmitzten Lächeln nach und trank einen Schluck. Sabeta hatte erwartet, er würde irgendetwas zu der Qualität des Mets sagen, aber er schwieg und sie dachte später, dass sie sich hier schon hätte sicher sein und reagieren können, aber sie war noch benebelt von dem Vorangegangenen.

"Kommst du wieder?", fragte er.

"Keine Lust auf niederes Volk mehr?", neckte Sabeta.

Eine sanfte Röte überzog sein Gesicht und Sabeta lachte.

"Nein", sagte sie dann. "Ich breche morgen auf." Das war eine Lüge, aber sie tat ihre Wirkung.

Sie spürte, wie alles an ihm, von seinem Geist bis zum letzten Muskel mit plötzlicher Anspannung ihre Worte registrierte und ein Stich fuhr ihr in die Brust. Schade um ihn, dachte sie.

"Wohin?", fragte er beiläufig und hätte Sabeta nicht jahrelange Übung darin gehabt, die Stimmungen anderer zu bewerten, hätte sie seine unterschwellige Anspannung nicht bemerkt. Er war wirklich gut.

"Ins Ubronenland", sagte sie ebenso nebensächlich und beobachtete seine Reaktion genau. Bis auf ein winziges Muskelzucken in seinem Augenwinkel blieb er ausdruckslos, aber es reichte ihr. Wie beiläufig ließ sie sich zur Seite fallen und streckte sich, wobei sie ihre Oberschenkel in seinem Schoß rieb, was ihn kurz ablenkte.

"Ich habe den Eindruck, ich sollte mich in nächster Zeit um diesen Landstrich kümmern", sagte sie und tastete mit ausgestreckten Armen über ihrem Kopf nach dem Nachttischchen.

Unsichtbar für die Gäste war unter jedem dieser Tischchen ein Dolch angebracht, dessen Scheide unterhalb der Platte festgenagelt war. Anu hatte es Sabeta und Geres irgendwann gestanden, als diese darauf bestehen wollten, einen Schutz für die Huren vor weniger angenehmen Gästen einzubauen. Sabetas Hände ertasteten den Griff. Vorsichtig prüfte sie, ob sie ihn locker heraus ziehen konnte.

"Wo kommst du her?", fragte sie und streckte ihre freie Hand wieder nach ihm aus.

Er betrachtete ihre Position und ihre Hand unter der Tischplatte. Ein feiner Schweißfilm bildete sich auf seiner Stirn.

"Aus Fedsha an der Grenze zum Barbrossenland", sagte er ruhig.

"Du lügst", sagte Sabeta.

Ein Schweißtropfen rann seine Stirn hinunter und der Muskel an seinem Auge zuckte.

"Tue ich das?", fragte er ruhig. Da war nichts mehr an ihm von der unsicheren Hure, die er so gekonnt gespielt hatte.

Mit einem Ruck zog sie den Dolch aus der Scheide, warf sich herum und war im nächsten Moment auf ihm, die Klinge an seiner Kehle.

Seine Reaktion darauf vertrieb Sabetas letzte Zweifel. Mit der Schnelligkeit eines ausgebildeten Kriegers drehte er sich unter ihr weg, bevor sie richtig Fuß fassen konnte, warf ihr rechtes Bein über das linke und brachte sich mit einem Satz aus dem Bett in Sicherheit.

Als Sabeta sich umdrehte, hatte er den zweiten Dolch unter dem Nachttischchen auf der anderen Seite hervorgezogen. Sie sah, wie seine Muskeln zum Sprung ansetzten, warf sich zur Seite und sprang auf. In dem Moment, in dem er sich dort auf das Bett warf, wo sie eben gelegen hatte, schwang sie ein Bein über seinen Rücken und verdrehte seinen linken Arm im Schultergelenk. Sie beugte sich nach vorne.

"Welches Fürstentum?", fragte sie. "Wer von ihnen ist wieder hinter dem Ubronenland her und versucht mich auszuspionieren? Ich werde einen verdammten Wall um dieses Land ziehen müssen, wie bei den Pratinern, wenn ihr nicht aufhört, alles was ich aufbaue abzufackeln und die Bauern zu schlachten."

Mit einem wütenden Knurren warf er sich herum, sein Arm rutschte aus ihrem Griff. Rasch sprang sie von seinem Rücken und im nächsten Moment standen sie sich mit gezückten Klingen gegenüber wie zwei Wölfe kurz vor dem Angriff.

Lonis deutete eine Verbeugung an. "Vandor von den Horduren", stellte er sich mit seinem echten Namen vor. "Du hattest die Dreistigkeit, mein Heiratsansinnen abzulehnen."

"Man könnte es wohl eher als Dreistigkeit bezeichnen, dass ein Hordure glaubt, aus politischen Gründen eine Dherask ehelichen zu können, Fürstensohn oder nicht. Ihr seid der unbedeutendste Stamm in ganz Garlenien."

"Vielleicht früher", sagte Vandor, "als mein Vater noch amtierender Fürst war, aber ich gedenke, das zu ändern."

Flüchtig fragte Sabeta sich, warum Vandor als offenbar derzeit amtierender Fürst hier war und nicht auf Vetvangey, aber im Moment hatte sie dringlichere Probleme.

Etwas glomm in seinen Augen auf, das Feuer eines Fanatikers, und mit einigem Schrecken stellte Sabeta fest, dass ihre rechte Hand kalt und schweißfeucht den Griff des Dolches umklammerte und ihr Herz von innen gegen ihre Brust hämmerte. Lebensbedrohliche Kämpfe brachten sie in der Regel höchstens vor ihrem Beginn aus der Ruhe. Stand sie erst einmal vor ihrem Gegner, hatte sie volles Vertrauen in ihren Körper.

Aber das hier war anders. Sie waren beide nackt und Sabeta fühlte sich ausgeliefert. Allerdings, dachte sie grimmig, ging es ihm schließlich genauso wie ihr. Er lächelte sie an, als sei das alles ein Spiel. Dann hob er die rechte Hand. Sabeta, die ahnte, was er vorhatte, warf sich nach vorne, aber sie erreichte ihn nicht mehr rechtzeitig.

Er steckte beide Finger in den Mund und pfiff gellend. Beinahe zeitgleich öffnete sich hinter ihr krachend die Tür. Noch bevor Sabeta sich ganz herumgedreht hatte, packte eine lederbehandschuhte Hand sie im Nacken, ein Stiefel trat ihr unsanft in die Seite und ein anderer kickte ihr das rechte Bein weg. Sie bäumte sich auf, erwischte die Hand, die ihr im Nacken saß, packte das Gelenk und drehte es mit einer Kreisbewegung ruckartig herum. Es knackte hässlich und ein Schmerzenslaut ertönte hinter ihr, aber sofort waren mehr Hände da und drückten sie in die Knie. Jemand griff nach ihren Handgelenken und verdrehte ihr beide Arme auf dem Rücken, und wer immer es war, verstand sein Handwerk.

Vandor kam zu ihr, nackt wie er war, und ging gelassen vor ihr in die Hocke.

"Sieh an", sagte er und ein bösartiges Funkeln trat in seine Augen, "die weiße Kriegerin auf den Knien. Ich wette, es gäbe einige, die diesen Anblick zu schätzen wüssten."

"Und ich wette, es gäbe einige, die diesen Anblick nur nach einem fairen Kampf zu würdigen wüssten. Pfeif deine Hunde zurück, Vandor und lass uns das Ganze zu zweit austragen, wie zwei echte Fürsten."

Vandor zog spöttisch die Mundwinkel nach unten.

"Und warum sollte ich das tun?", fragte er, stand auf und schlenderte zu einem Stuhl hinüber. Er zog die leichte Decke herunter, die auf dem Sitzkissen lag. Darunter kamen seine Kleider zum Vorschein. Vandor begann seelenruhig, sich anzuziehen.

Für einen kurzen Moment überlegte Sabeta, ob sie nach Hilfe rufen konnte, aber sie würde kaum Luft holen können, bevor irgendwer ihr einen Knebel in den Mund stecken würde und sie zog es vor wenigstens sprechen zu können.

"Du bist schneller als ich", gab Vandor freimütig zu. "Vielleicht könnte ich dich besiegen, weil ich stärker bin, aber ich habe nicht vor, es zu probieren, wo ich doch gerade so vortrefflich im Vorteil bin."

Er warf sich eine silbern bestickte Tunika über und schloss einen Gürtel um seine Taille.

Sabeta zwang sich, ruhig zu denken. Ihr Blick streifte über die Möbel - zu weit weg, um sie mit einem waghalsigen Fallmanöver zu erreichen und ihre Angreifer damit aus dem Gleichgewicht zu bringen. Sie vermutete, dass mindestens drei Wachen hinter ihr standen, allein die Götter wussten, wie Vandor sie eingeschleust hatte.

Vandor ließ sich auf dem Stuhl nieder und beugte sich nach vorne. "Eigentlich hätte ich gerne noch mehr über deine Pläne erfahren. Was du vorhast, wie viele Truppen du an der Grenze postiert hast und wo, wie sie bewaffnet sind und wo die Schwachstellen sind. Aber...", er hob ergeben beide Handflächen, "ich bin wohl doch kein so guter Schauspieler wie ich dachte."

"Ihr kommt hier so niemals raus", sagte Sabeta mit einem Blick auf seine Tunika. "Der Schankraum sieht vielleicht nicht so aus, aber er ist voll mit Bordellwachen. Ein Blick auf das Silber auf deinem Hemd und sie zählen eins und eins zusammen."

"Wer sagt, dass ich durch den Schankraum will?", fragte Vandor und stieß mit einem Ruck die Fensterläden auf. Kalte Nachtluft fuhr durch den Raum und die Härchen auf Sabetas Armen richteten sich auf.

"Das hier ist das höchste Haus in der ganzen verdammten Stadt", sagte sie. "Du wirst dir alle Knochen brechen. Was mir nur recht sein sollte", fügte sie an.

"Mh", machte er, ging zum Bett und zog ein dickes Tau darunter hervor, das an einem Ende fest um den Bettpfosten gewickelt war. Er ruckte daran, wie um zu testen, ob es festsaß. Dann warf er einen Blick aus dem Fenster. Sabeta wusste, dieses Fenster ging nach hinten raus und hinter dem "Tanzenden Delphin" war nichts mehr. Kein Haus, keine Straße, nur Seegras und Fels. Niemand würde ihn sehen, wenn er aus dem Fenster stieg.

Vandor warf einen Blick auf sie.

"Weißt du", sagte er, "es ist wirklich schade, ich hatte selten eine so wunderbare Zeit wie in dir. Aber ohne dich werden meine Pläne leider leichter umsetzbar sein. Also bleibt mir nur, auf Wiedersehen zu sagen."

Er verbeugte sich spöttisch vor ihr, schwang sich mit

Leichtigkeit auf das Fensterbrett und sah die Wachen an. "Tötet sie", sagte er schlicht und ließ sich, das Tau festhaltend, rücklings aus dem Fenster gleiten.

Aus dem Augenwinkel sah Sabeta die Klinge eines Messers aufblitzen. Sie warf den Kopf mit einer solchen Wucht herum, dass ihr Nacken knackte und ein scharfer Schmerz durch ihren Hinterkopf fuhr. Die Klinge streifte ihren Hals und hinterließ eine blutige Spur, verfehlte aber ihr eigentliches Ziel, ihr die Kehle durchzuschneiden.

Sabeta nutzte den Moment, um einen lauten Schrei auszustoßen, zog ihr linkes Knie nach oben und rammte es einem der Angreifer in die empfindliche Stelle am inneren Oberschenkel. Für den Hauch eines Augenblicks verlor der Mann links hinter ihr die Balance und lockerte seinen Griff. Mit einer Drehung ihrer Handgelenke konnte Sabeta sich befreien. Sie tastete nach dem Gürtel von einem der Angreifer, fand eine Scheide und den Griff des dazugehörigen Dolches. Während sie sich über den Boden rollte, zog sie den Dolch aus der Scheide und stieß ihn dem Mann in die Seite. Sie hatte schlecht gezielt und traf eine Rippe, die zwar knackte, aber der Stoß richtete keinen echten Schaden an. Der Mann stöhnte, kam aber wieder auf die Beine. Ein zweiter warf sich auf Sabetas Körper und presste ihr mit seinem Gewicht die Luft aus den Lungen. Sabeta roch seinen Schweiß und seine ungewaschenen Kleider und dachte, selbst wenn er ihr nicht die Lunge zerquetschen würde, würde sie wohl an dem Gestank ersticken. Ein Frauengesicht tauchte in ihrem Blickfeld auf und die Schneide des Messers. Mit überdeutlicher Klarheit sah Sabeta eine Scharte in der Klinge, die sich zu ihrem Hals hin senkte. Sabeta schaffte es mit einem weiteren Ruck ihres Kopfes unter Aufbringung all ihrer Kräfte der Klinge ein zweites Mal zu entgehen, die stattdessen in ihren Oberarm hineinfuhr, als wäre er aus Butter. Der Schmerz ließ kleine Sterne vor ihren Augen explodieren, und sie wusste, dass sie verloren hatte. Das hier würde das unrühmliche Ende von Sabeta Dherask werden, ehrlos abgeschlachtet in einem Bordell, von einem verdammten Verräter. Ein Fürst, der diesen Titel verdiente, hätte sie zum Kampf gefordert, statt sie feige in eine Falle zu locken.

Aufgeben lag nicht in Sabetas Natur, und so kämpfte sie sinnlos gegen das Gewicht an, das sie zu Boden drückte, aber der Schmerz in ihrem Oberarm und die Enge in ihrer Brust drohten ihr die Sinne zu rauben. Deshalb meinte sie erst, es wäre Einbildung, als sie die Tür gegen die Wand krachen hörte.

Das nächste, was Sabeta wahrnahm, waren die erschrocken aufgerissenen Augen der Frau über ihr und eine blanke Klinge, die über deren Hals fuhr. Sabeta schloss instinktiv die Augen, bevor ein warmer Schwall Blut auf ihr Gesicht traf. Sie öffnete die Augen wieder. Das Blut klebte an ihren Wimpern. Durch einen roten Schleier sah Sabeta, wie die Frau über ihr mit einem Ausdruck stummen Entsetzens zur Seite kippte. Mit einem Knacken fuhr ein zweites Messer quer durch den Hals des Mannes, der mit seinem Gewicht immer noch die Luft aus ihren Lungen presste. Sie konnte das Wimmern des dritten Mannes hören.

"Lasst ihn leben!", krächzte sie und kämpfte sich unter dem leblosen Körper hervor. Angeekelt stieß sie den stinkenden Leib von sich. "Er muss reden."

Jemand half Sabeta auf die Beine und versuchte, ihr mit einem Tuch das Blut vom Gesicht und von den Schultern zu wischen, aber Sabeta schlug nach der helfenden Hand. Eine der Bordellwachen hechtete zum Fenster und blickte hinaus. Sabeta griff taumelnd nach dem Messergriff, der aus ihrem linken Oberarm ragte. Als sie ihn berührte, spürte sie die Klinge in ihrem Muskel und ihr wurde leicht übel. Sie wappnete sich, um die Klinge heraus zu ziehen, aber eine sanfte Hand legte sich auf ihre.

"Nicht", sagte Anu dicht an ihrem Ohr. "Zieh es erst raus, wenn jemand da ist, der es nähen kann."

Sabeta griff mit der Hand des gesunden Arms nach dem Tuch in Anus Hand und nahm es ihm unsanft ab. Mit einem Zipfel wischte sie sich den Rest Blut aus den Augen und versuchte, die Situation zu überblicken.

Zwei Bordellwachen hatten den dritten Mann zu Boden gerungen, eine dritte fesselte seine Arme auf dem Rücken. Mit zwei Schritten war Sabeta bei dem Mann, packte unsanft seine Haare und riss seinen Kopf in den Nacken. Anu klaubte ein dünnes Tuch vom Tisch und legte es Sabeta um die Schultern, aber Sabeta spürte es kaum. Sie beugte sich zu dem dritten Mann hinunter, soweit es der Schmerz in Arm und Nacken zuließ.

"Was wird er tun, wenn ihr nicht zum vereinbarten Treffpunkt kommt?", fragte Sabeta.

"Nichts", krächzte der Mann.

Sabeta hob seinen Kopf an den Haaren an und ließ seine Nase einmal auf den Fußboden krachen. Sie brach mit einem Übelkeit erregenden Geräusch.

Sie zog seinen Kopf wieder ein Stück nach oben, beugte sich noch ein Stück weiter hinunter und versuchte den stechenden Schmerz in ihrem Nacken zu ignorieren.

"Ich frage dich noch einmal", sagte sie, "Was wird er tun, wenn ihr nicht zum vereinbarten Treffpunkt kommt?"

"Ich schwöre bei allen Göttern und meinem Leben, dass er nichts tun wird, er rechnet nicht damit, dass wir zurückkommen", wimmerte der Mann.

"Als ob dein Leben noch eine halbe Garnele wert wäre", knurrte eine der Bordellwachen.

Sabeta blickte in die Augen, die angstvoll geweitet zu ihr herauf schielten, und sie ließ das Büschel Haare los.

"Er will gar nicht, dass ihr zurückkommt", stellte sie fest, "es war ein Selbstmordkommando. Er wusste, dass ihr hier nicht mehr rauskommt, nachdem ihr mich getötet habt, und dass ihr verfolgt worden wärt, wenn ihr mit ihm geflohen wärt. Ihr solltet mich töten und dann behaupten, ihr hättet nicht gewusst, wer ich bin und hättet mich nur ausrauben wollen, und der verstörte Lonis sei geflohen."

Ein Funken Stolz glomm in den Augen des Mannes auf, und Sabetas Abscheu für Vandor wurde noch größer. Nicht nur, dass er sich feige hier als Hure eingeschlichen hatte, um sie hinterrücks ermorden zu lassen, er hatte außerdem von seinen Männern gefordert, dafür zu lügen und dafür hingerichtet zu werden. Vandor war kein Fürst, er war ein Heuchler und ein Schuft, eine Schande in ihren Reihen.

Sabeta drehte sich zu Anu um. "Wie wart ihr so schnell hier?", fragte sie.

"Schau mich nicht so an, als würdest du das bereuen", sagte er.

"Ich frage mich nur, wo ihr herkamt", sagte Sabeta.

Anu sah den Hauch von Misstrauen auf ihrem Gesicht und zuckte zurück.

"Entschuldige", sagte Sabeta müde und strich sich über die Stirn.

Anu stand auf und kam mit ihren Kleidern zurück. "Willst du was von uns, bis du sauber bist?", fragte er. "Das Rot kriegt kein Wäscher der Welt aus dem Weiß wieder raus."

"Wenn ihr noch was anderes habt außer Nichts", sagte Sabeta mit einem Blick auf seinen kurzen Rock.

Anu lief zur Tür und redete mit irgendjemandem, bevor er zurückkam.

"Also", sagte Sabeta, "wo kamt ihr her?"

"Ich hatte kein gutes Gefühl", sagte Anu und ließ sich neben Sabeta nieder. "Als du hier an der Tür standest", er warf einen Blick zu den Bordellwachen und senkte die Stimme, "da hatte ich den Eindruck, dass du eigentlich gar nicht hier rein wolltest. Dass du ganz andere Dinge als Vergnügen im Kopf hattest. Und als es hier oben gerumpelt hat, habe ich die Wachen hochgeschickt. Wir kamen in dem Moment oben an der Treppe an, indem du geschrien hast."

Gedankenverloren hob Sabeta die Hand und strich ihm damit über den Kopf. "Du kennst mich fast so gut wie Hoister", sagte sie, "und jetzt lass uns jemanden finden, der dieses verdammte Messer aus meinem Arm zieht."

Gain

9. Die Hohe Klippe

480 Winter n.T.

garlenische Zeit

LeeMat

Erster Sitz der Dherask

Gain lehnte sich zurück und ließ sich einen Schluck Met die Kehle hinunterlaufen. Lenos hatte recht gehabt, der Kräutermet war hervorragend und Gain nahm sich vor herauszufinden, wo er gebraut wurde.

Am anderen Ende der Halle öffnete sich das Tor und eine der Wachen hastete herein. Sie beugte sich zu einem der Apprendi hinunter, der prompt sein Tablett abstellte und begann, sich einen Weg durch die Halle in Richtung des oberen Tisches zu bahnen. Gain beobachtete ihn mit gerunzelter Stirn. Es war der Junge, der ihm die Schale mit Erbsengemüse gereicht hatte. Mit ernstem

Gesicht wich dieser erst zwei sich zuprostenden weiblichen Mitgliedern der Wache und dann dem grauen Hund aus, der eine undefinierbare Flüssigkeit vom Boden schlabberte.

Auch Hoister schien den Jungen bemerkt zu haben und beobachtete dessen Weg stirnrunzelnd, während er sich gedankenverloren ein Stück Brot in den Mund steckte. Tristan war schon seit einer Weile mit seiner Mahlzeit fertig, aber Hoister hatte ihm verboten aufzustehen. Mit verschränkten Armen und missbilligender Miene saß der jüngste Dherask daher zurückgelehnt auf seinem Stuhl und wartete darauf, dass Hoister sein Mahl abschließen würde. Atemlos erreichte der Apprendi den oberen Tisch, umrundete ihn und lief direkt zu Hoister. Der Junge beugte sich vor. Gain konnte nicht verstehen, was er sagte, aber Hoister wurde blass, ließ den Rest seines Brotes fallen und stand auf. Gain folgte unauffällig seinem Beispiel. Hoister musterte ihn kurz und gab ihm und Tristan dann einen Wink, ihm zu folgen. Gain warf einen schnellen Blick auf die Menschen in der Halle. Die Menge zerstreute sich langsam, einige Tische waren bereits leer, an einem anderen unterhielt sich ein Haufen Händler in ihren bunten Gewändern ausgelassen über ihre letzten Reisen. Niemand schien ihnen mehr besondere Beachtung zu schenken.

Sie verließen die Halle durch eine Seitentür. Der Junge führte sie in ein Haus, dessen Außenbau ähnlich dem der Halle gestaltet waren, mit einem von zwei Säulen getragenen Vordach und einer edel verzierten Tür, und auch hier standen Wachposten vor dem Eingang. Das Privathaus der Dherask, schloss Gain und zögerte kurz, bevor er hinter Hoister und Tristan ins Innere trat.

Die Tür führte in einen Raum, der von so vielen Kerzen erleuchtet war, dass es beinahe taghell wirkte. Ein mächtiger Holztisch nahm einen Großteil des Raumes ein, von dem an der rückwärtigen Wand sechs mit schweren Tuchen verhangene Öffnungen in angrenzende Räume abführten. Die Wände waren auch hier mit Wandteppichen verziert, aber der Raum wirkte dennoch wesentlich schlichter als die Ausstattung der Halle.

Auf einem Stuhl neben dem Tisch saß Sabeta. An ihrer linken Seite kniete eine Frau, deren dunkles Haar mit grauen Strähnen durchzogen war. Ihren faltigen Mund hatte sie angestrengt zusammengepresst und sie untersuchte konzentriert den Griff eines Messers, der in Sabetas linkem Oberarm steckte. Ein junges Mädchen in Anns Alter, wohl ihre Lehrlinga, wie die weiblichen Lehrlinge hier genannt wurden, fädelte einen dünnen Zwirn in eine Nadel. Auf Sabetas anderer Seite kniete ein junger Mann mit hellem Haar und einem Grübchen am Kinn. Er trug einen kurzen Rock, über den er nur ein Hemd geworfen hatte und seine Füße steckten in Stiefeln. Gain schloss, dass er aus irgendeinem Bordell gekommen war.

"Bei Oceannes Armen, zieh das Teil endlich raus, Ester, oder ich tu's" sagte Sabeta unwirsch. Ihr Gesicht war weiß und ihr Mund fast so schmal wie der der Frau neben ihr. Sie trug einfache, dunkle Kleidung, die ihr eindeutig zu groß war. In ihren grünen Augen funkelte es gefährlich. Der junge Mann stand auf, ging auf Sabetas andere Seite hinüber, fasste den Griff mit einer Hand und zog die Klinge mit einem Ruck aus Sabetas Arm. Blut sickerte aus dem tiefen Schnitt. Sabeta wurde noch weißer und drohte nach vorne zu kippen. Der junge Mann richtete sie an den Schultern wieder auf.

Ester blitzte ihn unfreundlich an. "Oh, natürlich, es wäre ja eine Schande auf die Gu-esserin zu hören, die dafür ausgebildet ist, solche Wunden zu behandeln", zischte sie den jungen Mann an, den das wenig zu beeindrucken schien. Das erschrockene junge Mädchen reichte der Gu-esserin ein Bündel weißen Stoff, das diese auf die Wunde presste. Binnen kürzester Zeit war es von Blut durchtränkt.

Hoister war mit wenigen schnellen Schritten bei Sabeta. Die Gu-esserin blickte ihn böse an, wagte aber offenbar nicht etwas zu sagen, als er Sabeta an die Schulter fasste. Sabeta schüttelte seine Hand unwirsch wieder ab. Ester beschränkte sich darauf, missbilligend den Kopf zu schütteln.

Gain warf einen Blick auf Tristan, der beinahe ebenso weiß im Gesicht schien wie seine Schwester. Für einen Moment fragte Gain sich, ob er vielleicht kein Blut sehen konnte. Er wünschte, er könnte irgendetwas tun, außer herumzustehen, aber als er sich Sabeta näherte, funkelte sie ihn wütend an.

"Und du", knurrte sie, "was genau willst du hier? Die Verteidigungslage ausspionieren? Die einfachen Leute für dich gewinnen? Nur zu, Sabeta Dherask ist zwar gefürchtet, aber nicht überall geliebt, vielleicht hast du leichtes Spiel. Hat deine alte Mutter dich vielleicht gar nicht geschickt, weil du nicht kämpfen kannst, sondern weil du meinen Stil studieren sollst?"

Wie vor den Kopf geschlagen blieb Gain stehen. Er hatte keine Idee, womit er diese plötzliche Feindseligkeit verdient hatte.

Hoister legte Sabeta warnend eine Hand auf die Schulter, die diese diesmal nicht abschüttelte. Stattdessen strich sie sich mit einer untypisch müden Geste über die Stirn und das wütende Funkeln in ihren Augen verschwand.

"Entschuldige, Gain", sagte sie. "Man soll den Freund nicht mit Worten zum Feind machen. Es reicht, wenn er es durch die Waffen wird."

Sie drehte den Kopf zu der Gu-esserin. "Bist du bald fertig, Ester?", fauchte sie sie an. Aber Ester ließ sich ungerührt von dem jungen Mädchen, das erschrocken zusammengezuckt war, Nadel und Faden reichen. "Nein", sagte sie, "und ich schlage vor, dass

Ihr die Zähne zusammenbeißt, Fürstin", sagte sie kühl und stand auf. "Haltet ihren Arm fest", sagte sie zu niemand bestimmtem.

Hoister trat sofort neben Sabeta, packte ihren Arm an der Schulter und am Ellenbogen und hielt ihn fest, damit Ester die Wunde nähen konnte, ohne dass Sabeta unwillkürlich wegzucken konnte.

Sabeta gab keinen Laut von sich, aber Gain sah ihre Kiefermuskeln deutlich hervortreten.

Es dauerte noch eine ganze Weile, bis die Gu-esserin alles zu ihrer Zufriedenheit gereinigt und verbunden hatte. Sie erklärte dem blonden Mann, der als einziger bereit schien ihr zuzuhören, wie der Verband gewechselt werden musste und wie die Salbe aufgetragen werden sollte.

Hoister begleitete die Gu-esserin und ihre Lehrlinga zur Tür und verabschiedete beide. Gain sah sich suchend um. Er erblickte auf einem Wandbord eine Reihe an Bechern, nahm die herunter, die ihm am schlichtesten erschienen und stellte sie auf den Tisch. Tristan erwachte aus seiner Starre, füllte einen Krug an einem in der Ecke stehenden Fass und brachte ihn zum Tisch. Er goss ein und Hoister schob Sabeta einen Becher hin, den sie nicht anrührte.

"Sollte er hier sein?" Der junge Mann mit dem Grübchen am Kinn verschränkte die Arme und warf einen misstrauischen Blick auf Gain. Sabeta hob den Kopf und blickte Gain an, als überlege sie immer noch, ob er Freund oder Feind war.

"Ich kann gehen", sagte Gain rasch, aber Sabeta schüttelte den Kopf. "Ich glaube nicht, dass du hier bist, um Fallen zu stellen und in einem offenen Kampf..." Sie lächelte trotz ihres Zustandes und Gain wusste, was sie hatte sagen wollen, ohne dass sie den Satz beendete. Er würde keine zwei Angriffe in einem Kampf gegen sie oder Hoister bestehen, vermutlich nicht mal gegen

Tristan, und sie wussten es beide.

"Und er muss uns etwas sagen", sagte Sabeta. "Aber du solltest gehen, Anu."

Anu bedachte Gain mit einem mörderischen Blick, verbeugte sich in Richtung der Dherask und verließ mit schweren Schritten den Raum, die vorwurfsvoll nachzuhallen schienen.

"Wirklich, Sabeta", sagte Hoister, ihm kopfschüttelnd nachblickend, "bist du sicher, dass du dir keine neue Hure suchen solltest? Oder sie häufiger mal wechseln?"

"Halt die Klappe, Hoister", sagte Sabeta freundlich.

Hoister bot Gain einen Platz an und Gain setzte sich. Dann blickte er Sabeta an und wartete darauf, dass sie weitersprach.

"Die Horduren", sagte Sabeta. "Wer war auf der Insel?"

"Der amtierende Fürst", sagte Gain etwas verwundert.

"Und wer mag das sein?", fragte Sabeta.

"Jordar, soweit ich weiß", sagte Gain.

Sabeta beugte sich vor. "Denk nach", sagte sie, "war es Jordar? War er am Leben und auf der Insel?"

Gain rief sich den letzten Tag auf Vetvangey in Erinnerung. Er war Zeuge gewesen, wie jeder der anwesenden Fürsten seine Unterschrift unter das Schreiben gesetzt hatte, wie das Pergament von Hand zu Hand und von einer ernsten Miene zur anderen gewandert war.

Jordar, amtierender Fürst der Horduren, war ein Mann mit schütterem dunklem Haar, einer geraden Nase und einem ebenmäßigen Gesicht, in das sich tiefe Spuren von Gram und Trauer gegraben hatten.

"Jordar", sagte Gain bestimmt. "Ich bin ganz sicher."

"Jordar ist ein toter Mann, sobald er einen Fuß auf garlenisches Land setzt", sagte Sabeta.

Gain blickte überrascht auf.

"Ihr Sohn bezeichnet sich als amtierenden Fürsten der Horduren", sagte Sabeta.

Niemand fragte, wo Sabeta den Sohn des Hordurenfürsten getroffen hatte, obwohl es ihnen allen auf der Zunge lag. "Was bedeutet, dass er das Erbe antreten will", fügte Sabeta überflüssigerweise an.

Sie schwiegen. Die Stille summte laut in Gains Ohren. Die Kerzen zischten leise, und ihr warmes Licht erhellte die Gesichter. Das Erbe eines amtierenden Fürsten konnte nur angetreten werden, wenn der alte Fürst tot war. Es gab keine Möglichkeit des Rücktritts, wie Gain es in Geschichten aus dem Süden gehört hatte. Man war amtierender Fürst bis man starb, und keinen Tag kürzer.

"Hoister" Sabeta drehte den Kopf zu ihrem Zwillingsbruder, der immer noch hinter ihr stand. "Ich brauche Nachrichten von der Heuse, und lass es bitte gute Nachrichten sein. Du brichst morgen mit dem Schreiben für die Heydvala auf und schickst mir von der Heuse einen Boten zurück."

"Und was unterscheidet eine gute Nachricht von einer schlechten, die Heuse betreffend?", fragte Hoister.

"Ich wäre außerordentlich erfreut, wenn die Barbrossen dort widerrechtlich Felder angelegt hätten", sagte Sabeta nachdenklich.

"Gestern hast du dich noch darüber aufgeregt, dass die Barbrossen sich an keinen Landfrieden halten", moserte Tristan.

"Gestern", sagte Sabeta scharf, "habe ich noch kein Messer im Oberarm stecken gehabt."

Gain hatte keine Ahnung, was das Messer in ihrem Oberarm mit den widerrechtlich angelegten Feldern an der Heuse zu tun haben könnte.

"Wir brauchen die Barbrossen als Verbündete", sagte Sabeta zu niemandem bestimmten, es klang eher als würde sie laut nachdenken, und die Aussage schien Gain widersprüchlich, aber niemand sagte etwas dazu.

Sabeta blickte auf einmal auf.

"Gain", sagte sie und Gain horchte bei ihrem Tonfall auf. Eine Mischung aus Schärfe und Bedauern hatte sich in ihre Stimme geschlichen.

"Es tut mir leid, aber du bist nicht länger unser Gast. Ich würde dich ja der Form halber fordern, aber ich denke, wir sollten uns in dieser Hinsicht nichts vormachen."

Gain hatte schon beinahe damit gerechnet, aber sein Mund wurde trotzdem staubtrocken. "Nicht nötig", sagte er. Er hatte das seltsame Gefühl, seine eigene Stimme würde auf einmal von weit weg zu ihm hallen. "Ich betrachte mich als im Zweikampf besiegt und begebe mich in deine Gefangenschaft."

Sabeta nickte und betrachtete ihn wohlwollend. "Wenn du dich weiter verhältst wie ein Gast, werden wir uns weiter verhalten wie Gastgeber", sagte sie. "Wenn du versuchst zu fliehen, müssen wir dich leider in die seufzende Höhle umquartieren. Glaub mir, sie trägt diesen Namen zu Recht. Es ist ziemlich kalt und düster dort unten, und die Wächter schwören, dass die Wände nachts von den Seufzern der dort Gestorbenen widerhallen. Ich würde dir empfehlen, es nicht darauf ankommen zu lassen." Sie zuckte sorglos mit den Schultern und wartete einen kurzen Moment, um diese Aussage sacken zu lassen, dann erhellte auf einmal ein Lächeln ihr Gesicht.

"Aber ich denke, es spricht nichts dagegen, wenn wir dein Training wie besprochen aufnehmen. Du wirst mich oder die meinen kaum auf dem Sandplatz erschlagen, nicht wahr?"

"Kaum", sagte Gain, griff nach seinem Becher und versuchte seinen trockenen Mund mit Flüssigkeit zu benetzen. Es hätte saurer Wein oder süßer Met sein können, Gain schmeckte nichts. Ein dumpfes Gefühl hatte sich in seiner Brust ausgebreitet, ein wabernder Nebel schien seinen Kopf zu füllen. Ohne je einen Kampf ausgetragen oder ein Schlachtfeld betreten zu haben, war er zur Geisel einer Politik geworden, mit der er nichts zu tun hatte.

Er setzte den Krug ab. Das Geräusch, mit dem dieser auf der Tischplatte aufkam, erschien unnatürlich laut in Gains Ohren. "Aber wenn du hoffst, du könntest in dem Fall, dass meine Gefangennahme sich als Fehlentscheidung herausstellt, aufgrund der Tatsache, dass du mich trainiert hast, hinterher behaupten, ich sei die ganze Zeit nur dein wohlgelittener Gast gewesen, muss ich dich enttäuschen", sagte er.

"Nicht doch." Sabetas Lächeln erhellte ihre grünen Augen. "Du bist jemand, bei dem man besser mit offenen Karten spielt", sagte sie.

Gain starrte auf Holzmaserung der Tischplatte. Er konnte sich zusammenreimen, dass Sabeta soeben ein Attentat überstanden hatte, welches - ihren Fragen nach zu schließen - höchstwahrscheinlich dem Fürstentum der Horduren zuzurechnen war. Mit diesem kleinen Stamm, der im Dunkel des dichten Wolfswaldes zu Hause war, pflegten die Mannalen seit langem eine enge Verbindung.

Da Sabeta überlebt hatte, würde das Fürstentum der Horduren entweder selbst angreifen oder angegriffen werden, und dafür würde der amtierende Fürst sich Verbündete suchen. Gains Gefangennahme würde verhindern, dass die Mannalen zu diesen Verbündeten gehörten. Gain rekapitulierte in Gedanken die Geschichte aller ihm bekannten Fehden zwischen den garlenischen Stämmen, die mit einer solch tiefgreifenden Beleidigung wie dem Angriff auf das Leben eines Fürsten begonnen hatten. Gain fühlte seine Brust eng werden. Das hier, erkannte er mit plötzlichem Schrecken, war keine Frage von einigen Nächten. Das hier war eine Frage von vielen, vielen Mondzyklen, wenn nicht sogar von vielen Wintern.

Der Gedanke an Flucht durchschoss seinen Kopf, aber er verwarf ihn sofort wieder. Nicht nur, dass ihm dann die seufzende Höhle drohte. Genauso unehrenhaft wie ein Siegel zu brechen wäre eine Flucht, solange er sich auf dem Stammsitz der Dherask befand. Seine Familie würde ihn zu Recht verstoßen, wenn er von hier aus zu fliehen versuchte, statt auf ihre Versuche wartete, ihn freizubekommen. Versuche, auf die er vermutlich lange warten konnte. Seine Abwesenheit würde den Weg für seine jüngere Schwester ebnen, die seine Mutter nur zu gerne als ihre Nachfolgerin einsetzen würde.

Gain wusste, wäre er an Sabetas Stelle gewesen, er hätte es ganz genauso gemacht, aber ein dumpf schmerzendes Gefühl von Betrug umkrallte sein Innerstes wie der Fuß eines Greifvogels. Er war als Gast im Vertrauen gekommen, in dem Vertrauen, frei seine Heimreise antreten zu können, wann immer er es wollte. Aber seine Heimreise in die Berge war in unerreichbare Ferne gerückt, und das stechende Heimweh, das ihn bei diesem Gedanken überkam, ließ seine Hände zittern. Gleichzeitig ärgerte er sich mit einem Teil seiner klaren Gedanken über sich selbst, weil er wie ein kleines Kind in Trotz und Trauer verfiel.

Er sah auf. Der Raum wirkte im Schein der Kerzen auf einmal unerträglich hell. "Darf ich gehen?", fragte er steif.

Sabeta musterte ihn. Ihr Gesicht war blass und auf ihrer Oberlippe hatten sich feine Schweißperlen gebildet. Gain sah ihr an, wie dringend sie Ruhe und Schlaf brauchte.

"Du kannst dich im Bereich der Hohen Klippe frei bewegen", sagte sie, "wenn du in die Stadt willst, wird dich eine Wache begleiten."

"Keine Sorge", sagte Gain, "ich werde mir selbst eine Wache suchen, wenn ich den oberen Bereich verlasse. Ich lege keinen Wert darauf, dass du zu meiner Kerkermeisterin wirst, und ich glaube, du auch nicht."

Sabeta lächelte matt, und Hoister nickte Gain besorgt, aber freundlich zu.

Gain stand auf, hielt den Blick auf den Boden gesenkt, um seine Wut zu verbergen, und lief nach draußen.

Kaum wehte ihm unter dem Vordach des Hauses der salzige Seewind um die Nase, löste sich das Engegefühl in seiner Brust ein wenig. Das Haus der Dherask war zur See hin ausgerichtet und Gain konnte über die Stadt und das Meer blicken, das am Horizont in der Dunkelheit mit dem Himmel verschmolz. Hier und da wanderten Lichter durch die Straßen der Stadt. Nachtwächter mit Fackeln schloss Gain, oder späte Heimkehrer.

Gain ging hinüber zu einer der Säulen und lehnte sich dagegen, um einem plötzlich aufkommenden Schwindelgefühl entgegenzuwirken. Gedankenverloren fuhr er mit dem Finger die Schnitzerei eines Blattes nach, als er plötzlich eine Bewegung seitlich des Hauses wahrnahm. Er richtete sich auf. Eine kleine Gestalt tapste heran und blieb vor dem Haus stehen, der Wind zerzauste ihr struppiges Haar.

"Ann?" Gain beugte sich vor. "Was machst du hier?"

Ann schniefte leise. Gain sprang von dem hölzernen Vorbau und war mit wenigen Schritten bei ihr.

"Weinst du etwa?", fragte Gain vorwurfsvoll. "Ann, ein Seefahrer weint nicht."

"Das bin ich ja aber nicht, oder?" Ann schluchzte demonstrativ.

Darauf wusste Gain nichts zu sagen.

"Müsstest du nicht bei den anderen sein?", fragte Gain.

Offenbar hatte er etwas Falsches gesagt, denn Anns Schultern begannen zu zucken. Gain ging vor ihr in die Hocke.

"Jetzt hör auf zu weinen und sag' mir, warum du hier bist", sagte er schroff. Die vorangegangenen Ereignisse machten es ihm schwer, angemessenes Mitgefühl zu zeigen.

"Ich hab' dich gesucht!", stieß Ann hervor, "und Jonk sagte, du seist hier."

Gain wusste nicht, wer Jonk war, aber das war ihm im Moment auch egal.

"Und darf ich fragen, warum du mir nachsteigst?", fragte er.

Ann hob den Blick. Ihre Augen glitzerten nass im Mondschein. "Sie lassen mich nicht bleiben."

Gain zuckte die Schultern. Er hatte schon viel früher damit gerechnet und wunderte sich eher, dass sie Ann bei den Appprendi dabehalten hatten und sie sogar ihr Training hatte mitmachen dürfen. Sie hatten ihr keinen Gefallen damit getan. Nun hatte sie etwas kennengelernt, was sie niemals haben konnte.

"Und?", fragte er. "Such dir irgendwo einen Platz zum Schlafen, und morgen gehst du in die Stadt und suchst dir eine Arbeit. Für ein schlaues Mädchen wie dich findet sich sicher was." Er fuhr ihr freundschaftlich durch die Haare und Ann beruhigte sich etwas.

"Kommst...", hob sie an, brach ab und versuchte es dann noch einmal. "Kommst du mit und hilfst mir?"

Genau wie Gain schien sie zu wissen, dass niemand sie abweisen würde, wenn ein Fürst sie begleitete. Sie würde ihre neue Arbeitsstelle frei wählen können. Aber Gain schüttelte den Kopf. Er würde sicher nicht mit einer Wache im Schlepptau durch die Straßen von LeeMat ziehen und einem abgerissenen Waisenkind neue Arbeit suchen.

Anns Augen wurden groß. "Stimmt es etwa?", fragte sie.

"Stimmt was?", fragte Gain.

"Die Apprendi sagen, Sabeta sei angegriffen worden, und dass du es warst und deshalb gefangen genommen werden wirst."

Gain seufzte tief. Wer auch immer bei den Apprendi diesen Fehlschluss gezogen hatte, würde es vermutlich noch bereuen, aber Gain wusste, das Gerücht würde sich nur durch die Wahrheit wieder vertreiben lassen, auch wenn er diese lieber geheim gehalten hätte. Aber wie so oft war es vermutlich ohnehin ein hoffnungsloses Unterfangen, vor den spitzen Ohren und offenen Augen der Apprendi irgendwas geheim zu halten. Allerdings fragte Gain sich, wie dieses falsche Gerücht in die Welt gekommen war, hatte er doch den ganzen Abend in der Halle gesessen und hatte Sabeta daher nicht angreifen können, es sei denn, er könnte sich wie die sagenumwobenen Divisers zweiteilen.

"Ann, du brauchst nicht alles glauben, was du hörst."

"Also ist niemand angegriffen worden?", fragte Ann sichtlich verwirrt.

"Doch", sagte Gain, "aber ich würde niemals meinen Gastgeber angreifen, verstanden?"

Ann nickte. "Es hörte sich irgendwie auch falsch an, dass du es warst", sagte sie dann, bevor sie ihn wieder aus angstvollen Augen anblickte. "Aber dass sie dich gefangen genommen haben stimmt? Aber warum sitzt du dann hier? Vermutlich stimmt es auch nicht."

Gain zögerte kurz, entschied sich dann aber für die Wahrheit.

"Doch Ann", sagte er, und ihre Augen weiteten sich erschrocken. "Aber nicht so, wie du denkst. Ich bin hier weiter Gast, nur darf ich nicht einfach gehen."

"Aber du wolltest doch nach Hause", sagte Ann und schien nun ehrlich besorgt um ihn zu sein. Gain musste unwillkürlich lächeln.

"Ich gehe auch wieder nach Hause, Ann", sagte er. "Irgendwann. Und jetzt such dir einen Platz zum Schlafen."

Ann zögerte.

"Was?", fragte Gain unfreundlicher als beabsichtigt.

"Ich hab' Angst vor wilden Tieren", sagte sie.

"Ann...", begann Gain ungeduldig, aber Ann fiel ihm ins Wort.

"Die Bären haben im Winter meine Brüder geholt", sagte sie heftig.

Gain schwieg. Damit hatte er nicht gerechnet. Für einen kurzen Moment rang er mit sich.

"Du darfst heute Nacht bei mir auf dem Boden schlafen", sagte er, und als Anns Augen aufleuchteten setzte er schnell hinzu: "Aber nur heute, verstehst du? Morgen suchst du dir eine Arbeit und einen neuen Platz zum Schlafen."

Ann nickte.

"Und ich möchte, dass du etwas für mich tust", sagte Gain.

Ann blickte ihn erwartungsvoll an.

"Erinnerst du dich an die beiden Kinder und das blaue Seidenband?"

Ann nickte.

"Ich möchte, dass du die beiden findest und mir eine Nachricht zukommen lässt, wenn du mir sagen kannst, wo sie sind. Und ich möchte alles wissen, was unter den Fischern getuschelt wird. Seemannsgarn, ungewöhnliche Geschichten, alles, verstehst du?"

Ann nickte eifrig und Gain wusste, sie würde nicht eher ruhen, als bis sie beide Kinder gefunden hatte. Er deutete auf ein flaches Gebäude, zwei Häuser weiter. "Siehst du das Haus dort mit dem grünen Fensterladen?"

Ann folgte seinem Blick. "Ja", sagte sie.

"Da gehst du jetzt hin, machst ein Feuer und rollst dich

irgendwo ein. Aber schieb bloß nicht den Riegel von innen vor, verstanden?"

"Verstanden", nickte Ann und verschwand mit ein paar Sprüngen in der Nacht. Gain richtete sich auf.

"Und wer mag das gewesen sein?", fragte eine Stimme hinter ihm.

Gain fuhr herum. In der geöffneten Tür stand eine Gestalt. Das Licht, das durch den Türrahmen fiel, ließ ihr Haar rot aufleuchten. Während sich die Tür hinter ihm schloss, lief Tristan über die hölzerne Veranda und sprang herunter. Neben Gain kam er zum Stehen und kniff die Augen zusammen.

"Vielleicht sollten wir dich doch besser einsperren. Du machst ein wenig zu schnell Freunde."

"Vielleicht", sagte Gain verärgert, "aber im Gegensatz zu manch anderem mache ich mir lieber Freunde als Feinde."

Tristan warf ihm einen Blick zu, als wisse er nicht genau, was er von dieser Aussage halten sollte.

"Ich brauche deine Hilfe", sagte Gain unvermittelt.

"Meine?" Tristan tat erstaunt. "Dabei bin ich doch derjenige unter den Dherask, den nie jemand zu brauchen scheint."

"Du kennst dich besser unter den Leuten in der Stadt aus als deine Geschwister", sagte Gain. Es war keine Frage, sondern eine Feststellung und Tristan blickte ihn überrascht an.

"Sieh an", sagte er, "dein Scharfsinn steht dem meiner Schwester in nichts nach."

"Ich muss für jemanden Arbeit finden", sagte er. "Und wenn du klug bist, lässt du denjenigen wissen, dass du es warst, der ihr geholfen hat. Freunde sind immer besser als Feinde, egal wie unbedeutend sie zu dem Zeitpunkt erscheinen mögen."

"Eine Lehrstunde in Politik?" Tristan schnaubte. "Spar dir deine Mühen, ich werde nie einen vernünftigen Fürsten abgeben."

"Weil du keine Lust dazu hast, nicht weil du deine Geschwister nicht unterstützen könntest", sagte Gain scharf.

Tristan zuckte unbeeindruckt die Schultern. "Weil ich keine Lust habe", gab er freimütig zu.

"Ich finde für diesen Jemand eine Arbeit", sagte er nach einer Weile, "aber nicht, weil ich möchte, dass er oder sie mir einen Gefallen schuldet. Ich mache es, weil ich eine, wie Hoister es gerne bezeichnet, höchst befremdliche Schwäche für nutzlose Personen habe."

"Es schadet nicht unbedingt, beides miteinander zu verbinden", sagte Gain.

"Tu mir den Gefallen und verschon wenigstens du mich mit Versuchen, mich zu einem wahren Fürstensohn zu erziehen", sagte Tristan unversöhnlich. "Für wen soll ich suchen?"

"Ein Mädchen, etwa elf Winter schätze ich, nicht dumm, mit einer großen Abneigung gegen Schiffe, Boote und das Meer."

Tristan lachte. "Na, da ist sie ja hier zum richtigen Ort gekommen", bemerkte er sarkastisch.

TRISTAN

10. DIE HÖHLE DER FORTHACHDEN

480 WINTER N.T.

GARLENISCHE ZEIT

LEEMAT

ERSTER SITZ DER DHERASK

Während Tristan die obere Klippe verließ, fragte er sich zum ersten Mal in seinem Leben, ob er nicht besser eine Wache mitgenommen hätte. Der Schock darüber, Sabeta so weiß im Gesicht zu sehen saß ihm immer noch in den Knochen. Sie war oft ungerecht zu ihm, hartherzig sogar, aber Tristan konnte sich ein Leben ohne ihre verlässliche Führung nicht vorstellen. Es war selbstverständlich, dass sie Entscheidungen traf, die er nicht in Frage stellte, die niemand von ihnen in Frage stellte, nicht einmal Morgan Dherask, der der eigentlich amtierende Fürst war.

Tristan ließ die Viehställe hinter sich. Ein Rascheln ließ ihn zusammenfahren. Reflexartig drehte er sich um, aber es war nur ein Fuchs, der um die Hühnerställe schlich, in der Hoffnung, ein Huhn sei achtlos draußen gelassen worden.

Tristan lief weiter. Er folgte einem schmalen Sandpfad die Klippen hinunter, lief um Oceannes Stätte in der Senke herum und stand schließlich am oberen Ende der Dherasker Treppe, wo er sich nach links, weg von der Stadt, wandte.

Es hatte zu nieseln begonnen. Die feinen, kalten Tropfen bliesen ihm ins Gesicht und verfingen sich wie Tau auf der Wolle seines Mantels. Tristan lief an der Klippe entlang, bis er zu einem Busch kam, der ein Loch im Boden markierte. Er tastete nach dem felsigen Rand des Loches und ließ sich hineinfallen. Etwas unsanft kam er auf hartem Stein auf. Er hätte Licht mitnehmen können, aber nach dem Angriff auf Sabeta zog er es vor, keine Aufmerksamkeit auf sich zu ziehen und er kannte diesen Höhlengang besser als irgendeinen anderen Weg. Er erfühlte die rissige Felswand und tastete sich daran entlang vorwärts. Von irgendwo aus der Tiefe unter sich konnte er das Meer rauschen hören. Die Luft stand stickig und abgestanden im Gang und es roch nach fauligen Algen. Der Gang führte steil bergab. Tristan bog um eine enge Biegung und blieb für einen Moment stehen. Nur ein paar Schritte vor ihm schimmerte sanftes Licht auf dem dunklen, feuchten Fels der Wände. Sie war also da und wartete auf ihn. Er wäre lieber alleine gewesen.

Tristan kam an einen Absatz, den er mithilfe einer dort hängenden Strickleiter überwinden musste. Das Meeresrauschen wurde lauter. Er befand sich jetzt unterhalb des Meeresspiegels und musste wieder ein kleines Stück bergauf gehen, bevor er die Höhle betreten konnte.

Die Höhle war sein Geheimnis. Der eine Ort, wo seine Familie ihn nicht erreichen konnte und wo er ungestört war. Er hatte sie vor vielen Jahren zufällig entdeckt, als er verbotenerweise die unterirdischen Gänge erforscht hatte. Bei Flut lag die Höhle auf der Höhe des Meeresspiegels. Durch einen Zugang zum Meer floss Wasser hinein und füllte ein tiefes Becken in ihrer Mitte. Aber das eigentlich faszinierende an dieser Höhle waren die Wände. Sie waren über und über mit Malereien versehen, grobe Zeichnungen, in den Fels geritzt. Tristan hatte sich oft gefragt, wer sie hinterlassen hatte. Siedler, die vor ihnen hier gewesen waren? Oder die Riesen, die vor ihnen das Land bevölkert hatten und von denen hier und da große Bauten als Mahnmal ihrer Existenz zu finden waren, so wie die Mauerreste in Oceannes Senke? Oder, und das war eine Vorstellung, bei der sich Tristans Nackenhaare aufstellten, waren es die auf den Zeichnungen Dargestellten selbst gewesen, die Magischen, die Forthachden, die die Zeichnungen hinterlassen hatten?

Tristan näherte sich dem flackernden Schein, folgte dem Gang, der ihn um eine weitere Biegung führte, und betrat die Höhle.

Sie war tatsächlich da und hockte mit dem Rücken zum Eingang am Rand des Beckens. Der Schein von Fackeln spiegelte sich auf dem schwarzen Wasser. Die Flut hatte das Becken gefüllt. Ihr Haar, beinahe so schwarz wie das Wasser, fiel ihr lose über den Rücken. Ihren Körper hatte sie gegen die Kälte in eine grobe Decke gehüllt. Sie musste ihn gehört haben, denn als er ein paar Schritte in die Höhle trat, drehte sie sich zu ihm um. Ein Lächeln huschte über ihr schmales Gesicht mit der spitzen Nase und dem schmalen Mund, aber es erreichte ihre Augen nicht. Das tat es schon länger nicht mehr. Den Blick fest auf ihn gerichtet stand sie auf und ließ in der Bewegung die Decke zu Boden gleiten. Darunter war nichts, als nur sie. Der Feuerschein flackerte warm auf ihrer Haut.

"Du kommst spät", sagte sie vorwurfsvoll.

"Immerhin komme ich überhaupt", sagte Tristan.

Sie legte den Kopf schief. "Was ist passiert?", fragte sie.

Tristan sagte nichts. Es fehlte noch, dass sich die Salzsieder morgen die Mäuler über den Angriff auf seine Schwester zerrissen.

"Oh, nach einem Jahr traust du mir immer noch nicht, ja?", zischte sie leise.

"Nach einem Jahr bist du auch immer noch mit deinem Mann verheiratet", erwiderte er den Angriff.

"Ich kann die Scheidung nicht bezahlen." Ein wütendes Funkeln stahl sich in ihre Augen. "Du könntest es", fügte sie an.

"Bist du hergekommen, um dich mit mir darüber zu streiten?", fragte er.

In ihrer Miene spiegelte sich der Widerstreit ihrer Gefühle. Sie wollte ihn und sie wollte, dass er bei ihr war, aber sie fühlte sich ungerecht behandelt und hätte eigentlich gerne mehr von ihm gefordert, als er ihr zugestehen wollte. Aber ihr Wunsch nach Nähe übernahm die Oberhand. Sie ging auf ihn zu und blieb dicht vor ihm stehen. Mit einer Hand strich sie ihm durch die Haare, mit der anderen zog sie sein Gesicht zu sich heran.

"Wir könnten auch einfach weglaufen", raunte sie in sein Ohr. "Dann sind wir frei."

"Du vielleicht, Motega", sagte Tristan und biss ihr unsanft in die Lippe, was sie zurückschrecken ließ. "Ich nicht."

Sie näherte sich ihm wieder. Tristan musste sich zusammenreißen, um ihr nicht wieder wehzutun. Er wollte seine angestaute Wut auf den Unbekannten, der plötzlich seine heile Welt erschüttert hatte, an irgendjemandem auslassen und Motega schien ihm gerade die richtige Person dafür zu sein, weil sie hoffnungslos in ihn verliebt war und ihm einfach alles verzeihen würde. Ihre fehlende Selbstachtung machte ihn genauso wütend wie die Tatsache, dass er es nicht mehr schaffte, das Lächeln bis in ihre Augen zu bringen, wo es anfangs immer gewesen war. Im Grunde war sie ihm über geworden, aber er traf sie immer noch hier, mehr aus Gewohnheit als aus Sehnsucht nach ihrer Gesellschaft. Er bezahlte ihre Scheidung nicht, weil er sie nicht heiraten wollte, selbst wenn Sabeta es erlauben würde, was vermutlich nie der Fall sein würde, und er würde auch nicht mit ihr abhauen. Das wusste sie genauso wie er, aber sie hing trotzdem weiter an ihm, wie ein Seestern am Fels.

Tristan stellte sich hinter sie, packte grob ihre Brust und verdrehte ihre Brustwarze. Sie keuchte vor Schmerz erschrocken auf und versuchte sich ihm zu entwinden, aber er griff nach ihrem Arm und hielt ihn fest. Sie drehte sich wieder zu ihm um und Tristan sah einen Funken Angst in ihren Augen. Gut, dachte er, vielleicht kommt sie nicht wieder, wenn sie Angst vor mir bekommt.

Er stieß sie von sich weg, rückwärts zum Becken hin, bis sie so dicht davor stand, dass ihre Füße den Rand ertasten konnten. Sie strauchelte und gab einen erschrockenen Laut von sich. Tristan ließ sie einen Moment in dem Glauben, sie werde fallen, bevor er ihr den Arm um die Taille legte.

"Tristan", begann sie.

"Wann verstehst du endlich, dass du dich von mir fernhalten solltest?", fragte er und musste den Impuls unterdrücken, sie rücklings ins Wasser zu stoßen.

"Wann verstehst du endlich, dass ich dir helfen kann?", fragte Motega.

Tristan lachte bitter. "Wobei?", fragte er und lockerte seinen Arm für einen Moment, so dass sie glaubte, er würde sie fallen lassen. Sie gab einen erschrockenen Laut von sich, bevor er sie wieder auffing. "Dabei, endlich akzeptiert zu werden, von den großen

Fürsten Hoister und Sabeta? Dabei zu erreichen, dass sie mich irgendwann nicht mehr ansehen wie eine Seeschnecke, die nicht mal gut genug für die Suppe ist? Dabei, einen verdammten Platz in dieser Welt zu finden?"

"Tristan", sagte sie und warf einen ängstlichen Blick über die Schulter auf das schwarze Wasser.

Er packte ein weiteres Mal ihre Brust und drückte fest zu. Sie stöhnte auf, und Tristan konnte für einen Moment nicht unterscheiden, ob vor Lust oder vor Schmerz, und das machte ihn rasend. Er griff mit einer Hand in ihr Haar, schleifte sie ein Stück vom Wasser weg und schleuderte sie von sich. Motega stolperte nach vorne, fing sich mit den Händen ab und drehte sich mit angstvoll aufgerissenen Augen zu ihm um.

"Hör auf damit, Tristan", flehte sie, "du bist nicht bei dir. Du bist so nicht."

"Nein?", fragte er mit zusammengebissenen Zähnen und ging zu ihr herüber, um sich über sie zu beugen. "Wie bin ich dann? Ganz anders? Und woher weißt du besser als ich selbst, wer ich bin?"

"Weil ich dich erlebt habe", sagte sie ruhig. "Du bist nur so, wenn du wütend bist. Oder wenn sie dich wieder beleidigt haben oder irgendetwas anderes passiert..."

Tristan fuhr mit einer Hand an ihren Hals und drückte sie zu Boden. Sie zerrte an seiner Hand und rang nach Atem, aber erst als ihr Gesicht rot anlief, ließ er sie wieder los und sie sog keuchend die Luft ein.

"Ich... ich gehe wohl besser", sagte sie immer noch nach Atem ringend und wollte sich unter ihm wegdrehen, aber er schwang ein Bein über ihren Körper und setzte sich auf sie. Sie bäumte sich unter ihm auf, hatte aber keine Chance, sein Gewicht loszuwerden.

"Tristan", flehte sie.

Ihr Gesicht wurde weiß, es erinnerte ihn an Sabeta, an den Dolch in dem linken Arm, an das Blut und daran, wie Sabetas Oberkörper nach vorne gekippt war, als Anu das Messer herausgezogen hatte. Dumpfe Verzweiflung bemächtigte sich seines Verstandes, sein Denken setzte aus und Motegas flehender Blick machte ihn wütend. Er hob die Hand und schlug ihr ins Gesicht. Motega schrie auf und hob die Hände vor das Gesicht. Er packte ihre Handgelenke und drückte sie über ihrem Kopf zu Boden.

Motega drehte den Kopf zur Seite. Sie sah ihn nicht an, ihre bloße Brust hob und senkte sich. Tristan hatte mit plötzlicher Heftigkeit das Verlangen, in sie hineinzustoßen und zu fühlen, wie sie sich gegen seine Grobheit wehrte, und der blinde Zorn, den er bei dieser Vorstellung empfand, brachte ihn merkwürdigerweise zur Besinnung.

Es kostete ihn Mühe, sie loszulassen, den Impuls in sie eindringen zu wollen zu unterdrücken und sie freizugeben.

"Verschwinde", sagte er.

Motega ließ sich das nicht zweimal sagen. Sie sprang auf, schnappte die Decke vom Boden und klaubte ihre Kleider zusammen. Ohne sich anzuziehen rannte sie auf den Höhleneingang zu. Tristan lag schwer atmend auf dem Rücken und fragte sich, zu welchen Taten er fähig gewesen wäre. Hätte er dem Impuls nachgegeben, wäre er verloren gewesen. Die Götter hätten sich von ihm abgewandt, es gab keine größere Schande in ihren Augen, als ein wehrloses Gegenüber grob zu benutzen, und hier machten sie keinen Unterschied zwischen dem einfachen Volk und den Fürsten. Und auch die Menschen machten ihn an dieser Stelle nicht. Tristan musste Motega davon überzeugen, nicht wieder zu kommen. Sie war nicht sicher mit ihm. Er war nicht sicher mit ihr.

In dem tanzenden Licht der Fackeln wirkten die Zeichnungen der Magischen auf der Höhlendecke unheimlich lebendig. Ein Rabenreiter und ein Schlangenflüsterer gaben sich die Hand, eine Nichessa umkreiste einen Hai.

"Motega", sagte er und drehte den Kopf zum Eingang.

Sie blieb stehen und drehte ihr blass gewordenes Gesicht zu ihm um.

"Ich liebe dich nicht", sagte er.

"Ich weiß", sagte sie, "aber du kannst es ja noch lernen."

"Ich glaube nicht, dass ich lieben kann", sagte er.

"Doch, das kannst du", widersprach sie.

"Such dir jemanden, der dich haben will", sagte Tristan.

"Aber ich will dich", erwiderte sie fast schon trotzig.

"Aber ich will dich nicht", gab er heftig zurück.

"Trotzdem kommst du immer wieder", sagte sie spitz.

Tristan schwieg und Motega verschwand im Höhlengang.

Tristan wusste nicht, wie lange er dort gelegen hatte. Die Kälte kroch trotz der guten Wolle durch seine Kleider und betäubte seine Empfindungen. Er betrachtete die Zeichnungen an der Höhlendecke und fragte sich wie so oft, wer sie gemalt haben mochte und warum.

Im Meerwassersee plätscherte es. Unwillkürlich entspannten sich Tristans Gesichtszüge und ein Lächeln hielt Einzug in seine Mundwinkel. Er hatte gehofft, dass sie noch kommen würde. Er wagte nicht, den Kopf zu drehen, weil er befürchtete, er habe sich vielleicht geirrt und das Becken sei leer. Aber es dauerte nur noch ein paar Herzschläge lang, da hörte er es klicken und zirpen, und kurz darauf erklang ein munteres Schnattern. Tristan lachte und richtete sich auf.

"Hallo Gera", sagte er und schob sich an den Rand des Beckens heran. Der glatte Kopf eines Tümmlers ragte aus dem Wasser.

Der Delphin tauchte planschend unter und wieder auf und bespritzte Tristan mit kaltem Wasser. Tristan legte sich auf den Bauch an den Rand des Beckens. Gera durchschwamm das Wasser von rechts nach links und wieder zurück, als wolle sie ihn auffordern, sich zu ihr zu gesellen.

Seit Tristan ihr vor einem halben Jahr das Leben gerettet hatte, indem er sie in diese Höhle gelotst und ihre Wunden gepflegt hatte, die sie bei irgendeinem Kampf davongetragen hatte, kam sie immer wieder hierher. Was Motega sich so sehr wünschte und doch niemals hinbekam, erreichte Gera mit Leichtigkeit. Die dumpfe Wut in Tristans Innerem löste sich auf. Da waren nur noch er und der Delphin und das plätschernde Wasser. Er vergaß alles andere, nur die Lebensfreude, die mit Gera in den See hinein geschwommen war, füllte sein Inneres. Sie war lebendig, sie war frei und so lange er bei ihr war, war er es auch.

Obwohl es viel zu kalt dafür war, zog Tristan sich aus. Die ohnehin leicht feuchten Wollkleider ließ er unordentlich auf einen Haufen fallen und ignorierte die Gänsehaut auf seinem Oberkörper. Am Rand des Beckens ging es steil bergab, der Fels war unangenehm scharfkantig unter seinen bloßen Füßen. Die eisige Temperatur des Wassers raubte ihm für einen Moment den Atem. Er wusste, im Sommer würde es besser werden, aber jetzt im Frühjahr war das Meerwasser noch kalt, und als es seine Hüfte erreichte, musste Tristan sich zwingen, nicht gleich umzukehren und in seine Kleider zu schlüpfen. Gera schwamm unter Wasser so dicht an ihm vorbei, dass ihre glatte Haut ihn streifte. Er streckte den Arm aus und strich unter Wasser über ihren Rücken. Tristan nahm seinen Mut zusammen und tauchte mit Oberkörper und Kopf in das kalte Wasser, das über seinen Haaren zusammenschlug. Er spürte, wie Gera um ihn herum glitt. Ihre Schwanzflosse schlug hart gegen seinen Oberschenkel. Als hätten sie sich abgesprochen, tauchten beide gleichzeitig den Kopf wieder aus dem Wasser und Tristan prustete dabei einen Strahl salzigen Wassers aus, der Gera an der Schnauze traf. Das war ihr Lieblingsspiel und Tristan tat ihr den Gefallen, es mit ihr so lange zu spielen, bis er sicher war zu erfrieren, wenn er nur noch einen Moment länger im Wasser blieb.

Während er aus dem Becken hinauswatete, schwamm Gera so lange neben ihm her, bis es zu flach für sie wurde. Dann drehte sie sich ein paarmal um die eigene Achse und klatschte mit der Flosse dabei so heftig auf die Wasseroberfläche, dass das Wasser Tristan bis ins Gesicht spritzte.

"Lass das", sagte er nachsichtig, brachte sich schnell vor dem spritzenden Wasser in Sicherheit und zog sich mit zitternden Händen und klappernden Zähnen die warmen Kleider wieder über. Jetzt war die Wolle angenehm warm auf seiner Haut. Tristan drehte sich zum Wasser um und sah gerade noch Geras Rückenflosse, die sich entfernte und dann abtauchte. Im nächsten Moment war der Delphin verschwunden.

Am nächsten Morgen hatte Tristan den Zwischenfall mit Motega schon fast vergessen. Dafür war das Spiel mit Gera ihm umso lebhafter in Erinnerung geblieben, und so war er ungewöhnlich gut gelaunt, als er zur ersten Mahlzeit des Tages in der Halle erschien. Morgens war es meist ruhiger in der Halle als abends. Das Stimmengewirr war gedämpft und wurde vom dumpfen Klacken der tönernen Krüge unterbrochen. Tristan verscheuchte den herumstreunenden Hund, der schwanzwedelnd zu ihm kam, und ging zum oberen Tisch hinüber.

Sabeta und Hoister waren schon da, auch Gain saß, seinem neuen Status zum Trotz, oben an der Tafel. Tristan schlenderte die Stufe zur Empore hinauf und setzte sich neben ihn. Gain grüßte wortkarg und Tristan winkte einen Apprendi mit einem Brotkorb zu sich herauf.

"Da Hoister sich vermutlich heute verabschiedet", sagte Tristan so leise zu Gain, dass seine Geschwister ihn nicht hören konnten, "hätte ich nichts dagegen, wenn du mir deine Göre gleich mitgibst. Rührselige Abschiede liegen mir nicht und ich müsste vortäuschen, dass es mir leidtut, dass er aufbricht." Ein weiterer Apprendi erschien und hielt Tristan eine Platte mit verschiedenen Käsesorten hin. Tristan nahm sich ein Stück weichen Ziegenkäse.

Über Gains Gesicht huschte ein Ausdruck von Missbilligung, den Tristan geflissentlich ignorierte. Er war es gewohnt, dass sein Verhalten Unmut hervorrief und er gedachte nicht, sich vor diesem dahergelaufenen Mannalen zu schämen.

Gain stand auf. "Ich warte draußen mit ihr", sagte er, nickte erst Tristan, dann Hoister und Sabeta zu und entfernte sich von der Tafel. Tristan aß seelenruhig zu Ende, ignorierte die Tatsache, dass seine Geschwister ihn komplett zu übersehen schienen und stand schließlich selber auf.

Erst da nahm seine Schwester Notiz von ihm, drehte sich zu ihm um und hob ihren Pokal.

"Ich will dich spätestens mittags wieder am Sandplatz sehen", sagte sie. "Und tu mir den Gefallen, hör auf dich mit den Fischern zu prügeln. Du gewöhnst dir einen furchtbaren Stil an."

"Beim nächsten Mal werde ich daran denken, sie dazu anzuhalten, mir höfischer auf die Nase zu hauen", sagte Tristan.

"Ein Fischer sollte dir überhaupt nicht auf die Nase hauen", Hoister drehte sich jetzt ebenfalls zu ihm um. "Ich wünschte, du hättest einen Funken Anstand im Leib, Junge", knurrte er.

"Tut mir leid", sagte Tristan, "aber bei all dem Anstand, den Vater dir vererbt hat, war wohl für mich keiner mehr übrig." Er verbeugte sich spöttisch und drehte seinen Geschwistern den Rücken zu. Er konnte beinahe hören, wie Hoister Sabeta mit stummer Geste davon abhielt, ihn zurückzurufen. Tristan würde am Mittag beim Sandplatz sein, und bis dahin war er froh, eingewilligt zu haben, eine Stelle für dieses Mädchen zu suchen, damit er von hier wegkam.

Gain wartete wie versprochen vor der Halle auf ihn. Neben ihm stand ein schmales Mädchen mit blonden, struppigen Haaren und vom kalten Wind geröteten Pausbacken.
"Das ist sie?", Tristan deutete mit dem Kinn auf das Mädchen.
Gain nickte. "Ja, das ist Ann, und ich wäre dir sehr verbunden, wenn es eine Arbeit ist, bei der sie nicht auf die See muss."
Tristan schüttelte den Kopf und lachte.
"Und da behaupten sie immer, ich sei ein hoffnungsloser Fall, weil ich mich mit Fischern abgebe. Aber ehrlich, Gain von den Mannalen, so tief gesunken, dass ich mich darum schere, ob irgendein dahergelaufenes Waisenkind eine Arbeit hat oder nicht, bin ich noch nicht."
"Ich glaube, du würdest dich über Sabetas und Hoisters Einstellung zu dieser Angelegenheit sehr wundern", gab Gain frostig zurück, "soweit ich weiß, geht die Grundidee der Stellenverteilung an Waisenhäuser auf Hoister Dherask zurück. Je weniger Arme in einer Stadt, desto weniger Messerstechereien."
"Wenn ich mir noch ein Loblied auf meine Geschwister anhören muss, könnt ihr gleich wieder gehen", sagte Tristan verstimmt. Ein dumpfer Zorn bildete einen Kloß hinter seinem Brustbein. Es war ermüdend, immerzu mit jemandem verglichen zu werden, dem er ohnehin nicht das Wasser reichen konnte.
Bei diesen Worten weiteten sich Anns Augen erschrocken und

sie warf einen hilfesuchenden Blick zu Gain, der ihr ermutigend zulächelte. "Also los, Ann", sagte er. "Viel Glück."

Gain grüßte nachlässig in Tristans Richtung und ging davon. Tristan blieb allein mit dem Mädchen, das ihn furchtsam ansah. Tristan bereute seine Zusage schon wieder, aber es würde ohnehin nicht lange dauern.

"Na komm", sagte er, "entgegen landläufiger Meinung reiße ich niemandem den Kopf ab und bin meistens netter als ich aussehe."

Ann entspannte sich ein wenig und trottete hinter ihm her, während er die Treppe hinunterlief.

ANN

11. EIN NEUES HEIM

480 WINTER N.T.

GARLENISCHE ZEIT

LEEMAT

ERSTER SITZ DER DHERASK

Der rothaarige Dherask war Ann etwas unheimlich. Genau wie sonst alle Fürsten war er unnahbar und respekteinflößend und Ann wünschte, Gain würde sie hinunter in die Stadt bringen. Gain war anders. An ihm war etwas, das ihr Vertrauen einflößte, und er schaute auch nie so finster wie dieser Tristan Dherask. Aber Ann wusste, sie sollte trotzdem dankbar sein, dass sie nicht einfach auf sich selbst gestellt war. Sie hatte am eigenen Leib erfahren, wie schwer es war, in einer fremden Stadt Arbeit zu finden, die Einheimischen trauten den Zugezogenen oft nicht. Nur deswegen hatte sie überhaupt auf der "Adagio" angeheuert.

Dass sie fürchterlich seekrank wurde, hatte sie damals nicht wissen können und auch nicht, dass Matrosen nicht von dem Schlag Mensch waren, unter dem sie sich wohlfühlte.

Ann warf einen letzten sehnsüchtigen Blick zurück auf das große Haus dicht neben der Halle, das die Apprendi beherbergte. Sie wünschte sich so sehr, dort bleiben zu können, dass es ihr in der Brust wehtat und sie sich kaum von dem Anblick losreißen konnte. Sie dachte an Lenos, der sie freundlich und etwas großspurig unter seine Fittiche genommen hatte, und bekam zusätzlich einen Kloß im Hals. Als sie sich wieder umdrehte, war Tristan Dherask schon eine ganze Ecke vorausgelaufen und Ann beeilte sich, ihm hinterherzukommen.

Zu ihrer Erleichterung schien Tristan nicht vorzuhaben, sein Pferd zu holen, denn er lief an der Abzweigung zu dem oberen Stall vorbei und stattdessen die ganze Treppe hinunter. Unten wartete er auf sie, ohne sich nach ihr umzusehen.

Ann trat neben ihn und Tristan sah zu ihr herunter. Ann fand, dass seine Augen traurig aussahen, und sie hätte gerne gewusst wieso. Sie konnte sich nicht vorstellen, warum ein Fürstensohn, der alles hatte, was man im Leben brauchte, der nie hungern musste und dem sicher keine Bären die Brüder stahlen, traurige Augen haben konnte. Aber dann lächelte er sie an und dabei sah er nett aus, nicht so nett wie Gain vielleicht, aber so, dass Ann ihren Mut zusammennahm und fragte: "Wo bringt Ihr mich hin?"

Tristan zuckte die Schultern. "Mal sehen", sagte er und grinste, "wo würdest du denn gerne hin?"

Er lachte, als sie ihn ansah. Er musste ihr wohl angesehen haben, dass sie nicht damit gerechnet hatte, selber ein Mitspracherecht über ihren nächsten Aufenthaltsort zu bekommen. Ann wusste nicht, was sie sagen sollte. Das Einzige, was ihr einfiel, war, dass sie zurück zu den Apprendi wollte, aber sie hätte niemals gewagt, das auszusprechen. Vor Gain hätte sie es sich vielleicht getraut, aber nicht vor Tristan.

"Siehst du?", sagte Tristan und fuhr ihr über den Kopf. "Meistens bin ich netter, als ich aussehe. Vor allem wenn ich ein bisschen Abstand zwischen mich und diese düstere Halle gebracht habe."

"Aber die Halle ist doch voller Kerzen!", sagte Ann. Bei dem Wort "düster" musste sie an die baufällige Hütte denken, in der sie selbst aufgewachsen war. Dort war es immer dunkel gewesen und so zugig, dass der Wind jede Kerze, wenn sie denn welche gehabt hatten, ausgeblasen hatte.

Tristan fand offenbar, dass sie etwas Lustiges gesagt hatte, denn er lachte wieder.

"Also", machte er einen zweiten Versuch und setzte sich wieder in Bewegung. "Wo würdest du gerne hin?"

Ann dachte nach. Sie hatte nur eine vage Vorstellung von den verschiedenen Berufen, die es gab. Sie dachte an die Faszination, die der Amboss und der Hammer in der Schmiede auf sie gehabt hatten, aber zu fragen, ob sie eine Schmiedin werden könnte, war noch vermessener, als nach einem Platz bei den Apprendi zu fragen. Fischen wollte sie auch nicht, denn da musste sie aufs Meer hinaus fahren. Brot musste gebacken werden, dachte Ann, man konnte sicher lernen, wie man Brote backte. Aber dann erinnerte sie sich an etwas, was sie schon einmal gemacht hatte und worin sie einiges an Geschick besessen hatte, damals zu Hause, bevor ihre Mutter gestorben war und die anderen sie und ihre Brüder in dem kalten Winter aus dem Dorf gejagt hatten, um ihre baufällige Hütte als Brennholz zu verwenden.

Sie hatten die Stelle erreicht, an der Gain und Ann bei ihrem ersten Weg zur Halle vom Wagen gesprungen waren. Tristan überquerte die Holzbohlen und lief auf dem Sandweg dahinter weiter. Der Morgen war recht warm und Ann konnte erahnen, dass selbst hier auf den Klippen, wo immer ein rauer Wind wehte, irgendwann der Sommer kommen würde und diesen furchtbaren Winter aus ihr heraustreiben würde. Der Gedanke fühlte sich gut an.

"Ich glaube", sagte sie und schloss mit ein paar schnelleren Schritten zu Tristan auf, "ich würde gerne Körbe flechten."

Tristan sah schon wieder aus, als habe sie etwas Lustiges gesagt und Ann spürte, wie ihr Gesicht heiß wurde. Vielleicht gab es hier keine Korbflechter? Vielleicht waren Korbflechter hier besonders angesehene Leute und sie war doch unverschämt gewesen?

Tristan schwieg eine Weile und schien nachzudenken. Ann wurde immer nervöser, während sie hinter ihm hertrabte. Aber dann drehte Tristan sich endlich zu ihr um. "Ich glaube, da weiß ich, wo wir anfangen können", sagte er und lachte. Das Traurige in seinen Augen verschwand davon nicht ganz, aber Ann fand trotzdem, dass er jetzt so aussah, dass sie ihm vertrauen konnte, wenn er so lachte. Vielleicht, überlegte sie, war er einsam? Er schien keine Frau zu haben, und selbst Ann hatte gemerkt, dass seine beiden älteren Geschwister sich gegenseitig viel näher standen als ihm. Aber dann schalt Ann sich einen Narren. Tristan war ein Fürst, er war sicher nicht einsam.

Als sie durch das Salzsiederviertel kamen, wo sich lange, flache Gebäude rechts und links des Weges entlangzogen, nahmen sie eine Abkürzung. Die Abkürzung führte sie durch ein verschachteltes Labyrinth aus Wegen und Salzsiederhütten, zwischen halb verfallenen Gebäuden hindurch, die von knorrigen Büschen erobert wurden. Dieser Teil des Viertels war Ann unheimlich. Ständig hatte sie das Gefühl, jemand würde ihnen folgen, aber wenn sie sich umdrehte, war niemand zu sehen. Sie war erleichtert, als sie wieder einen Teil des Viertels erreichten, in denen die Hütten sauber und ordentlich nebeneinanderstanden und die Dächer nicht eingefallen und von Wind und Regen zerzaust waren. Der Meeresgeruch schien hier intensiver zu sein. Als Ann sich über die Lippen leckte, schmeckte sie das allgegenwärtige Salz. Sie bogen um eine Ecke, und plötzlich stand ihnen eine schwarzhaarige Frau gegenüber auf dem Weg. Sie trug einen dicken Krug auf der Hüfte. Die Hütte neben ihr war zum Weg hin offen. In der Hütte quoll dichter Dampf über einer Salzpfanne, in der ein Sieder das Salz zum Ausdünsten hin und her schob, und quoll nach draußen auf den Weg, wo er wie Nebelschwaden verwehte.

Ann hatte instinktiv das Gefühl, dass Tristan der schwarzhaarigen Frau gerne ausgewichen wäre, aber der Weg war zu schmal. Die Frau dagegen sah erfreut aus, ihn zu sehen. Sie lächelte ihn warmherzig an. Tristan warf einen Blick auf den Sieder an der Pfanne.

"Das ist Gerst", sagte die Frau, "und er ist stocktaub."

"Und du hast nichts dazu gelernt", sagte Tristan, "ich hätte gedacht, dass du nach gestern in der Höhle nicht mehr lächelst, wenn du mich siehst."

"Ich werde so lang zur Höhle kommen, wie du es tust", sagte die Frau.

"Was muss ich tun, damit du wegbleibst?", fragte er.

Sie zuckte lächelnd die Schultern. "Mir beweisen, dass du es ernst meinst", sagte sie. Dann sah sie Ann an. Ein misstrauischer Ausdruck trat in ihre Augen. "Und wer ist das?", fragte sie. Es klang vorwurfsvoll.

"Wenn es dich etwas angehen würde, würde ich es dir sagen, ohne dass du fragst."

Ann fand, dass Tristan unnötig unfreundlich klang. "Komm,

Ann", sagte Tristan zu ihr und wollte an der Frau vorbei. Die aber schien nicht zur Seite gehen zu wollen und Ann hielt den Atem an. Dass sich jemand einem Fürsten in den Weg stellte, war für sie eine ungeheuerliche Vorstellung. Diese Frau musste sehr mutig sein, überlegte Ann.

Tristan ging auf die Schwarzhaarige zu und blieb ganz dicht vor ihr stehen. Dann packte er sie plötzlich im Nacken und zwang sie mit Gewalt in die Knie. Ann zuckte zusammen und musste einen Schreckenslaut unterdrücken. Sie wusste, Tristan war anders, aber Fürsten durften niemals so grob sein, oder etwa doch? In Anns Vorstellung waren sie fast wie Übermenschen, die nie aus der Fassung gerieten.

"Steh mir noch einmal im Weg", knurrte Tristan der Frau ins Ohr, "und ich schwöre, ich werf' dich in die seufzende Höhle. Egal, was zwischen uns war"

Ann schlug sich die Hand vor den Mund, um nicht aufzuschreien. Aber sie konnte diesmal nicht verhindern, dass ihr ein erstickter Laut entfuhr und Tristan drehte sich ruckartig zu ihr um. Er ließ die Schwarzhaarige los, die auf den Knien sitzen blieb, als habe jemand die Energie aus ihr herausgezogen. Dann kam Tristan zu Ann zurück, fasste sie am Arm und schleifte sie unsanft mit sich, an der Frau vorbei, die Ann vorwurfsvoll anstarrte. Ann verstand nicht, warum ihr der vorwurfsvolle Blick galt, sie hatte doch nichts gemacht.

Tristan zerrte Ann um die nächste Ecke und drückte sie unsanft gegen die Wand. Jetzt sah er gar nicht mehr nett aus und Ann bekam Angst. Tristan beugte sich zu ihr hinunter, und seine grauen Augen blickten direkt in ihre.

"Erzähl mir, was du gerade gesehen hast", sagte er scharf.

"Ich habe... da... da... war eine Frau und..." Tristan schubste sie unsanft gegen die Bretterwand.

"Ich frage dich noch einmal", sagte er drohend, "was hast du gesehen?"

Ann verstand. "Nichts", sagte sie hastig, "ich habe nichts gesehen."

Tristan ließ sie los, und Ann versuchte auf ihren zitternden Beinen nicht zu wanken. Unauffällig tastete sie nach dem rauen Holz hinter ihr. Sie konzentrierte sich auf das Holzgefühl unter ihrer Hand und ihr Atem beruhigte sich.

"Und nichts und niemand wird dir einreden können, du habest etwas gesehen, wenn dir deine neue Arbeit etwas wert ist, verstanden?"

Ann zitterte immer noch, aber sie versuchte ein Lächeln. "Ich weiß nicht, wovon Ihr redet", sagte sie.

Tristans Mundwinkel zuckten. "Kluges Kind", sagte er. "Weißt du was? Ich glaube, du kannst es noch weit bringen. Wenn du mal keine Körbe mehr flechten willst, such dir was, wofür du deinen Kopf gebrauchen musst."

Ann lächelte zaghaft, nicht sicher, ob sie den Stolz, den sie wegen dieses Kompliments empfand, zulassen wollte, wo es ausgerechnet jemand ausgesprochen hatte, der sich eben vor ihren Augen so gar nicht fürstlich verhalten hatte.

Sie verließen das Salzsiederviertel, und nach einer Weile änderte sich die Umgebung kaum merklich. Die Häuser wurden kleiner, die Gärten größer. In einem der Gärten lief ein Schwein herum und schnüffelte mit der Schnauze über den Boden. Hühner pickten frei auf der Straße im Dreck.

"Pecheur", sagte Tristan, der zu bemerken schien, wie Ann sich aufmerksam umsah. "Früher war LeeMat eine kleinere Stadt und Pecheur ein eigenes Dorf. Aber Stadt und Dorf haben sich ausgedehnt und jetzt gehen sie ineinander über."

Ann blickte sich interessiert um. Auf einer Klippe hinter Pecheur stand das größte Gebäude, das Ann je gesehen hatte. Bunte Tücher flatterten aus den Fenstern, und es stand so dicht am Rand der Klippe, dass Ann fürchtete, der nächste Windstoß werde es herunterblasen.

Tristan bog in eine Seitengasse ein und blieb vor einer Hütte stehen. In Tristans Augen war es eine ärmliche Hütte, in Anns Augen war sie traumhaft. Sie hatte eine niedrige, grün gestrichene Tür, neben der rechts und links an einem notdürftig zusammengezimmerten Spalier Brombeerranken wuchsen. An den ebenfalls grünen Fensterläden blätterte die Farbe ab. Sie waren geschlossen, so dass das Innere der Hütte vor ihren Augen verborgen blieb. Der Garten war ungepflegt. In einer aus Steinen gebauten Kräuterspirale wucherte das Unkraut. Daneben weichten Ruten in einem großen Bottich mit Wasser ein und weitere in einem kleineren daneben.

Tristan ging zur Tür und klopfte. Ein unfreundliches Brummeln von drinnen war die Antwort, und kurz darauf öffnete eine zahnlose alte Frau die grün gestrichene Tür. Als sie Tristan sah, wurden ihre Augen groß und sie verbeugte sich etwas zu tief. Dann blickte sie wieder auf, misstrauisch, als habe sie Angst, diesen Besuch mit etwas, das sie falsch gemacht hatte, zu verdienen.

"Ich hab' jemanden, um den ihr euch kümmern werdet." Tristan winkte Ann heran. Ann presste ihr Bündel gegen die Brust und kam näher. Die Alte betrachtete sie unfreundlich.

"Und was sollen wir mit der?", fragte sie spitz.

"Sie euer Handwerk lehren", sagte Tristan unbekümmert, fasste Ann an der Schulter und schob sie nach vorne.

Die Frau blitzte ihn an. "Wir können kein viertes Maul ernähren", sagte sie lauernd.

Tristan schüttelte ungeduldig den Kopf, griff in seine Tasche und reichte der Frau ein paar Münzen, ohne genau nachzusehen, wie viel es war.

Die Augen der Frau leuchteten auf und sie blickte gleich ein wenig freundlicher. Sie winkte Ann näher. "Zeig mir deine Hände", sagte sie forsch.

Ann setzte, erschrocken über den barschen Tonfall, ihren Beutel ab und streckte der Frau ihre Hände hin. "Mh", murmelte diese und Ann konnte nicht unterscheiden, ob sie zufrieden oder unzufrieden war mit dem was sie sah.

Tristan nickte Ann noch einmal zu, dann verschwand er auf demselben Weg, den er gekommen war und ließ Ann mit der Alten allein, die ihr winkte, ihr nach drinnen zu folgen. In der Stube war es dunkel und es roch nach ungewaschener Kleidung. Der Boden war schmutzig und Ann fegte gleich beim Hereinkommen eine dicke Spinnwebe vom Türfutter.

"Mach die Läden auf", sagte die Frau, "wenn du schon hier bist, kannst du dich genauso gut nützlich machen."

Ann ließ sich das nicht zweimal sagen. Sie legte ihren Beutel an der Wand ab und lief zu dem ersten der beiden kleinen Fenster hinüber. Die Läden waren mit einem einfachen Riegel verschlossen. Ann stieß sie weit auf und genoss die frische Seeluft, die in das stickige Innere der Hütte fegte. Nachdem sie das zweite Fenster geöffnet hatte, drehte sie sich zum Raum um. Wie sie vermutet hatte, war der Raum fürchterlich schmutzig, und Ann beschloss, sich irgendwoher einen Lumpen zu besorgen, um alles einmal ordentlich zu schrubben, denn der Gedanke, was Lenos dazu sagen würde, wenn sie ihn irgendwann einmal hierher bringen konnte, trieb ihr Röte ins Gesicht. Bei den Apprendi war es eng, aber die Ausbilder achteten streng auf Sauberkeit, und Ann hatte beschlossen, es ab jetzt genauso zu halten.

Im Raum gab es keinen Tisch, und Ann verstand schnell, warum. Der Boden war bedeckt von Bündeln aus Weiden- und Haselnussruten, manche davon glänzten feucht. Ein alter Mann saß auf einer Eckbank, hatte sich vornüber gebeugt, und suchte aus einem Bündel Weidenholz eine passende Rute heraus. Er hielt einen runden, halb geflochtenen Korb auf dem Schoß. Die Ruten waren mit feiner Regelmäßigkeit ineinander verschlungen, und Ann erkannte auf einen Blick, dass sie noch viel lernen musste, bevor sie eine so gleichmäßige Flechttechnik beherrschen würde. Auf dem Boden hockte ein Junge, vielleicht halb so alt wie Ann, und schälte mit einem Messer Rinde von ausgesuchten Ruten.

Der alte Mann blickte auf, sah Ann an und lächelte. Ann mochte ihn auf Anhieb. Er hatte keine Schneidezähne mehr und das gab ihm ein leicht schelmisches Aussehen, wie das Lächeln eines kleinen Jungen in einem alten Gesicht.

Die Frau knuffte Ann in die Seiten. "Zum Rumstehen und Gaffen bist du wohl kaum hier", sagte sie. Dann deutete sie auf eine Leiter, die durch eine Luke nach oben führte. "Bring deinen Beutel da hoch und komm dann wieder runter", wies sie Ann an. Der kleine Junge hob ruckartig den Kopf. "Aber auf dem Stroh schlafe ich!", verteidigte er vorsorglich sein Revier und musterte Ann, als sei sie ein Raubtier, das gekommen war, um ihm seinen Schlafplatz streitig zu machen. Sein angriffslustiger Ton erinnerte Ann an einen ihrer kleinen Brüder und sie musste schlucken. Sie hatte die Namen ihrer Brüder vergessen. Vielleicht würde sie sich erinnern können, wenn sie wirklich wollte, aber wenn sie sich an die Namen erinnerte, würden sie immer wie Geister um sie herum schweben und das wollte Ann nicht. Sie musterte den Jungen mit seinen bedrohlich funkelnden Augen und beschloss, dass er ihr neuer Bruder sein durfte.

Rasch lief sie hinüber zur Leiter, fasste die erste Sprosse und zog sich nach oben.

Der kleine Dachboden war so niedrig, dass sie dort nur geduckt stehen konnte. Der Wind pfiff durch irgendeine Ritze herein und summte in dem Giebel. Auf einem Lager aus Stroh lag eine zerknüllte Decke und ein ausgestopfter Lappen, auf den mit Kohle ein Gesicht gezeichnet worden war. Ann nahm die Decke, schüttelte sie, so gut es hier oben ging, aus, und breitete sie ordentlich über das Strohlager. Vielleicht konnte sie sich selbst genug Seegras sammeln, um sich daneben ein eigenes Lager zu machen, überlegte sie. Aber dann legte sie rasch ihren Beutel ab und kletterte die Leiter wieder herunter. Sie wollte ihre neuen Arbeitgeber nicht gleich durch Trödelei verärgern.

Die Frau hatte sich mittlerweile auch auf die Bank gesetzt und blickte nur kurz auf, als Ann hereinkam. "Schau nach, ob die unteren Ruten im großen Bottich draußen weich genug sind und hol sie rein, und sieh nach, ob die weiße Weide in dem Bottich nebenan schon getrieben hat."

Ann blinzelte. Sie hatte keine Ahnung, wie weich eine Rute sein musste, damit sie sich für solche feinen Körbe eignete, wie sie hier hergestellt wurden, und sie wusste nicht, wie es aussah, wenn die weiße Weide trieb, geschweige denn, dass sie wusste, was eine weiße Weide von einer anderen unterschied. Der alte Mann sah ihren verwirrten Blick, legte seinen angefangenen Korb beiseite und stand auf. "Komm mit", sagte er mit einem Lächeln, das die Lücke in seiner vorderen Zahnreihe entblößte, "ich zeig's dir."

Der Junge bedachte Ann mit einem abfälligen Blick, ganz so, als müsse jeder Mensch von Geburt an wissen, wie man Ruten sortierte und begutachtete. Ann trat zur Tür und hielt sie dem alten Mann auf, dann trat sie hinter ihm in den Vorgarten.

Gain

12. Zeichen

480 Winter n.T.

garlenische Zeit

LeeMat

Erster Sitz der Dherask

Gain hätte es vor niemandem zugeben können, aber er vermisste Ann und ihr sorgloses Geplapper. Sogar die Tatsache, dass sie ab und zu zu vergessen schien, dass er einem Fürstengeschlecht angehörte, war irgendwie erfrischend gewesen. Jetzt, wo dieses letzte Bindeglied zu seiner Freiheit, die er zuletzt auf seiner Schiffsreise gehabt hatte, gekappt war, fühlte er sich seltsam allein. Sabeta und Hoister waren unverändert freundlich, Tristan unverändert unfreundlich, aber das Gefüge hatte sich zu seinen Ungunsten verschoben.

Wo Ann jetzt wohl war? Vielleicht würde er Tristan irgendwann danach fragen. Gain hoffte für sie, dass Tristan ihr einen guten Platz gesucht hatte. Und ein bisschen hoffte er es auch für sich selber, denn schließlich war er es gewesen, der Ann vom Schiff hierher verpflanzt hatte.

Gain lag auf dem ihm zugewiesenen Bett und starrte an die Decke. Das Feuer war aus und es wurde kühl, aber es gab keinen Grund, es wieder anzuzünden. Er wurde gleich am Sandplatz erwartet.

Hoister war am Morgen recht sang- und klanglos mit der Nachricht zu den Heydvala aufgebrochen. Sabeta hatte ihn bis zu den Ställen gebracht und bis zum Schluss dazu gebraucht, ihn zu überreden, einen Apprendi mitzunehmen, was ihr schließlich auch gelungen war. Die Ausbilder hatten ihm ein Mädchen geschickt, das angeblich besonders gut reiten konnte und auch im jagenden Galopp nicht vom Pferd fiel, worauf Hoister offenbar besonderen Wert legte. Jetzt war er fort und mit ihm die Rolle mit der Nachricht, die Gain überhaupt erst hierher verschlagen und schließlich seine Geiselnahme eingebracht hatte.

Es fiel ihm schwer, sich aufzurichten und die Beine über die Bettkante zu schwingen. Vermutlich hatte seine Mutter recht. Liber, der freiheitsliebende, war im Herzen sein Gott. Gain musste gehen können, wohin er wollte, um sein inneres Glück nicht zu verlieren. Dass er die Hohe Klippe nur mit einer Wache verlassen durfte, machte ihn ganz entgegen seinem eigentlichen Wesen untypisch schwermütig.

Der Sandplatz war leer. Die Apprendi hatten ihr morgendliches Training hinter sich, die Krieger absolvierten ihr Training - wenn sie denn noch welches machten - später am Tag. Der Schmiedehammer schwieg. Nur eine kleine Gruppe hatte sich an der kurzen Seite des Sandplatzes im Gras niedergelassen und verzehrte dort ein Mittagsmahl.

Aus einer Hütte, die sich zwischen zwei große Steine duckte, trat die Frau, die bei Gains Ankunft hier gegen Sabeta mit dem Doppelschwert angetreten war.

Sie erblickte Gain und kam direkt auf ihn zu. Bei ihm angekommen, nahm sie den rechten und dann den linken Unterarm vor den Körper, öffnete beide Handflächen und legte sie aufeinander. Gain wiederholte die Geste nur mit dem rechten Arm. Gefangen oder nicht, er war immer noch ein Fürst und diese Frau nicht.

"Gain von den Mannalen?", fragte die Frau, obwohl sie wusste, wer er war.

Gain nickte. Das Gesicht der Frau war scharfgeschnitten, und sie hatte eine etwas zu große Nase. Ihr rotblondes Haar hing nachlässig zu einem Zopf geflochten über ihre rechte Schulter.

"Ich bin deine Waffenmeisterin für die nächste Zeit", stellte sie sich vor, "Merie ist mein Name."

"Angenehm", sagte Gain abwesend, obwohl er lieber ganz woanders ohne irgendeinen Waffenmeister gewesen wäre.

"Folg mir", sagte Merie, drehte sich um und ging in Richtung der Schmiede. Auf dem Weg dorthin winkte sie einer jungen Frau, etwa so alt wie Gain, die zu ihnen herüberkam.

"Das ist Florent", stellte Merie die junge Frau vor. "Sie wird für das Erste deine Trainingspartnerin sein. Da wir nicht wissen, ob ihr bei den Mannalen dieselben Farben nutzt wie wir, bitte ich dich, als erstes deine Farbe neu zu bestimmen."

Gain sagte nichts, sondern nickte nur. Er wusste nicht einmal, welcher Farbe er bei den Mannalen angehörte, also war er nur froh, dass Merie nicht danach fragte.

Merie führte sie hinter die Schmiede, wo auf sandigem Grund eine Reihe von verschieden großen Eisenbarren lag. Jeder Barren war mit einer anderen Farbe gekennzeichnet.

Merie musterte kurz Gains Oberkörper. "Fang mit Blau an", sagte sie, "die Orange und Rottöne sind für die Jüngeren."

Gain trat nach vorne und hob ohne Schwierigkeiten den Eisenbarren mit der blauen Markierung auf. Merie nickte zustimmend, als er ihn wieder absetzte und zum nächstgrößeren Barren ging. Gain schaffte es bis zu einem Violett gekennzeichneten Barren, bei dem er aufgeben musste. Auch mit größter Anstrengung war es ihm unmöglich, diesen auch nur ein kleines Stück weit zu bewegen. Er ließ ihn liegen und deutete auf den letzten Barren, den er hatte aufheben können. "Grün", sagte er überflüssigerweise. Merie nickte und wandte sich an die junge Frau. "Grau", sagte diese und deutete auf einen Barren, der um zwei Stufen leichter war als der Grüne.

"Gut", nickte Merie, "geht zu Cuth und lasst euch entsprechende Waffen geben, wir fangen mit dem Schwert an. Wenn ihr wollt, können wir später zu anderen Waffen übergehen. Florent," Die junge Frau hob den Kopf, "ich muss dich leider darauf hinweisen, dass Gain sich in Dherasker Gefangenschaft befindet und ihr deshalb nicht befugt seid, irgendein Waffentraining ohne mich zu absolvieren, verstanden?"

Gain presste seine Zähne aufeinander, sagte aber nichts, während Florent nickte.

"Kommt", sagte sie zu Gain, "zum Waffenlager geht es hier entlang."

Gain folgte Florent und betrachtete ihren Rücken und die braune, an den Seiten geschnürte Wolltunika, die ihre Rundungen etwas zu sehr betonte, um der Konzentration nicht abträglich zu sein.

"Darf man fragen, was du verbrochen hast, dass du zur Strafe mit einer talentlosen Geisel trainiert wirst?", fragte Gain nach ein paar Schritten und versuchte, seinen Blick von Florents wiegendem Gang zu lösen. Florent warf ihm über die Schulter einen kecken Blick zu.

"Gar nichts", sagte sie, "ich habe darum gebeten."

Gain hob fragend beide Augenbrauen und Florent lachte. Sie hatte dasselbe rotblonde Haar wie Merie, und für einen Moment fragte sich Gain, ob die beiden vielleicht verwandt waren.

"Es geht das Gerücht, Ihr hättet irgendwas mit dem Angriff auf Sabeta Dherask zu tun und seid deshalb vom Gast zum Gefangenen geworden. Der Apprendi, der das Gerücht in die Welt gesetzt hat, kann zwar immer noch nicht wieder sitzen, aber es hält sich hartnäckig. Und ich wollte herausfinden, ob da was dran ist, und da dachte ich, wo geht das besser als beim Training mit dem betroffenen Mannalen?", sagte sie freimütig.

"Es freut mich außerordentlich, dass meine Geschichte zur Unterhaltung der Apprendi und der Candidats beiträgt", sagte Gain missmutig, "ich nehme doch an, du gehörst zu den Candidats?" Die Candidats waren die Apprendi, die es über die Lehrzeit hinaus geschafft hatten und sich auf einen der Zweige Wissenschaft, Politik oder Kriegskunst spezialisierten, bevor sie die Prüfung ablegen und Teil der Kriegerkaste werden würden.

"Ich könnte dazugehören", sagte Florent, "wenn ich wollte."

"Aber?", fragte Gain und betrachtete eine rotblonde Locke, die sich in Florents Nacken kringelte.

"Ich möchte die Prüfung zur Croyant ablegen", sagte Florent.

"Oh", Gain betrachtete mit einem Hauch von Bedauern ihre runde Gestalt. Die Croyant waren die Vertreter des jeweiligen Stammesgottes und für Normalsterbliche wie ihn unerreichbar, selbst in der Anwärterzeit. Sie bildeten eine ganz eigene Gesellschaft innerhalb der Stämme und über die Stammesgrenzen hinweg.

"Also", sagte Florent geschäftig, blieb vor einer Hütte stehen und stemmte die Arme in die Seiten. "Habt Ihr oder habt Ihr nicht irgendwas mit dem Attentat auf Sabeta Dherask zu tun?"

Gain war für einen kurzen Moment ob ihrer dreisten Direktheit sprachlos, bevor er sich wieder gefasst hatte.

"Tut mir leid, die Gemeinschaft der Apprendi enttäuschen zu müssen, aber der Verantwortliche für dieses Gerücht hat wohl ohnehin schon seine Strafe bekommen, also braucht er die Wahrheit nicht mehr zu fürchten", sagte Gain. "Ich habe damit nichts zu tun und ich habe mich freiwillig in Gefangenschaft begeben, um es den Dherask zu ersparen, Hand an einen Gast legen zu müssen." Letzteres stimmte natürlich nur halb, er hatte nicht wirklich eine Wahl gehabt, aber er gedachte nicht, die Einzelheiten mit einer Fremden zu besprechen.

"Oh", sagte sie. Ihre Wangen waren vom Wind leicht gerötet und ihre Augen blickten ihn wach an. "Ein wenig enttäuscht bin ich jetzt schon, es wäre so eine wunderbare Skandalgeschichte gewesen, und ich hätte mich tagelang nicht vor Candidats wehren können, die mir einen Met oder eine Hure ausgeben wollen, um die Geschichte noch mal zu hören, aber ehrlich gesagt habe ich mir das fast schon gedacht."

"Weil ich so nett aussehe?", fragte Gain.

"Nein, weil Ihr sonst längst einen Kopf kürzer wärt", lachte Florent und stieß die Tür zu der Hütte auf.

Sieben Nächte vergingen, und Gain gewöhnte sich beinahe an den Zustand, oben auf der Klippe festgebannt zu sein. Das Training mit Florent und Merie lief wie erwartet schleppend, aber zu Gains eigener Überraschung machte er tatsächlich Fortschritte. Die Waffenmeister der Mannalen unterrichteten einen Stil, der mehr auf Masse als auf Geschicklichkeit setzte.

Merie setzte einen anderen Schwerpunkt und Gain stellte fest, dass dies seinen Stärken zupasskam.

In den ersten Tagen gelang es Florent noch mühelos, ihn zu entwaffnen, aber am vierten Tag musste sie sich schon mehr anstrengen, und am siebten Tag stellte Gain verwundert fest, dass er begann, das Training als Höhepunkt seines Tages zu betrachten. Das lag allerdings, wie er sich eingestehen musste, weniger daran, dass er Spaß am Schwingen des Schwertes entwickelte, als daran, dass er Florents Nacken, ihr rotblondes Haar und ihre selbst im Kampf leicht wiegenden Bewegungen gerne beobachtete. Je besser er wurde, desto mehr Respekt bekam sie vor ihm, und das war es, was er erreichen wollte. Das Schwert war ihm nach wie vor herzlich egal, auch wenn es sich nach einer Weile nicht mehr ganz so fremd in seiner Hand anfühlte.

Florent hatte es geschafft, ihn mit einer Finte zu entwaffnen und Gain hob sein Schwert auf. Er ließ die Klinge einmal durch die Luft schwingen. Es hatte eine gute Balance und war wesentlich leichter als die Schwerter, mit denen er bei den Mannalen angehalten gewesen war zu trainieren. Auch nach drei Runden war sein Arm noch nicht erschöpft.

"Gain", sagte Merie gerade, "dein Stand ist eine Katastrophe und du lernst einfach nicht dazu. Das ist das dritte Mal heute, dass sie dich schlägt, indem sie dich schlicht aus dem Gleichgewicht bringt."

Florent zwinkerte Gain verstohlen zu und er grinste sie an. Meries Stirn umwölkte sich. Sie trat zwischen sie und nahm Florent das Übungsschwert ab.

"Vielleicht versteht ihr euch ein wenig zu gut?", sagte sie. "Florent, du nimmst ihn nicht ernst und du lässt ihm Freiräume. Kannst du mir verraten, wie er so etwas lernen soll? Noch ein paar Tage und ihr tanzt, statt zu kämpfen."

Florent wurde rot. "Du tust ihm keinen Gefallen." Merie stellte sich Gain gegenüber. Gain hob sein Schwert. Merie machte einen Ausfallschritt zur Seite, griff dann aber von links statt von rechts an, hatte mit einem Schritt nach vorne eine Hand an Gains Unterarm gelegt und drehte sie im Kreis, so dass er gezwungen war, sein Schwert fallen zu lassen. Die Spitze von Meries Schwert zeigte auf seinen Hals. Gain ergab sich.

"Wann immer du mit jemandem kämpfst, der dir kräftemäßig unterlegen ist, geh davon aus, dass er versuchen wird, deine Sinne zu täuschen und deine Reflexe, sowohl antrainierte als auch natürliche, gegen dich zu verwenden. Also", Merie warf Florent ihr Schwert wieder zu. "Strengt euch gefälligst an, beide, Gain, konzentrier dich auf deine Beine, du kannst mit den Armen fuchteln so viel du willst, wenn du nicht ordentlich stehst, brauchst du gar nicht erst zu versuchen anzugreifen oder dich zu verteidigen, verstanden? Wenn wir hier fertig sind, schick ich dir Jarls und ihr geht die Stände durch."

Gain nickte, fasste sein Schwert und begab sich in die Ausgangsposition.

Als Gain endlich fertig mit seinem Training war, war er völlig durchgeschwitzt und es dämmerte bereits. Der Schweiß rann ihm den Nacken hinunter. Kerit hatte ihm frische Kleider von Tristan auf sein Bett gelegt und Gain wusch sich notdürftig mit dem Wasser aus einer Schüssel auf dem hölzernen Tisch. Es klopfte zaghaft an seine Tür. Gain schlüpfte schnell in eine Hose, zog die Kordel fest und öffnete die Tür. Draußen stand Florent. Sie musterte seinen halbangezogenen Zustand.

"Soll ich wieder gehen?", fragte sie mit einem Blick auf seinen bloßen Oberkörper.

Nein, dachte Gain, ich möchte das du bleibst, und ich möchte endlich herausfinden, wie sich deine Haare anfühlen, wenn man den Zopf öffnet und hindurch fährt.

"Ich bin nicht fertig", sagte er.

Florent grinste. "Ja, das sehe ich", sagte sie. "Ich dachte, Ihr wolltet Euch uns vielleicht anschließen. Die Candidats gehen jeden Neumond in die Schenke zum fließenden Wein. Aber lasst Euch bloß nicht vom Namen täuschen, der Wein dort ist furchtbar und schmeckt wie Essig. Wir halten uns lieber an das Bier."

Eine feine Röte überzog ihre Wangen und Gain spürte einen Stich von Bedauern.

"Tut mir leid", sagte er, "aber ich glaube kaum, dass die Anwesenheit einer Wache den Abend unbedingt fröhlicher machen würde."

"Oh", sagte sie und wurde noch röter. "Verstehe, ich hatte kurz vergessen, dass...", sie brach ab und Gain tat, was er die ganzen letzten Tage schon hatte machen wollen. Er trat vor, legte eine Hand an ihre Wange und beugte sich zu ihrem Ohr.

"Aber du kannst gerne hierbleiben, wenn du willst", sagte er, "hier können wir tanzen und niemand befiehlt uns, stattdessen zu versuchen, uns gegenseitig den Schädel einzuschlagen."

Sie roch nach Staub, Seife und nach einem Hauch von Himbeere. Gain wollte nichts sehnlicher als seine Lippen auf diesen weichen Hals pressen, um zu schauen, ob sie schmeckte, wie sie roch. Aber sie griff nach seiner Hand, löste sie von ihrem Hals und schob ihn von sich.

"Ich werde nicht meine Anwärterschaft auf die Croyant für einen Kuss mit Euch aufs Spiel setzen", sagte sie flüsternd. Ihre Augen wanderten über sein Gesicht und blieben an seinen Lippen hängen.

"Ich könnte versucht sein, auch bei den Croyant einzutreten", flüsterte Gain.

"Fürsten können keine Croyant werden", sagte Florent und Gain meinte einen Hauch von Bedauern in ihrer Stimme zu vernehmen.

Für eine Weile rührte sich keiner von ihnen. Sie hätte gehen sollen, aber sie machte keine Anstalten, sich zu rühren und er wollte diesen Augenblick nicht unterbrechen, indem er sich in sein Zimmer zurückzog. Gain wusste nicht, ob einer von ihnen sich überhaupt bewegt hätte, hätten sich nicht auf einmal schwere Schritte genähert.

Florent zuckte zusammen, als komme sie wieder in der Wirklichkeit an und sie verabschiedete sich hastig. Kurz darauf tauchte eine Wache an Gains Tür auf. Sie warf einen misstrauischen Blick auf seinen halbbekleideten Zustand und äugte in die Dämmerung, aber von Florent war nichts mehr zu sehen, als habe sie sich in Luft aufgelöst.

"Mitkommen", sagte die Wache barsch.

Das Feuer hinter Gain flackerte durch die geöffnete Tür auf dem Gesicht der Wache. Gain schaute sie mit voller Absicht so lange an, bis sie nervös wurde, dann hob er beide Augenbrauen.

"Wie war das?", fragte er.

"Ihr werdet erwartet", sagte die Wache brummig.

"Und darf ich erfahren, wo und warum?" Gain lehnte sich gegen den Türrahmen. Er wusste, die Wache tat nur ihre Arbeit, aber er fühlte einen tiefsitzenden Groll gegen diese blassen Augen, die tiefen Falten um den Mund und die schmalen Lippen, weil dieses Gesicht ein anderes vertrieben hatte, mit dem er gerne noch mehr Zeit verbracht hätte.

"Oben in der Halle stehen drei abgerissene Kinder und behaupten, sie würden dir, und nur dir, etwas Wichtiges mitteilen wollen, weil du ihnen den Auftrag dazu gegeben hättest."

Gain stieß sich vom Türrahmen ab. Ann, dachte er, Ann hatte die beiden Kinder mit dem blauen Seidenband gefunden. Hastig ging er hinein, griff nach dem feinen Hemd, das Kerit für ihn bereitgelegt hatte und streifte es sich über den Kopf.

"Ist Sabeta in der Halle?", fragte er.

Die Wache schüttelte den Kopf. "Wir würden alle unsere Stelle verlieren, wenn wir sie wegen ein paar Bettelkindern mit Flausen im Kopf stören würden", sagte sie etwas blasiert.

Gain zog sich die ärmellose Tunika über das Hemd und zog ungeduldig an der seitlichen Schnürung.

In der Dämmerung hastete er hinter der Wache her, die ihn zur Halle führte. Ein Apprendi betätigte den Hebel am Tor und die Flügel schwangen nach innen. Die Tische waren noch nicht für die Abendmahlzeit umgestellt, deshalb wirkte der Raum groß und leer, und der Hohe Sitz ließ die drei Kinder davor noch kleiner und abgerissener erscheinen, als sie es ohnehin waren.

Gain wunderte sich, dass sie überhaupt in die Halle hineingekommen waren, aber dann entdeckte er Lenos, der etwas abseits stand und Ann verschwörerisch zuzwinkerte. Vermutlich hatte er die drei durch eine Seitentür eingelassen.

"Gain!" Anns Augen leuchteten auf, als sie ihn auf sich zukommen sah.

Ihr Haar war unverändert struppig, und Gain fragte sich, ob er Kerit dazu überreden konnte, ihr einen Kamm zu besorgen. Dann schalt er sich einen Narren, weil es ihn kümmerte, wie Ann aussah. Er erkannte das Mädchen und den Jungen vom Tölpelmarkt wieder. Beide sahen sich ehrfürchtig und eingeschüchtert um. Das Mädchen musterte die großen Säulen und der Junge drehte sich immer wieder nervös zu dem Hohen

Stuhl um. Gain durchschritt die Halle, gefolgt von der Wache.

Ann trat aufgeregt von einem Bein auf das andere und Gain freute sich ehrlich, sie zu sehen, auch wenn ihr Auftauchen Florent von seiner Tür vertrieben hatte.

"Ich habe sie gefunden", sagte Ann aufgeregt und machte einen kleinen Hüpfer.

"Ja, das sehe ich", sagte Gain amüsiert. "Aber Ann, du solltest sie nur finden, nicht hierher bringen", ermahnte er sie.

"Aber sie müssen dir etwas erzählen", flüsterte Ann aufgeregt. "Und da du sie nicht besuchen kannst, dachte ich...", sie brach unsicher ab und blickte ihn mit großen Augen an. "Hab' ich was falsch gemacht?", fragte sie ängstlich. Gain schüttelte den Kopf. Er warf einen Blick zur Wache. Gain konnte ihr ansehen, wie sie die Ohren spitzte, deshalb dirigierte er die drei Kinder weg von ihr an einen Tisch, der zwischen den Rundbögen stand und bat sie, sich zu setzen.

Lenos schlich so leise näher, dass nur Gain ihn bemerkte und setzte sich in die Nähe, den Kopf gesenkt, aber, wie Gain argwöhnte, mit zwei sehr wachen Ohren.

"Nun", begann Gain und blickte die beiden Kinder mit einem freundlichen Lächeln an. "Wer ich bin, wisst ihr ja schon. Wer seid ihr?"

"Ich bin Gerfra", sagte das Mädchen. Der Junge sagte nichts und Gerfra stieß ihn unsanft in die Rippen.

"Jost", murmelte der Junge so leise, dass Gain ihn kaum hören konnte. Verstohlen ließ er seinen Blick über die Schnitzereien an den Säulen huschen.

Dann schwiegen die beiden wieder. Gain seufzte. Wenn er ihnen jedes Wort aus der Nase ziehen musste, würde das hier ein langer Abend werden. Er musste sie irgendwie dazu bewegen, ihm zu vertrauen.

"Habt ihr die Bänder noch?", fragte er.

Beide Kinder nickten, wühlten mit schmutzigen Händen in ihren Taschen und zogen die blauen Bänder heraus. Das des Jungen war noch sauber und glatt, das des Mädchens wirkte schmuddelig, als fasse sie es mehrfach am Tag an.

"Solange die Bänder hier draußen sind, könnt ihr einfach reden", sagte Gain. "Alles was ihr sagt, gebe ich nur weiter, wenn ihr es wollt. Einverstanden?" Gain wusste zwar nicht, ob er dieses Versprechen wirklich halten konnte, aber es tat seine Wirkung. Die beiden wirkten gleich weniger eingeschüchtert.

"Wir sind Fischer", sagte das Mädchen stolz.

Gain, der den Geruch von Fisch und Salz an ihren Kleidern wahrgenommen hatte, überraschte das nicht, aber der Junge blickte das Mädchen etwas vorwurfsvoll an.

"Wir werden noch ausgebildet", berichtigte sie schnell. "Aber wir sind schon lange dabei, weil unsere Eltern Fischer sind und uns schon ganz klein mitgenommen haben", fügte sie an.

Sie streckte die Hand aus und deutete an, wie klein sie gewesen waren, als sie zum ersten Mal nach draußen gefahren waren.

"Ann sagt, Ihr möchtet wissen, wenn es was Ungewöhnliches gibt", sagte der Junge leise, "auch wenn es uns unwichtig erscheint."

"Aber wir wissen nicht, was ungewöhnlich ist", sagte das Mädchen und betrachtete die Seidenbänder auf dem Tisch. Dann sah sie Gain treuherzig an.

"Ist es ungewöhnlich, dass Fürst Tristan Dherask sich in einer Höhle in den Klippen mit unserer Cousine trifft?", fragte das Mädchen mit schief gelegtem Kopf. Gain musste sich ein Lachen verkneifen.

"Nein", sagte er dann, "das ist nicht ungewöhnlich."

"Aber dass die Netze so oft zerreißen und die Krabbenkäfige

immer leer und immer kaputt sind, das ist doch ungewöhnlich, oder?", fragte der Junge.

Gain horchte auf, aber er schwieg, um die Gedankengänge der Kinder nicht zu unterbrechen.

"Und Onkel Artwin sagt, er habe Oceanne gesehen. Aber Ma sagt, er sei nicht ganz richtig im Kopf", das Mädchen hatte die Stimme gesenkt, während sie Gain dieses brisante Familiengeheimnis anvertraute.

Gain beugte sich vor. "Was genau sagt euer Onkel, was er gesehen hat?", fragte er.

Das Mädchen legte die Stirn in Falten und dachte angestrengt nach.

"Er hat eine Frau gesehen", sagte der Junge. Aber sie war hässlich, hat er gesagt, mit spitzen Zähnen und fischiger Haut. Glaubt Ihr Oceanne ist hässlich?", fragte der Junge. "Ich habe sie mir immer so schön vorgestellt."

"Und er hat gesagt, sie endete in einem Kraken", sagte das Mädchen.

Gains Handflächen wurden kalt. Sein Herz schlug dumpf in seiner Brust.

"Erinnert euch ganz genau", sagte er, "sagte er wirklich: Ein Krake?"

"Ich glaube schon", sagte das Mädchen, aber der Junge schüttelte heftig den Kopf. "Er hat nur gesagt fischig. Der Rest vom Körper sei fischig gewesen. Und viel zu stark für einen Mensch."

"Könnt ihr euren Onkel Artwin hierherholen?", fragte Gain. Es fiel im schwer ruhig zu bleiben und die Kinder nicht mit einer unbedachten Reaktion zu erschrecken.

Aber das Mädchen schüttelte traurig den Kopf. "Er ist gestern wieder rausgefahren. Weil ihm niemand geglaubt hat, hat er einen Lehrling mitgenommen, um Oceanne zu suchen. Er sagte, sie werde sich wieder zeigen, jetzt wo sie gesehen habe, dass er ihr freundlich gesinnt ist. Aber sie sind beide auf See geblieben und Ma sagt, er kommt nicht zurück. Sie sind zu weit rausgefahren."

Gain fuhr sich mit beiden Händen über das Gesicht. Eigentlich hatte er vorgehabt, nach und nach Wissen und Hinweise zu sammeln und es Sabeta irgendwann im Gegenzug für seine Freiheit anzubieten, aber wenn dieser Fischer nicht verrückt war, war es dann eine Nichessa gewesen, die er gesehen hatte? Dann waren die verdammten Skelette kein Scherz gewesen. Gain versuchte, die aufsteigende Panik in seinem Inneren niederzudrücken. Seine Freiheit war nichts gegen das, was eine weitere Welle in diesem Land anrichten würde. Er konnte nicht warten und er konnte das hier nicht für sich behalten. Mehr noch, Sabeta musste es von den Kindern hören, nicht von ihm.

"Ich werde jetzt Sabeta Dherask holen", sagte er. Beide Kinder horchten alarmiert auf. "Und ich bitte euch, ihr Wort für Wort alles zu erzählen, was ihr mir erzählt habt."

"Aber...", das Mädchen rutschte unruhig auf der Bank hin und her und warf einen Seitenblick zu Ann. "Ann hat gesagt, wir brauchen nur mit dir reden, und dass du anders bist als die anderen Fürsten."

Gain warf Ann einen vorwurfsvollen Blick zu und Ann zog verschämt die Schultern hoch.

"Ich gebe euch mein Wort, dass ihr danach einfach wieder nach Hause gehen könnt", sagte Gain und verschwieg, dass sein Einfluss in diesen Hallen derzeit sehr begrenzt war.

Die Kinder nickten, zu eingeschüchtert, um noch etwas zu sagen.

Gain stand auf und lief mit wenigen Schritten zur Wache hinüber.

"Hol Sabeta", sagte er.

Die Wache schwieg und starrte stumm geradeaus, ohne sich zu rühren.

Gain war für einen Moment zu perplex um zu handeln. Er war es so gewöhnt, dass seinen Anweisungen Folge geleistet wurde, dass er sich fühlte, als habe ihm jemand ein Brett vor den Kopf geschlagen. Kurz überlegte er, ob er versuchen sollte, die Wache irgendwie zu überzeugen, seinem Befehl Folge zu leisten, aber dann entschied er, sich nicht unnötig zu bemühen. Stattdessen drehte er sich um und lief zur Tür. Am Tor angekommen tauchte Lenos neben ihm auf.

"Du hast alles belauscht, nehme ich an?", fragte Gain unfreundlich.

Lenos wurde rot, blieb aber ehrlich und nickte.

"Kein Wort zu irgendwem Lenos, oder ich prügel dich windelweich."

"Verstanden", sagte Lenos, offenbar erleichtert, dass ihm nichts Schlimmeres blühte als ein Schweigeversprechen.

Sie fanden Sabeta im Haus der Dherask, wo sie damit beschäftigt war, Aufzeichnungen über die Einnahmen und Ausgaben der Dherask zu studieren. Sie stützte sich mit beiden Armen auf dem großen Tisch ab, aber es war deutlich zu sehen, dass ihr der linke Arm noch Schmerzen bereitete. Sie sah auf, als die Wache Gain und Lenos hereinließ und legte die Feder zur Seite. Sie musterte die beiden kurz.

"Ich hoffe, es ist wichtig", sagte sie dann knapp.

"Das müsstest du selbst entscheiden", sagte Gain, "in der Halle warten drei Kinder auf dich, die dir etwas erzählen sollten."

Sabeta lehnte sich zurück.

"Und warum hast du keine Wache geschickt, um mich zu holen?

Ich muss dich wohl nicht daran erinnern, dass du in deinem derzeitigen Status eigentlich kein Recht mehr hast, dieses Haus zu betreten."

Gain presste seine Kiefer so fest aufeinander, dass seine Muskeln schmerzten.

"Die Wache hat ihm nicht gehorcht", sagte Lenos und duckte sich dann schnell unter dem Blick, den Gain ihm zuwarf. Sabetas Gesicht verdüsterte sich und sie stand auf.

"Dann sollte ich dieser Wache wohl besser Manieren beibringen", knurrte sie ungehalten.

Sabeta durchschritt die Halle, ohne die Wache und die Kinder eines Blickes zu würdigen. Gain, der hinter ihr eintrat, sah sie bis zu dem Hohen Sitz hinaufgehen, wo sie sich umdrehte und sich niederließ. Sie schlug ein Bein über das andere und blickte sich um, als nehme sie jetzt erst die Kinder und die Wache wahr.

"Ira!", sagte sie scharf. Die Wache zuckte zusammen, ging bis kurz vor die Empore, wo sie auf ein Knie fiel. Die Zeit verstrich. Gain wünschte, Sabeta würde die Sache auf sich beruhen lassen. Das letzte, was er wollte, waren Wachen, die schlecht auf ihn zu sprechen waren, ob sie ihm nun gehorchten oder nicht.

Endlich beugte Sabeta sich ein Stück vor. "Wie ich höre, folgst du neuerdings den einfachsten Anweisungen eines Fürsten nicht mehr", sagte sie. "Es freut mich aber sehr zu sehen, dass du immerhin deinen Platz noch zu kennen scheinst."

"Einer Geisel", erwiderte die Wache mit trotzigem Unterton, "und ich denke, wenn er befohlen hätte, Euch umzubringen, hättet Ihr nichts dagegen gehabt, wenn ich die Anweisung nicht befolgt hätte."

"Und?", fragte Sabeta und wirkte dabei ehrlich interessiert, "hat er befohlen mich umzubringen?"

Ira schüttelte unwillig den Kopf. "Er wollte, dass ich Euch hole", sagte er.

"Mh", machte Sabeta, als müsse sie nachdenken. "Auch als Geisel ist er noch Fürst", sagte sie dann, "und solange er nicht befiehlt mich umzubringen", ihre Augen funkelten belustigt, "wirst du seinen Anweisungen Folge leisten. Hast du mich verstanden, Ira?"

Ira nickte.

"Wie bitte?", fragte Sabeta.

"Ja, Fürstin", sagte Ira.

"Gut", Sabeta lehnte sich zurück und winkte mit der Hand, als wolle sie Ira verscheuchen. "Warte draußen", sagte sie.

Ira stand auf, verbeugte sich und machte schleunigst, dass sie davonkam. Im Vorbeigehen warf sie Gain einen mörderischen Blick zu. Gain hatte das ungute Gefühl, dass diese Geschichte für ihn noch nicht ausgestanden war.

Sabeta wandte sich den Kindern zu und winkte sie zu sich. Gain blickte in die verschreckten Gesichter und hoffte, sie würden nach Sabetas Auftritt überhaupt noch einen Laut von sich geben. Ann nickte den beiden aufmunternd zu und gab ihnen einen kleinen Schubs in Richtung des Hohen Sitzes. Gain stellte mit einiger Belustigung fest, dass Lenos es irgendwie wieder geschafft hatte, sich einzuschleichen und dicht hinter Ann bei einer Säule so im Schatten stand, dass er kaum zu sehen war.

Zu Gains Erleichterung wiederholten die beiden, wenn auch anfangs etwas zaghaft, ihre Geschichte genau so, wie sie sie Gain erzählt hatten. Als sie geendet hatten, saß Sabeta eine Weile nachdenklich da, einen Arm auf die hölzernen Krakenarme gestützt, die andere Hand am Kinn. Dann stand sie plötzlich auf.

"Lenos", sagte sie barsch, und Lenos trat erschrocken hinter der Säule hervor. Er hatte wohl gedacht, er sei unbemerkt geblieben und wirkte nun einigermaßen erschrocken.

"Da du schon hier rumstehst und lauschst, lauf los und ruf den Rat zusammen."

Lenos verbeugte sich und wollte sich auf den Weg machen, aber Sabeta rief ihn noch einmal zurück.

"Und, Lenos", sagte sie, "wenn ich höre, dass auch nur ein Wort über das, was du hier gehört hast, deine Lippen verlässt, wirst du die nächsten Tage weder sitzen noch schlafen können."

Da Lenos schon von Gain eine Tracht Prügel angedroht bekommen hatte, für den Fall, dass er seinen Mund nicht halten konnte, beeindruckte ihn das wenig. Er nickte nur, verbeugte sich ein zweites Mal und verschwand.

Sabeta kam von der Empore und wandte sich an Ann. "Für dich gilt das gleiche", sagte sie. Anns Wangen röteten sich hektisch, aber, wie Gain mutmaßte, wohl eher aufgrund der Tatsache, dass die weiße Kriegerin Notiz von ihrer Existenz genommen hatte, als deswegen, weil diese dies nur getan hatte, um ihr eine Strafe für den Fall eines versehentlichen Versprechers anzudrohen.

"Ich nehme an, da du schon einmal Zeit hier verbracht hast, kennst du dich genug aus, um den beiden etwas anständiges zu Essen und zu Trinken zu besorgen?"

Ann nickte eifrig. Sabeta sah die beiden Kinder an und ein warmes Lächeln erhellte ihr Gesicht.

"Ich danke euch", sagte sie. Das Mädchen strahlte und die Augen des Jungen glänzten. Gain schüttelte den Kopf. Er war sich mittlerweile recht sicher, dass mindestens die Hälfte von Sabetas strategischem Geschick darin bestand, die Menschen auf geheimnisvolle Art und Weise dazu zu bringen, ihr gefallen zu wollen.

"Gain", Sabeta blickte auf und sah ihn an. "Folg mir bitte."

Sabeta führte Gain in die Studierstube neben der Kammer. Die Fensterläden waren geschlossen, nur durch ein paar Ritzen fiel Licht herein. Sabeta ging kurz in die Halle zurück, kam mit einer brennenden Kerze wieder und begann, die Kerzen in den großen eisernen Haltern der Studierstube zu entzünden.

Gain störte sie nicht. Er hatte das Gefühl, sie brauche diesen Moment, um sich zu sortieren. Erst als die letzte Kerze an einem verzweigten Ständer entzündet war, ließ Sabeta sich auf dem Stuhl hinter dem wuchtigen Tisch nieder und schaute ihn an.

"Was hältst du von der Geschichte?", fragte sie nachdenklich.

"Ich?", fragte er, "ich denke nicht, dass die Meinung eines Gefangenen dich interessieren sollte." Sein Tonfall geriet bissiger als beabsichtigt.

"Sie interessiert mich", sagte Sabeta unbeeindruckt.

Gain setzte sich auf die Kante des Tisches. "Entweder", sagte er, "Der Onkel der Kinder ist verrückt und hat einen Wal oder einen Hai gesehen. Oder wir haben es mit Magischen zu tun und die nächste Welle steht uns bevor und dann mögen die Götter uns gnädig sein."

Sabeta schwieg und starrte in die Flamme einer Kerze. "Du glaubst also nicht, dass Oceanne aus der Tiefe gestiegen ist?", sagte sie nach einer Weile mit einem mutwilligen Funkeln in den Augen.

"Nein", sagte Gain.

Sabeta strich sich mit beiden Händen müde über das Gesicht.

"Ich kann Menschen verstehen", sagte sie abwesend, "nicht magische Wesen. Wie reagieren sie? Was machen sie? Nehmen wir an, der Onkel war nicht verrückt und die zerrissenen Netze haben etwas zu bedeuten. Was würdest du tun, Gain? Ihr Mannalen habt doch ein Händchen für alles Unirdische, man sagt, in den Bergen sind die Götter euch näher, weil ihre Diener in den Bergen hausen."

"Die Götter", sagte Gain, "nicht die Magischen."

Sabeta ignorierte den Einwand. "Also?", fragte sie.

"Ich würde die Schiffe evakuieren, den Hafen schließen und hoffen, dass die Nichessa die einzigen Magischen sind, die es bis hierher geschafft haben. Sie können nicht an Land, oder? Es heißt, die Magischen suchen die Nähe der Menschen. Wenn keine Schiffe mehr auf das Meer fahren, werden sie vielleicht wieder verschwinden. Wir wissen nicht, ob außer ihnen überhaupt noch Magische übrig sind. Immerhin sind sie vor siebzig Jahren nicht gekommen."

Sabeta schaute ausdruckslos in die Flammen der Kerzen, die sich in ihren Augen spiegelten. Gain wusste, sie rechnete. Wie viele Einnahmen ausbleiben würden, wenn sie den Hafen dicht machte, wie viele Einwohner von LeeMat und Pecheur verhungern würden. Die Dherask, wusste Gain, waren ohne den Hafen ruiniert. Das Land war zu karg, um es ertragreich zu bewirtschaften.

"Mögen die Götter meinem Bruder gnädig sein, wenn er vergisst, Nachricht von der Heuse zu schicken", sagte Sabeta unvermittelt und stand dann abrupt auf. Gain fragte sich, was diese Nachricht mit den Nichessa zu tun haben mochte.

"Darf ich gehen?", fragte Gain.

Sabeta nickte. Er hatte die Tür erreicht und wollte sie gerade aufstoßen.

"Gain", sagte Sabeta.

Gain drehte sich um.

"Danke", sagte sie.

"Wofür?", fragte er steif.

"Dafür, dass du nicht versucht hast, mit mir über diese

Information zu verhandeln. Du hättest deine Freiheit dafür fordern können." In ihren Augen blitzte es auf. "Nicht, dass es dir etwas genützt hätte, aber dennoch."

"Ich war durchaus versucht", sagte Gain offen.

"Und ich bin dir dankbar, dass du es nicht getan hast."

"Aber nicht dankbar genug, um mir meine Freiheit zu geben, nehme ich an?"

Sabeta lachte. "Nein", sagte sie. "Die Kinder", fügte sie dann an, "Sorg dafür, dass sie einen Schlafplatz bekommen und nicht wieder in die Stadt zurückgehen. Sie könnten Unruhe verursachen, wenn sie erzählen, wo sie waren und warum."

Gain drehte unbehaglich die Schultern. "Ich habe den beiden versprochen, dass sie zurückdürfen", sagte er.

"Dann wird dich das vielleicht lehren, nichts zu versprechen, was du nicht halten kannst. Du kannst gehen."

Gain passte es nicht, von ihr herumgescheucht zu werden, aber er sagte nichts mehr. Stattdessen drehte er den Türknauf, öffnete die Tür und trat zurück in die Halle, wo er Ann mit den beiden Kindern bei einem fröhlichen Mahl mit frischem Obst, Brot und Ziegenkäse vorfand.

Gain lief zu ihnen hinüber und setzte sich. Das Mädchen verspeiste mit einiger Begeisterung Weintrauben, eine Leckerei, die sie vermutlich zum ersten Mal kostete.

"Ich habe ein Angebot für euch", sagte er.

Beide Kinder hörten mit vollen Wangen auf zu kauen und blickten ihn an. Nur Ann steckte sich ein Stück Brot in den Mund und aß weiter.

"Ihr dürft ein paar Tage bleiben", sagte Gain, zupfte demonstrativ eine Weintraube ab und steckte sie sich genüsslich in den Mund. "Ihr bekommt einen Schlafplatz und gutes Essen. Und dafür versprecht ihr, nicht in die Stadt hinunter zu gehen und gegenüber den anderen hier kein Wort über das zu verlieren, was ihr uns heute erzählt habt." Gain verzichtete darauf, den beiden irgendeine Strafe anzudrohen, für den Fall, dass sie ihr Schweigen brachen.

"Aber Ma wird auf uns warten", warf der Junge ein.

Anns Augen dagegen leuchteten auf. "Dürfen wir bei den Apprendi bleiben?", fragte sie.

Gain nickte.

"Ich bleibe", erklärte Ann sofort kategorisch.

"Dann bleiben wir auch", sagte das Mädchen nach einer Weile. Der Junge schien sich unbehaglich zu fühlen, sagte aber nichts. Gain atmete erleichtert aus.

"Ann", sagte Gain und Ann horchte auf. "Begleite mich zur Tür."

Ann stand auf. Als sie außer Hörweite der Kinder waren, sagte Gain: "Tu mir den Gefallen und finde heraus, was es mit der Heuse auf sich hat."

Ann nickte eifrig.

"Und sorg dafür, dass niemand mitbekommt, dass ich dir das aufgetragen habe."

Ann nickte wieder.

"Ann", sagte Gain, "du weißt, dass du danach in die Stadt zurück musst, oder?"

Ann blickte ihn trotzig an. "Ja", sagte sie widerwillig und Gain wusste, dass sie den Gedanken verdrängen würde, so gut sie konnte und furchtbar enttäuscht sein würde, wenn es so weit war.

Am nächsten Tag zogen in der Abenddämmerung die Croyant von Oceanne in die Stadt ein. Ihre Stadt Havagir lag eine halbe Tagesreise entfernt südlich von LeeMat. Eine Stadt, die in die Höhlen der Felsen hineingebaut war, wenn man den Gerüchten glauben schenken konnte. Da in der Regel nur Croyant die Stadt betreten durften, waren die Informationen darüber allerdings wenig verlässlich.

Sabeta hatte sie holen lassen, um den göttlichen Beistand anzurufen. Gain hatte gefürchtet, diese Tatsache werde Unruhe verursachen, aber die Croyant waren regelmäßige Gäste in LeeMat und man hieß sie überall ehrfurchtsvoll willkommen, nahm sie in die Häuser auf und fragte nicht, warum sie da waren.

Gain stand am Rand der oberen Klippe und sah die Croyant wie überirdische Gestalten in ihren fließenden Gewändern über die Wege schreiten. Jeder von ihnen trug ein Licht in den Händen. In der Abenddämmerung verteilten sie sich in den Straßen von LeeMat wie eine Flut aus Licht. Der Wind wehte verschwommen ihren mehrstimmigen Gesang zur Klippe hinauf.

Gain sah eine Gruppe von Croyant in Oceannes Senke hinunterziehen, von wo die Spiegelungen der Lichter auf dem dunklen See bis zu ihm herauf leuchteten. Der Gesang schwoll an, während die Croyant unten in der Senke Zwiesprache mit Oceanne hielten, um sich ihre Weisheit zu eigen zu machen und ihre Worte zu hören.

SABETA

13. DER RAT

480 WINTER N.T.

GARLENISCHE ZEIT

LEEMAT

ERSTER SITZ DER DHERASK

Der Rat tagte nun den zweiten Abend in Folge, und Sabetas Berater waren sich in einer Sache einstimmig einig: Der Hafen musste um jeden Preis offengehalten werden. Keiner von ihnen war bereit, dem Gerede der Kinder mehr Beachtung zu schenken, als die Mutter der Kinder den Ausführungen ihres Bruders Beachtung geschenkt hatte. "Aberglaube", sagte Foklar, ein Mann mit Glatze und einem gutmütigen Gesicht, einer der drei höchsten Dherasker Rechtsgelehrten.

"Das Gerede eines Irren", nannte Kerbar es, die Handelsmeisterin der Dherask, deren Arbeit am meisten betroffen sein würde. Niemand schien so recht zu verstehen, warum Sabeta auf diesen Vorfall hin überhaupt den Rat einberufen hatte.

Sabeta spürte, wie sie ihr entglitten, wie sie an ihrem Urteilsvermögen zu zweifeln begannen. Ein dumpfer Schmerz bohrte in ihren Schläfen und ihre Augen brannten. Die halbe Nacht hatte sie über den alten Schriften über die Magischen gesessen, und was sie gelesen hatte, hatte ihr das kalte Grauen über den Rücken jagen lassen.

Sie saßen um einen langen Tisch, der in der Mitte der Halle aufgestellt worden war. Sabeta thronte an einem Kopfende, das andere Ende, wo Hoister sonst saß, war verwaist.

Sabeta sah den leeren Stuhl an und fragte sich, was Hoister geraten hätte. Unwillkürlich erinnerte sie sich an ihren letzten Kampf auf dem Platz und das darauffolgende Gespräch.

"Es ist mehr als das", hatte er gesagt. "Es ist der Moment, kurz bevor etwas aus dem Gebüsch bricht - man weiß es schon einen Moment vorher - und ist trotzdem zu spät, um das Pferd unter einem vom Durchgehen abzuhalten. Da ist eine Spannung, die sich verändert, etwas hier und da... Die Wellen klingen anders, verstehst du, was ich meine?"

An den langen Seiten des Tisches diskutierte der Handelsstraßenmeister mit dem Schatzmeister, die Oberste Wache mit der Obersten HeerKon, der Vertretung der Heeresverwaltung, und die drei Rechtsgelehrten untereinander, während die beiden unteren Vertreter der Wachausbildung ihre Köpfe zusammensteckten und leise tuschelten.

Sabeta blendete ihre Worte aus. Die Möglichkeit anzunehmen, es seien die Worte eines Irren gewesen, war verlockend. Alles konnte weitergehen wie bisher. Sie müsste sich nicht unbeliebt machen, mit einer Entscheidung, mit der sie viele Familien in

Armut, wenn nicht in Hungersnot und Tod treiben würde.

Aber wenn es nicht das Gerede eines Irren war, was dann? Je mehr Boote hinausfuhren, desto eher würden die Nichessa angelockt werden, den alten Geschichten nach suchten sie die Menschen so sehr, wie sie sie verachteten, zerstörten ihre Behausungen und, in diesem Fall, ihre Schiffe. Die Schiffe würden sie in die Bucht locken, und wo eine Sorte Magische sich herumtrieb, würden weitere kommen, über Land oder über den Wind in den Lüften.

Ein dumpfer Schlag und ein Surren kündigten das Öffnen des Tores an. Sabeta blickte über den langen Tisch hinweg auf die aufschwingenden Türflügel. Eine Frau stieß die Flügel nach innen und wankte erschöpft in den Raum. Sie hatte Schatten unter den Augen, ihr Gesicht war bleich und müde und ihr Gang schwankend. Die beiden Feuer rechts und links des Einganges warfen ein flackerndes Licht auf ihr wirres Haar. Sie trug ein blaues Band um den linken Oberarm geknotet, das Zeichen eines Boten, der nicht vom fürstlichen Geblüt war. Zwei Wachen traten hinter ihr durch die Tür. Kalter Seewind mit einem Hauch von dem Geruch nach feinem Nieselregen fegte in den Raum.

Die Frau lief an der Tafel vorbei, ging vor Sabeta auf ein Knie und senkte das Haupt.

"Sabeta von den Dherask?", fragte sie.

Sabeta nickte.

"Ich bringe Nachricht von Eurem Bruder", sagte die Frau, griff in eine Innentasche ihres Mantels und reichte Sabeta einen versiegelten Brief.

Den Göttern sei Dank, dachte Sabeta und nahm den Brief entgegen.

"Deine Nachricht kommt sehr willkommen", sagte sie zu der Botin. Dann wies sie die Wachen an, der Frau ein warmes Bad, trockene Kleidung, und eine Mahlzeit bereitzustellen, bevor sie den Brief öffnete.

Die Handschrift darauf war ihr so vertraut, dass es ihr einen Stich in die Brust gab. Sabeta überflog den Brief. Hoister hatte Wort gehalten und war an dem Gelände der Heuse vorbeigeritten, obwohl er dafür äußerst unwegsames Terrain überqueren musste. Und er brachte gute Nachrichten, zumindest für Sabetas derzeitige Lage.

Sabeta blickte auf. Die Ratsmitglieder hörten auf zu tuscheln und wandten ihre Gesichter ihrer Fürstin zu.

"Wir evakuieren die Schiffe und schließen den Hafen", sagte Sabeta. "Kein Schiff darf mehr ein oder auslaufen."

Auf ihre Worte folgte eine eisige Stille, bevor alle Berater begannen, durcheinanderzureden. Die Stimmen summten um Sabetas übermüdetem Kopf wie ein Bienenschwarm.

"Ruhe", donnerte sie und es wurde still am Tisch.

"Die Entscheidung ist gefallen", sagte sie. "Kal", sie wandte sich an die Oberste Wache. "Ihr werdet die Schiffe evakuieren, den Hafen schließen und die Aufzüge sperren. Verstärkt die Wachen in den Straßen, es wird Unruhen geben. Kerbar", sie sah die Handelsmeisterin an, "macht eine Inventur von allen Waren, essbar oder nicht, die wir hier haben. Lieven", sie wandte sich an die Oberste HeerKon, schick eine Abordnung zu den Pratinern, wir brauchen ihre Bernsteinlieferung noch vor dem Sommer, ansonsten ziehe ich die Wachen von ihrem Wall ab und sorge dafür, dass die Sjuren davon Wind bekommen. Und jetzt entschuldigt mich", Sabeta erhob sich, "dieser Rat ist beendet."

Im Hinausgehen trug Sabeta der Wache auf, Tristan zu suchen, Merie in ihr Haus zu bringen und Anu aus dem tanzenden Delphin zu holen. Die Luft draußen war kühl. Ein leichter

Nieselregen lag in der Luft, benetzte Sabetas Haut und überzog ihr Haar mit winzigen glitzernden Perlen. Sie lief durch die Ansammlung von Häusern, kam am Haus der Dherask und an der Unterkunft der Apprendi vorbei, ließ die Lagerstätten links liegen und gelangte zum Rand der oberen Klippe. Eine einzelne Gestalt stand dort und blickte auf die Stadt hinunter. Sabeta trat näher und erkannte Gain. Der Gesang der Croyant wehte zu ihr herauf, und unten in der Stadt ergossen sich die Lichter der Getreuen von Oceanne in die Straßen.

Sabeta blieb neben Gain stehen, blickte hinunter und verschränkte die Arme auf dem Rücken.

"Wir brechen morgen auf", sagte sie.

"Wir?", fragte Gain überrascht. "Wohin?"

"Zur Heuse", sagte Sabeta und reichte Gain einen Brief, den er in der Dämmerung nicht entziffern konnte. Er gab ihn ihr zurück.

"Die Barbrossen haben das Gebiet an der Heuse besetzt und Felder dort angelegt", sagte Sabeta.

"Und was geht mich das an?", fragte Gain.

"Nichts", sagte Sabeta. "Aber ich kann dich nicht hierlassen. Du kannst Tristan nicht ausstehen, er kann dich nicht ausstehen. Wenn ich euch beide hierlasse, gehe ich das Risiko einer Fehde zwischen den Mannalen und den Dherask ein, und ich denke nicht, dass das ratsam wäre."

"Bist du dieses Risiko nicht schon mit der Entscheidung eingegangen, mir meinen Gaststatus abzusprechen?", fragte Gain.

"Nein", sagte Sabeta. An seinem ergebenen Gesichtsausdruck konnte sie ablesen, dass sie recht damit hatte. Sie hatte nur getan, was er auch getan hätte, wäre die Situation andersherum gewesen. Er nahm es ihr nicht wirklich übel, so sehr er auch mit dem Verlust seiner Freiheit haderte. Gain drehte den Kopf zu ihr und sah sie an. Sabeta erwiderte den Blick und war sich sicher, dass sie in diesem Moment das Gleiche dachten. Es war unehrenhaft zu fliehen, solange man sich auf dem Stammessitz der Familie befand, in deren Geiselhaft man geraten war. Unterwegs zu fliehen dagegen galt als ehrbar, wenn man es denn schaffte. Die geflohene Geisel war solange Freiwild, bis sie die nächsten Croyant erreicht und um Göttergnade gebeten hatte. Wurde sie vorher wieder eingefangen - was meistens der Fall war, - hatte sie ihr Leben verwirkt und niemand, nicht einmal die Verwandten der Geisel, würden ihren Tod rächen. Schaffte sie es dagegen bis zu den Croyant, war sie frei und durfte nach einem Mondzyklus ungehindert wieder ziehen.

Sabeta sah Gain beinahe an, wie er Fluchtpläne zu schmieden begann.

"Denk gar nicht dran", sagte sie, "ich werde dich nicht einen Moment aus den Augen lassen. Und ich wäre nur sehr ungern Zeuge deiner Hinrichtung, also tu mir den Gefallen und mach mich nicht zu deinem Henker."

Hinter ihrem Rücken erklangen Schritte. Sabeta drehte den Kopf. Eine Apprendi, die sie nur vom Sehen kannte, kam zu ihnen und verbeugte sich leicht.

"Euer Bruder und Merie warten auf Euch im Dherasker Haus", sagte das Mädchen. Sabeta nickte. "Sag ihnen, ich bin gleich da", sagte sie und die Apprendi verschwand.

"Und?", fragte Gain. "Was passiert mit dem Hafen?"

"Wir evakuieren die Schiffe und der Hafen wird geschlossen."

"Ich bin sicher, die Bevölkerung von LeeMat wird entzückt sein", sagte Gain.

"Spar dir deine Gehässigkeiten, Gain, sie passen nicht zu dir." Sabeta warf noch einen letzten Blick auf die Lichter der Croyant, dann lief sie durch den Nieselregen hinüber zu ihrem Haus, um Tristan und Merie Anweisungen für ihre Abwesenheit zu geben.

Die beiden warteten an dem großen Holztisch auf sie, auf dem noch immer Pergament und Sabetas Federkiel lag. Merie studierte die Abrechnungen, die dort offen lagen, während Tristan sich auf einen Stuhl gesetzt und die Stiefel auf den Tisch gelegt hatte. Sabeta ging zwischen ihm und dem Tisch hindurch und fegte im Vorbeigehen seine Stiefel herunter. Tristan hatte für einen kurzen Moment Mühe, das Gleichgewicht zu halten und warf ihr einen wütenden Blick zu.

Merie sah auf und Sabeta bedeutete ihr, sich zu setzen.

"Ich breche morgen zur Heuse auf", eröffnete sie ohne Umschweife und nahm auf der Tischplatte Platz, während Merie sich auf einem der Stühle niederließ.

"Dein Arm ist noch nicht wieder verheilt", sagte Merie nüchtern. "Nimm mich mit."

Aber Sabeta schüttelte den Kopf. "Ich brauche dich hier. Dich und Tristan."

"Mich?" Tristan tat überrascht, und Sabeta spürte eine Welle von Wut in sich aufsteigen. Tristan hatte eine Art an sich, die sie innerhalb der Zeit eines Lidschlages zur Weißglut treiben konnte, und das machte ihr Verhältnis denkbar schwierig. Sie zwang sich, ihre persönliche Abneigung gegen ihn herunterzuschlucken.

"Du bist ein Dherask und du wirst mich vertreten, solange ich weg bin. Wo warst du heute Abend?"

Tristan zuckte die Schultern. "Hier und da", sagte er ausweichend.

"Es würde unsere Sache hier bedeutend einfacher machen, wenn du am Rat teilnehmen würdest, statt dich hier und da herumzutreiben. Du wirst in den nächsten Tagen den Vorsitz eines Rates führen, von deren Mitgliedern du vermutlich nicht einmal weißt, wer verheiratet ist und wer nicht, wer leicht aufbraust und auf wen man besser hören sollte. Du kennst sie nicht, aber du wirst ihnen gegenüber eine schwierige Entscheidung zu verteidigen haben. Und deshalb bist du hier, Merie."

"Ich halte nichts davon, dass du wegen des Geredes von ein paar Kindern den Hafen dichtmachst", sagte Merie stirnrunzelnd, und Sabeta fragte sich wieder einmal, über welche Informationsquellen Merie verfügte. Kaum war ein Rat vorbei, wusste sie stets, was besprochen worden war, obwohl sie selber nur teilnahm, wenn Sabeta sie aufforderte oder als ihre Vertretung hinschickte.

"Nein, ich weiß, aber du wirst meine Entscheidung dennoch in aller Konsequenz verteidigen, oder täusche ich mich?"

Es wurde still im Raum. Die Spannung, die sich über die drei legte, war zum Greifen dicht.

"Natürlich", sagte Merie nach einer Weile.

"Wir machen den Hafen dicht?" Tristan schien sich auch wieder gefasst zu haben.

"Ja, und wenn du beim Rat gewesen wärst, wüsstest du auch wieso", sagte Sabeta scharf.

"Ist es wegen diesem Gerede von den Magischen?", fragte Tristan.

"Verrätst du mir, wo du davon gehört hast?" Sabeta nahm die Feder in die Hand und drehte sie zwischen den Fingern.

"Die Fischer munkeln hier und da. Abergläubisches Pack halt."

"Tristan, wenn du schon den lieben langen Tag mit diesem Pack verbringst, meinst du nicht, du könntest das, was du dort hörst, wenigstens an uns weitertragen?"

"Es war nichts weiter. Nur das Übliche. Sie glauben immer noch, die Verlorenen kämen zurück, wenn die Magischen auftauchen. Warum auch immer." In seine Augen schlich sich ein zorniges

Funkeln. "Ich denke nicht, dass das eine etwas mit dem anderen zu tun hat", sagte er, und das Zornfunkeln in seinen Augen traf Sabeta mit vorwurfsvollem Blick.

"Es wird Zeit, dass du aufhörst, mir etwas vorzuwerfen, was ich nicht ändern konnte", sagte Sabeta kühl.

"Konntest du nicht?" Tristan legte demonstrativ seine Stiefel wieder auf den Tisch. Sabeta sah es und schwieg dazu.

Merie räusperte sich vernehmlich. Sabeta holte einmal tief Luft und zwang sich, sich zu sammeln.

"Merie, du wirst den eigentlichen Vorsitz führen. Dir vertraut der Rat. Mit Tristan haben sie nichts zu tun, aber er bringt den Namen der Dherask mit, und den werdet ihr brauchen. Die Croyant werden auf unserer Seite sein. Ich habe mit dem Havag gesprochen."

"Meinst du nicht, du solltest lieber hier sein?" Merie lehnte sich auf ihrem Stuhl zurück und betrachtete Sabeta mit verschränkten Armen. "Du schaffst hier eine Situation, die ganz sicher Aufstände mit sich zieht und haust einfach so ab?"

Sabetas lächelte schief. "Einfach so? Glaubst du das, Merie?"

Merie dachte kurz nach und schüttelte dann den Kopf.

"Merie", sagte Sabeta, "du warst da, als ich den Wall um das Pratiner Land gezogen habe, bist mit mir den Wriedor hinunter gezogen, hast die Ronverjaren mit mir bekämpft und die Varender Wachtürme besetzen lassen. Habe ich mich jemals vor irgendetwas gedrückt?"

Merie spitzte die Lippen und schüttelte den Kopf. "Nein, es ist nur... Sabeta, du lässt uns hier mit einem Rat zurück, der einstimmig deinen Befehl ablehnt..."

"Aber nicht verweigern wird", warf Sabeta ein.

"...und einer Bevölkerung, die Angst vor Hunger und Armut haben wird", fuhr Merie unbeirrt fort. "Meinst du, du kannst uns wenigstens verraten, was an diesen Feldern an der Heuse so wichtig ist, dass du uns in dieser Situation alleine lässt? Lass doch einmal die Barbrossen tun, was sie wollen. Wir nutzen das Land ohnehin nicht, weil es von uns aus viel zu schwer zugänglich ist."

Sabeta betrachtete Merie und erwog für einen Moment, ihr zu sagen, was sie vorhatte, aber dann warf sie einen Blick auf Tristan und wusste, wenn sie ihm reinen Wein einschenken würde oder auch nur ein Gerücht ihres wahren Planes zu ihm durchsickern würde, wäre er höchstwahrscheinlich verschwunden, wenn sie wiederkam.

"Nein", sagte sie deshalb, "tut mir leid Merie."

Merie schnaubte. "Also gut", sagte sie. "Aber wenn du dich irrst, und wir den Hafen umsonst schließen..."

"...ist niemand glücklicher als ich", sagte Sabeta.

Es klopfte zaghaft. Auf einen auffordernden Blick von Sabeta ging Tristan zur Tür und öffnete sie. Draußen stand Anu.

"Deine Hure", sagte Tristan über die Schulter zu Sabeta. "Ich nehme an, das heißt, wir sind fertig?"

"Nicht ganz", Sabeta drehte sich zu ihm um. "Ich will dich morgen früh an meiner Seite haben und du wirst dir jede Einzelheit dessen merken, was getan werden muss, damit dieser geschlossene Hafen möglichst wenig Opfer fordert, sei es durch Hunger oder durch Gewalt. Verstanden? Das ist ein Befehl, Tristan, und keine Aufforderung."

"Verstanden", sagte Tristan und schien für einmal den Ernst der Lage verstanden zu haben, denn er klang nicht abweisend oder mürrisch.

Merie stand auf. "Ich nehme an, ich soll auch da sein?", fragte sie.

Sabeta nickte. "Und sei so gut, sag Kal, er soll meinen Aufbruch vorbereiten. Fünf von den Walkriegern, zwei Wachen, drei Apprendi, zwei Köche, den heilkundigen darunter, mehr nicht."

"*Den* heilkundigen?", fragte Merie. "Alle Köche sind in der ein oder anderen Abstufung heilkundig."

"Ich meine den, der die Ausbildung zum Gu-esser gemacht hat und dann doch bei seinen Eintöpfen geblieben ist. Der, der vor vier Jahren bei der Heuse dabei war. Gambor von den Rasten."

"Natürlich", Merie grinste schief. "Viel Glück bei was auch immer so wichtig ist, dass du gehen musst", sagte sie, drehte sich um und ging zur Tür, wo sie Tristan mit sich nach draußen nahm und Anu hereinließ.

*G*AIN

14. AUFBRUCH

480 WINTER N.T.

GARLENISCHE ZEIT

LEEMAT

ERSTER SITZ DER DHERASK

DHERASKER LAND

Am Abend klopfte es zaghaft an Gains Tür. Gain, der gerade im Begriff gewesen war sich umzuziehen, streifte sich sein Hemd wieder über. Halb hoffte er, Florent werde wieder vor seiner Tür stehen, gleichzeitig wusste er, dass sie es nicht war. Sie würde nicht so zaghaft klopfen, und vermutlich würde sie überhaupt nicht mehr bei ihm klopfen.

Gain ging zur Tür und öffnete. Draußen regnete es. Die Tropfen rauschten vom Himmel und die Fackeln unter den Überdachungen der Stallungen und Häuser spiegelten sich auf dem nassen Fels, der hier und da durch die karge Bewachsung der Klippe schimmerte.

"Ann", sagte Gain.

Anns Haar war nass, die Schultern ihres Hemdes dunkel vom Regen. Gain gab die Tür frei und ließ sie hinein.

"Du hast gesagt, ich soll mich wegen der Heuse erkundigen."

Gain nickte, ging zum Bett und nahm darauf Platz.

Ann verschränkte die Arme auf dem Rücken und ihr Gesicht nahm einen konzentrierten Ausdruck an. "Die Heuse ist ein fruchtbares Gebiet, das früher von den Dherask bestellt wurde. Viel fruchtbarer als der Rest von dem Land, das zum Dherasker Gebiet gehört", sagte sie. "Aber vor vier Jahren fielen die Bauern dort einem Angriff der Barbrossen zum Opfer, die das Gebiet für sich beanspruchten. Sie sagten, die Dherask hätten beim großen Thing das Gebiet widerrechtlich ihrem Land zugeordnet bekommen, weil es eine natürliche Grenze gäbe, die nicht beachtet worden wäre."

"Und was ist diese natürlich Grenze?", fragte Gain.

"Der graue Canyon", sagte Ann. "Die Leute nennen ihn auch den Canyon der singenden Geister. Angeblich haben dort so viele Reisende auf den steilen Wegen den Tod gefunden, dass man die Toten nachts in der Schlucht singen hört. Wer den Gesang hört, der stirbt am nächsten Tag. Die Leute fürchten sich vor dem Canyon."

Gain versuchte, nicht daran zu denken, dass er diesen Weg vor sich hatte und blickte Ann an.

"Und wie ging es weiter mit der Heuse?", fragte er.

"Sabeta zog ihre Truppen im Ubronenland ab, um durch das Hordurengebiet und an der Grenze zu den Barbrossen entlang zur Heuse zu ziehen. Sie eroberte das Gebiet zurück, und angeblich hat sie einen Vertrag mit den Barbrossen ausgehandelt, der ihr das Land zuschreibt und jeden Barbrossen, der es wagt sich dort aufzuhalten, zu ihrem Eigentum macht. Sie werden Rechtlose, mit denen sie machen kann, was sie will."

"Ausgehandelt" war vermutlich nicht der Ausdruck, den die Barbrossen dafür verwendet hätten, vermutete Gain. Eher hatten sie den Vertrag mit einer Schwertspitze an der Kehle unterschrieben.

"Aber sie konnte das Gebiet nicht neu besiedeln", fuhr Ann fort. "Seit der Rückeroberung heißt es, dass die Geister aus dem Canyon auf den Schlachtfeldern bei der Heuse nach ihren Verwandten und Freunden suchen und die Heuse seitdem von ihnen heimgesucht wird. Die Dherasker Bauern haben sich geweigert, dort zu siedeln."

"Weil man die Geister jetzt auch dort singen hört", vermutete Gain und Ann nickte.

Ihre Augen glänzten im Schein des Kaminfeuers. "Meinst du es stimmt?", fragte sie. "Wäre es nicht furchtbar, für alle Zeit als Geist in diesem Canyon gefangen zu sein? Ich kann mir vorstellen, warum sie ausfliegen und hoffen, noch jemanden zu finden, den sie mal gemocht haben."

"Und ich kann mir vorstellen", sagte Gain trocken, "dass die Geister im Canyon genau da geblieben sind, aber die Barbrossen sie gerne an der Heuse gehabt hätten. Und dass die Tatsache, dass Sabeta es nach dieser Geschichte nicht geschafft hat, irgendwelche Bauern zu bewegen, Felder auf einem von Geistern heimgesuchten Gebiet zu bestellen, den Barbrossen nur recht war."

Anns Augen weiteten sich. "Du glaubst, die Barbrossen haben gelogen, als sie gesagt haben, sie hätten sie dort gehört, um neue Siedler abzuschrecken?"

"Weißt du, Ann", sagte Gain, "zwischen Lüge und Wahrheit

befindet sich ein ganzes Meer von Zwischentönen, und Schlachtfelder haben keinen guten Ruf."

Sie lauschten dem Regen, der auf das Schilfdach trommelte, bevor Ann leise fragte: "Kommst du zurück? Ich meine hierher?"

"Ist das wichtig?", fragte Gain.

Zu seiner Überraschung füllten Anns Augen sich ganz plötzlich mit Tränen, aber sie schien nicht zu wissen, was sie dazu sagen wollte.

"Ann", Gain streckte die Arme aus und mit einem heftigen Schluchzer, in dem Gain ihre toten Brüder seufzen hören konnte, warf sie sich ihm in die Arme. "Du weißt, dass ich hier nicht hergehöre?", fragte Gain.

Ann schluchzte.

"Und du weißt, dass es mir als Gefangenem aus Gründen der Ehre nicht möglich ist, von hier zu fliehen?"

Ann ließ nicht erkennen, ob sie wusste, was es mit ehrbaren und nicht ehrbaren Gründen auf sich hatte.

"Aber unterwegs", sagte er, "kann ich fliehen."

Er löste sich vorsichtig aus ihrer Umklammerung.

"Aber, wenn sie dich dann fangen, wirst du dann nicht richtig eingesperrt?"

Gain verschwieg, dass kein Verlies der Welt gut genug für eine entflohene Fürstengeisel mehr war.

"Wenn ich es schaffe, Ann, dann kriegen sie mich nicht", sagte er und hoffte mit ganzem Herzen, dass es stimmte.

"Und wenn ich nicht zurückkomme, dann möchte ich, dass du dir vorstellst, wie ich nach Hause reite und in der großen Halle der Mannalen, auf dem Gipfel des spitzen Berges, wo die Erde die Wolken berührt, meine kleine Schwester begrüße. Denn genau da werde ich dann sein. Verstanden?"

Ann nickte und wischte sich mit einer unfeinen Geste über die rotzige Nase.

"Ich wünschte, du würdest zurückkommen", sagte sie. "Und ich weiß, dass das gemein ist, weil du gar nicht hier sein willst. Bin ich deswegen ein schlechter Mensch?", fragte sie. "Meine Mutter hat immer gesagt, ich sei ein furchtbares Kind. Ungehorsam und aufmüpfig und mit viel zu vielen Wörtern im Mund."

Gain schüttelte den Kopf. "Ganz im Gegenteil", sagte er mit einem nachsichtigen Lächeln.

"Du findest mich nicht ungehorsam und aufmüpfig?", fragte Ann.

"Doch", lachte Gain, "ganz zu schweigen davon, dass du regelmäßig deinen Stand vergisst und gerade einem Fürsten um den Hals gefallen bist."

Ein verletzter Ausdruck trat auf Anns Gesicht.

"Aber ich finde gerade deine Aufmüpfigkeit äußerst erfrischend." Er lachte, und Ann, die wohl verstand, dass er nicht böse auf sie war, lächelte.

Sie brachen früh am nächsten Morgen auf. Die Sonne hing bleich im Osten hinter den Wolken und ließ die vom nächtlichen Regen nass glänzenden Felsen silbern schimmern. Gain bekam eine gutmütige Stute mit breitem Rücken zugewiesen. Er strich über ihr braunes Fell, bevor er sich auf ihren Rücken schwang. An dem Sattel waren hinter ihm zwei Taschen, Decken und Felle befestigt. Gains Beutel war durchsucht worden, bevor er den Inhalt in seine Packtaschen hatte umfüllen dürfen. Aber da Sabeta ihm seinen Dolch schon lange abgenommen hatte, gab es nichts mehr, was er vor den Dherask hätte verstecken müssen.

Gain warf einen Blick zurück auf die Hütte, die hier auf der Klippe seine Zuflucht gewesen war. Kerit hatte die Fensterläden geöffnet, so dass der Wind die im Fenster hängenden Decken lüften konnte. Die grünen Läden stießen gegen die Holzwand. Hinter der Hütte und den angrenzenden Ställen glänzte grau das Meer. Der Hafen war von hier aus nicht zu sehen, er lag zu dicht hinter den steil zum Meer abfallenden Klippen, aber Gain wusste, die Schiffe waren leer, der Hafen verwaist und oberhalb der sonst so belebten Dherasker Treppe herrschte eine gespenstische Stille.

Neben Gain schwang sich eine Wache auf ihr Pferd, und er erkannte in ihr die Frau wieder, die sich seinem Befehl widersetzt hatte. Ein ungutes Gefühl beschlich ihn bei ihrem finsteren Blick in seine Richtung. Ira, erinnerte Gain sich, war ihr Name und er beschloss, ihr lieber keinen Befehl mehr zu erteilen.

Die von Sabeta angeforderten Walkrieger trugen ein dunkles Blau. Unauffällig am Ärmelsaum war bei allen die Fluke eines Wales aufgestickt. Drei von ihnen trugen Speere, die anderen Schwerter und Dolche, hinter jedem Sattel war ein runder Schild befestigt.

Sabeta trug keinen Speer, Gain vermutete, dass einer der anderen Speere ihrer war. Ihr linker Arm machte ihr noch zu schaffen, auch wenn sie sich nichts anmerken ließ, aber sie hielt die Zügel mit rechts und ließ die Hand des verletzten Armes ruhig auf ihrem Oberschenkel liegen. Die Apprendi waren dabei, eines der Packpferde zu beruhigen, das unruhig tänzelte, während ihm die Planen eines Zeltes aufgeladen wurden.

Hintereinander ritten sie schließlich den Sandweg entlang, der an dem oberen Stallgebäude vorbei zu den unteren Stallungen führte. Gain genoss den Moment, in dem sie die obere Klippe verließen. Der sanfte Morgenwind und das dumpfe Geräusch der Hufe im Sand gab ihm ein Gefühl von Freiheit zurück, auch wenn er noch einen langen Weg vor sich hatte, bevor er wieder gehen konnte, wohin er wollte.

Sie ließen die unteren Stallgebäude rechts neben sich und ritten in die Ebene hinein, die unterbrochen von Hügeln und schroffen Hängen wild und rau vor ihnen lag. Gain genoss das wiegende Gefühl der Stute unter sich, aber der unebene Boden war eine Herausforderung für Pferd und Reiter. Mehr als einmal musste er sein Pferd unterstützen und die Oberschenkel anstrengen, um den unebenen Tritt auszugleichen und seine Stute nicht durch sein schwankendes Gewicht unnötig zu stören. Sie machten nur am Mittag eine kurze Rast und waren wieder auf den Pferden, bevor Gain seinen letzten Bissen heruntergeschluckt hatte.

Als es dämmerte, schlugen sie ihr Lager dicht bei einem Pinienwäldchen auf.

Die Apprendi spannten eine Plane zwischen die Äste, die im Zweifel Regen abhalten sollte, aber der Himmel war wolkenlos und erste Sterne blinkten an seinem dämmerigen Graublau. Weiß leuchtend stieg der Mond hinter dem Wäldchen empor.

Der Koch, ein bärbeißig aussehender Mann mit einem sympathischen Schalk in den Augen, entfachte ein Feuer, während die Köchin sich den Apprendi zuwandte.

"Komm, Kessa", sagte sie zu einem blass wirkenden Mädchen, "wir brauchen mehr Feuerholz."

Gemeinsam verschwanden die beiden in dem Wäldchen.

"Ich könnte helfen", sagte Gain, aber Sabeta blickte ihn kopfschüttelnd an.

"Du bleibst hier", sagte sie.

Gain setzte sich an das Feuer und Sabeta ließ sich neben ihm nieder.

"Angst, dass ich beim Feuerholzsammeln verloren gehe?", fragte er.

Sabeta schüttelte den Kopf.

"Warum nicht?", fragte Gain. "Das wäre eine wunderbare

Gelegenheit zu verschwinden."

Sabeta lachte. "Weil ich weiß, dass du nicht dumm bist, Gain. Bis auf ein paar Wäldchen wie dieses hier ist die Gegend flach, du wärst so leicht zu finden wie eine Zielscheibe. Du wirst mit deinem Fluchtversuch abwarten, bis wir den Canyon überquert haben."

"Ach ja?", Gain lehnte sich zurück, streckte die Beine aus und überschlug sie.

"Ja", sagte Sabeta, "alleine schaffst du es nicht durch den Canyon und das weißt du. Von hier aus ist die nächste Croyantstätte die der Croyant von Trola im Ubronenland. Nicht mal ein Narr würde glauben, sie erreichen zu können, das ganze Land ist von meinen Truppen besetzt. Bleiben nur die Horduren und damit die Croyant von Sancer, aber das Waldgebiet mit seinen Sümpfen ist praktisch undurchdringlich für jemanden, der sich dort nicht auskennt. Damit wären die Croyant, die du von hier aus erreichen könntest, erschöpft, es sei denn, du wärst verrückt genug zu versuchen, den Wriedor zu durchschwimmen, was eine Hinrichtung vermutlich überflüssig machen würde. Nein, Gain von den Mannalen. Du wirst warten, bis wir über den Canyon sind und dann versuchen die Croyant von Terrek auf barbrossischem Gebiet zu erreichen, wenn du so dumm bist, einen Fluchtversuch zu wagen."

Gain lachte leise. Sie hatte natürlich recht. Es wäre glatter Selbstmord zu versuchen, von hier aus bis zu den Horduren oder darüber hinaus zu kommen. Sie würden ihn einholen, noch bevor er die Dherasker Grenze erreicht hätte.

Nach einer Weile kehrten die Köchin und die Apprendi namens Kessa mit jeweils einem Armvoll Holz zurück. Der Koch schürte das Feuer und setzte einen Kessel mit Wasser auf. Einer der Walkrieger trat zwischen den Stämmen der Pinien hervor und brachte einen Speer mit einem toten Eichhörnchen an einem Ende mit.

"Nur falls ihr das Gericht ein wenig aufpeppen wollt, Rusta", sagte er an die Köchin gewandt und reichte ihr den Speer, bevor er sich neben Sabeta am Feuer niederließ. Die Apprendi breiteten Decken und Felle unter der Zeltplane aus und luden den Packtieren ihre Last ab, bevor sie mit den Pferden verschwanden, um sie bei einem nahen Bachlauf zu tränken. Rusta zog das Eichhörnchen vom Speer und begann es mit geübten Bewegungen zu häuten. Der Koch stand auf, um die Gewürze aus den Satteltaschen zu holen und strich ihr dabei liebevoll über den Rücken. Er ist ihr Mann, erkannte Gain. Mit plötzlicher Heftigkeit überkam ihn die Erinnerung an Florents rotblondes Haar, ihren wiegenden Gang und ihren Geruch nach Staub und Himbeere. Er würde sie nicht wiedersehen. Sie würde ihn vermutlich nicht vermissen, aber der Gedanke an sie gab ihm trotzdem einen Stich.

Gain hätte vor einem Jahr eine der Töchter eines HeerKons aus den Erzbergen heiraten sollen. Aber sie war in einer Lawine gestorben, genau wie ihre sechs Schwestern. Schuldbewusst erinnerte er sich daran, dass sie nie ein Gefühl in ihm wachgerufen hatte, was diesem Stich gleichkam.

Am nächsten Abend war ihre Raststätte in einer Siedlung, in dem die Familie des größten Gutsbesitzers sie in ihr Haus einlud und die Betten für sie räumte. Nach der kalten Nacht unter freiem Himmel erschien es Gain in dem Haus unnatürlich warm und er schlief schlecht. Er war beinahe froh, dass sie die folgenden beiden Nächte wieder unter freiem Himmel verbrachten und auch in der dritten Nacht ihr Lager im Windschatten eines riesigen Felsbrockens, umgeben von

Brombeergebüsch, aufschlugen.

Der Koch hatte diesmal zwei Feuer entfacht, eines für die Walkrieger, Sabeta und Gain, eines für die Wachen und die Apprendi. Nach dem Mahl waren er und seine Frau damit beschäftigt, die Töpfe und Teller im kalten Bach hinter dem Felsen abzuspülen und man konnte es leise klappern hören.

Gain hatte sich neben dem Feuer auf einem Fell in seine Decken gewickelt und schaute in den sternenübersäten Himmel. Die Vorstellung, dass man vom Spitzen Berg aus genau diesen Sternenhimmel sehen konnte, war zugleich ein tröstlicher, als auch ein schmerzlicher Gedanke. Das Feuer zischte und knackte leise. Ein anderes Geräusch mischte sich darunter. Zaghafte Schritte näherten sich. Gain richtete sich auf. Ein blasser Apprendi tauchte an ihrem Feuer auf, der Feuerschein spiegelte sich in seinem besorgten Gesicht. Sabeta, halb in ihre Decken gewickelt, sah ihm entgegen.

"Gibt es einen Grund für dich, hier zu sein, Kanor?", fragte sie.

Der Junge sah sie bang an. "Es ist Kessa", sagte er leise. "Sie will nicht, dass ich etwas sage, aber ich glaube, sie ist krank. Wir wissen alle, dass ihr es eilig habt", sagte er hastig zu niemand Bestimmtem, "aber ich meine, sie ist richtig krank. Sie glüht und will nichts essen."

Sabeta schlug ihre Decken zurück. "Bring sie her", sagte sie "ich hole Gambor."

Sabeta ging und tauchte kurz darauf mit dem Koch wieder am Feuer auf, während Kanor mit Kessa zurückkam, die sich auf seine Schultern stützte. Sie schien kaum stehen zu können, ihr Gesicht war bleich, die Wangen fiebrig rot und die Augen glänzten. Der Koch sprang zu ihr und half ihr, sich auf einem Fell niederzulassen. Er tastete nach ihrer Stirn.

"Wie lang ist sie schon so?" fragte er Kanor, der mit besorgtem

Blick danebenstand. Der zuckte die Schultern. "So ist sie erst seit heute Abend, aber irgendwas stimmt schon seit der ersten Nacht nicht. Sie...", er geriet ins Stocken, "sie sagt immerzu, sie müsse in die Büsche, auch wenn sie grad erst war. Sie hält es kaum aus, bis zu den Pausen durchzureiten, dabei trinkt sie schon fast nichts. Und wenn sie dann in den Büschen war, sieht sie aus, als hätte sie geweint."

Gambor drehte das Mädchen mit seinen großen Pranken erstaunlich sanft auf den Bauch und klopfte ganz leicht kurz unterhalb ihres Rippenbogens auf ihren Rücken. Das Mädchen schrie auf und erbrach das wenige, was sie im Magen hatte auf das weiße Fell.

"Wie ich Helden hasse", brummelte der Koch, "hätte sie gleich was gesagt, wäre es viel leichter. Hol mir die Kräutertasche", wandte er sich an Rusta, die eben am Feuer aufgetaucht war. Sie lief los, um das Gewünschte zu holen und kam kurz darauf mit einer prall gefüllten Tasche zurück. Gambor zog einen kleinen Beutel daraus hervor und schüttete eine Flut roter getrockneter Beeren in eine Schale, die seine Frau ihm hinhielt. Dann wandte er sich an Kanor. "Ich trage sie zu ihrem Lager", sagte er, "sie muss diese Beeren essen, und sie muss trinken und trinken und wieder trinken und wenn sie beim Pissen tausendmal Rotz und Wasser heult, hast du mich verstanden?" Der Junge nickte. "Ich leg mich zu euch heute Nacht, dann bin ich da, wenn es schlimmer wird, Rusta, setz Wasser auf, wir brauchen Tee."

Die Köchin strich ihrem Mann gedankenverloren über die Haare und lief zum Bach, um den Kessel mit Wasser zu füllen.

Der Koch nahm das halb bewusstlose Mädchen in seine Arme und trug es zum zweiten Feuer hinüber. Sabeta pfiff durchdringend und Hild, die dritte Apprendi, tauchte an ihrem Feuer auf. Sabeta trug ihr auf, das vollgespuckte Fell zu reinigen, dann starrte sie in die Flammen, bis der Koch wieder auftauchte und sich neben dem Feuer niederließ.

"Und?", fragte sie.

Gambor blickte in die Flammen. Das Licht flackerte auf seinem bärtigen Gesicht und den runden Wangen.

"Sie hätte gleich was sagen sollen, als es ihr beim Pissen das erste Mal gebrannt hat", sagte der Koch grimmig.

"Ich will nicht wissen, was gewesen wäre, ich will wissen, was ist", sagte Sabeta. "Kann sie morgen wieder reiten?"

"Sie muss", sagte der Koch, "aber jemand sollte hinter ihr sitzen, damit ihr Rücken warm bleibt. Wenn sie noch ein paar Nächte hier draußen bleibt, können wir sie gleich einfach hier liegen lassen."

"Wir sind noch zwei Tagesritte von Ulshing entfernt", meldete sich eine der Walkrieger zu Wort. "Wir könnten sie dort lassen."

"Wenn Sie's bis dahin macht", sagte der Koch, griff nach einer harten Lederflasche an seinem Gürtel und nahm einen kräftigen Schluck. "Wenns morgen nicht besser wird, wird's gar nicht mehr, es sei denn, einer von euch trägt irgendwo noch einen Riesenvorrat von diesen roten Beeren mit sich rum. Verdammt, ich hätte mehr davon mitnehmen sollen, ich weiß doch, dass manche Frauen mit der Kälte Probleme haben. Aber wenn's erst mal im Rücken sitzt..." Er schwieg unheilverkündend.

Gain hatte eine unruhige Nacht. Immer wieder wachte er auf, weil er vom anderen Feuer Geräusche und leises Gemurmel hörte. Er war beinahe erleichtert, als die Sonne blass und fahl hinter den Wolken aufging und er nicht mehr versuchen musste, wieder einzuschlafen. Die Nachtwache der letzten Schicht schob die Glut des Feuers zusammen und legte einen neuen Scheit auf. Gain schlug die Decke zurück, stand auf und lief ein paar

Schritte, um seine kalten Glieder warm zu bekommen. Am zweiten Feuer saß Gambor, die kranke Apprendi auf dem Schoß und flößte ihr Tee ein. Gain fragte sich, ob er überhaupt geschlafen hatte.

Niemand sprach an diesem Morgen viel. Sie packten ihre Sachen, Rusta half den beiden gesunden Apprendi dabei, die Packpferde zu beladen und schließlich setzten sie Kessa einem Walkrieger mit breitem Rücken vorne auf das Pferd, der seinen Umhang um das Mädchen schlang.

Sie ritten an großen Felsbrocken vorbei, die wirkten als hätten die Riesen sie zum Zeitvertreib in die Landschaft geworfen. Nach einer Weile wurde der Boden weicher, die Felsbrocken kleiner und sie ritten in einen lichten Wald. Der Weg zwischen den Bäumen hindurch schien eine gut befahrene Handelsstraße zu sein, trotz des morastigen Untergrundes. Tiefe Spuren von Rädern waren in den Schlamm gegraben. Der braune Matsch schmatzte unter den Hufen ihrer Pferde. Als sie an einem dichten Gebüsch vorbeiritten, knackte es rechts vom Weg und Gains Pferd wurde plötzlich nervös. Es blähte die Nüstern und hob den Kopf. Leicht mit den Hinterbeinen tänzelnd, die Schweifrübe aufgerichtet, ließ es sich nur noch unwillig vorwärtstreiben. Die anderen Pferde ließen sich anstecken, der Rappe vor Gain begann unruhig seitwärts zu gehen und die Walkriegerin auf seinem Rücken hatte Schwierigkeiten, ihn im Zaum zu halten. Die Nervosität seines Pferdes übertrug sich auf Gain. Er wartete auf irgendetwas, was passieren würde, doch als es passierte, war er trotzdem nicht vorbereitet.

Sein Pferd ging unter ihm durch, bevor er verstand, wieso. Mit einem Satz sprang es zur Seite. Gain nahm reflexartig die Zügel auf, aber die Stute brach seitlich in die Bäume. Aus dem Augenwinkel sah Gain, wie die Walkriegerin vor ihm ihr Pferd zu halten versuchte, bevor es seiner Stute nachstürmte. Mit halsbrecherischer Geschwindigkeit rannten beide Pferde zwischen den Stämmen hindurch. Gain ließ die Zügel los, vergrub seine Hände stattdessen in der Mähne, duckte sich über den Hals des Pferdes und betete, die Äste mögen ihn nicht vom Pferd fegen. Der Boden unter ihm fegte mit rasender Geschwindigkeit unter ihm hinweg. Zwischen dem Brechen der Äste und dem Trommeln der Hufe hörte er hinter sich das Brüllen eines Tieres. Gain wagte einen Blick über die Schulter, und sah kurz braunes, zottiges Fell hinter einem steigenden Pferd auftauchen. Dann war die Reiterin mit ihrem Rappen plötzlich neben ihm, jagte neben ihm her, bis sie den Arm ausstrecken konnte und Gains Pferd am Zügel zu fassen bekam. Die braune Stute schnaubte. Mit geblähten Nüstern und durchgebogenen Hals ließ sie sich endlich durchparieren. Das Fell an ihrer Schulter glänzte nass.

"Kann ich loslassen?", fragte die Kriegerin an Gains rechter Seite. Gain richtete sich im Sattel auf. Mit zitternden Händen griff er nach den Zügeln, fühlte die Bewegungen des Pferdes unter sich und testete, ob die Stute auf seine Gewichtsverlagerung reagierte.

"Ja", sagte er, als die Stute, wenn auch immer noch nervös und widerwillig seinem Befehl gehorchte und seitwärts ging. Die Walkriegerin ließ los.

"Danke, Andra", sagte Gain und blickte auf. Die Frau auf dem Pferd nebenan zwinkerte ihm zu. "Gerne", sagte sie, "unsere Fürstin hat uns eingebläut, Euch nicht aus den Augen zu lassen. Sie meinte, Ihr wärt grad der Typ dafür, eine Dummheit zu begehen."

"Ich wollte nicht...", begann Gain, aber Andra winkte ab.

"Ich weiß", sagte sie, "ich bin zwar nicht Hoister Dherask, aber ich kann sehr wohl unterscheiden, ob das Pferd oder der Reiter die Kontrolle über den Ritt hat."

Sie wendete den Rappen und Gain folgte ihr mit seiner Stute. Durch die Bäume konnten sie in einiger Entfernung die versprengte Reisegruppe sehen.

"Was war es?", fragte Gain.

Andra drehte sich zu ihm um. "Ein Bär", sagte sie. "Aber ein sehr junger. Scheint wieder verschwunden zu sein." Sie nickte nach vorne und tatsächlich war nirgends mehr etwas von dem zottigen Fell zu sehen, das Gain hatte auftauchen sehen.

Sie erreichten vier der Walkrieger. Andra sprang vom Rücken ihres Pferdes und hielt Gains Stute, während er absaß. Unwillkürlich sah Gain sich nach Sabeta um. Er sah das Weiß ihrer Kleidung durch die Bäume schimmern und überließ seine Stute Andra, während er zu der Fürstin hinüberlief.

Sabeta kniete mitten im Schlamm auf dem Weg und hielt die kranke Apprendi im Arm. Ira und Olfror, die zweite Wache, knieten neben ihr, aber Sabeta schien niemanden wahrzunehmen. Sie wiegte das schwer atmende Mädchen und strich ihm beruhigend über die Stirn. Ihre weißen Kleider waren voller Schlamm. Kanor stand mit schreckgeweiteten Augen neben seinem Pferd. Mit ein paar schnellen Schritten war Gain bei ihm.

"Was ist mit ihr?", fragte Gain leise.

"Sie ist gestürzt", sagte der Junge tonlos. "Und jetzt hat sie fürchterliche Schmerzen. Der Koch sagt, in ihrem Inneren ist irgendwas kaputt gegangen, weil es eh schon entzündet war. Er sagt, sie stirbt. Heute oder morgen, wann wusste er nicht."

Gain betrachtete die weiß gekleidete Gestalt mit dem sterbenden Mädchen im Arm und dachte, dass er diesen Anblick nie mehr vergessen würde. Seine inneren Augenwinkel begannen zu brennen und der Schreck über den Kontrollverlust über sein Pferd und den Tod, der so unvermittelt in ihre Mitte getreten war, ließ Tränen über seine Wangen laufen.

"Es tut so weh", flüsterte Kessa in Sabetas Arm, "ich werde nicht wieder gesund, oder?"

Sabeta schüttelte den Kopf. "Nein", sagte sie. Kessas Augen leuchteten in kurzer Rebellion auf, bevor sie sich ergab.

"Ich hab' es schon gestern gewusst", flüsterte sie, "aber es tut so weh. Dauert es noch lang?", fragte sie bang.

Sabeta schüttelte den Kopf. "Ich bin sicher, du darfst deine nächste Reise bald antreten", sagte sie.

Langsam, um dem Mädchen mehr Schmerz zu ersparen, tastete sie an ihrer Hüfte und fand schließlich, was sie gesucht hatte. Ihre rechte Hand schloss sich um den Griff ihres Dolches.

Kessa holte pfeifend Luft. "Ich war stolz", sagte sie so leise und keuchend, dass Gain es kaum hören konnte. "Weil ich bei Euch lernen durfte." Sie blickte Sabeta ins Gesicht. Dann huschte ein winziges Lächeln in ihre Mundwinkel. "Wenn ich zu den Göttern komme", sagte sie, "darf ich Ihnen sagen, dass die weiße Kriegerin meinen letzten Weg begleitet hat?"

Sabeta nickte. "Das darfst du nicht nur sagen", sagte sie, "du sollst es ihnen sagen. Ich wünsche dir eine gute Reise, Kessa. Wohin auch immer du jetzt gehst, du hast mir gut gedient."

"Ich wäre lieber nicht allein auf dieser Reise", keuchte Kessa. Ihre Stimme klang ängstlich.

"Wir sind alle allein auf dieser letzten Reise", sagte Sabeta. "Aber einer der Götter wird dir entgegenkommen, Kessa. Welcher ist es, der deinem Herz am nächsten war?", fragte Sabeta.

"Crea, der Erfinder", sagte Kessa leise.

"Dann wird er kommen und dich in die Hallen von Vamor begleiten. Grüß die gläsernen Kuppeln von mir", sagte Sabeta, hob langsam den Dolch und legte seine Spitze unterhalb von Kessas Rippenbogen an.

Es ging so schnell, dass Gain es kaum mitbekam. Ein kurzer Ruck durchfuhr den Körper, ein überraschtes Keuchen entfloh Kessas Mund, dann brach ihr Blick mit einem kleinen Lächeln auf den Lippen, als habe Crea sie schon gefunden.

Der Junge neben Gain stieß einen Laut aus, zwischen Schluchzer und Schrei. Gain legte instinktiv eine Hand fest auf seine Schulter. "Shht", zischte er ihm zu. "Los, geh und hol ihre Sachen. Vielleicht hat sie etwas Persönliches dabeigehabt, was sie mit zu den Göttern nehmen möchte."

Dankbar für den Auftrag und dafür etwas tun zu können, lief der Junge mit seinem Pferd davon. Die Wachen nahmen Sabeta den leblosen Körper aus dem Schoß und Sabeta richtete sich steif auf. Von den Stiefeln bis zur Taille waren ihre Kleider schlammbeschmiert, einzelne Strähnen hatte sich aus der Flechtfrisur gelöst und hingen ihr wirr in die Stirn.

Sie hob den Dolch und schleuderte ihn mit einem Wutschrei gegen einen Baum. Er blieb in der Rinde stecken und sang einen klagenden Ton.

Dann schlug sie sich ohne ein weiteres Wort seitwärts vom Weg in die Büsche. Mit festem Schritt entfernte sie sich zwischen den Bäumen, bis sie nicht mehr zu sehen war.

Gain warf einen ratlosen Blick auf die Wachen, die nicht zu wissen schienen, wohin mit dem toten Mädchen.

"Will ihr niemand hinterher?", fragte er. "Wo ein Bär ist..."

Ira warf ihm einen mörderischen Blick zu und überließ ihre Last der zweiten Wache. Sie trat einen Schritt auf ihn zu.

"An Eurer Stelle", sagte sie, "würde ich nicht zu viel erwarten, wenn Ihr einen Befehl aussprecht."

"War das ein Befehl?", fragte Gain, "Ich hatte den Eindruck, ich hätte eine Frage gestellt." Er warf einen Blick zwischen die Bäume und hoffte, Sabeta dort auftauchen zu sehen, aber sie blieb verschwunden.

Ira lachte gehässig. "Wisst Ihr, warum ich hier bin?", fragte sie. Gain schüttelte den Kopf.

"Weil ich darum gebeten hatte, zu Hause zu bleiben. Mein Mann ist krank und wenn ich zurückkomme, ist er vermutlich genauso tot wie dieses Mädchen", sagte Ira und trat noch einen Schritt näher. "Dass sie mich mitgenommen hat und ich seine letzten Tage verpasse, ist die Strafe dafür, dass ich Euren Befehl missachtet habe. Sie sagte, ich hätte genügend Gelegenheit, auf dieser Reise meinen Gehorsam unter Beweis zu stellen." In Iras Augen funkelte es. Gain fand, für eine kurze Befehlsverweigerung war diese Strafe unnötig hart, aber es lag nicht bei ihm, dies zu entscheiden.

Ira senkte die Stimme. "Ich würde Euch raten, Gain von den Mannalen, mich nicht allzu sehr auf die Probe zu stellen. Der Canyon soll sehr steil sein, habe ich gehört, und nicht alle Pferde sind so trittsicher, wie man es gerne hätte."

Gain hörte dieser Drohung nur halb zu. Er starrte weiterhin dorthin, wo Sabeta verschwunden war. Ein dumpfes Geräusch, wie das Schlagen eines Hammers drang aus dem Wald.

"Entschuldigt mich", sagte er, lief los und folgte Sabetas Spuren im Laub.

Gain folgte dem Geräusch und fand Sabeta kurz hinter einem Hügel, der die Sicht auf sie verdeckt hatte, wo sie dabei war, einen Baumstamm mit einem dicken Ast so zu malträtieren, dass die Rinde an einigen Stellen schon abgeplatzt war. Mit einem wütenden Schrei ließ sie den Ast ein weiteres Mal gegen den Baumstamm krachen. Der Ast brach splitternd. Sabeta schleuderte den Rest von sich. Mit einem dumpfen Laut schlug er auf dem Waldboden auf. Gain blieb in sicherer Entfernung stehen, aber entweder hatte Sabeta ihn gesehen oder spürte, dass er da war.

"Hast du schon mal ein sterbendes Lebewesen gehalten, Gain von den Mannalen?"

"Nein", sagte Gain und beobachtete ihren Rücken und das wütende Spiel ihrer Muskeln am Oberarm.

"Ich schon", sagte sie, "es bleibt nicht aus, wenn man den Weg wählt, den ich gewählt habe. Pferde, Menschen, manche bedeuten dir etwas, andere nicht, aber wenn die Seele auf die letzte Reise geht, ist es immer das gleiche Gefühl."

Gain schwieg und wartete darauf, dass sie weitersprach.

"Erst hofft man, dass es bald vorbei ist, man wartet auf das Ende der Qual, und wenn es so weit ist, tut man alles, um dem Sterbenden Halt zu geben, solange er es braucht. Und dann", sie drehte sich zu ihm um. "Wenn der Körper leer ist und man nichts mehr tun kann, kommt die Hilflosigkeit. Es gibt nichts Schlimmeres als das, Gain. Solange man handeln kann, ist man am Leben. Kann man es nicht mehr, erstarrt man zu Eis."

Gain musste den Impuls unterdrücken zu ihr zu laufen und ihre Schultern zu halten wie in der Halle, als das verdrehte Fischskelett sie aus der Fassung gebracht hatte. Aber es wäre nicht nur unangemessen gewesen, er war sich auch sicher, dass sie ihn von sich gestoßen hätte.

"Meinst du, es ist klug, dass wir hier zu zweit sind?", fragte er. "Wo ein Bär ist, kann es mehr geben und ich bin mit Waffe schon kein besonderer Schutz und ohne schon gar nicht", sagte er.

Sabeta lachte leise und bitter. "Immer der mit dem kühlen Kopf und den weisen Ideen, nicht wahr, Gain?"

"Ich würde es jedenfalls vorziehen, wenn dein zweiter Arm heil bleiben würde", sagte Gain, ohne auf ihre Stichelei einzugehen, "was auch immer du an der Heuse vorhast, ich bin mir sicher, du wirst mindestens einen unverletzten Arm brauchen."

Bei der Erwähnung der Heuse leuchteten ihre Augen grimmig auf.

"Wenigstens etwas", sagte sie, "was in meiner Macht liegt, wenn schon Vamors Wanderer tut was er will und sich junges Leben unnötig zu eigen macht."

Sie kehrten gemeinsam zu den anderen zurück. Gain blieb ein paar Armlängen hinter Sabeta, um ihrer Laune aus dem Weg zu gehen. Als sie den Weg erreichten, hatte Gambor den Wachen das Mädchen abgenommen. Gemeinsam mit Rusta, Kanor und der dritten Apprendi stand er am Rand der Gesellschaft. Gain hörte sie leise singen.

Sabeta blickte den beiden Wachen grimmig entgegen, die den Dolch aus dem Baum gezogen hatten und ihn nun sorgsam reinigten. Dicht am Weg blieb sie stehen, leicht erhöht auf einem kleinen Hügel. Die Wachen brauchten einen Augenblick, um zu registrieren, dass ihr wütender Blick offenbar ihnen galt. Erschrocken sanken beide vor ihr auf ein Knie.

"Und ihr", sagte Sabeta, "nicht nur, dass es euch nicht in den Sinn gekommen ist, meine Wenigkeit zu schützen, indem ihr mir folgt, ihr wart auch noch der Meinung, ihr könntet den Gefangenen einfach so herumlaufen lassen und mir hinterhergehen lassen? Hätte er mich alleine angetroffen und ein weniger ehrbares Herz gehabt als dieser hier, was glaubt ihr, was hätte passieren können?"

Schweigend schaute Sabeta auf die gebeugten Rücken ihrer Wachen. Gain sah eine Ader an Iras Hals pochen und er wünschte, Sabeta würde die Sache auf sich beruhen lassen.

"Ich hätte dem Wunsch deines Mannes nicht nachkommen sollen und dich zu Hause lassen sollen, Ira, von der Familie der Hoven, du bist eine Schande für diese Wache, du hättest schon damals bei der Prüfung rausfliegen sollen, aber ich nehme an, dein Verwandtschaftsverhältnis zu Kal war deiner Aufnahme nicht abträglich?", fuhr Sabeta unbarmherzig fort. Mit trotzigem Blick hob Ira den Kopf und sah zu ihrer Fürstin auf.

"Mein Mann wollte mich zu Hause haben", sagte sie leise, aber bestimmt.

Sabeta schnaubte. "Dein Mann wollte dich aus dem Weg haben, damit er seine letzten Tage in Ruhe mit seiner Geliebten verbringen kann."

Ira war auf den Füßen, bevor Sabeta sie gebeten hatte, sich zu erheben. Knie dich wieder hin, beschwor Gain sie im Stillen, reiz deine Fürstin nicht noch mehr. Iras Blick flackerte panisch.

"Knie dich wieder hin und ich werde dein Betragen vergessen - ein letztes Mal", knurrte Sabeta. "Ich muss dich wohl kaum daran erinnern, dass du schon einmal beinahe deinen Kopf verloren hättest. Einer Dherasker Wache, Ira, muss jeder Dherask uneingeschränkt trauen können. Du hast das Vertrauen einmal verspielt, das ist noch keine vier Winter her, und du kannst es dir nicht leisten, Widerworte zu geben. Es ist mein letzter Aufruf an dich, Ira, von der Familie der Hoven. Knie dich wieder hin."

Los, mach schon, dachte Gain verzweifelt.

Aber Ira kniete sich nicht wieder hin. "Ich werde nicht mehr vor einer Fürstin das Knie beugen, die mich Befehle von Geiseln befolgen lässt und mir Lügen erzählt", zischte sie.

Sabetas Blick wurde kalt und Gain wusste, es gab kein Zurück mehr.

Sabeta steckte beide Finger in den Mund und pfiff durchdringend einmal kurz und einmal lang. Fast sofort tauchten drei der Walkrieger bei ihnen auf.

"Nehmt diesen beiden Wachen die Waffen ab", sagte Sabeta kühl.

"Aber...", Olfror ruckte mit seinem Kopf nach oben.

"Still!", fuhr Sabeta ihn an. "Oder ich könnte mich entschließen, euch beide hier und jetzt einen Kopf kürzer zu machen!"

"Sabeta", Gain trat einen Schritt nach vorne, aber auf eine Handgeste von Sabeta hin beschloss er, dass es klüger war zu schweigen. Er sah zu Ira und ihre Blicke trafen sich. Ein kalter Schauer rann Gains Nacken hinunter. Iras Wut würde sich nicht gegen Sabeta richten, die ohnehin für sie unerreichbar war. Er war es, der eine Feindin hatte, in Iras Augen war es alles seine Schuld. Er hatte ihr den Befehl gegeben, den sie verweigert hatte, er war Sabeta in den Wald hinterhergelaufen.

Die Walkrieger entwaffneten die beiden Wachen und Sabeta betrachtete sie ausdruckslos.

"Holt das Eisen", sagte sie dann.

"Bitte..." Olfror senkte seinen Kopf. Sabeta wandte sich ihm zu und schien endlich wieder wahrzunehmen, dass Ira und er nicht eine Person waren.

"Brennt nur Ira", sagte sie und mit einer Handbewegung, als verscheuche sie eine lästige Fliege, sagte sie zu der anderen Wache: "Verschwindet und sagt den Köchen, sie sollen Feuer machen."

Olfror sprang auf die Füße und verschwand so schnell er nur konnte.

Ira schien in diesem Moment erst die Folgen ihres Handels zu begreifen. Mit einem Schrei zwischen Wut und Schrecken, machte sie den sinnlosen Versuch, aus dem Kreis der Walkrieger auszubrechen, die sie ohne Umschweife wieder auf die Knie zwangen.

Es dauerte lange, bis das Feuer heiß genug war, um das Eisen zum Glühen zu bringen, aber nicht lange genug, um Sabetas Zorn abzukühlen.

Gain zog sich zu den Pferden zurück, wo die Köchin dabei war,

Kanor und der dritten Apprendi die Geschichte von Leka, der Unglücklichen, erzählte, die ihre Reise zu den Göttern nicht hatte antreten wollen, als es so weit war, und die deshalb bis heute in den Höhlen der Klippen umherirrte und traurige Lieder sang, um die Götter zu sich zu locken und doch noch mit ihnen gehen zu können.

Ira fügte sich schlecht in ihr Schicksal. Sie machte mehrere Versuche zu fliehen und jammerte und wimmerte in einem fort.

Gain hätte sich gerne darum gedrückt, der Prozedur beizuwohnen, um Ira nicht noch mehr Grund zu geben, ihn zu verabscheuen, aber Sabeta bestand auf seine Anwesenheit.

Ira hatte es aufgegeben, sich gegen die Hände zu wehren, die sie vor Sabeta auf die Knie drückten, aber ihre Wangen waren tränennass und in ihren Augen glitzerte ein irres Leuchten.

"Ich verbanne dich, Ira, aus der Familie der Hoven, aus dem Stamm der Dherask und aus allen anderen Stämmen. Ab heute gelten für dich weder Recht noch Schutz, wer immer dich für sich beansprucht, für den wirst du arbeiten."

Ira ließ ein wütendes Zischen hören.

Sabeta nickte Andra zu, die den Griff des Eisens hielt, das am anderen Ende in der Glut rot leuchtete. Es gab ein hässliches Zischen und es roch durchdringend nach verbranntem Fleisch, als sie Ira das heiße Eisen auf die Stirn drückte und ihr Oceannes Abbild einbrannte.

Gain betrachtete Sabetas Gesicht und ahnte, dass es hier um viel mehr ging, als Iras Befehlsverweigerungen. Irgendetwas war in der Vergangenheit vorgefallen und Sabeta schien diesen Augenblick nur zu nutzen, um etwas zu tun, was sie damals schon hätte tun müssen.

Ira schrie auf und Gain wandte den Blick ab. Sabeta hätte Ira einen Gefallen getan, wenn sie ihr den Kopf abgeschlagen hätte, dachte er. Nur ein Fürst konnte einen Menschen aus allen Stämmen verbannen, und in Gains Augen gab es kaum eine Strafe, die schlimmer war als der Verlust jeder eigenen Identität, jedes Rechtes und jedes Anspruches auf Schutz. Wer das Zeichen eines Gottes auf der Stirn trug, war vogelfrei für jeden anderen. Ira kippte zur Seite weg. Irgendeine gnädige Macht hatte sie ohnmächtig werden lassen. Gain warf einen Blick hinauf in den Himmel. Es dämmerte. Dichte Wolken jagten einander. Zwischen den Stämmen der Bäume kroch das Zwielicht empor.

"Wir sollten ein Lager aufschlagen", sagte Andra, den Griff des Eisens immer noch in der Hand, während sie ebenfalls hinauf in den Himmel schaute.

"Wir reiten weiter", sagte Sabeta, "wir haben schon viel zu viel Zeit verloren."

Ann

15. Die verlorenen Kinder

480 Winter n.T.

garlenische Zeit

Umland von LeeMat

LeeMat

Erster Sitz der Dherask

Ann rannte über das unebene Gelände. Sie liebte dieses Übungsspiel, das den Apprendi beibringen sollte, Spuren zu erkennen und sich möglichst lautlos anzuschleichen und sich zu verstecken. Die beiden Fischerkinder zogen sich meist irgendwohin zurück, aber Ann war einfach zum Leiter der Ausbildung gegangen und hatte frech behauptet, sie sei für die Zeit, die sie hier oben war, den Apprendi zugeteilt worden und dürfte bei der Ausbildung mitmachen. Da Sabeta Dherask fortgeritten war und weder Tristan noch Merie irgendwelche

Anweisungen die Kinder betreffend hinterlassen hatte, hatte Ann schließlich ein abgewetztes, aus grünen und grauen Dreiecken bestehendes Wams bekommen, und durfte sich unter den Apprendi aufhalten. Für Ann war es, als wären ihre Träume in Erfüllung gegangen, und sie verdrängte hartnäckig den Gedanken, dass sie irgendwann wieder in die Stadt zurückmusste und die Korbflechterfamilie sich vielleicht Sorgen machte oder sie eventuell gar nicht wieder aufnehmen würde.

Ann gehörte zu der Gruppe, die sich verstecken musste und aufgespürt werden sollte. Sie waren früh am Morgen aufgebrochen und zu einer großen Senke geritten, in der, geschützt von Wind und Wetter, zwischen großen Steinen Büsche und knorrige Bäume wuchsen.

Ann konnte nicht reiten, aber Lenos hatte ihr ein paar Tipps gegeben. "Stell dir einfach vor, du seist das Pferd", hatte er gesagt. "Tu, was du wollen würdest, was dein Reiter tut. Plumps ihm nicht in den Rücken und halt dich notfalls an der Mähne fest."

Ann war stolz auf sich, weil sie nicht runtergefallen war. Lenken konnte sie das Pferd zwar nicht, aber es war ohnehin willig den anderen gefolgt. Bevor ihre Übung gestartet hatte, hatten sie die Pferde versorgen müssen, und Ann hatte gelernt, dass es wichtig war, sie trinken zu lassen und dass Pferde nie lange ohne Futter sein durften. Sie legte all diese Informationen sorgsam und geordnet in ihrem Gedächtnis ab.

Ann legte sich auf den Bauch und kroch zwischen den dichten Ästen eines Busches hindurch, dann zwängte sie sich in eine Spalte zwischen der Erde und einem überstehenden Fels. So still wie möglich drückte sie sich auf den Boden und der Geruch nach Moos und Erde stieg ihr in die Nase. Leider dauerte es nicht besonders lange, bis sie gefunden wurde. Einer der etwas älteren

Apprendi kam zu ihr gekrochen, nur kurze Zeit nachdem der Ausbilder das Signal zum Suchen gegeben hatte. Zuerst schmollte Ann ein wenig, aber dann kroch sie aus ihrem Versteck und klopfte sich die Erde ab. Sie wollte es beim nächsten Mal besser machen.

"Was hat mich verraten?", fragte sie den Apprendi. Er hatte blasse Augen, ein großes Kinn und dunkle Haare, die er im Nacken zu einem Zopf zusammengefasst hatte.

"Wenn du's nicht selbst weißt, kann ich dir auch nicht helfen", sagte er. "Ich versteh eh nicht, was du hier machst, sie sollten einfach verbieten, Abschaum wie dich aufzunehmen und zu unterrichten."

Ann fühlte einen hilflosen Stich. Es war nicht das erste Mal, dass ihr Auftauchen Unmut mit sich gebracht hatte, aber bisher hatte noch niemand sie offen als Abschaum bezeichnet.

"Du bist nur sauer, weil ich dich gestern Morgen fast entwaffnet hätte", sagte sie wütend.

Der Junge drehte sich zu ihr um und schubste sie so fest gegen den Felsbrocken, dass Ann beinahe hinfiel.

"Dann versuch's doch jetzt noch Mal", sagte er, "ich hab dich nur die Oberhand bekommen lassen, weil du ganz neu bist und ich nicht wollte, dass du allzu dumm da stehst, wo du ja sonst nichts hinkriegst."

Ann wusste, dass er nichts dergleichen getan hatte und biss sich auf die Zunge, konnte aber die nächsten Worte trotzdem nicht daran hindern, aus ihr herauszusprudeln.

"Das kannst du ja Jarls das nächste Mal sagen, wenn er dich deswegen wieder einen Versager nennt!"

Der Junge schlug ihr mit einer Heftigkeit in den Magen, dass Ann kaum Zeit blieb, ihre Muskeln anzuspannen. Sie lehnte sich gegen den Stein und japste nach Luft. Kaum hatte sie wieder genug Luft in den Lungen, sprang sie auf den Jungen zu, stieß mit beiden Armen gegen ihn und zog ein Knie hoch, um es ihm gegen den Oberschenkel zu rammen. Der Junge packte in ihre Haare und riss sie mit sich zu Boden. Ann versuchte mit ihren Fäusten irgendeinen freien Teil seines Körpers zu erreichen, als plötzlich eine kräftige Hand sie am Wams packte und wieder auf die Füße zog.

"Was ist hier los?" Der Ausbilder stand urplötzlich neben ihnen, ein junger Mann mit einem runden Gesicht und einer sehr kleinen Nase, aber dafür dreimal so breiten Schultern wie Ann.

Ann starrte trotzig zu Boden.

"Sie hat mich angegriffen!", sagte der Junge aufgebracht und sprang auf die Beine.

"So hat sie das?", fragte der Ausbilder und ließ Ann los. "Und wie es aussieht, hat dich das kalt erwischt?", fragte er. Der Junge schwieg beleidigt und warf Ann unter halb geschlossenen Augenlidern einen warnenden Blick zu.

"Ann?", sagte der Ausbilder, "wirst du mir sagen, was das zu bedeuten hat?"

Ann biss sich auf die Lippe und schwieg. Sie wusste, wenn sie erzählen würde, was passiert war und warum sie den Jungen angegriffen hatte, würde es für sie nur noch schwerer werden.

Der Ausbilder blickte sie an und schüttelte den Kopf. "Ich bin enttäuscht von dir, Ann", sagte er dann. "Wenn eine wie du die Chance bekommt, bei den Apprendi zu sein, sollte sie sich anständiger verhalten und keine Prügeleien anfangen."

"Es wird nicht wieder vorkommen", sagte Ann schnell und der Junge warf ihr einen verschlagenen Blick zu, von dem Ann ganz bang wurde.

Der Ausbilder lächelte. "Vierzig Liegestützen und wir vergessen das Ganze", sagte er.

Der Junge lächelte boshaft.

"Für beide von euch!", sagte der Ausbilder und das Lächeln verschwand vom Gesicht des Jungen.

Ann ließ sich auf den Boden nieder, stemmte die Füße in den Boden und stützte sich auf die Arme. Es war eine unfaire Aufgabe, denn Anns Arme waren längst nicht so kräftig wie die des Jungen. Nach fünfzehn Liegestützen begannen ihre Muskeln zu brennen. Nach zwanzig war sie der festen Überzeugung nicht mehr weitermachen zu können. Sie verharrte für einen Moment mit gestreckten Armen. Weiter, sagte sie sich dann. Immer nur weiter und immer nur an die nächste Bewegung denken. Als sie bei fünfundzwanzig angekommen war, war der Junge fertig und wurde entlassen. Ann hörte ihn davon gehen, aber sie konzentrierte sich weiterhin mit aller Kraft darauf, dass ihre Arme nicht unter ihr nachgaben. Noch eine. Und noch eine. Dreißig. Ann verharrte wieder für einen Moment, dann machte sie weiter. Sie spürte den Blick des Ausbilders auf sich ruhen und wollte unter keinen Umständen vor seinen Augen zusammenbrechen. Ihre Arme zitterten, ihr Kopf wurde rot und heiß. Die Erde kam ihr entgegen, dann drückte sie sich wieder nach oben. Noch eine, dachte sie, noch eine. Mit zitternden Armen senkte sie ein letztes Mal ihren Oberkörper und drückte sich wieder hoch.

"Vierzig", sagte sie mit bebender Stimme. Zu gerne hätte sie sich einfach auf den Bauch fallen lassen, aber sie beherrschte sich. Stattdessen drückte sie sich rückwärts auf die Knie und stand auf. Der Ausbilder nickte ihr mit verschränkten Armen zu.

"Du machst es dir nicht einfacher, wenn du Ärger suchst", sagte er. "Es gibt genug, die der Meinung sind, du habest hier nichts zu suchen."

Ann nickte mit gesenktem Kopf.

Als der Ausbilder sich nicht von der Stelle rührte, hob sie den Kopf. Er sah nicht unfreundlich aus und Ann wagte, ihre Frage noch einmal zu stellen.

"Er hat mich ganz schnell gefunden", sagte sie. "Was hat mich verraten?"

Der Ausbilder öffnete die verschränkten Arme und er deutete auf eine Spur von Erdkrümeln und einen zerknickten Ast an dem Busch, unter dem Ann sich hindurchgewunden hatte.

"Ich nehme an, diese Details waren es", sagte er. "Wenn du dich verstecken willst, Ann, musst du dafür sorgen, dass auch dein Weg zum Versteck ein Geheimnis bleibt."

Ann nickte und prägte sich diese Information ein.

"Und jetzt komm", sagte der Ausbilder, "Zeit für eine Pause."

Sie kamen erst spät zurück auf die Hohe Klippe, was bedeutete, dass ein Teil von ihnen die Pferde zusammen mit den Stallhelfern versorgen und der andere Teil, ohne vorher selbst gegessen zu haben, die Platten mit Speisen in die Halle tragen musste. Ann wurde zusammen mit Lenos der zweiten Gruppe zugeordnet und sie war einigermaßen erleichtert darüber. Es war eine Sache, oben auf dem Pferd zu sitzen, aber es dazu zu bringen, ihr beim Führen zu folgen und stehen zu bleiben, wenn sie es wollte, eine andere.

Ann lief in die große Küche neben der Halle, das einzige Steingebäude auf der oberen Klippe. Drinnen war es kochend heiß. Die Köche und Lehrlinge liefen in einem für Ann nicht durchschaubaren Chaos durcheinander. Es roch nach Brot, Gemüse und angebratenem Speck. Anns Magen knurrte vernehmlich.

Sie stellte sich in die Reihe der Apprendi. Ein Lehrling mit Kopftuch und einem Gesicht voll Sommersprossen drückte ihr eine Platte mit Broten in die Hände und Ann machte, dass sie aus dem viel zu warmen Raum hinauskam. Über einen schmalen Trampelpfad, der seitlich zur Veranda der Halle führte, lief sie hinüber und betrat die Halle durch eine Seitentür. Die Tische waren bereits umgestellt und füllten sich mit Mitgliedern der Kriegerkaste. Ann lief als Erstes zu dem Tisch der blauen und dann zu dem der gelben Blume, bevor sie sich suchend nach dem oberen Tisch umsah. Merie saß als Sabetas Statthalterin auf ihrem Platz und auch Tristan war bereits anwesend. Ann machte sich auf den Weg zu den beiden, musste ihre Brote vor dem schwanzwedelnden Angriff des grauen Hundes retten und erreichte die Empore. Sie hatte gehofft, Tristan nicht von nahem zu begegnen, aber sie hätte nicht gewagt, erst einen anderen Tisch zu bedienen. Mit gesenktem Kopf trat sie hinter ihn, hielt ihm die Platte hin und hoffte, dass er sie nicht erkannte. Tristan nahm sich ein Brot von ihrer Platte und wendete sich gleich wieder ab. Erleichtert wollte Ann zu Merie weitergehen, da spürte sie, wie Tristan sie am Ärmel fasste und zurückhielt. Die Platte mit den Broten schwankte und eines rutschte zu Boden. Ann wollte sich bücken, um es aufzuheben.

"Lass es liegen", sagte Tristan, "kenne ich dich nicht?"

Ann blieb mit gesenktem Kopf stehen. Das letzte, was sie wollte, war eine Erinnerung daran, was sie, ihn und die schwarzhaarige Frau betreffend, gesehen oder nicht gesehen haben könnte.

"Ist dir das Körbeflechten schon langweilig geworden?", fragte Tristan. Ein Schreck durchfuhr Ann. Tristan sollte auf gar keinen Fall glauben, dass sie undankbar wäre.

"Nein, auf keinen Fall", sagte sie hastig, "es war der beste Ort, an den Ihr mich bringen konntet."

"Aber?", fragte Tristan und brach ein Stück Brot ab.

"Ich musste eine Nachricht hierher bringen, und wurde gebeten, zu bleiben." Das war nahe genug an der Wahrheit, um keine Lüge zu sein, fand Ann.

"Dann bist du das Mädchen, das die Fischerskinder hergebracht hat?"

Ann nickte.

"Ich bin mir nicht sicher, ob du der Stadt einen Gefallen getan hast", sagte Tristan, "der geschlossene Hafen schlägt ihnen auf das Gemüt. Ich musste heute die Wachen in den Straßen verdoppeln, und drei Nachtwachen wurden erstochen, wusstest du das? Meinst du, du hast sie mit deiner Nachricht umgebracht, Ann?"

Ann dachte fieberhaft nach. Hatte sie die Nachtwache umgebracht? Ihr Gefühl sagte Nein, aber Tristan hatte recht. Ohne ihre Nachricht würden sie noch leben. Aber es war schließlich nicht ihre Entscheidung gewesen, den Hafen zu schließen.

"Kommt darauf an", sagte sie, "wer der Mörder ist. Der, der die Menschen in Not bringt oder der, der die Not nicht aushält und mit dem Messer zusticht."

Tristan lachte leise. "Du solltest keine Körbe flechten, Mädchen", sagte er. "Bist du gut mit dem Schwert?"

Ann wurde rot. "Ich weiß nicht", sagte sie. "Jarls sagt, ich sei zumindest kein ganz hoffnungsloser Fall."

"Sagt er das, ja?" Tristan steckte sich ein Stück Brot in den Mund und kaute nachdenklich. Ann fragte sich, ob er sie vergessen hatte und ob es in Ordnung wäre, sich jetzt zurückzuziehen. Es gab so viele Regeln, die sie noch nicht verstand. Erst gestern hatte sie sich eine Tracht Prügel eingehandelt, weil sie sich vor dem Schmied nicht verbeugt hatte, dabei hatte sie nicht gewusst, dass man sich vor dem Schmied verbeugen musste.

Ann wollte sich gerade abwenden, da drehte Tristan sich wieder zu ihr um und musterte kauend ihre Erscheinung. Ann wurde nervös. Das Wams, das sie bekommen hatte, war abgewetzt, ihre Hose war die einzige, die sie besaß und Schuhe hatte sie gar keine. Tristan entließ sie mit einem Wink. "Geh", sagte er, "ich will dich nach dem Essen am Sandplatz sehen. Und bring Jarls und Hekla mit."

Ann nickte, fragte sich aber, wie bei allen Göttern sie um diese Zeit den Waffenmeister und die lehrende Schreiberin auftreiben sollte.

Ann hatte Glück. Hekla hielt sich im Lehrraum auf und brütete über einem alten Buch. Sie hatte ihre mit grauen Strähnen durchzogenen Haare nachlässig zu einem seitlichen Zopf gebunden und hatte einen Krug mit Bier neben dem Buch stehen - etwas, was einem Apprendi eine Strafarbeit eingebracht hätte. Kerzen erhellten die Seiten ihres Buches. Hekla hatte dicke Tränensäcke unter den Augen und sah deshalb immer ein wenig traurig aus, aber Ann mochte sie gerne.

Ann klopfte an den Rahmen der offenstehenden Tür. Hekla sah auf. Ein freundlicher Ausdruck erhellte ihr Gesicht, als sie Ann sah. Das Mädchen konnte zwar weder lesen noch schreiben, aber Hekla wusste ihre schnelle Auffassungsgabe zu schätzen und sah sie gern.

"Was bringt dich her?", fragte sie.

"Ich will nicht stören", sagte Ann.

"Und doch tust du es."

Anns Mut sank. Trotzdem ging sie einen Schritt in den Raum hinein.

"Tristan hat mir gesagt, ich solle nach dem Essen zum Sandplatz kommen und Jarls und Euch dorthin mitbringen."

Anns Magen knurrte laut in der Stille.

"Ich nehme an, nach seinem Essen, nicht nach deinem?", fragte Hekla amüsiert.

"Man lässt einen Fürsten nicht warten, oder?", erwiderte Ann.

Hekla stand auf. "Da hast du recht, Mädchen." Sie warf einen bedauernden Blick auf ihre Lektüre und kam zur Tür.

Jarls war zusammen mit seiner Frau und seinem kleinsten Sohn in seiner Hütte dicht hinter der Schmiede und kam ohne Umschweife mit Hekla und Ann mit, als er hörte, wer nach ihm schickte. Die Dämmerung zog auf und der Sandplatz lag im Zwielicht. Tristan lehnte schon am Holzzaun und blickte ihnen entgegen. Ann blieb etwas hinter den beiden Erwachsenen, die sich vor ihrem Fürsten verbeugten.

"Also dann", sagte Tristan zu Ann. "Lass sehen, was du mit dem Schwert taugst, während ich mich nach deinen Fortschritten beim Schreiben und Rechnen erkundige."

Anns Herz begann augenblicklich wie wild dumpf hinter ihrem Brustbein zu hämmern und ihr Mund wurde trocken. Wortlos nickte sie und folgte Jarls zur Waffenkammer, wo er ihr ein leichtes Übungsschwert mit einer dünnen Klinge heraussuchte.

Ann nahm es mit zitternder Hand entgegen. Der Waffenmeister mit seiner Narbe im Gesicht schüchterte sie ein, und nun sollte sie ausgerechnet mit ihm vor Tristans Augen kämpfen? Sie würde im Sand liegen, bevor sie überhaupt ihr Schwert erhoben hatte, er war ein Meister und sie eine blutige Anfängerin, gerade in der Lage, das richtige Standbein zu nutzen. Aber selbst diese Lektion wollte ihr plötzlich nicht mehr einfallen.

Jarls ging vor ihr in die Knie. "Jetzt schau doch nicht so, als würde ich dir gleich den Kopf abschlagen", sagte er brummig.

"Aber...", Ann zögerte. "Was soll das? Wenn er über mich lachen will, warum holt er dann keinen Apprendi, gegen den ich antreten soll?"

Jarls ließ ein dröhnendes Lachen hören. Ann fühlte sich verhöhnt.

"Du sollst doch gegen mich nicht antreten", sagte er dann. "Er will nur ein paar Übungen sehen. Mach es einfach genauso wie gestern Vormittag."

Ann nickte und fühlte sich etwas besser.

"Aber...warum?", fragte sie dann.

"Du weißt, dass eine Kriegerkaste bei mehreren Mitgliedern der Fürstenfamilie nur nach außen eine Einheit bildet?", fragte Jarls.

Ann schüttelte den Kopf. Jarls nahm ein schweres Schwert von der Wand und wog es in seinen kräftigen Händen.

"Die Mitglieder sind den einzelnen Fürsten zugeordnet", sagte er und scheuchte Ann nach draußen. "Natürlich steht der größte Teil hinter dem amtierenden Fürsten und folgt nach dessen Tod seinem Nachfolger, was bedeutet, dass Sabeta sich nie groß darum geschert hat, ihren eigenen Zweig innerhalb der Kriegerkaste zu bilden. Sie folgen ihr ohnehin. Hoister und Tristan dagegen suchen sich gerne mal Apprendi aus, die sie in ihren Zweig aufnehmen. Dieser Teil der Kriegerkaste folgt dem Fürsten, zu dem sie gehört. Heiratet er oder zieht in den Krieg, folgen sie ihm. Sein Befehl gilt für sie vor dem des amtierenden Fürsten. Verstanden?"

Ann nickte und folgte Jarls in der Dämmerung Richtung Sandplatz.

"Offiziell müssen sie den amtierenden Fürsten, also Morgan Dherask, oder seinen Nachfolger fragen, bevor sie einen Apprendi für sich beanspruchen können. Aber bei dir liegt der Fall anders."

Sie hatten den Holzzaun erreicht und Jarls stieg erstaunlich geschickt für einen so großen Mann zwischen den Latten hindurch. Ann kletterte hinterher.

"Warum?", fragte sie.

"Weil du keine echte Apprendi bist", sagte Jarls. "Mit anderen Worten: Du hast keine Verwandten, die sich beschweren, wenn dir nicht die Ehre zuteil wurde, wählen zu können."

Ann runzelte die Stirn.

Jarls lachte brummig. "Also Mädchen", sagte er, "das hier ist deine einmalige Chance, eine echte Apprendi zu werden. Versau sie dir nicht."

Ann versuchte den Gedanken zu verscheuchen, dass es nicht dasselbe sein würde, Tristans Apprendi zu sein, als zum Gros der Apprendi des amtierenden Fürsten zu gehören, denn Jarls hatte recht. Diese Chance, die ihr so unvermittelt gegeben wurde, war einmalig und vermutlich war so etwas seit Jahren nicht mehr vorgekommen. Sie versuchte nicht an Tristan zu denken, sondern an Lenos und die anderen, an das vollgestopfte Haus mit den vielen Strohlagern, das tägliche Training und die Möglichkeit, schreiben zu lernen.

Sie fasste den Griff des dünnen Schwertes fester. Sie würde niemanden enttäuschen und vor allem, erkannte sie plötzlich, wollte sie Jarls nicht enttäuschen, der sie während des Trainings trotz ihrer Herkunft und trotz ihrer fehlenden Schuhe nie anders behandelt hatte, als die anderen Apprendi. Auch wenn das vornehmlich bedeutete, dass er sie anschrie und ihr Schimpfwörter an den Kopf warf, wenn sie einen Fehler machte.

Aber an diesem Abend schrie Jarls sie nicht an. Er bezeichnete sie nur einmal als ungeschickte Kröte, als sie ihr Gewicht bei einer Übung nicht schnell genug verlagerte und Ann fand, das war ein ziemlich guter Schnitt. Jarls ließ sie den horizontalen Hau vorführen, den diagonal spaltenden von beiden Seiten, ließ sie schwertlos seiner eigenen Klinge ausweichen und verschiedene Blocks durchführen. Als endlich von der Umzäunung ein Pfiff erscholl, war Ann trotz der kühlen Abendluft unter ihrem Wams durchgeschwitzt. Sie wollte gleich zur Umzäunung laufen, aber Jarls legte ihr eine Hand auf die Schulter. Ann blickte zu ihm auf.

"Falls er dich aufnimmt, weißt du, was du tun musst?", fragte er.

Ann schüttelte den Kopf. Bestimmt gab es auch hier wieder irgendwelche Regeln, die alle kannten, nur sie nicht.

"Wenn er dich aufnehmen sollte, kniest du dich vor ihn hin. Auf beide Knie, nicht auf eines, eines würde man in diesem Fall als Aufmüpfigkeit und Beleidigung verstehen, verstanden?"

Ann nickte.

"Dann spricht er den Anfang des Kriegerschwures und du führst den Schwur fort."

"Den kann ich nicht!" Ann schüttelte Jarls Hand von ihrer Schulter.

"Ich glaube auch nicht, dass er das von dir erwartet. Im Zweifel helfe ich dir dabei."

"Und dann?" Ann setzte sich gemeinsam mit Jarls in Bewegung, um Tristan nicht länger warten zu lassen.

"Du bleibst auf den Knien, bis er dir befiehlt aufzustehen. Nicht vorher aufstehen, verstanden?"

Ann nickte.

"Dann wird er zu dir kommen und dich auf die Stirn küssen, danach ist es vorbei. Hast du dir alles gemerkt?"

Ann nickte, aber ihr Schritt fühlte sich merkwürdig bleiern an. Sie hatte so sehr gehofft, bleiben zu können, aber jetzt wusste sie plötzlich nicht mehr, ob sie es wollte. Es war ein schöner Traum gewesen, unerreichbar und deshalb schillernd. Wenn er Wirklichkeit werden würde, hätte er dann noch denselben Glanz?

Sie dachte an den kleinen Jungen der Korbflechter. Hatte sie ihn nicht als neuen Bruder haben wollen? War sie gerade im Begriff, ihn im Stich zu lassen, so wie sie es mit ihren anderen Brüdern getan hatte? Aber dann hatte Ann keine Zeit mehr zum Grübeln. Sie waren bei Tristan und Hekla angekommen. Tristan schlüpfte durch die Latten und stand plötzlich vor ihr.

Es war gerade noch hell genug, um seine Züge zu erkennen. Der traurige Schleier in seinen Augen war immer noch da. Auf einmal tat er Ann leid, eine völlig unpassende Gefühlsregung gegenüber einem Fürsten, fand sie.

"Knie nieder, Ann", sagte Tristan.

Ann senkte den Kopf und ließ sich auf beide Knie nieder. Es war ein komisches und ungewohntes Gefühl. Durch das Knien auf beiden Beinen war sie der Möglichkeit beraubt, sich schnell zu bewegen. Ann vermutete, dass genau dieses Gefühl von Ergebenheit gegenüber dem Fürsten vor ihr Sinn und Zweck dieser Haltung war.

"Ich gelobe, deinen Schutz zu gewährleisten, wohin du auch gehst.

Ich gelobe, dich niemals hungern oder frieren zu lassen.

Ich gelobe, dich nicht allein zu lassen, in der Not." Tristans Stimme klang fest und ehrlich. Ann hätte gerne geantwortet, aber sie wusste nicht was. Eine kleine Panik stieg in ihrem Inneren nach oben, aber schon hatte Jarls sich neben sie gekniet und flüsterte ihr die Worte vor, die Ann laut wiederholte.

"Ich gelobe, Euren Schutz mit Treue zu vergelten.

Ich gelobe, Euch und Euren Stamm zu verteidigen und nicht vor dem Feind zu fliehen.

Ich gelobe, Euch in Wahrheit ergeben zu sein.

Ich gelobe, vor Eurem Wort nur das der Götter gelten zu lassen."

Als sie geendet hatte, war es still. Der Wind kühlte Anns erhitzte Wangen und endlich schien sie wieder einen halbwegs klaren Gedanken fassen zu können. Sie war eine Apprendi. Der

Gedanke war zu unfassbar, um ihn begreifen zu können. Aus dem Nichts, aus einer armen Familie heraus, gebeutelt von einem schlimmen Winter und später von der See, mitten in einem Leben, dessen größter Höhepunkt es eigentlich gewesen wäre, ein Handwerk zu lernen und ein Kind zu gebären, war sie unvermittelt aufgestiegen in eine andere Welt. Ann vergaß die Zeit. Sie war alleine mit diesem unfassbaren Gedanken. Beinahe wäre sie aufgeschreckt, als Tristan nach einer Weile sagte: "Erheb dich."

Mit vom Knien steifen Beinen stand Ann auf. Tristan trat auf sie zu, nahm sie an beiden Schultern und beugte sich vor, um ihr den besiegelnden Kuss zu geben. Seine Lippen berührten ihre Stirn flüchtig. Als er sich von ihr zurückzog, erhaschte sie einen Blick auf seine Augen. In diesen Augen tat sich ein Abgrund auf. Ann schauderte leicht. Unter das Hochgefühl, das die Erfüllung ihres Traumes ihr beschere, mischte sich das dumpf pochende Gefühl, ihre Seele an jemanden verkauft zu haben, der sie nicht verdiente.

"Und jetzt", sagte Tristan und ein Lächeln erhellte sein Gesicht. Der Abgrund in seinen Augen verschwand und Ann fragte sich, ob sie ihn sich vielleicht nur eingebildet hatte. "Jetzt muss ich wohl meinem zweiten Schwur Folge leisten. Geh zu den Schneidern, Ann, und zum Schuster, lass dir eine einfache Hose und ein günstiges Paar Stiefel anfertigen und sag ihnen, ich übernehme die Rechnung."

Er streckte die Hand aus und fuhr ihr freundschaftlich über den Kopf. "Willkommen bei den Dherask", sagte er noch, dann verschwand er in der Dämmerung zwischen den Holzhütten und ließ Ann, sprachlos von der Ehrwürdigkeit dieses Momentes, zurück.

Die anderen Apprendi hatten natürlich längst gegessen, als Ann wieder oben ankam. Sie fühlte sich immer noch, als würde sie in einem Traum wandeln und könne jeden Augenblick aufwachen. Sie schlüpfte in die Küche hinein, und jetzt empfand sie die Wärme als angenehm. Eine Köchin wollte sie gleich wieder hinaus scheuchen.

"Ich habe noch nicht gegessen", sagte Ann.

"Wenn du nicht rechtzeitig da bist, bist du selber schuld", sagte die Köchin unwirsch. "Los, verschwinde."

Mit vor Hunger knurrendem Magen drehte Ann sich wieder um und wollte gehen. Sie fand, es war ein ziemlich unrühmliches Ende einer feierlichen Aufnahme in die Anwärterschaft der Kriegerkaste, mit leerem Magen ins Bett zu gehen, aber sie hatte Glück. Der sommersprossige Lehrling kam hinter ihr her und steckte ihr ein Brot, ein Stück Braten und einen Krug mit Wasser zu.

Er wurde leicht rot, als Ann sich bedankte und scheuchte sie schnell hinaus, bevor die Köchin sie bemerkte. Ann trug ihre Beute zum Rand der oberen Klippe, von wo aus man über das Meer blicken konnte. Der Horizont war schon nicht mehr zu erkennen, aber in der Bucht spiegelte sich das Mondlicht. Sie hätte hoch zum Haus gehen können, aber sie konnte sich nicht entscheiden, ob sie irgendwem von ihrem Aufstieg erzählen oder lieber warten wollte, bis es von selbst durchsickerte. Auch wusste sie nicht, ob sie schon heute Abend die unweigerlich kommenden Gehässigkeiten derjenigen ertragen konnte, die sie wieder in den Gassen von LeeMat sehen wollten. Lieber wollte sie diesen Abend alleine genießen.

Der Braten zerging Ann auf der Zunge und das Brot hatte eine herrlich knusprige Kruste. Nach einer Weile hörte sie Schritte hinter sich. Erschrocken drehte sie sich um, aber es war nur

Lenos. Lenos durfte diesen Moment mit ihr teilen, befand sie.

"Hier bist du", Lenos ließ sich neben ihr auf dem Fels nieder. "Ich dachte schon, du..."

"Was?", fragte Ann und bot ihm ein Stück Brot an. Lenos nahm es.

"Ich dachte, sie hätten dich zurückgeschickt."

"Im Gegenteil", sagte Ann, und da endlich, als sie es aussprach, strömte ihr ein Glücksgefühl in die Brust, das sie noch nicht gewagt hatte zuzulassen. Wie eine warme Sonne erwärmte es sie von innen. "Ich gehöre jetzt zu euch."

"Was?"

Ann genoss Lenos verwirrten Ausdruck. Aber dann dämmerte es ihm und sein Gesicht begann zu leuchten. "Sie haben dich aufgenommen? Wer? Wann? Wie?"

Ann lachte über seine Neugier. "Tristan", sagte sie. "Heute. Eben gerade am Sandplatz."

"Deswegen warst du nicht beim Essen!", sagte Lenos.

Ann nickte.

"Tristan, sagst du?", fragte Lenos nachdenklich, und Ann wandt sich etwas unbehaglich.

"Ja, ich weiß, es ist nicht ganz so, wie zu dem amtierenden Fürsten zu gehören."

"Ach was", sagte Lenos und lachte. "Apprendi ist Apprendi."

Ann war erleichtert, dass er es so sah. Sie wusste, nicht alle würden diese Meinung teilen, besonders, wenn es um einen Emporkömmling wie sie ging.

"Findest du auch, dass er manchmal traurig aussieht?" Die Frage rutschte Ann heraus, bevor sie sie aufhalten konnte. Schnell biss sie sich auf die Zunge.

"Ja", sagte Lenos. "Das ist er auch."

"Was?" Ann schaute ihn verdattert an. "Wieso?"

Lenos blickte sich rasch um, als wolle er sich vergewissern, dass sie alleine waren. "Man darf darüber nicht sprechen, niemand erwähnt es, aber alle wissen es."

"Wie können alle es wissen, wenn niemand es je erwähnt?", fragte Ann.

Lenos senkte die Stimme.

"Weißt du vom Kontrakt der verlorenen Kinder?", fragte er.

Ann nickte. Natürlich wusste sie davon. Jeder wusste davon.

"Die Fürsten haben an dieser Stelle... nun ja... einen sehr wunden Punkt. Sie sprechen nicht gerne darüber und man darf es in ihrer Gegenwart nie erwähnen."

"Warum?", fragte Ann. "Der Kontrakt sagte doch nur, dass ein paar von ihnen in den Süden gehen dürfen, um ein paar Jahre dort zu lernen. Und dann können sie zurückkommen."

"Nicht ganz", sagte Lenos immer noch halb flüsternd. "Die meisten sind nicht freiwillig gegangen. Sie waren ein Tribut, den die Fürsten an die Königin der Ronverjaren zahlen mussten, damit sie dem Frieden zugestimmt hat."

"Geiseln?", fragte Ann.

Lenos wand sich. "Ich würde sie nicht als Geiseln bezeichnen...", sagte er vorsichtig.

"Aber eigentlich sind sie es?"

"Die Königin hat jedenfalls nicht geglaubt, dass die Fürsten sich an den Frieden halten und dass sie nur warten würden, bis sie ihre Truppen abzieht, um wieder anzugreifen. Also wollte sie einen Pfand."

"Also doch Geiseln", sagte Ann.

"Tu mir den Gefallen und nenn' sie nicht so, wenn irgendwer anders zuhört", sagte Lenos.

"Wieso? Es redet doch ohnehin nie jemand darüber?", sagte Ann und grinste. "Ich verstehe aber nicht, was das mit Tristan zu tun hat."

"Jede Fürstenfamilie hat ein Pfand in den Süden gegeben", sagte Lenos.

"Es gab noch einen Dherask?", fragte Ann.

Lenos nickte. "Eine Schwester, Arma, die jüngste. Es heißt, Tristan habe an ihr gehangen und sie sehr geliebt. Sie hatte dasselbe rote Haar wie er, heißt es. Aber Sabetas Vertrag hat sie ihm entrissen. Sie wurde gezwungen zu gehen. Vermutlich geht es ihr gut im Süden, aber Tristan hat sie verloren."

Ann schwieg eine Weile.

"Können sie sich deshalb nicht leiden?", fragte sie dann. "Sabeta und Tristan, meine ich."

Lenos zuckte die Schultern. "Die einen sagen ja, die anderen sagen, sie waren schon vorher wie Hund und Katze. Ich weiß es nicht", gab er zu.

Ann dachte kurz nach. "Und die Fürsten haben dem Frieden getraut?", fragte sie dann. "Haben sie nicht auch einen Pfand verlangt?"

Lenos lachte leise. "Nein", sagte er, "aber die Fürsten ließen noch während der Friedensverhandlungen die Varender Wachtürme bauen. Weißt du, was sich dahinter befindet?"

Ann schüttelte den Kopf.

"Ein Labyrinth, in gerader Strecke einen halben Tagesritt lang, aus Gräben, Wällen und Steinmauern. Sollten die Ronverjaren jemals wieder in Garlenien einfallen wollen, müssten sie mit ihrer ganzen Streitmacht erst den Wriedor überqueren und dann durch das Labyrinth kommen, ohne aufgerieben zu werden. Ein unmögliches Unterfangen", sagte Lenos.

Auf einmal sprang Ann auf, streckte die Arme zur Seite aus und drehte sich im Kreis, dass ihre Haare flogen. Lachend sah sie die Hütten und das Meer um sich herum fliegen.

"Was machst du denn da?", fragte Lenos.

"Wenn ein Traum in Erfüllung geht", sagte Ann und ließ sich immer noch lachend und vom Drehen schwindelig unelegant wieder neben Lenos plumpsen, "dann muss man tanzen. Das hat meine Mutter gesagt."

Lenos lachte. "Na, dann pass nur auf, dass du vor lauter Glück nicht von der Klippe plumpst bei deiner Dreherei."

TRISTAN

16. Die Richtstätte

480 Winter n.T.

garlenische Zeit

LeeMat

Erster Sitz der Dherask

Die Wachen hatten ihn zur Salzsiederei gerufen, schon zum vierten Mal innerhalb weniger Tage. Tristan fühlte sich bleischwer, als er über die Sandwege ritt. Dabei hatte er festgestellt, dass er ohne Sabeta und Hoister im Nacken sich auf einmal zu Fähigkeiten aufschwang, die er sich selbst nicht zugetraut hätte. Noch vor nicht langer Zeit hatte er sich selbst für unfähig gehalten, Recht zu sprechen. Jetzt tat er es fast täglich, weil dieser Tage fast täglich jemand über die Stränge schlug. Er kannte die Gesetze nicht gut, noch dazu gab es mehr ungeschriebene als geschriebene, aber dafür hatte er Foklar, der hinter ihm auf einem Pony ritt, das zu klein für ihn war.

"Ich setze mich nicht auf so ein Schlachtross", hatte Foklar beteuert, als der Stallmeister ihm ein Reitpferd gebracht hatte. "Ich brech mir das Genick!" Also hatte er ein Pony bekommen und störte sich nicht an dem Gelächter hinter seinem Rücken.

Die Sonne schien von einem wolkenlosen Frühlingshimmel und ließ Foklars kahlen Kopf glänzen. Eine Croyant am Wegesrand nickte ihnen zu und Tristan erwiderte den Gruß. Er war mehr als froh, dass einige der Croyant geblieben und immer noch in der Stadt waren. Er wusste, ohne ihre Anwesenheit wäre alles noch schlimmer.

Das unüberschaubare Gewirr der Salzhallen und kleinen und großen Siedereien war ein reines Labyrinth und damit ein Schlupfwinkel für Diebe und Messerstecher. Einige der alten Siedereien waren baufällig und standen leer, Heimatlose suchten hier ihren Unterschlupf. Die Sieder waren im Winter mit einem Antrag in die Halle gekommen, die alten Hütten abzureißen, aber bisher war nichts passiert. Tristan wusste nicht, ob Sabeta dem Antrag Folge zu leisten gedachte und was Morgan dazu gesagt hatte. Vermutlich interessierte es Sabeta nicht, wie so vieles, was direkt vor ihrer Nase passierte. Ihr Interesse galt den Grenzen, der Eroberung und dem Neuaufbau, nicht dem Halten dessen, was schon da war.

An der Ecke eines Salzlagers wartete eine Wache auf ihn.

"Ich fürchte, Ihr müsst Euer Pferd hierlassen", sagte sie, "der Weg zu der Hütte, wo das Opfer liegt, ist zugewachsen."

Tristan nickte dem Mann zu und sprang vom Rücken seines Pferdes. Foklar kletterte umständlich von seinem Pony und sah einigermaßen erleichtert aus, wieder festen Boden unter den Füßen zu haben. Er klemmte sich sein Buch und sein Schreibzeug unter den Arm und sah auf einmal respekteinflößend aus, ganz anders als der kahlköpfige Mann, der eben noch auf einem zu kleinen Pony gesessen hatte.

Die Wache suchte einen Jungen, der für eine halbe Münze auf die Pferde aufpasste und lief Tristan dann voraus in ein Gewirr aus Trampelpfaden und zugewucherten Wegen. Sie ließen den belebten Teil des Siederviertels hinter sich. Hütten mit eingebrochenen Dächern und morschen Balken säumten einen zugewachsenen Weg. Tristan glaubte einen Schatten zu sehen, der ihnen folgte und legte die Hand an den Knauf seines Schwertes, aber niemand störte sie. Bei einer Hütte, die nur noch zu stehen schien, weil sie sich an der Nachbarhütte anlehnen konnte, und an deren Wänden Kletterdisteln emporrankten, blieb die Wache stehen.

"Es ist kein schöner Anblick", sagte sie warnend zu Tristan.

"Ich habe einen starken Magen", versicherte Tristan und trat hinter der Wache in die Hütte.

Tristan hatte einen starken Magen, aber Foklar nicht. Kaum hatte er die Hütte betreten und einen Blick auf das Gesicht des Opfers geworfen, hastete er wieder hinaus und Tristan hörte, wie er sich ins Gebüsch übergab.

Tristan versuchte so wenig wie möglich zu atmen und blickte sich um. Langsam gewöhnten seine Augen sich an die Dämmerung.

Viel war von dem Opfer nicht zu sehen. Jemand hatte ihn mit einer geflochtenen Decke aus Seegras zugedeckt, durch die Blut sickerte. Sein Gesicht war jung, er war sicher vier Winter jünger als Tristan. Jemand hatte ihm die Lippen abgeschnitten und sein Atem ging keuchend.

"Es ist ein Wunder, das er noch lebt und uns sagen konnte, was passiert ist", sagte die Wache.

Tristan trat auf den Jungen zu und ging neben ihm auf die Knie.

"Ich würde Euch raten, nicht die Decke hochzunehmen", sagte die Wache.

Tristan fasste nach der Decke und hob sie hoch. Von dem Anblick wurde selbst ihm übel und er legte sie rasch wieder nieder.

"Weiß man, wer es war? Und habt ihr den Täter?", fragte er.

Die Wache bejahte beides.

"Und weiß man, warum?", fragte Tristan.

Die Wache schüttelte den Kopf.

"Bring mich zum Täter", sagte Tristan. "Und erlös ihn endlich."

Er stand auf und ging nach draußen, wo Foklar ihn mit blassem Gesicht und Schweiß auf der Glatze erwartete.

"Es ist ungewöhnlich, dass sie Euch geholt haben", bemerkte Foklar.

"Ich denke bei Totschlag ist die Gerichtsbarkeit der Viertel nicht mehr zuständig."

"Ja, aber die Salzsieder sind ein ganz eigenes Volk", sagte Foklar, "und streng genommen ist er nicht tot."

"Jetzt schon", sagte Tristan.

"An den Verletzungen gestorben?", fragte Foklar.

"Wenn du juristische Spitzfindigkeiten austauschen willst, halt dich an meinen Vater. Und ich rate dir, ihn als an den Verletzungen gestorben zu betrachten, es sei denn, du möchtest meine Wache anklagen."

Foklar schwieg.

Die Wache trat hinter ihnen aus der Hütte. "Hier entlang", sagte sie und lief ihnen voraus. Der zugewachsene Weg wurde wieder breiter, bis sie im geschäftigen Teil des Viertels angekommen waren. Die Wache führte sie bis zu einer der großen Salzhallen. Sie stieß die Tür auf und trat ein. Das Stimmengewirr verstummte, die Arbeiter in der Halle hielten in ihrer Arbeit inne.

Sie waren gerade dabei, mit Schaufeln das Salz umzuschichten. Die Eigentümerin der Halle kam ihnen durch die weißen Berge rechts und links von ihr entgegen. Sie war breit wie ein Fass und schnaufte beim Laufen wie ein Walross.

"Lasst euch nicht stören", sagte Tristan, während die Frau in eine tiefe Verbeugung sank, aus der sie kaum in der Lage war, sich wieder zu erheben.

"Sie ist im Nebenraum zum Kontor, wir haben es früher als Siederei genutzt, aber wir sieden hier nicht mehr selbst." Die Frau machte eine vage Geste zu den Umschichtern, die ihre Arbeit wieder aufnahmen.

Während Tristan der Wache folgte, lief die Frau neben ihm her.

"Bitte, ich kann mir nicht vorstellen, dass sie es wirklich war, sie ist eine gute Arbeiterin, ihre Schwester würde Euch bestätigen, dass sie nie zu so etwas fähig wäre, nur leider ist die Schwester verschwunden, ich weiß wirklich nicht, warum man sie verhaftet hat, Fürst, und..."

"Die Meinung der Schwester interessiert mich nicht", sagte Tristan, der die Frau auf die Nerven zu gehen begann.

Die Frau schwieg. Sie öffnete ihnen die Tür zu einem kleinen Raum, der bis auf eine verwaiste Siedepfanne in der Mitte leer war. Durch ein Fenster fiel Licht herein. Eine Frau war mit einer eisernen Handfessel an einen der Träger der Siedepfanne gekettet. Ihr Haar war schwarz, ihre Augen groß und dunkel. Ihr weites Hemd fiel über ihre Brust und war über und über mit Blutspritzern bedeckt. Es war Motega.

Tristan glaubte, das Herz müsste ihm stehen bleiben. Für einen kurzen Moment war er unfähig, sich zu rühren oder einen Befehl zu geben.

"Mein Fürst?", fragte Foklar schließlich sanft, "sollen wir sie befragen?"

"Raus", sagte Tristan tonlos. "Ihr alle. Lasst uns alleine."

Foklar deutete eine Verbeugung an und verschwand wortlos mit der Wache nach draußen, obwohl es das erste Mal war, dass Tristan eine Befragung nicht ihm überließ.

Foklar war geschickt darin, die Wahrheit aus den Menschen herauszubekommen, die Leute wollten mit ihm reden. Er war zugleich sanft und bestimmt und setzte selten auf Druck.

Tristan war sich nicht sicher, ob er das genauso handhaben konnte.

Die Tür fiel hinter ihm zu. Motega hob den Kopf.

"Ich hatte gehofft, dass du kommst", sagte sie lächelnd.

"Du hast einen Jungen ermordet", sagte Tristan.

"Ist er tot?"

"Ja."

"Gut", sagte Motega.

"Warst du es?", fragte Tristan.

"Ja", sagte Motega.

Tristan glaubte, der Boden müsse unter ihm nachgeben. Vorsichtshalber lehnte er sich gegen die Wand.

"Und wirst du mir erklären, warum du es getan hast?", fragte er.

Motega drehte sich zu ihm um. Ihre Brust hob und senkte sich unter ihrem Hemd und Tristan musste sich zurückhalten, nicht zu ihr zu gehen und sie zu berühren.

"Sagen dir die Schakale etwas?", fragte sie.

"Ich habe mehr Zeit in den Gassen von LeeMat als oben auf der Klippe verbracht, also was soll die Frage?"

"Er war einer von ihnen."

Tristan schwieg. Die Schakale waren eine organisierte Diebesbande, roh, gewaltbereit und nicht zu fassen. Hatte man einen oder mehrere von ihnen ergriffen, gruppierte sich der Rest an einer anderen Stelle der Stadt neu.

"Und?", fragte Tristan als Motega nicht weitersprach.

"Meine Cousine und mein Cousin kamen vor einiger Zeit vom Tölpelmarkt zurück, jeder ein Stück blaues Seidenband in der Hand. Sie sagten, Gain von den Mannalen hätte es ihnen geschenkt, aber natürlich haben sie es gestohlen."

"Da wäre ich mir nicht so sicher", sagte Tristan. Langsam ließ er sich an der Wand heruntergleiten. Motega rutschte ein Stück näher heran. Sie beugte sich vor, so dass das Hemd herunterhing und er durch den Ausschnitt einen Blick auf ihre Brüste werfen konnte. Eine völlig unpassende Regung seines Gliedes war die Folge.

"Vor ein paar Tagen sind die beiden verschwunden."

In seinem Kopf zählte Tristan eins und eins zusammen. Gain hatte erstaunlich schnell das Vertrauen von zwei Fischerkindern erlangt, die daraufhin zu ihnen gekommen und die Geschichte erzählt hatten, die zur Schließung des Hafens geführt hatten. Offenbar hatte das Geschenk eines Seidenbandes dabei eine Rolle gespielt.

"Seit der Hafen zu ist, werden die Schakale lauter, und es werden mehr", sagte Motega etwas unzusammenhängend. Sie kam näher zu ihm. Die Kette reichte gerade so weit, dass sie dicht an ihn herankommen konnte. Er roch ihre Haut und ihr Haar. Die Vertrautheit des Geruches, der sich mit dem süßlichen Blutgeruch von ihrem Hemd mischte, schnürte Tristan den Atem ab.

"Die Menschen haben keinen Lebenszweck mehr, Tristan. Ihr Fürsten glaubt vielleicht, ihr hättet jedes Recht, mit uns zu machen, was ihr wollt, aber ich sage dir, die Straßen von LeeMat sind seit der Schließung nicht mehr sicher. Wissen die Götter, was ihr damit bezweckt habt. Vielleicht wollt ihr uns aushungern, um uns dann zu sagen, nur ein neuer Krieg wäre die Lösung. All diejenigen, die jetzt nichts mehr haben, würden freudig einem Aufruf zu den Waffen folgen, nur um etwas zu tun zu haben und dieser furchtbaren Leere des Nichtstuns zu entgehen." Motega lachte bitter. "Obwohl sie wissen, dass sie vermutlich nicht wiederkommen. Aber das kümmert von euch ja niemanden."

"Pass lieber auf, was du sagst", sagte Tristan warnend.

Motega lachte wieder. Es klang freudlos.

"Vor dir? Vor dir brauche ich kein Blatt vor den Mund zu nehmen, weil du mich liebst."

"Das tue ich nicht", widersprach Tristan, "wie oft musst du es noch hören? Ich habe ein kaltes Herz. Ich liebe nicht mal meine Geschwister oder meinen Vater. Wenn sie morgen über eine Klippe stürzen würden, wäre es mir gleich."

Motega lachte gehässig und schüttelte den Kopf. "Nein", sagte sie, streckte die Hand aus und legte sie auf seine Brust. "Du liebst mich, du musst es nur zulassen."

Ihr Blick wanderte zu seinem Schritt und das Ziehen von dort raubte Tristan beinahe den Verstand.

"Du verwechselst Lust mit Liebe", sagte er, packte ihr Haare und zwang ihren Kopf ein Stück von sich weg.

"Gewalt steht dir nicht", sagte sie, "Lass mich los."

Tristan lockerte seinen Griff.

"Vor dem Ende", sagte sie, "wirst du feststellen, dass du doch lieben kannst."

"Mag sein", sagte Tristan, obwohl er nicht daran glaubte, "aber nicht dich."

Ein wütendes Funkeln schlich sich in ihre Augen. "Es gab jemanden, den du geliebt hast", sagte sie bösartig. "Ich hab euch mal gesehen, oben am Sandplatz, meine Mutter hat mir erlaubt, euch zuzusehen. Du warst noch jung, ein Kind, und sie auch. Sie hatte dein rotes Haar. Ihr wart vielleicht nicht ganz so eins wie

Hoister und Sabeta, aber sag mir nicht, du hättest sie nicht..."

Tristan holte aus und stieß Motega so heftig zur Seite, dass sie auf den Bauch fiel. Mit einer Hand packte er ihren Unterarm und verdrehte ihn auf ihrem Rücken. Die Kette rasselte leise.

"Und?", fragte er, "Wie steht mir Gewalt jetzt? Sprich noch einmal von Arma und ich schwöre, ich vollstrecke dein Urteil, ohne dich zu Ende angehört zu haben."

Er schwang ein Bein über ihren Rücken und setzte sich auf sie.

"Also?", fragte er. "Wie hast du es gemacht?"

"Es war nicht schwer", sagte sie. "Ich habe ihm gesagt, wir spielen ein Spiel." Ihre freie Hand wanderte hinter ihrem Rücken seinen Oberschenkel hinauf und suchte sein Glied. Als sie es erreicht hatte, stöhnte Tristan auf. "Ihr Männer lasst euch an den Eiern führen."

Sie schrie leise auf, weil Tristan ihren Arm nach oben ruckte und ihre freie Hand rutschte zurück.

"Ich hab' ihn festgebunden", sagte sie. "Und dann war es ganz leicht. Während er dachte, dass ich irgendetwas Geheimnisvolles mit ihm tun würde, habe ich ihn aufgeschlitzt." Sie lachte. "Du hättest sein Gesicht sehen sollen, als er erkannt hat, dass er in der Falle saß."

"Das erklärt allerdings noch nicht, warum du es getan hast", sagte Tristan, beugte sich nach vorne zu ihrem Nacken und sog den Duft ein, den sie verströmte.

"Er hat damit geprahlt, den Kindern die Seidenbänder abgenommen zu haben. Er hätte sie damit erwürgt. Und sie dann zerhackt und den Haien vorgeworfen. Er war ein echter Schakal. Sie prahlen gerne vor den Angehörigen, um zu beweisen, dass niemand ihnen etwas anhaben kann, weißt du? Weil sie wissen, dass niemand sich traut, sie anzuklagen. Weder vor dem Gericht des Viertels, noch vor den Fürsten."

"Und das hast du geglaubt?", fragte Tristan.

"Warum hätte er lügen sollen?", fragte Motega.

"Vielleicht um sich wichtig zu machen?", schlug Tristan vor, schwang sein Bein von ihr herunter und gab sie frei.

"Ich kenne mich in unserem dichten Wald aus Gesetzen und Regeln nicht ganz aus", sagte Tristan, "aber selbst ich weiß, dass auf das, was du getan hast, der Tod steht. Wäre es ein fairer Kampf gewesen und ihr hättet euch beide frei gegenübergestanden, wäre es etwas anderes."

Motega richtete sich mühsam auf und lachte wieder. "Fair?", fragte sie. "Ein Schakal gegen mich? Ich bin Siederin, Tristan, keine Kämpferin."

"Du hättest gleich zu mir kommen sollen, Motega."

"Ihr Fürsten tut doch nichts gegen die Schakale. Ihr habt genauso Angst vor ihnen wie der Rest der Stadt."

"Ist es das, was du glaubst?", fragte Tristan ungehalten.

"Alle glauben es", sagte Motega mit einem gehässigen Unterton. "Und du Tristan, was tust du schon? Treibst dich rum und vögelst eine Siederin. Wann hast du je Verantwortung für irgendwas übernommen?"

Tristan stand auf. "Ich werde mich mit Foklar beraten", sagte er.

"Und du wirst mich begnadigen", Motega stand ebenfalls auf. "Du wirst mich für eine Weile in die seufzende Höhle schicken, damit ich sicher bin, vor der Rache der Schakale."

"Warum sollte ich das tun?", fragte Tristan.

"Weil du weißt, dass ich im Recht war. Jeder, der gegen die Schakale vorgeht, ist im Recht. Und aus demselben Grund, aus dem du immer wieder in die Höhle kommst, obwohl du behauptest, nichts für mich zu empfinden", sagte sie.

"Du bist besessen", sagte Tristan.

"Vielleicht", sagte sie und trat vor. "Besessen von dir." Sie hob den Kopf und küsste ihn auf den Mund.

"Ihr könntet sie begnadigen", sagte Foklar und strich sich über den kahlen Kopf. Tristan und er hatten sich in das Kontor der Salzhalle zurückgezogen. Die Eigentümerin der Halle hatte rasch ihr Schreibzeug zur Seite geräumt und ihnen den Tisch frei gemacht.

Foklar hatte sein eigenes Schreibzeug ausgebreitet und Tristans Bericht über Motegas Aussagen schriftlich festgehalten. Tristan argwöhnte, dass Foklar sehr genau wusste, dass er einen Teil seines Gespräches mit Motega verschwiegen hatte, aber der Rechtsgelehrte sagte nichts dazu.

Tristan stand auf und ging zu einem Regalfach, in dem eine große Waage stand. Nachdenklich nahm er ein leichtes Eisengewicht aus dem Fach darunter und betrachtete es.

"Wenn es wirklich so war, dass er sie gereizt hat, könnte man das zu ihren Gunsten auslegen und eine Begnadigung wäre nachvollziehbar." Foklar legte seine Feder beiseite.

"Was passiert, wenn ich es nicht tue?", fragte Tristan.

Foklar sah ihn nachdenklich an. "Dann wird sie zur Richtstätte gebracht."

"Da wird sie ohnehin hingebracht", sagte Tristan ungeduldig, "ich kann sie nur an der Richtstelle begnadigen, nicht vorher."

"Ihr würdet das Urteil sprechen und sie von der Klippe stoßen", sagte Foklar ungerührt. "Ihr könntet auch eine Wache das Urteil ausführen lassen, wenn es Euch unangenehm ist."

"Hältst du mich für einen Feigling, wie Sabeta es tut?", fragte Tristan unfreundlich.

"Nein", sagte Foklar und beugte sich vor. "Wollt Ihr meinen Rat hören, Fürst?", fragte er.

Tristan nickte.

"Begnadigt sie", sagte Foklar.

Tristan schwieg.

"Wenn ihr das Urteil vollstreckt, werden die Leute glauben, ihr stündet auf der Seite der Schakale. Aufruhr unter den Städtern könnte die Folge sein."

"Sie sagte, die Leute ertragen das Nichtstun nicht, und deshalb werden die Schakale mehr", sagte Tristan. "Die Fischer sind alle arbeitslos, die Händler, die Träger, die Verkäufer und Einkäufer. Und sie hungern."

"Und da hat sie recht", sagte Foklar.

"Wir sollten ihnen etwas zu tun geben, womit sie ihr Brot verdienen", sagte Tristan.

Foklar lächelte, und in seinem Blick lag so etwas wie Stolz. Tristan ließ dieses ungewohnte Gefühl in sich hinein sickern. Niemand hatte ihn je mit Stolz angesehen.

"Ein guter Gedanke", sagte Foklar. "Weiter. Womit könnte man sie beschäftigen?"

Tristan dachte nach. "Das Siederviertel", sagte er, "ist deswegen Herberge so vieler Diebstähle, Prügeleien und Messerstechereien, weil viele Hütten baufällig sind und leer stehen und ganze Teile davon mehr oder weniger unzugänglich sind. Wir lassen sie abreißen. Im Ubronenland gibt es Wald, viel Wald. Wozu hält meine Schwester das verdammte Gebiet besetzt, wenn wir es nicht nutzen? Wir schicken die Fischer zusammen mit Holzfällern dorthin, sie sollen lernen, wie man Bäume fällt. Wir lassen das Holz hertransportieren und bauen neue Hütten. Wir machen aus dem baufälligen Teil des Siederviertels ein Wohnviertel."

Jetzt war der Stolz in Foklars Augen nicht mehr zu übersehen und Tristan spürte, wie er rot wurde. Er setzte das Eisengewicht wieder ab.

"Haben wir das Geld dafür?", fragte Tristan.

"Ich spreche mit dem Schatzmeister", sagte Foklar. "Und nun zurück zu der Frau."

Tristans Muskeln spannten sich an. Er wollte nicht mehr über Motega nachdenken und nicht über ihre ätzende Gewissheit über sein angeblich liebendes Herz. Nicht heute und nicht morgen und nicht an irgendeinem anderen Tag. Sie war besessen und gleichzeitig scharfsinnig, was seine Gefühlswelt anging, und Tristan hasste sie dafür.

Tristan stürzte sich in sein Vorhaben, das Siederviertel wieder aufzubauen, so dass am vierten Tag die ersten Ausrufer in die Stadt geschickt wurden und die durch die Hafenschließung arbeitslos Gewordenen dazu aufrief, ins Ubronenland zu ziehen. Vier Tage, in denen er kaum schlief und wenig aß und sich mit einer Verbissenheit an seine Aufgabe klammerte, die ihm wenig Raum zum Nachdenken ließ. Zum Nachdenken über andere Dinge. Zum Nachdenken über die Magischen. Zum Nachdenken über Motega.

Am Abend klopfte es an die Tür des Dherasker Hauses. Tristan saß im Schein der Kerzen über einer Kalkulation, die die Transportkosten des Holzes berechnete, aber die Zahlen verschwammen vor seinen Augen. Müde rieb er sich die Stirn.

"Herein", rief er.

Die Tür öffnete sich und die Wachen ließen Foklar herein. Der Saum seines braunen, langen Gewandes schleifte fast über den Boden. Die rautenförmigen Stickereien darauf waren im Kerzenlicht kaum zu erkennen. Für jeden Stamm eine, für jeden Gott eine. Tristan wusste, Foklar war einer der wenigen Rechtsgelehrten, der auf seiner Wanderschaft wirklich alle Stämme besucht und ihre Sitten, Gebräuche und Gesetze studiert hatte, und das machte ihn so wertvoll.

Das Kerzenlicht erhellte Foklars gutmütiges Gesicht. Er kam zum Tisch und warf einen Blick auf die Kalkulation, bevor er Tristans müde Augen musterte.

"Wann habt Ihr zuletzt geschlafen, Fürst Tristan?", fragte Foklar.

Tristan lehnte sich zurück. "Letzte Nacht", sagte er.

"Wie lange?", fragte Foklar.

"Von der Morgendämmerung bis zum Morgengrauen", sagte Tristan wahrheitsgemäß.

"Ihr solltet morgen ausgeschlafen sein", sagte Foklar nachdrücklich.

Tristan dachte an das, was ihn morgen erwartete, an die Begnadigung, die er aussprechen musste. All die widersprüchlichen Gefühle, die er mit der Arbeit von sich hatte fernhalten wollen, rollten auf einmal über ihn hinweg. Es fiel ihm schwer nachzuspüren, was er eigentlich empfand. Angst? Zorn? Ein dumpfes Grauen vor dem Moment auf der Richtstätte an der Klippe? Abscheu vor Motegas liebendem und leicht überheblichen Blick?

"Du hast recht", Tristan erhob sich und wollte die Kalkulationen und Abrechnungen zur Seite räumen.

"Lasst nur", sagte Foklar, "ich mache das für Euch."

Tristan nickte, nahm einen Kerzenleuchter und ging zu einem der schweren Vorhänge an der hinteren Wand des Raumes, neben einem Wandteppich, der Gull, den rabenbefiederten Adler, und Manach, den bärenfelligen Wolf zeigten, wie sie über den Himmel jagten. Tristan hob den schweren Vorhang und trat in das angrenzende Zimmer.

Der Raum war schlicht und fürchterlich unordentlich. Wenn einer seiner Apprendi hier nicht ab und zu für Ordnung sorgen würde, dachte Tristan, würde ich morgen nicht mal das Hemd finden, das ich heute ausgezogen habe. Heute hatten sie nicht aufgeräumt. Tristan hatte ihnen verboten, ihn zu stören. Es war nur jemand da gewesen, um eine Eisenschale mit leuchtender Glut in das Zimmer zu stellen, damit es warm wurde.

Tristan zog sich Tunika und Hemd über den Kopf und ließ beides auf den Boden fallen. Er legte sich rücklings auf das Bett und starrte an die Decke. Er hatte gedacht, dass er an diesem Abend nicht würde einschlafen können, aber er musste recht schnell in Schlaf gefallen sein, denn ein zaghaftes Klopfen an der Tür weckte ihn aus einem tiefen Traum.

Tristan blinzelte verschlafen. Aus den Tiefen seiner Träume in die Realität zurückzukommen, fiel ihm immer schwer. Durch die Ritzen der Läden sickerte gedämpftes Sonnenlicht.

"Herein", sagte er verschlafen und setzte sich auf.

Einer seiner Apprendi betrat mit einem großen Krug in der Hand den Raum und neigte seinen braunen Strubbelkopf. Liut war sein Name, erinnerte Tristan sich. Er hatte ihn vorletzten Sommer für sich beansprucht, als er gesehen hatte, wie der ansonsten etwas dümmliche Junge mit einem Dolch und kleinen, unauffälligen Messern umgehen konnte.

"Seid Ihr so weit, mein Fürst?", fragte Liut. "Die Prozession ist vorbereitet."

Nein, wäre die ehrliche Antwort gewesen, aber stattdessen nickte Tristan. "Ich komme", sagte er.

Der Apprendi betrat den Raum und füllte aus einem Krug warmes Wasser in Tristans Waschschüssel. Dann blickte er sich unschlüssig um, als frage er sich, ob er etwas von dem Chaos beseitigen sollte, das Tristan in den letzten Tagen hier hinterlassen hatte.

"Scher dich raus", knurrte Tristan und Liut verschwand so schnell er konnte. Tristan vermutete, dass seine Launen bei den

Apprendi berüchtigt waren und sie sich lieber schnell aus seiner Reichweite brachten, wenn er die kleinste Andeutung eines herben Tons machte.

Als Tristan nach draußen in den kühlen Morgen trat, empfing die Prozession ihn direkt vor seinem Haus. Drei Rechtsgelehrte, unter ihnen Foklar, fünf Wachen und eine kleine Schar Neugieriger standen vor seinem Haus und warteten auf ihn. Sie hatten sein Pferd mitgebracht, und Tristan schwang sich ohne einen Gruß auf dessen Rücken.

Motega selbst würde von den Wächtern der seufzenden Höhle direkt zur Richtstätte gebracht werden.

Sie mussten einmal durch ganz LeeMat und durch Pecheur reiten, bevor sie die Richtstätte erreichten, die ein gutes Stück hinter dem "Tanzenden Delphin" lag.

Unterwegs schlossen sich ihnen weitere Schaulustige an. Tristans Herz sank immer weiter, je näher sie der Richtstätte kamen. Ein dumpfer Nebel schien sein Gehirn zu füllen und ihn davon abzuhalten, einen klaren Gedanken fassen zu können.

Der Zaun um die Richtstätte mit seinen v-förmig genagelten Brettern kam ihm schneller näher, als ihm lieb war. Sie ließen den "Tanzenden Delphin" hinter sich, aus dessen Fenstern Gelächter drang. Tristan wünschte, er könnte jetzt dort sein.

Von der oberen Querstrebe des hölzernen Tores im Zaun der Richtstätte hingen schwarze Stoffbänder herunter, die im Wind flatterten. Tristan ritt unter den Bändern hindurch, eines für jeden Verurteilten, der hier sein Leben gelassen hatte. Hier hinein folgten ihm nur die Rechtsgelehrten und die Wachen. Alle anderen verteilten sich außen am Zaun.

Motega war schon da. Zwischen den Wächtern stand sie aufrecht, mit einem Lächeln im Gesicht, das Tristans Wut anstachelte. Ihr schwarzes Haar wehte um ihr Gesicht. Sie sah würdevoll aus, beinahe wie eine Königin, für die sie sich vermutlich auch hielt, dachte Tristan. Weil sie glaubte, einen der Fürsten fest an ihrer Seite zu haben.

Während Foklar den Tathergang den Umstehenden verkündete, brachten die Wächter Motega an den Rand der Klippe. Mit dem Rücken zum Meer und mit gebundenen Händen stand sie dort und sah Tristan entgegen.

Bilder zogen vor Tristans innerem Auge vorbei. Motega, wie er sie kennengelernt hatte, an einem windigen Tag unten auf dem Tölpelmarkt. Wie ihre Augen geleuchtet hatten, als er ihr die Höhle zeigte. Wie sie lachte, wie sie schimpfte, wie sie ihm langsam lästig wurde.

Wie sie eifersüchtig war, als er Gera pflegte und kaum Zeit und noch weniger Interesse für sie hatte.

Tristan hatte beinahe vergessen, dass er nicht alleine hier war. Er erwachte wie aus einem Traum, als Foklar neben ihn trat.

"Es ist soweit", sagte Foklar und Tristan sprang von seinem Pferd. Foklar legte ihm eine Hand auf die Schulter.

"Denk daran, was wir besprochen haben", sagte er. "Begnadige sie. Um deinetwillen und um der Stadt willen." Foklar ließ unausgesprochen, was er über Tristans und Motegas Bekanntschaft vermutete, aber die Warnung in seinen Augen war nicht zu übersehen.

Tristan nickte und machte sich auf den Weg zu Motega. Es waren nur ein paar Schritte, aber sie kamen ihm unendlich lang und gleichzeitig viel zu kurz vor. Dann stand er plötzlich vor ihr. Vor diesen Lippen, die er hundertmal geküsst hatte.

Sie lächelte ihn an. "Hallo Tristan", sagte sie.

Tristan sagte nichts. Er musterte ihr Gesicht.

"Wir wissen beide, dass du es nicht tun wirst", sagte sie. "Los, sprich die Worte und wir können alle wieder gehen."

Tristan hörte das tosende Meer unter ihr. Hundert Schritt abwärts schlugen die Wellen gegen den Fels, durchbrochen von spitzen Felsen, die aus dem Wasser ragten. Selten, ganz selten überlebte jemand diesen Sturz. Das letzte Mal war es zu Zeiten seines Urgroßvaters passiert. Wer den Sturz überlebte, durfte weiterleben, denn Oceanne selbst hatte denjenigen verschont. Aber heute war die Flut wütend und die Wellen hoch. Tristan wusste, Motega würde ein solches Glück nicht zuteil werden. Oceanne kündigte brausend an, sie zu verspeisen, sollte sie fallen.

"Die Kinder", sagte Tristan leise, "sind auf der Hohen Klippe. Der Schakal hat gelogen."

Motegas Augen weiteten sich und ihr Mund öffnete sich, ohne dass Worte über ihre Lippen kamen.

"Motega von den Siedern", sagte Tristan mit fester Stimme. Ein Wächter in seiner Nähe nahm seine Worte auf und wiederholte sie so laut, dass der Rest der Anwesenden sie hören konnte.

"Im Zeichen der Götter und im Namen Oceannes, der Unberechenbaren, der Ungebändigten, verurteile ich dich hiermit zum Tode."

Er machte einen Schritt auf sie zu.

Motegas Augen funkelten erschrocken, Unglauben spiegelte sich in ihrem Blick. Sprachlos und ohne eine Regung ließ sie zu, dass er eine Hand auf ihre Brust legte.

Mit aller Kraft, die er aufbringen konnte, stieß Tristan Motega nach hinten. Das letzte, was er sah, waren ihre aufgerissenen Augen, dann verschwand sie hinter der Klippe. Ihr langgezogener Todesschrei wehte über ihn hinweg, bis die tosende Gischt ihn verschluckte.

Tristan stand vor der leeren Klippe und fühlte nichts.

Er wiederholte den Moment in seinen Gedanken, aber er

vermisste sie nicht. Er fühlte keine Schuld und keine Leere.

Alles was er fühlen konnte, war Erleichterung. Erleichterung, dass Gera und er die Höhle nun für sich hatten.

Er erinnerte sich an Motega, ohne einen Stich des Bedauerns und das Entsetzen darüber fasste ihn wie eine eisige Hand. Er hatte recht gehabt. Sein Herz war kalt und lieblos und Motegas Tod das stumme Zeugnis dafür.

Er spürte seine Hände unkontrolliert zittern und ballte sie zu Fäusten, aber das Zittern setzte sich fort, bis seine Zähne aufeinanderschlugen. Dann war auf einmal Foklar neben ihm, fasste ihn am Arm und führte ihn ein Stück von der Klippe weg, als fürchte er, Tristan werde sich Motega hinterherstürzen.

"Das war eine verdammte Dummheit, und ich fürchte, wir werden noch alle dafür bezahlen!" Der sonst so besonnene Foklar marschierte im großen Zimmer des Dherasker Hauses auf und ab und strich sich immer wieder über seinen kahlen Kopf. Merie lehnte mit verschränkten Armen an der Wand neben der Tür, Tristan ihr gegenüber an dem Wandteppich von Gull und Manach.

"Auf das, was sie getan hat, stand der Tod", Tristan hörte seine eigene Verteidigung wie durch eine dicke Wolke, als habe ein anderer sie ausgesprochen. Sein Kopf hämmerte vor Schmerz und er wünschte sich nichts sehnlicher, als alleine zu sein. Seine Hände zitterten nicht mehr, aber sie waren kalt und schweißfeucht.

Foklar stützte sich mit beiden Händen auf dem Tisch ab.

Er warf einen Blick zu Merie, die offenbar die unausgesprochene Bitte verstand, nach draußen ging und die Tür hinter sich schloss.

Foklar schaute Tristan an.

"Als Fürst", sagte er eindringlich, "müsst Ihr lernen, Persönliches von Diplomatie zu trennen. Ich habe keine Ahnung, was zwischen Euch und dieser Frau vorgefallen ist, aber Ihr hattet kein Recht..."

"Ich hatte jedes Recht", fuhr Tristan ihn an. Mit ein paar schnellen Schritten war er beim Tisch und Foklar richtete sich alarmiert auf.

"Unser Gesetz besagt, dass sie sterben sollte - oder etwa nicht?"

Foklar nickte widerstrebend. "Aber das Gesetz besagte auch, dass sie begnadigt werden konnte", sagte Foklar. Seine Augen stachen funkelnd aus dem sonst so gutmütigen Gesicht hervor.

"Ich hatte Euch diesbezüglich einen Rat gegeben!"

"Dem ich nicht folgen muss."

"Nein, aber ein guter Fürst weiß, wo seine Grenzen liegen, und vor allem lässt er sich nicht von Gefühlen leiten. Dein Vater weiß das, deine Mutter wusste es und deine Geschwister wissen es auch!"

Bei der Erwähnung seiner Geschwister begann es in Tristan zu brodeln wie im Inneren eines Vulkans.

"So, meine Geschwister wissen es, ja? Auch Sabeta? Obwohl sie all euren Rat in den Wind geschlagen und den Hafen geschlossen hat?"

"Weil sie die Einzige war, die sich *nicht* von ihren Gefühlen hat leiten lassen. Wir alle waren Narren, weil wir Wunschdenken die Realität haben verschleiern lassen. Wir wollten nicht, dass die Forthachden zurückkommen, wir hatten zu viel Angst davor. Wir hatten nicht den Mut, uns einzugestehen, dass diese Möglichkeit besteht!"

"Mehr als die Hälfte des Rates grollt ihr immer noch und hält es für falsch, oder irre ich mich?", fragte Tristan.

"Aber sie hat etwas vergessen", sagte Foklar ohne auf ihn einzugehen. "Sie hat die einfachen Leute vergessen, das ist eine ihrer größten Schwächen. Eine Lücke, die Ihr füllen könntet, wenn ihr endlich zum Fürsten werden wolltet! Wer hat daran gedacht, den Leuten etwas zu tun zu geben? Ihnen eine Lebensgrundlage zurückzugeben? War sie das? Nein! In dem Bengel, den sie in Euch sieht, steckt verdammt noch mal ein Fürst und ich durfte in den letzten Tagen einen Blick auf ihn erhaschen. Ich wünschte, ich würde mehr von ihm sehen!"

Tristan stützte die Hände auf der Tischplatte ab. Der Schmerz in seinem Kopf war unerträglich geworden, als würde ein Schmied feuriges Eisen darin hämmern.

"Es tut mir leid, dich so enttäuschen zu müssen, aber ich fürchte, ein Bengel bin ich und werde es bleiben, und wenn du klug bist, hörst du auf, einen Fürsten aus mir machen zu wollen. Wenn du etwas in mir gesehen hast, das dem gleicht, musst du entweder ein drittes Auge haben, oder alle Welt um uns ist blind."

Foklar hob an, um noch etwas zu sagen, aber Tristan kam ihm zuvor.

"Verschwinde, Foklar. Das ist ein Befehl."

Was immer Foklar auf der Zunge gehabt haben mochte, er schluckte es hinunter, verbeugte sich und schritt zur Tür.

Mit hämmerndem Kopf und zerfetzten Nerven ließ Tristan sich auf einem der Stühle nieder.

GAIN

17. Der graue Canyon

480 Winter n.T.

garlenische Zeit

Ulshing

Die Steinwüste

Der graue Canyon

Sie übergaben Kessa in Ulshing dem für die Stadt zuständigen HeerKon, damit er sie als eine der Kriegerkaste Angehörige begraben ließ.

Ulshing war ganz aus grauem Stein gebaut, ein Material, das sich hier in rauen Mengen finden ließ. Die flachen Häuser streckten sich lang in ihren Gärten, in denen Schweine wühlten und Ziegen am Heu knabberten. Um die Häuser und Gärten wand sich eine flache Mauer, die vor wilden Tieren schützen sollte. Anders als die Wälle und die hölzernen Palisaden um

LeeMat würde sie niemals einem feindlichen Angriff standhalten, aber Ulshing war zu unbedeutend, um von kriegerischen Auseinandersetzungen behelligt zu werden. Als letzte Rast vor der Steinwüste, die sich von hier aus bis zum Canyon erstreckte, war Ulshing ein wichtiger Punkt auf Reisen, aber nicht von politischer Bedeutung.

Gain hatte sich mit einem Lederschlauch voll Wasser und einem Mahl aus Brot und Käse auf der flachen Mauer niedergelassen und blickte nach Osten. Der Weg war hier noch von Büschen gesäumt, aber er wusste von Andra, dass hinter dem nächsten Hügel die Steinwüste begann, wo nichts als dorniges Gestrüpp und grauer Fels mehr zu finden war.

Nördlich in Sichtweite ragten alte Ruinen in den Himmel. Die runden Steinsäulen trugen halb verfallene Dächer und durch die einstmals majestätischen Bauten pfiff nun der Wind. Ruinen der Riesen, wusste Gain. Dann dachte er an das, was Miro ihm von den Porgesen erzählt hatte. Dort gab es Steinbauten, dreimal so hoch wie ihre Häuser, mit riesigen Türmen und roten Dächern. Und all das von Menschen gebaut, nicht größer als sie, keine Riesen. "Eines Tages", hatte Miro gesagt, "musst du dir das ansehen."

Aber Gain wollte nicht in die Porgesen segeln. Alles, was er derzeit wollte, war, einen Weg nach Hause zu finden und der Gefangenschaft entfliehen.

Der HeerKon von Ulshing und sein Gefolge verabschiedeten sie am nächsten Morgen und wünschten ihnen eine von den Göttern gesegnete Reise. Der Wind fuhr Gain kalt über das Gesicht, während er sein Pferd hinter Andras Rappen auf den Weg lenkte. Es war noch früh und die Dämmerung kroch gerade erst über Geröll und knorrige Büsche herauf.

Der Ritt durch die Steinwüste würde sie noch zwei Tage kosten, bevor sie den Canyon erreichen würden.

In diesen zwei Tagen sahen sie nichts als grauen Stein. Es war, als ritten sie mitten durch ein graues Meer, bis Gain glaubte, er müsse vor Sehnsucht nach Farben vergehen. Die einzige Abwechslung zwischen den bröckeligen Platten und zu Staub zermahlenen Steinen waren die bunten Reptilien, die sich hier und da auf den Steinen sonnten. Weil es noch kalt war, waren sie langsam und schienen sich kaum oder gar nicht zu bewegen. Ein Reptil mit einem stacheligen Kamm auf dem Rücken und einer gelbschuppigen Haut, das fast so groß wie der graue Hund in der Halle der Dherask war, jagte ihnen einen gehörigen Schrecken ein, aber auch dieses Tier bewegte sich so langsam, dass Andra und Sken es mit ihren Speeren erlegt hatten, bevor sie herausgefunden hatten, ob es friedlich oder bösartig war.

Am Abend brieten sie sein Fleisch auf einem winzigen Feuer aus mitgebrachtem Holz, aber Gain fand, dass es scheußlich schmeckte und aß kaum etwas davon.

Am späten Nachmittag des zweiten Tages begann sich die Umgebung wieder zu ändern. Hier und da wuchsen Büsche, und unter dem grauen Stein schimmerte Erde hindurch. Trotzdem blieb das Land flach, bis sie den Canyon erreichten, aber auf der gegenüberliegenden Seite des klaffenden Abgrunds erhob sich ein Wald. Der bloße Anblick von Grün und Braun nach all dem Grau machte Gains Herz wieder leichter. Dass auf der anderen Seite des Canyons ein Wald wuchs, war ein Glücksfall für ihn. Vielleicht konnte er in seinem Schutz einen Fluchtversuch wagen. Gain spürte, wie sein Herz bei diesem Gedanken schnell und heftig in seiner Brust zu pochen begann.

Sabeta parierte in einiger Entfernung zu dem steilen Abhang ihr Pferd zum Stehen durch.

"Wir versuchen, Hvildung zu erreichen", sagte sie und drehte sich im Sattel zu den anderen um.

"Hvildung?", fragte Gain verständnislos.

"Eine Grabstätte der Riesen. Sie ist in den Steilhang gehauen, eine riesige Höhle mit fünf Säulen vor dem Eingang", sagte Sken, einer der Walkrieger.

Die Sonne stand tief hinter ihnen, ihr Licht färbte den grauen Stein und die wenigen Büsche in einem rötlichen Schein. Sabeta trieb ihre Stute an und ritt bis zum Rand des Canyons. Gain folgte ihr so weit, wie er es wagte. Der Anblick war atemberaubend. Die grauen Felswände fielen steil mehrere hundert Schritt hinab. Knorrige Gewächse krallten sich hier und da in den Hang. Unten im Canyon rauschte ein Fluss. Das Wasser schimmerte unnatürlich türkis aus dem Schatten zu ihnen herauf. Selbst von hier oben konnte man die wilden Strudel erkennen, mit denen der Fluss seinen Weg durch den Canyon bahnte.

Sabeta warf ihm einen Blick zu. "Zum Glück bist du schmale Wege und steile Hänge vermutlich gewöhnt", sagte sie. "Oder vielleicht ist es auch ein Unglück. Jetzt, wo der Weg hier vor dir liegt und du ihn nicht mehr suchen musst, muss ich wohl besser auf dich aufpassen." Sie lachte, als Gain ihr auf diese Bemerkung hin einen mürrischen Blick zuwarf. "Komm schon, Gain, du wirst deinen Weg zurück in die Berge schon irgendwann wieder finden", sagte sie.

"Fragt sich nur, ob ich dann schon so grau geworden bin, wie dieser Fels", gab Gain zurück.

Sabeta antwortete nicht. Stattdessen lenkte sie ihre Stute zu dem schmalen Weg, der in einer scharfen Biegung dicht am Fels entlang in die Tiefe führte. Aber ihre ohnehin leicht nervöse Stute scheute vor dem steilen Abhang.

Sabeta ritt sie in einer Volte wieder an den Weg heran, aber der Schimmel weigerte sich auch nur einen Huf auf den schmalen

Pfad zu setzen.

"Großartig", murmelte Sabeta sarkastisch.

Kanor sprang von seinem Pferd. Er lief zu Sabetas Stute und wollte sie am Zügel fassen, wohl um zu versuchen, sie den Hang hinunter zu führen, aber Sabeta schüttelte den Kopf und sprang vom Rücken ihres Pferdes.

"Merk dir was, Junge", sagte sie zu ihm, "im Zweifel geht Sicherheit vor Stolz."

Sie ließ sich einen Führstrick geben und ging mit der Stute ein Stück zurück.

Nun sprangen auch die anderen von ihren Pferden und auch Gain ließ sich vom Rücken seiner Braunen gleiten. Andra kam mit ihrem Rappen zu Sabeta hinüber.

"Wenn du erlaubst, gehe ich vor", sagte sie.

Sabeta nickte und Andra führte ihr Pferd an ihr vorbei. Der Rappe folgte ihr ohne Schwierigkeiten, und nun ließ sich auch Sabetas Stute hinterherführen, wenn auch unwillig.

Gain folgte Gambor und Olfror auf den Weg. Ihm selbst machte der schmale Pfad mit dem schroffen Hang keine Schwierigkeiten. Er war es gewohnt, dicht an schwindelerregenden Tiefen entlang zu laufen. Im Gegenteil, es fühlte sich eher vertraut und beruhigend an, den Weg entlang zu gehen. Aber Sabetas Stute tänzelte schon wieder unruhig und ihre Nervosität übertrug sich auf das Pferd hinter ihr.

Gain hörte ein schrilles Wiehern über seinem Kopf und sah hinauf. Oben vor dem Weg kämpfte Rusta mit einem der Packpferde, das wild mit dem Kopf schlug. Das Pferd war noch jung und ließ sich offenbar nicht dazu bewegen, seinen Artgenossen zu folgen. Gain spürte regelrecht, wie das schrille Wiehern die anderen Pferde zunehmend in nervöse Anspannung versetzte.

"Nimm ihr die Packtaschen ab, führ sie ein gutes Stück weg und lass sie frei", rief Sabeta nach oben, als Gambors Pferd den Schweif aufstellte und einen nervösen Satz zur Seite machte, der es an den Rand des Abgrunds brachte.

Ein paar Steine bröckelten und polterten in die Tiefe.

Die Köchin löste die Riemen des Packsattels unter einigen Schwierigkeiten, ließ das Gepäck zu Boden gleiten und verschwand dann mitsamt dem tänzelnden Tier.

Endlich kehrte Ruhe in die Reisegruppe ein, auch wenn Gambor immer wieder nervöse Blicke nach oben warf. Er wartete wohl darauf, dass seine Frau sich wieder blicken ließ. Das Sonnenlicht schwand in der Schlucht schnell, und bald lag der graue Fels mit seinen knorrigen Büschen am steilen Hang im Zwielicht zwischen Tag und Nacht. Die Dämmerung fiel und ein weißer Mond zeigte sich am Himmel.

Da Gain hinter den anderen ging, sah er die Stätte von Hvildung erst, als sie sie schon fast erreicht hatten. Beim Anblick der fünf riesigen Säulen vor dem Eingang zu einer Höhle, die sich nach hinten im Dunkeln verlor, packte Gain für einen kurzen Moment die Ehrfurcht vor den Riesen, die vor ihnen diese Welt bevölkert hatten. Die mittlere der Säulen hatte die Form eines Baumes, dessen aus Stein gemeißelte Blätter oberhalb der Säulen eine dreieckige, ansonsten glatt gehauene Fläche zierten, und Gain zweifelte auf einmal nicht mehr daran, dass die Lebewesen, die dies geschaffen hatten, größer und kräftiger gewesen sein mussten als das Menschengeschlecht.

Wurzeln und Astwerk krochen von den Rändern aus in die Höhle hinein und eroberten nach und nach den Raum zurück.

Sabeta führte ihr Pferd hinter dem Rappen zwischen den hohen Säulen hindurch in die Höhle hinein. Ihre Stute scheute schon wieder, nun vor der Dunkelheit, und wollte rückwärts gehen.

Geistesgegenwärtig hieb Gambor ihr auf das Hinterteil und sie machte stattdessen einen erschrockenen Satz in das Dunkel hinein.

Gain führte sein Pferd zwischen den mächtigen Säulen hindurch. Das dumpfe Klappern der Hufe auf dem Stein hallte an den Höhlenwänden wider. Nachdem Gains Augen sich einen kurzen Moment an die Dämmerung gewöhnt hatten, erkannte er drei Statuen, doppelt so groß wie er selbst, die an der seitlichen Wand über die Höhle zu wachen schienen. Einer Statue fehlte die Nase, einer anderen ein halber Arm. Trotzdem wirkten sie immer noch, als wollten sie den Raum beschützen, und als würde jeder Eindringling wachsam von ihnen beobachtet. Gain wandte rasch seinen Blick ab und führte sein Pferd weiter nach hinten, wo eine natürliche Einfriedung aus Felsgestein sich erhob. Gain führte seine Stute zu den anderen in die Einfriedung hinein und nahm ihr den Zaum ab, bevor er sie Kanor überließ.

Hild, die dritte Apprendi, kam kurz darauf mit einem Armvoll Zweige und Blätter in die Höhle, die sie den Pferden zum Fressen hinstreute, bevor sie sich mit Schläuchen beladen zusammen mit Gambor auf den Weg machte, um Wasser aus einer nahen Quelle zu holen. Die Walkrieger und die verbliebene Wache schnitten Wurzeln und Äste für ein Feuer, während Gain Rusta entgegenging, die den Weg hinab kam, die Packtaschen auf einer Decke hinter sich herziehend. Dankbar überließ die Köchin ihm ihre Last für das letzte Stück Weg bis Hvildung.

Kurze Zeit später flackerte ein Feuer in der Höhle, und Rusta und Gambor schnitten Kräuter für einen Eintopf. Der Rauch stieg kräuselnd nach oben und stob durch die Öffnung zwischen den Säulen nach draußen. Kanor blickte misstrauisch zu den drei Statuen.

"Sind es versteinerte Riesen?", fragte er nach einer Weile.

"Können Sie uns hören?"

"Vielleicht", raunte Andra und lachte leise, als sie den erschrockenen Ausdruck auf Kanors Gesicht sah. "Es sind Huldra und ihre Männer, willst du die Geschichte hören?"

Kanor warf noch einen bangen Blick zu den Statuen, nickte dann aber.

Andra rückte ein Stück an das Feuer heran, legte einen Arm um Kanor und einen um Hild und begann:

>"Hell schien Huldra, mit Haar so golden,
>es freite um sie der falsche Fastmund,
>lockt sie listig ins Lugnatal,
>bannt sie mit Blutzauber in seinen Bau.
>
>"Fastmund, du falscher Freund,
>Locken ließt du mich ins Lugnatal,
>doch Seelenheil soll mein Sein hier stören,
>Feuer und Flut deinen Frieden dir nehmen."

Lachend ließ Fastmund mit Leinen sie binden,
sollte nie die Sonne sie wieder sehen,
das goldene Haar muss sie gramgebeugt geben,
tausend Weber webten wohlweiches Tuch.

Gold bracht' das Gewebe aus goldenem Haar,
schadenfroh schüttet Fastmund die Schätze
hinab in den strudelnden Strom des Stragsund,
wo Heere von Hingegangenen wachen dem Hort.

Doch Tränen tropfen auf der Traurigen Haar,
ein Fluch herinnen, dem falschen Fastmund,

die Weber weben die Worte ins Tuch,
neun Tränen, neun Worte und neun Tage vom Trug.

Der Fluch fliegt über flaches Land,
hineingewebt ins Haar der Holden,
Verderben verspricht der Vereinsamten Wort,
dem kühnen Käufer des kunstvollen Tuchs.

Hielt in den Händen das herrliche Haar,
Krestror der Kühne, der Gefährte der Kar,
verlor seine Freude, vergaß Frau und Freunde,
die Tränen der Traurigen trübten den Sinn.

Hoch auf dem Ross ritt der Recke nach Norden,
zu befreien die Betrübte aus Fastmunds Bau
doch Blutzauber bannt und Blutzauber spricht,
der falsche Fastmund dem freien Krestror.

Die Sinne im Nebel vom salzigen Strom,
aus Huldras Augen auf heiligem Haar
kleidet Krestror sich der Kühne,
in ihr Gewand aus gewobenen Garn.

Der Zorn herinnen zieht jedes Zaudern,
hinab in die Tiefe des tosenden Tals,
mit Feuer brennt Krestror in den festen Fels,
den grauen Abgrund, den großen Grund,

Strudelnd der Stragsund strömt durch den Fels,
verschlingend den verhassten Verräter,

der Fluch der Tränen bringt dem falschen Fastmund,
Tod durch das Wasser, das Wiege ihm war.

Hell strahlt der Held, als das Herz ihm erblüht,
glaubt er Glück zu geben der Gramgebeugten,
doch lacht Huldra leer, als die Leinen sich lösen,
und Blutzauber bricht, vom Krestror befreit.

Heim will Krestror die Holde holen,
doch zornig zieht Huldra, die Zähe von dannen,
"Geh, Krestror, dein kühnes Wesen klinge,
heim bei der Holden an deinem Herd.

Das Gold gewonnen aus meinem Geben,
in der blauen Tiefe des tosenden Tals,
das will ich holen, so hilft mir mein Herz,
mein ist, was der falsche Fastmund freite."

Krestror bat, in bebendem Betteln,
er liebte das Leben der Leidgeprüften,
bat sie zu bleiben, ihm als Band,
das Neugeknüpfte, neuer Nornen Spruch.

Doch stolz stürzt die Starke hinab in den Strom,
versunken, vergessen ward sie verloren,
dem Gold verfallen, das Grab ihr gegeben,
dem Krestror die Brust in der Brünne brach.

Durch Fluch vergessen Frau und Freuden,
stürzt er ihr nach in den starken Strom,

> ohne Reiter kehrt reuig ins Reich,
> sein Grauer zurück, zur grämenden Gattin.
>
> Wissend der einäugige Wand'rer nun weist,
> dem Reisenden Rat, der zum Abgrund reist:
> "Hörst du die singenden Seelen im See,
> in den der Stragsund strudelnd strömt,
>
> Dann bleibe bebend am Bogen stehen,
> vermeide Kampf mit verratenen Verlor'nen
> Dein Schritt geht fehl, scheint der Schatz von dem Grund
> wo Huldra weint um den hellen Hort." "

Der Wind pfiff leise durch die Höhle, als Andra geendet hatte.

"Man sagt dort unten im Stragsund", Andra machte eine vage Geste zum Abgrund hin, "vermehrt Huldra mit ihren Tränen immer noch das Wasser, und Fastmund und Krestror verursachen in einem ewigen Kampf die gefährlichen Strudel."

Nach einer Weile stand Kanor auf und ging zu den Steinfiguren hinüber, wohl um herauszufinden, welche Huldra war, und nun, da er wusste, dass Huldras Geist unten im Wasser immer noch weinte, schien er keine Angst mehr vor den Statuen zu haben. Der Feuerschein flackerte auf seinem Rücken.

"Wie kannst du dir das merken?", fragte Hild. "All die Strophen."

Andra lachte und drückte das Mädchen freundschaftlich an sich. "Ich wollte mal eine Ksaldin werden und deshalb habe ich alles auswendig gelernt, was ich in die Finger bekommen konnte. Aber dann hat Sken hier", sie stieß den Walkrieger neben sich freundschaftlich in die Seite, "mich dazu überredet, lieber zu ihnen zu kommen."

"Ich möchte auch eine Walkriegerin werden", sagte Hild in Gedanken versunken. "Ma sagt, es ist die höchste Ehre, die man als Apprendi erreichen kann."

"Dann musst du hart arbeiten", sagte Andra, "aber dann schaffst du es."

Hild schwieg eine Weile. Der Feuerschein spiegelte sich in ihren hellen Augen. "Meint ihr, Kessa wird uns folgen?", fragte sie nach einer Weile. "Vielleicht kommt sie wieder, weil wir sie nicht beschützt haben."

"Der HeerKon von Ulshing wird ihr Grab so eingerichtet haben, dass sie uns nicht mehr folgen kann", beruhigte Sabeta sie.

Nach einer Mahlzeit, die aus einem würzigen Eintopf mit einem harten Stück Brot bestanden hatte, ließ Gain sich am Fuß einer Säule nieder und schaute in die dunkle Schlucht hinein. Von unten konnte er das Rauschen des Flusses hören. Der Himmel hatte ein samtfarbenes Nachtblau angenommen und der Mond leuchtete hell und weiß zwischen den Sternen. Sein Licht fiel auf den grauen Stein, der in der Dämmerung zu leuchten schien. Der ganze Ort hatte etwas Überirdisches an sich und Gain meinte, die Geister, die hier wohnten, fühlen zu können. Bestimmt liebten sie diesen wilden Ort und die Sicherheit, die er ihnen bot.

Nach einer Weile kam Sabeta und ließ sich neben ihm nieder. Ob sie seine Nähe suchte oder nur sichergehen wollte, dass er blieb, wo er war, wusste er nicht, jedenfalls schien sie nichts Bestimmtes von ihm zu wollen. Hinter ihnen brannte das Feuer und warf seine flackernden Schatten vor ihnen auf den Steinboden. Leise Stimmen wehten in die Nacht hinaus. Hild hatte Andra wohl um eine weitere Geschichte gebeten, denn die dunkle Stimme der Walkriegerin war wieder dabei, Verse zu rezitieren.

"Was hast du bei den Barbrossen vor?", fragte Gain unvermittelt an Sabeta gewandt.

Sie lachte leise. "Immer noch interessiert an Politik, obwohl die unsere dich nichts angeht?", fragte sie.

"Ich wäre ein schlechter Fürst, wenn ich es nicht wäre", sagte Gain. "Und da ich mich in politischer Gefangenschaft befinde, würde ich sagen, dass deine Politik mich sehr wohl etwas angeht."

"Die Frage ist nur", sagte Sabeta, "ob ich bereit bin, sie mit dir zu teilen."

Sie schien eine Weile nachzudenken. Fledermäuse huschten an ihnen vorbei wie kleine, schattenartige Vögel. Dann kam sie wohl zu dem Schluss, dass es nicht schaden konnte, Gain einzuweihen.

"Du weißt, dass die Heuse zum Stammesgebiet der Dherask gehört, wir aber wegen des Canyons Schwierigkeiten haben, sie gegen die Barbrossen zu verteidigen?", fragte sie.

"Ja, und ich weiß auch, dass ein Gerücht über Geister auf einem Schlachtfeld eine entscheidende Rolle bei der Frage gespielt hat, ob Dherasker Bauern bereit sind, dieses Gebiet neu zu besiedeln."

Sabeta pfiff leise anerkennend. "Du bist besser informiert als einige meiner eigenen Wachen", sagte sie. "Dann wird es dich sicher nicht überraschen, dass wir bisher bei der Neubesiedlung keinen Erfolg hatten."

"Ich hörte davon", sagte Gain ausweichend.

"Wirst du mir verraten, wie der Vogel hieß, der gezwitschert hat?", fragte Sabeta.

"Nein", sagte Gain sofort und Sabeta lächelte amüsiert.

"Da der Hafen geschlossen ist, haben wir einen Engpass in der Versorgung zu erwarten", fuhr sie fort, ohne weiter nachzubohren. "Wir brauchen diese Felder, und da die Götter es offenbar gut mit uns meinen, sind sie praktischerweise schon bestellt."

"Durch Barbrossen", sagte Gain.

"Durch Barbrossen", bestätigte Sabeta.

"Die den Dherask sicher freudestrahlend ihre Ernte überlassen", Gain streckte seine Beine aus und schlug sie übereinander.

"*Ihre* Ernte?" Sabeta zog die Augenbrauen nach oben. "Da es unsere Felder sind, ist es wohl unsere Ernte", sagte sie.

"Ich würde nicht darauf wetten, dass die Barbrossen es genauso sehen." Gain hob einen kleinen Stein auf und fühlte die spitzen Kanten in seiner Handfläche.

"Wenn sie uns die Ernte nicht freiwillig überlassen, sind sie Grenzräuber, und da sie sich auf Dherasker Gebiet befinden, unterstehen sie dann meiner Gerichtsbarkeit." Sabeta zuckte die Achseln. Die barbrossischen Bauern schienen ihr keine großen Sorgen zu machen.

"Und dann?", fragte Gain, "werden die Barbrossenfürsten sich still und vergnügt damit abfinden, dass du ihre Bauern abgeschlachtet und das eben vermeintlich eroberte Gebiet wieder abgenommen hast?"

"Ich schlachte sie nicht ab", sagte Sabeta, "für wen hältst du mich? Ich brauche diese Bauern, da unsere sich weigern, dort zu siedeln. Ich sorge nur dafür, dass ihre Loyalität in Zukunft mir gilt."

Gain lachte. "Ich glaube kaum, dass das ohne ein größeres Wunder vonstattengehen wird", sagte er.

"Das Wunder ist das älteste Heilmittel der Politik", sagte Sabeta.

Gain musste einen Moment nachdenken, was sie damit meinte, dann fragte er verblüfft: "Du willst wieder heiraten?"

"Nicht ich." Über Sabetas Gesicht glitt ein trauriger Schatten, den

Gain zum ersten Mal an ihr wahrnahm. Zuerst wusste er nicht, was Sabeta vorhatte, aber dann dämmerte es ihm.

"Ich schätze, Tristan wird sich willig in sein Schicksal ergeben und keine Einsprüche gegen sein neues Heimatland erheben", sagte er.

"Er wird sich wehren, er wird mir grollen und dann wird er sich fügen und tun, was man von ihm erwartet", sagte Sabeta. "Irgendwann werden wir ihn ohnehin verheiraten, und er könnte es schlechter treffen als die barbrossische Erbin."

"Gehst du nicht ein wenig zu sorglos mit seinem Leben um?", fragte Gain vorsichtig, aber Sabeta schnaubte.

"Was weißt du schon von kleinen Brüdern", sagte sie. "Ich glaube kaum, dass du an deinem viel lernen konntest. Er war ja noch ein Kleinkind, als du ihn zuletzt gesehen hast."

Gain sah auf. Sie war die zweite Person innerhalb von kurzer Zeit, die behauptete, er habe einen Bruder gehabt.

"Ich hatte nie einen Bruder", sagte er.

"Natürlich hattest du einen Bruder." Sabeta hob einen Stein hoch und drehte ihn in den Händen.

"Nein", sagte Gain verwirrt. Was war das nur für eine Überzeugung, die offenbar alle, vom Fürsten bis zur Matrosin, teilten?

"Er ist an den Hof der Ronverjaren gegangen. Damals, nach dem Friedenskontrakt." Sabeta warf den Stein in die Höhe und fing ihn wieder auf.

Gain lachte. "Ah", sagte er. "Du meinst den Sohn von unserer Obersten Wache. Jalk hat sich damals beinahe überschlagen in dem Bemühen, meine Eltern davon zu überzeugen, seinen zweijährigen Sohn als Pfand der Mannalen gehen zu lassen. Es heißt, sie haben marmorne Böden, die von unten beheizt sind, wusstest du das? Er dachte wohl, seinem Sohn würde es dort besser gehen, er war immer ein wenig kränklich."

Sabeta sagte nichts. Gain warf ihr einen Blick zu und erschrak. Mit einem Mal war die Fürstin kreidebleich geworden, der Stein rollte ihr aus der Hand und sie tastete nach der runden Säule neben sich, als wolle sie sich festhalten.

"Sag das noch mal", flüsterte sie tonlos.

Gain drehte ihr das Gesicht zu.

"Geht es dir nicht gut?", fragte er und streckte einen Arm nach ihr aus. Sabeta schlug danach und Gain zog ihn rasch zurück.

"Sag das noch mal", sagte Sabeta ein zweites Mal. Sie rutschte zu der Säule hinüber und lehnte sich daran.

Gain wiederholte seine Geschichte und beobachtete ihr Gesicht, das jetzt keinerlei Regung mehr zeigte.

"Ich weiß", schloss er, "man soll über die Verlorenen nicht reden, weil es Unglück bringt. Aber ich hätte nicht gedacht, dass ausgerechnet dir dieser Aberglaube so viel ausmacht. Und da heißt es immer, wir Mannalen würden an jeden Zauber glauben, und sei er noch so absurd."

"Ich habe dieses Gerücht von dem Unglück für jeden, der über die Verlorenen spricht, selber in die Welt gesetzt", sagte sie sehr leise. "Die innere Stabilität dieses Landes hängt davon ab, dass die Leute sich nicht über Vergangenes in die Haare bekommen. Sie sollen darüber nicht reden. Aber es sieht so aus, als habe ich dabei nicht bedacht, dass dieses Vorgehen Wege öffnet." Ihre Stimme brach zitternd ab. "Mögen die Götter uns beistehen", murmelte sie dann und strich sich mit beiden Händen über das Gesicht.

"Ich verstehe nicht", sagte Gain, dem klar wurde, dass Sabetas heftige Reaktion nichts mit Angst vor kommendem Unheil durch unbedachte Worte zu tun hatte.

"Nein?" Sabeta stand auf. "Weißt du, was die größte

Unwägbarkeit im Krieg ist?", fragte sie barsch. Gain war einigermaßen froh, dass sie zu ihrem alten Selbst zurückgekommen war, auch wenn er fand, er habe ihren Unmut nicht verdient. Er zuckte die Schultern. "Wie du sicher weißt, bin ich unerprobt auf dem Schlachtfeld, sehr zum Leidwesen meiner Eltern übrigens."

"Narren", sagte Sabeta ohne auf ihn einzugehen, "sind das größte Risiko. Und jetzt geh mir aus den Augen, Gain von den Mannalen, und schwör mir, dass du niemals mit irgendwem über diese Geschichte sprichst."

Gain versprach nichts dergleichen, aber er stand auf. Am Feuer hatte Andra ihre zweite Geschichte zu Ende erzählt. Offenbar war es im Gegensatz zur Ersten eine lustige Geschichte gewesen, denn Hild kicherte und auch auf den anderen Gesichtern lag ein deutlich amüsierter Ausdruck.

Gain hatte keine Lust, sich dazu zu gesellen. Stattdessen ging er zu der natürlichen steinernen Umfriedung, hinter dem die Pferde kauend an Blättern und Ästen zupften. Er setzte sich auf den kalten Stein und schaute zu dem hellen Mondlicht, das durch die Säulen schimmerte.

Als habe sie sich selbst in eine Statue verwandelt, stand Sabeta vor der Öffnung, wo ihre Silhouette sich gegen das Mondlicht abhob. Eine Hand hatte sie auf die Säule gelegt, als müsse sie sich noch immer stützen. Gain fragte sich, was an seiner Geschichte sie dermaßen aus der Fassung gebracht hatte.

Er bekam erst eine Gelegenheit, sie danach zu fragen, als sie sich schlafen legten. Gain zog seine Decken ein Stück weg vom Feuer zu einer der großen Säulen, von wo er nach draußen auf die gegenüberliegende Seite des Canyons schauen konnte. Die Umgebung erinnerte ihn an die Berge und er fühlte sich auf einmal fremd unter den Dheraskern. Er hörte sie lachen und reden und verspürte ein brennendes Bedürfnis, hier und jetzt davonzulaufen, in der Hoffnung, dass sie ihm im Dunkeln auf dem schmalen Weg nicht folgen würden. Aber er wusste, sie kannten den Canyon besser als er, und wenn einer von ihnen bei einer Verfolgung straucheln und in Fastmunds und Krestrors Kampf hineinstürzen würde, dann war er das vermutlich selbst.

Gain seufzte und legte sich auf seine Decken. Ein leises Klirren ließ ihn aufhorchen. Er richtete sich auf und drehte sich um. Sabeta trat mit einem schweren Beutel in der Hand an seine Schlafstätte. Sie kniete sich neben ihn und setzte den Beutel ab, in dem es unheilvoll rasselte.

"Sag mir, dass das nicht dein Ernst ist", sagte Gain.

Sabeta lachte. "Doch", sagte sie. "Jetzt, wo du dem Weg folgen könntest..."

"Du hast selbst gesagt, ich würde erst versuchen zu fliehen, wenn wir den Canyon ganz überquert haben", protestierte Gain.

"Ich bin vorsichtig", sagte Sabeta. "denn ich kann mich irren. Aber ich glaube, dass ich mich in einer Sache nicht irre. Deine Freiheit ist dir im Zweifel mehr wert als dein Leben."

Gain schwieg. Sie hatte recht. Er würde lieber auf seiner Flucht gefasst werden, als viele Winter in Gefangenschaft zu verbringen.

"Wie es der Zufall nun mal so will", sagte Sabeta, griff in den Beutel und holte die klirrende Kette heraus, "bin ich der Meinung, dass du einen guten Fürsten abgibst, wenn deine Gefangenschaft vorbei ist."

"Wenn", knurrte Gain. "Und wenn ich mir die Stammesfehden der Vergangenheit anschaue, kann es durchaus sein, dass ich bis dahin steinalt bin."

Sabeta lachte leise. "Vielleicht", sagte sie, "vielleicht aber auch nicht. Das Dumme ist, dass die Horduren und die Mannalen eine lange Geschichte der Verbundenheit teilen."

"Oh, es geht also um die Horduren, ja?"

"Sag nicht, du wüsstest das nicht."

Gain seufzte. "Doch", gab er zu.

"Also", sagte Sabeta, "wirst du es mir leicht machen, oder muss ich die Wache dazu holen?"

Sie hielt ihm die Kette hin, an deren Enden zwei breite Handfesseln geschmiedet waren, die dankbarerweise innen mit weichem Leder ausgestattet waren.

"Ich mache es dir leicht", sagte Gain, "wenn du mir eine Frage beantwortest."

Sabeta setzte sich.

"Was ist so schlimm daran, dass ich keinen Bruder habe?"

Sabeta rang kurz mit sich, dann schien sie zu der Überzeugung zu kommen, dass es vielleicht sogar besser war, wenn er Bescheid wusste. Sie blickte in die Nacht hinaus, und das fahle Mondlicht erhellte ihr Gesicht.

"Der Frieden mit den Ronverjaren ist ein unsteter Frieden", sagte sie dann. "Deshalb haben sie ein Pfand verlangt, und wir haben die Varender Wachtürme und das dahinterliegende Labyrinth gebaut. Die Kinder, die nach Süden geschickt wurden, sollten Fürstenkinder sein. Von jeder Fürstenfamilie eines, da war die Ronverjarenkönigin unerbittlich. Es war ihre Bedingung, vorher würde sie ihre Truppen nicht abziehen. Sie wusste es zu diesem Zeitpunkt nicht, aber die Stämme haben sich kurz vorher in einem Streit untereinander entzweit. Ich hatte sie einmal vereint, das war schon mehr als ein Wunder. Wir waren am Ende, Gain. Erschöpfte, untereinander zerstrittene Stämme auf der einen, ein stehendes Heer auf der anderen Seite.

Du oder deine Schwester hätten nach Süden gehen müssen, nicht der Sohn eines HeerKons. Nur ein Wort, nur der Hauch eines Gedankens von Betrug und das ganze Friedenskonstrukt bricht in sich zusammen. Die Ronverjaren sind kein Volk, die einen Betrug verzeihen.

Fulj-Ar, die Eiserne ist keine sanftmütige Königin, sie trägt ihren Zunamen zu Recht."

Sabetas Gesicht wirkte in dem schimmernden Mondlicht beinahe weiß. Gain spürte den Hauch einer Panik in seinem Inneren aufsteigen. Er konnte sich an die Kriege nur als eine Zeit erinnern, in der seine Eltern ständig fort waren und er nie wusste, ob sie wieder nach Hause kommen würden. Er hatte nächtelang wach gelegen, den Blick auf die rußgeschwärzten Balken über seinem Bett gerichtet, und sich gefragt, ob er amtierender Fürst werden würde, solange er noch ein Kind war, und sich davor gefürchtet, Entscheidungen für einen ganzen Stamm zu fällen. Auch wenn ihn Letzteres nicht mehr schreckte, legte sich die Vorstellung, der Ronverjarenkrieg könnte wieder aufflammen, wie der düstere Schatten einer lang vergessenen Angst über ihn.

"Wir können nicht die Ronverjaren und die Magischen gleichzeitig bekämpfen", sagte Gain leise.

"Wir können die Ronverjaren überhaupt nicht bekämpfen", sagte Sabeta. "Die Sjuren und Tangren liegen mit den Pratinern und allen anderen angrenzenden Stämmen im Streit. Rys und Zedaster sind im offenen Krieg, die Alvionen halten sich aus allem raus und die Varender haben geschworen, nie wieder einen Dherask als Fürsten anzuerkennen, nachdem sie nach meinen Verhandlungen ihr halbes Stammesgebiet an die Ronverjaren und den Landstreifen, wo heute die Varender Wachtürme und das Varender Labyrinth angelegt sind, an mich verloren haben. Auch wenn dieser Landstreifen streng genommen allen Stämmen gehört, aber das haben sie nie so richtig verstanden, glaube ich.

Und wie die Mannalen zu den Tauken stehen und umgekehrt kannst du besser beantworten als ich." Sie schaute einen Moment nachdenklich auf die Felswand auf der anderen Seite des Canyons, deren grauer Stein im Mondlicht schwach leuchtete.

"Wer weiß außerhalb der Mannalen, dass der Sohn eines HeerKons statt dir oder deiner Schwester in den Süden gegangen ist?", fragte sie.

Gain zuckte die Schultern. "Keine Ahnung", sagte er, "aber wenn du mich nach Hause gehen lässt, finde ich es raus."

Sabeta lachte. "Ich finde einen anderen Weg", sagte sie. Dann griff sie nach den Eisenschellen und hielt sie hoch. "Also?", fragte sie.

Gain seufzte und hielt er ihr seine Handgelenke hin. Sabeta schloss erst eine Schelle um sein linkes Handgelenk, lief dann mit der langen Kette einmal um die nächste Säule herum, bevor sie die andere Schelle um sein rechtes Handgelenk schloss.

Gains Miene verdüsterte sich und eine eigenartig bleierne Schwere senkte sich bei dem Anblick seiner gefesselten Hände auf seine Schultern. Die Kette ließ ihm ziemlich viel Raum, aber das Gefühl, sie zu tragen, war beinahe zu viel für ihn. Kaum hatte Sabeta den kleinen Schlüssel im Schloss gedreht, wollte er nichts sehnlicher als aufstehen und davonlaufen. Der Impuls war so übermächtig, dass er für einen kurzen Moment versucht war, den sinnlosen Versuch zu machen, Sabeta niederzuschlagen und ihr den Schlüssel abzunehmen.

"Ich glaube, deine Mutter hatte recht", sagte Sabeta, stand auf und klopfte mit dem kleinen Schlüssel auf ihre Handfläche. "An dir ist ein Zedaster verloren gegangen. Liber sollte dein Gott sein."

Gain blickte auf. "Ich weiß", sagte er finster. "Ich finde allerdings, dass Oceanne, die Unberechenbare, dagegen ganz hervorragend zu dir passt."

Sabeta lachte. "Das will ich doch hoffen", sagte sie, "es sind die Unberechenbaren, die Schlachten und Politik für sich gewinnen."

TRISTAN

18. VORAHNUNG

480 WINTER N.T.

GARLENISCHE ZEIT

LEEMAT

ERSTER SITZ DER DHERASK

Angeblich hatte sie sie singen hören.

"Ich schwöre, mein Fürst, ich wäre nicht hier, wenn ich mir nicht sicher wäre! Ich bin eine gute Frau, eine gute Arbeiterin und ich hätte niemals diesen langen Weg auf mich genommen, wenn ich nicht gehört hätte, was ich gehört habe." Die Frau knetete ihre faltigen Hände vor dem Bauch.

Die Halle war leer, bis auf Tristan, Foklar, Merie, Kal und diese Frau mit ihrer Behauptung, sie habe Gesang vom Meer gehört.

"Es ist mir wie ein eisiger Strahl ins Blut geschossen, mein Fürst, in meinem ganzen Leben habe ich mich nie so gefühlt, fast hätte ich den Verstand verloren, mein Fürst, ich habe den Weg zurück nicht mehr gefunden. Die Nacht habe ich draußen verbringen müssen, als Schutz nur ein karger Fels, und sie haben in der Nacht gesungen, so dass ich kaum irgendeinen Schlaf finden konnte." Die Frau knetete ihre Hände noch heftiger, so dass Tristan fürchtete, sie werde sich gleich selbst die Finger brechen.

"Und was hattest du so weit nördlich zu suchen?", fragte Tristan die Frau. Die Geschichte schien ein paar Lücken zu haben. Er hatte darauf verzichtet, den Hohen Sitz für diese Audienz zu benutzen und saß an einem der jetzt leeren Tische, während die Frau darauf bestanden hatte, auf dem Boden zu knien. Auf keinen Fall wollte sie in seiner Gegenwart mit ihm auf Augenhöhe auf der Bank gegenüber sitzen, hatte sie erklärt, sie würde sich lächerlich dabei vorkommen.

Neben dem Tisch standen Foklar, der Rechtsgelehrte, Kal, der Oberste der Wache und Merie, als Sabetas Auge und Ohr.

"Gestern ist mein Sohn aufgebrochen, mit den Holzfällern und den anderen Fischern ins Ubronenland, um Holz für die neue Siedlung im Siederviertel zu schlagen, mein Fürst", fuhr die Frau fort, "aber er hat seinen Schutzbringer vergessen." Die Frau wühlte in ihren Taschen und zog einen hellen Stein an einer Kette hervor. Sie hielt ihn hoch und der Stein baumelte hin und her. In die Oberfläche waren Runen geritzt worden, verblasst mit der Zeit, aber immer noch erkennbar. Tristan kannte diese Schutzbringer. Familien, die in der Vergangenheit oft vom Unglück heimgesucht worden waren oder eine besonders hohe Kindersterblichkeit hatten, machten sich nach der Geburt eines Kindes manchmal auf den Weg zu den Croyant und baten um Schicksalsbestimmung. Dort blieben sie dann neun Tage und noch einmal neun Nächte. Die Croyant ritzten in dieser Zeit einen Stein mit Schutzrunen, um die grimmigen unter den

Schicksalsbringern davon abzuhalten, in die Nähe des Kindes zu kommen. Nicht alle Mütter oder Väter, die mit ihren Neugeborenen vor den Toren der Croyant um Einlass baten, wurden aufgenommen, und nicht alle, die dort blieben, bekamen am Ende auch einen Schutzbringer. Wer einen bekam, hielt ihn heilig, es war ein Kleinod, das an Wert kaum zu übertreffen war.

Die Augen der Frau füllten sich mit Tränen. "Ich hab ihn nicht gefunden, den Jungen, was soll jetzt aus ihm werden?" Sie schluchzte leise. "Fünf Kinder habe ich begraben", sagte die Frau, "er ist der Einzige, der lebt."

Foklar trat vor und streckte die Hand aus. "Wenn du erlaubst", sagte er, "wir haben noch ein paar Nachzügler. Ich werde ihnen den Schutzbringer mitgeben und dafür sorgen, dass er den Weg zurück zu seiner Bestimmung findet. Wie heißt dein Sohn?"

"Mojack, von den Fischern, mein Herr", sagte die Frau und streckte ihm mit zitternder Hand den Anhänger entgegen. "Ich danke Euch."

Die Frau war kaum fort, da bat der Havag der Croyant um Einlass. Tristan hätte sich gerne mit Foklar und den anderen besprochen, aber den Ältesten der Croyant ließ man nicht warten, Fürst oder nicht.

Foklar beugte sich nach vorne. "Wenn ich einen Rat geben darf", sagte er leise und deutete auf den Hohen Sitz, "der Havag legt großen Wert auf Förmlichkeit."

Tristan nickte und versuchte gleichzeitig verzweifelt, sich daran zu erinnern, ob es irgendwelche Regeln gab, wenn man einen Croyant empfing. Er hatte nie mit einem Croyant gesprochen, geschweige denn mit ihrem Ältesten, und die Vorstellung etwas falsch zu machen und den Mittler zwischen den Göttern und den Menschen irgendwie zu verärgern, trieb ihm kleine Schweißperlen auf die Stirn. Er stand auf, um zum Hohen Stuhl zu gehen. Foklar huschte wie ein Schatten neben ihn. "Wenn Ihr Fragen habt, diese Audienz betreffend, dann jetzt", sagte er leise.

Aus dem Augenwinkel nahm Tristan ein spöttisches Zucken in Meries Mundwinkel wahr. Sie würde vermutlich nur zu gerne sehen, wie er sich blamierte. In den vergangenen Tagen hatte sie nichts getan, um ihm seine Aufgabe leichter zu machen. Im Gegenteil, Tristan hatte den Verdacht, dass sie die Mitglieder des Rates dazu anhielt, ihr und nicht ihm Bericht zu erstatten.

"Wie sind die Regeln?", flüsterte Tristan.

"Der Älteste kniet vor Euch als Zeichen seiner Anerkennung Eurer Entscheidungen. Dann steht Ihr auf, geht zu ihm herunter und kniet vor ihm, als Zeichen Eurer Anerkennung seines Wissens um die Zeichen der Götter. Es ist ein Versprechen, seinen Rat ernst zu nehmen. Danach geht Ihr wieder zum Hohen Sitz und könnt Euch setzen. Wenn Ihr sichergehen wollt, zählt wie lange er kniet und zählt bis zur selben Zahl während Ihr kniet."

Tristan nickte, schritt zum Hohen Sitz hinauf und ließ sich darauf nieder, während Merie sich rechts, Foklar links von ihm und Kal vor der Empore aufstellten.

Die Türflügel schwangen nach innen. Ein Schwall Seewind fegte in den Raum hinein und ließ die beiden Feuer rechts und links des Tores aufflackern. Mit großen Schritten betrat der Älteste der Croyant den Raum. Sein langes fließendes Gewand schimmerte graublau wie die See, der Stoff schien zu schillern, wie Wellen im wechselnden Licht von Sonne und Wolken. Eine Kapuze bedeckte sein weißes Haar und sein Gesicht lag darunter im Schatten. Sein Schritt war so ausgreifend und energisch, dass Tristan den Eindruck hatte, im Zweifel würde der Havag die Empore ignorieren und einfach durch ihn und den Hohen Sitz hindurchlaufen. Tristan legte seine Hände auf die geschnitzten Krakenarme, aber da das Gefühl nicht vertraut war, beruhigte es ihn wenig.

Entgegen Tristans Befürchtung blieb der Älteste natürlich vor der Empore stehen und beugte ohne Umschweife ein Knie. Tristan zählte bis zehn, bevor der Älteste sich wieder erhob, dann stand er auf, ging unter den Blicken der anderen die Empore nach unten und kniete sich vor dem Ältesten auf ein Knie, eine für ihn höchst ungewohnte Erfahrung. Nachdem er bis zehn gezählt hatte, stand er wieder auf. Der Älteste schob die Kapuze zurück, die in seinen Nacken fiel, und entblößte einen Schopf weißen Haars. Tiefe Falten waren in seine Mundwinkel gegraben, die Nase stach groß aus dem sonst schmalen Gesicht und die stechenden Augen fixierten den jüngsten Dherask mit durchdringendem Blick.

Tristan beeilte sich, wieder zurück auf den Hohen Sitz zu kommen und atmete erleichtert aus, als er sich darauf niederließ. Die schweren Türflügel wurden gerade wieder geschlossen und Tristan ertappte sich bei dem Wunsch, nach draußen zu laufen und mit dem kalten Seewind um die Nase durch die Gassen von LeeMat zu ziehen. Er zwang sich, seinen Blick wieder auf seinen Besucher zu richten.

"Fürst Tristan von den Dherask", sagte der Älteste, "wir alle haben nur eine Ahnung davon, was uns erwartet, sollten die Gerüchte über eine Rückkehr der Forthachden sich bewahrheiten." Seine Stimme war tief und volltönend und er schien ohne große Mühe damit die ganze Halle zu füllen.

"Wir bitten um die Absegnung eines Opfers für die Götter, um ihren Beistand nicht zu verlieren."

Tristan warf einen hilfesuchenden Blick zu Foklar, der ihm beruhigend zunickte.

"Ich nehme an, ihr habt bereits eine Vorauswahl getroffen?", fragte Tristan. Seine Stimme klang fester, als er sich fühlte. Es war das zweite Mal innerhalb kürzester Zeit, dass er über Leben und Tod zu entscheiden hatte. Und so wenig er seine Entscheidung mit Motega auch bereute, er hatte beim letzten Mal keine Weitsicht bewiesen, das war selbst ihm klar, auch wenn er sich einredete, dass es ihm egal war.

Der Älteste nickte. "Mit Eurer Erlaubnis", sagte er, "stelle ich sie euch vor."

Tristan nickte müde. Er wünschte sich weit weg, in die Höhle zu Gera. Er wollte alles vergessen, nichts mehr von Magischen und nichts mehr von den Unruhen in den Straßen von LeeMat hören.

Der Älteste verbeugte sich und schritt dann auf das Tor zu, das sich ein weiteres Mal öffnete, als habe es auf ihn gewartet.

Herein kam eine junge Frau von beinahe überirdischer Schönheit. Ihr Gesicht war so blass, dass es durchscheinend wirkte, fast als würde sie von innen leuchten. Sie war sehr schmal, besaß hohe Wangenknochen und ihre großen Augen glänzten in einem tiefen Blau. Sie trug ein abgetragenes Kleid statt einer Tunika, ein Zeichen, dass ihre Arbeit es erlaubte, lange Kleidung zu tragen. Ihre stolze Haltung wirkte weder steif noch überheblich, eher so, als sei sie ihnen allen bereits fern, den Göttern näher als den Menschen. Sie kam direkt auf den Hohen Sitz zu und sank davor elegant auf ein Knie, während der Älteste ihr folgte und ein paar Schritte hinter ihr stehen blieb.

Bei dem Gedanken, ihren Tod beschließen zu sollen, legte sich eine klamme Hand um Tristans Herz. Sie wirkte so unnahbar, als sei sie jedem weltlichen Spruch entzogen.

Sie schwiegen alle und schienen auf irgendetwas zu warten. Erst als Foklar sich leise räusperte, wurde Tristan klar, dass sie auf ihn warteten.

"Ist es dein freier Wille, hier zu sein und der Welt und den Göttern zu antworten?", fragte er an die Frau gewandt. Sie hob den Kopf. Ein leichtes Lächeln erschien auf ihren Lippen.

"Es ist mein freier Wille", sagte sie.

"Erheb dich", sagte Tristan und die Frau kam graziös wieder zum Stehen. Etwas an ihr, dachte Tristan, ist fürstlicher als irgendeiner von uns je sein könnte. Es war faszinierend und unheimlich zugleich.

"Darf ich sprechen, mein Fürst?", fragte die Frau.

Tristan nickte ihr zu.

"Mein Name ist Yolara, von den Schneidern", sagte sie. "Aber ich werde ihnen nicht mehr lange angehören. Ich sterbe, wie mein Vater und meine Geschwister vor mir. Spätestens nächsten Frühling werde ich unter schrecklichen Schmerzen leiden, bevor mein Atem versagt. Es hat bereits begonnen."

Sie zog ein weißes Stück Tuch aus ihrer Tasche und führte es zum Mund, wo sie sanft etwas Spucke hineingleiten ließ. Dann hielt sie es am ausgestreckten Arm von sich, eine Geste, die eine so starke Aufforderung enthielt, dass Kal zu ihr eilte, ihr das Tuch abnahm und es Tristan brachte.

Ein roter Fleck war in der Mitte des Tuches zu sehen.

Tristan blickte auf und sah den überirdischen Glanz, der diese Frau umgab, nun mit anderen Augen. Sie war tatsächlich den Göttern schon näher als den Menschen.

"Ich bitte Euch darum, den Göttern geopfert zu werden", sagte die Frau. "Mein Leben lang habe ich mich bemüht, den Meinen hilfreich zu sein, und wenn mein Tod es auch sein kann, werde ich mich glücklich schätzen. Ich möchte nicht warten, bis die Qualen einsetzen", sagte sie und hob das Kinn. "Ich möchte gehen, wenn ich es will. Zu meinen Bedingungen."

Ihre Augen glitzerten leicht im Schein der Kerzen.

Tristans Blick wanderte zu dem Havag hinüber, der ihm kein Zeichen gab, sondern nur stumm auf die Entscheidung des

Fürsten zu warten schien. Tristan sah zu Merie, die starr geradeaus blickte, bevor sein Blick Foklar suchte.

Foklar nickte ihm zu, beinahe unmerklich, und Tristan entspannte sich. Er stand auf.

"Im Namen des Stammes der Dherask nehmen wir dein Opfer an, Yolara von den Schneidern", sagte er. "Für heute Nacht wirst du Gast in meinem Haus sein."

Yolara sank ein zweites Mal auf ein Knie, bevor sie sich mit einem sanften Lächeln auf den Lippen erhob und von dem Ältesten hinausgeführt wurde. Die schweren Türflügel schlossen sich hinter ihr und ihrem Begleiter.

Tristan ließ sich gegen die unbequeme Lehne des hohen Sitzes fallen. "Was machen wir wegen des Gesangs?", fragte er und versuchte, den unangenehmen Gedanken zu verdrängen, dass er mit Yolara die Nacht in einem Haus verbringen würde, ohne seine Geschwister, die besser wussten, über was man mit einem Opfer vor seinem Tod spricht und über was nicht.

"Wärst du nicht derjenige, der das entscheiden sollte?", fragte Merie spitz.

"Du bist hier, um mich zu beraten, nicht um mir Vorhaltungen zu machen", sagte Tristan, "und wenn du nicht aufpasst, kann ich auch ohne deinen Rat leben." Er meinte aus dem Augenwinkel ein anerkennendes Schmunzeln über Foklars Gesicht huschen zu sehen und richtete sich auf. Merie schwieg, ohne von Tristans Einschüchterungsversuch jedoch besonders beeindruckt zu sein.

"Was bedeutet es, wenn man sie singen hört?", fragte Tristan an niemand Bestimmten gewandt.

Keiner der drei Anwesenden antwortete.

"Die letzte Welle", sagte Foklar nach einer Weile, "ist so lange her, dass alles in Vergessenheit geraten ist, und die Geschichten, die noch im Umlauf sind, wurden so verfälscht über die Jahre, in denen sie von Mund zu Mund weitergegeben wurden, dass wir uns darauf nicht verlassen können. Es sind die alten Aufzeichnungen, an die wir uns halten müssen."

Tristan rutschte auf der harten Fläche des Sitzes nach vorne. Das Studierzimmer. Er hatte es gemieden, seit vielen Jahren, seit er zum letzten Mal dort gewesen war, mit dem letzten Menschen, den er geliebt hatte, bevor der Abschiedsschmerz sein Herz für jede neue Liebe verschlossen hatte. Sie hatten dort Fangen gespielt. Verbotenerweise natürlich, und sie hatten ihrem Vater einmal einen Frosch zwischen die Aufzeichnungen gesetzt, der ihm entgegengesprungen war, als er ein Buch herausgenommen hatte. Das Studierzimmer war der letzte Ort, der noch von Armas Lachen erfüllt war. Wenn er ihn betreten würde und er leer und still war, würde Armas letztes Lachen verfliegen. Aber Tristan wusste, Foklar hatte recht. Er stand auf.

"Dann sollte ich dort wohl anfangen", sagte er. "Wirst du mich begleiten, Foklar?"

Der kahlköpfige Rechtsgelehrte nickte und folgte seinem Fürsten in den Nebenraum der großen Halle.

Auf dem großen Tisch lag ein schweres Buch, auf dessen Deckel die Worte: "Die Forthachden - eine Aufzeichnung der Wellen" gebrannt waren. Daneben lag ein Pergament, eine Übersetzung einer altrungischen Weissagung, die übersät war mit Notizen. Tristan wollte sie achtlos beiseitelegen, aber Foklar warf einen Blick darauf, nachdem er die Kerzen am Tischleuchter entzündet hatte.

"Es schadet nicht, bei den ältesten Schriften anzufangen", sagte er.

Tristan ließ sich auf den großen Stuhl hinter dem Tisch nieder, das Pergament mit der Übersetzung in der Hand, aber er blickte nicht darauf. Foklar öffnete die Fensterflügel, um das letzte Abendlicht hereinzulassen. Durch die offenen Bögen schimmerte der graubedeckte Himmel. Die Wolken jagten einander wie wilde Tiere. Tristan wartete auf Armas Lachen, aber es kam nicht. Weder das echte, noch sein Echo. Für einen ganz kurzen Moment sah er sie auf der Fensterbank sitzen, das Gesicht ihm zugewandt, aber das Bild verblasste und ließ eine Leere in seinem Inneren zurück, die nicht einmal unangenehm war. Sie war fort, erkannte er mit plötzlicher Heftigkeit. Sie war fort und er brauchte die Erinnerung an sie nicht mehr fürchten. Für einen Moment schämte er sich, weil der Gedanke an Arma nicht mehr wehtat, sondern nur einen dumpfen Zorn auf seine ältere Schwester hervorrief.

"Fürst Tristan?", Foklar drehte sich vom Fenster zu ihm um, und Tristan schüttelte seine Erinnerungen ab. Er hob das Blatt und las die Weissagung.

In Zeiten, als nichts war,
nur Chaos im Sein,
erhob sich das Turinggeschlecht.
Im ersten Zeitalter dieser Welt
entstand das Seiende aus dem Nichts.

Aus Feuer und Eis stieg die Erde empor,
aus dem Blut der Turingcha wurde das Meer.

Aus der Zeiten Wandel trat Magie hervor.
Forthachden, die Ersten,
grünten auf dem Baum dieser Erde.
Im zweiten Zeitalter flog Gull,
der Ahrafnir, der Adler,

der rabenbefiederte, der Tag und die Sonne
auf Schwingen in dieses Land.
Da kam Manach,
der Ulboa, der Wolf,
der bärenfellige, die Nacht und der Mond,
Gull immer folgend, ihn jagend in diese Welt.

Dämonen und Zwerge aus den Bergen,
den toten Untiefen,
brachten die roten Schatten
und den Blutmond ans Licht.

Magie wurd' gesprochen,
der Mond wurde weiß,
doch brachen die Götter hervor.
Voller Hass, voller Neid
auf alle, die vor ihnen waren.

Aus der Sonne entsprang
Gurier der Krieger,
ihm stand bei
Sagessa, die Weise.
Sancer brachte Wandel mit sich,
im Leben,
im Sterben
war keine Ordnung,
Soi wurd geboren,
der Schöne
und mit ihm Loisi,
die Freude,
doch Bäume verdarben,

bevor sie ergrünt,
bis Envira aufstieg,
das Leben begleitend
bis zum Tod.
Aus den Wolken
entfloh Metea
mit Wind und Sturm.
Aus letztem
rot glühenden Strahlen der Sonne
brach Fau hervor,
die Feurige.
Da kroch aus den Bergen,
Segura,
die Beschützende
aus den Schneefeldern stob
Liber, der Reisende
Mit hässlichem Gesicht
und weißem Gewand
trat aus den Tälern
Trola, die Bedachte,
die Ordnende.
Verbannt wurde
karges Gras auf die Klippen
und Blumen ins Tal
Doch Crea,
der Erfinder,
der listige
brachte weiches Gras ins Tal
und Distelblumen auf die Klippen.
Mit ihm kam der Streit,
von Amicoso verbannt

dem Freundlichen.
Aus der Verbannung des Streits
stieg Amu,
er brachte Liebe
und Trauer mit ihr.
Terrek, der Erdgott,
ließ aus Tränen
Leben gedeihen.
Und aus dem Untergang
des weißen Mondes
entsprang Oceanne,
die Ungebändigte.

Dann schlugen die Götter die Forthachden,
die Ersten, wild war die Welt
bis Gull, der Ahrafnir,
der rabenbefiederte
und Manach, der Ulboa,
der bärenfellige,
die Forthachden trugen,
wohin die Götter nicht kamen,
im dritten Zeitalter dieser Welt.

Aus den Göttern und den Bäumen
sprangen Verach und Kvon
hinein in das Sein.
Atmend, das vierte Zeitalter brach an.

Bis die Forthachden alles Land besitzen,
wird das vierte Zeitalter währen.
Bis der Blutmond scheint,

bis Bruder und Schwester sich morden.
Die Bestien werden verschlingen,
Manach und Gull,
die schwarzen Drachen aus den Bergen steigen,
die Dämonen, die Untoten,
wenn bebend die Erde die Kinder vertreibt,
von Verach und Kvon geboren,
Wind und Wolf jagen sich,
bis zerbricht der Kinder Welt.

Tristan richtete sich auf und hielt das Geschriebene näher an die Kerzen, um die Anmerkungen entziffern zu können. Vor dem Abschnitt, in dem die Götter aufgezählt wurde, war eine gekritzelte Linie gemalt und darunter die Frage: "Später eingefügt? S. Stil."

Ansonsten waren es hauptsächlich Anmerkungen zur Übersetzung und Unsicherheiten der Bedeutung der Worte der Alten Sprache. Tristan hatte keine Ahnung, wie sie das weiterbringen sollte, außer dass die Weissagung ihnen die Dringlichkeit der Vertreibung der Forthachden nahelegte. Er legte den Zettel beiseite und wandte sich stattdessen dem dicken Buch zu, das Sabeta auf dem Tisch hatte liegen lassen, während er hörte, wie Foklar an den Fächern im Stein nach Büchern, weiteren Schriften und Aufzeichnungen suchte.

Sie blieben bis spät in die Nacht. Genau wie seine Schwester vor ihm wühlte Tristan sich durch die Aufzeichnungen und Seite für Seite, Blatt für Blatt und Wort für Wort wurde ihm der womöglich kommende Schrecken gegenwärtig. Die Schatten aus den Ecken des Raumes schienen näher heran zu kriechen, je weiter Foklar und er sich in das Wüten der vergangenen Forthachdenkriege gruben.

"Was meinst du", fragte Tristan und rieb sich die Augen. "Kommen sie, oder kommen sie nicht?"

Foklar blickte nicht von seiner Lektüre auf, er hob nur die Schultern. "Ich habe jedenfalls nichts über singende Nichessa gefunden. Vielleicht hat der heulende Wind der Frau einen Schreck eingejagt."

Tristan nahm eines der Bücher, das er noch hatte ansehen wollen, und stand auf. Er hatte das Gefühl, für ein ganzes Leben genug gelesen zu haben und konnte immer noch nicht entscheiden, ob die Anzeichen, die angeblich da waren, auf Forthachden hinwiesen. Solche Gerüchte gab es eigentlich schon immer. Solange er denken konnte, hatte man in den Gassen von LeeMat über ihre Rückkehr gesprochen. Diese Gerüchte waren an seinen Geschwistern stets vorbeigegangen, weil sie sich nicht mit den Fischern und Siedern abgaben, aber auch Tristan hatte es bisher immer für Aberglauben gehalten. Er hatte geglaubt, was die Alvionen vorausgesagt hatten: Die Forthachden würden nicht wiederkommen. Aber nun war er unsicher geworden und würde nicht ruhen, bis er alle Schriften danach durchforstet hatte, ob nicht doch irgendwo von singenden Nichessa die Rede war.

Tristan klemmte sich das Buch unter den Arm. "Lass uns gehen", sagte er.

Foklar nickte und stand auf.

Kalte Nachtluft strich Tristan über das Gesicht, während er zum Dherasker Haus hinüber lief. Durch die Ritzen der Fensterläden schimmerte Kerzenlicht. Tristan wurde unbehaglich. Vermutlich war sein Gast noch wach. Die Wache öffnete ihm die Tür und Tristan betrat den Raum.

Yolara saß, eine Decke über den Schultern, an dem großen Tisch und hatte einen Becher vor sich stehen. Kerit stellte ihr gerade eine Schale mit Weintrauben hin, warf einen flüchtigen Blick auf Tristan, und zog sich dann rasch in einen der hinteren Räume zurück.

Yolara blickte auf, als Tristan den Raum betrat. Wäre es nicht ausgerechnet diese überirdische Erscheinung gewesen, die hier am Dherasker Tisch saß, hätte er womöglich getan, was er immer tat, wenn er lieber seinen eigenen Bedürfnissen nachgegangen wäre: Er hätte seinen Gast brüskiert und sich wortlos zurückgezogen.

Aber Yolaras Ausstrahlung und ihr kommendes Opfer für den Stamm, ließ ihn ausnahmsweise tun, was der Anstand gebot. Er ging zu ihr und nahm neben ihr Platz. Kerit tauchte wie ein Geist wieder neben ihm auf, stellte ihm einen Becher mit Met hin und verschwand dann sofort wieder, ohne ein Wort zu sagen. Tristan nahm einen Schluck aus dem Becher und betrachtete Yolaras durchscheinend wirkendes Profil, als sie den Blick wieder abwandte und einen Wandteppich betrachtete.

"Und?", fragte Tristan und war nun ehrlich interessiert, "woran denkt man, in seiner letzten Nacht auf dieser Erde?"

Yolara lachte leise. "Genauso unverfroren wie Euer Ruf", sagte sie.

"Ich werde mich nicht für meine Direktheit entschuldigen", stellte Tristan klar, "ich finde, sie macht die Dinge oft einfacher."

"Das solltet Ihr auch nicht", sagte Yolara. "Ich denke darüber nach, dass sich mein Atem heute freier anfühlt, dass dieser Met der beste ist, den ich je getrunken habe und ob ich wohl heute Nacht Schlaf finden werde."

"Erstaunlich banal für den letzten Tag auf der Erde", sagte Tristan.

"Findet Ihr?", Yolara drehte sich zu ihm um. "Ist es nicht das Einzige, an das man denken sollte, wenn man nicht mehr lange hier ist, um das Irdische zu genießen?"

"Ich hätte angenommen, du würdest dich fragen, wie es bei den Göttern ist, wie sie dich aufnehmen, ob sie dein Opfer annehmen und ob es deinem Stamm tatsächlich hilft."

"Das brauche ich nicht", sagte Yolara.

"Weil du weißt, dass es so ist?", fragte Tristan, nahm seinen Becher und ließ einen Schluck süßen Mets seine Kehle herunterlaufen. Jetzt, wo jemand neben ihm saß, der dies bald nicht mehr tun konnte, nahm er die Süße und das Gefühl der Flüssigkeit in seinem Mund umso intensiver wahr.

"Nein", sagte Yolara, "weil ich es durch Nachdenken nicht ändern kann. Die Frage, ob der Met gut ist, ist dagegen die Frage, ob ich heute noch mehr davon trinke, oder nicht."

"Was meinst du", fragte Tristan, bevor er die Frage daran hindern konnte, seine Lippen zu verlassen, "ist dein Opfer weniger wert, weil es dein Leben nur um einen Winter verkürzt und nicht länger?"

Yolara schwieg, und Tristan glaubte schon, sie beleidigt zu haben, aber nach einem Blick auf ihr Gesicht stellte er fest, dass sie eher amüsiert als beleidigt aussah.

"Wohl kaum", sagte sie nach einer Weile, "wo ich doch mit ganzem Herzen für euch alle gehe."

Sie tranken schweigend ihren Met. Yolara schien nicht weiter nach Reden zu sein und Tristan überließ sie ihren Gedanken. Nach einer Weile begleitete Kerit Yolara zu ihrer Kammer, die ohne sich noch einmal umzuwenden hinter dem Vorhang verschwand.

Tristan schaute ihr gedankenverloren nach. Er beneidete sie um das Gefühl, wirklich zu wissen, was zu tun war, auch wenn das bedeutete, diese Welt hinter sich zu lassen.

Dann gab er sich einen Ruck, nahm das Buch vom Tisch und

zog sich in seinen Raum hinter dem Vorhang zurück. Irgendjemand hatte aufgeräumt und die Kerzen entzündet. Tristan hatte nicht das Gefühl schlafen zu können, und so setzte er sich auf sein Bett, nahm das Buch und schlug die erste Seite auf.

Er las bis seine Augen brannten. Die Kerzen wurden kürzer und ihr Licht flackerte auf den dicht beschriebenen Seiten der Abschrift über die letzte Welle der Magischen im Pratiner Land.

Tristan wollte das Buch gerade zuklappen und sich endlich schlafen legen, da erhaschte er Worte, die sein Inneres zu Eis gefrieren ließen. Plötzlich wieder hellwach richtete er sich auf und fuhr die Zeilen mit dem Finger entlang, als würden seine Augen dadurch schneller lesen.

"Die Forthachden kommen durch ihre Stätten in das Land. Sie suchen sie als Erstes auf. Steine, gekennzeichnet mit ihren Zeichnungen und altem Zauber, der sie ruft und ihnen Schutz gewährt für die ersten Schritte in unserem Land. Werden solche Stätten gefunden, müssen die Croyant sie unschädlich machen. Im Pratiner Land hat man am Strand der runden Steine solche Zauber entmachtet, als die Rabenreiter ins Land kamen. Runen sollen geschrieben und Gegenzauber müssen gesprochen werden, um die Magischen zu vertreiben, bevor sie ihre Kräfte aus dem Zauber ihrer Zeichnungen ziehen."

Tristan dachte nicht an LeeMat. Nicht an seine Familie, nicht an den Stamm der Dherask und nicht an das Schicksal des ganzen Landes und der darin wohnenden Menschen. Er dachte an Gera und an die Höhle, die übersät war mit Zeichnungen der Magischen. Wenn es einen Ort gab, der ihren Zauber sprach, dann war es sicher dieser. Er sprang auf, einzig von dem Gedanken beseelt, die Höhle zu verschließen, bevor Gera und die

Magischen gleichzeitig dort auftauchten.

Tristan sprang von seinem Bett auf, das Buch fiel zu Boden, wo es aufgeschlagen liegen blieb. Mit wenigen Schritten war er beim Vorhang und schob ihn beiseite. Er lief durch den jetzt dunklen Raum zur Tür und riss sie auf. Erschrocken sprang die Wache neben der Tür auf die Füße, aber Tristan beachtete sie nicht. Er lief über die hölzerne Veranda, hastete an den übrigen Gebäuden vorbei und dann den Sandweg die Klippe hinunter. Im Dunkeln stolperte er und versuchte, vorsichtiger zu gehen. Er wunderte sich über die Croyant, die in dieser Nacht anscheinend gar nicht schlafen wollten, sondern mit ihren Kerzen wie Mahnmale an den Wegrändern und in den Gärten standen, als wollten sie die Bewohner in dieser Nacht besonders schützen.

Tristan erreichte die Dherasker Treppe, auf der das Mondlicht schimmerte, und wandte sich nach links. Zum zweiten Mal innerhalb eines Mondzyklus lief er den Weg zur Höhle im Dunkeln. Diesmal verfluchte er sich selbst dafür, kein Licht mitgenommen zu haben, aber umkehren wollte er nicht. Getrieben von der Panik, vielleicht zu spät zu sein, lief er weiter, über den unebenen Boden bis zu dem Busch, der den Eingang zur Höhle markierte.

Im Inneren der Erde war es gespenstisch still, bis auf das Rauschen des Wassers unter ihm. Es war Flut. Tristan verdrängte die Frage, wie er bei Flut das Becken verschließen sollte. Er wusste, am Grunde des Sees lagen schwere Steine, Felsbrocken und Kies. Wenn die Ebbe das Wasser nach draußen gezogen hatte, konnte er versuchen, damit den Eingang zu verschließen, so dass Gera nicht mehr in die Höhle hineinkam. Er versuchte den Gedanken zu verscheuchen, dass auch er sie dann nicht mehr sehen würde. Es war ihm egal, solange er sie sicher im Ozean wusste. Ob seine Höhle eine Forthachdenstätte war, wusste er nicht, aber alleine die Möglichkeit, dass sie es sein könnte, trieb ihn dabei an, seinen Weg durch die dunklen Gänge zu bahnen. Er hoffte, dass Zunder und Feuerschläger noch trocken dort lagen, wo er sie versteckt hatte, um die Fackeln entzünden zu können, wenn er die Höhle erreicht hatte.

Auf Höhe der Leiter hörte er ein Geräusch, das sich in das Gurgeln des Wassers mischte. Ein Zirpen wie das eines Vogels, platschendes Wasser und ein tiefes Brummen. Tristan fragte sich, welcher Vogel sich in diese Höhle verirrt haben mochte. Rasch kletterte er die Leiter hinunter, sprang das letzte Stück und tastete sich an der feuchten Steinwand weiter vorwärts.

Kein flackernder Feuerschein erwartete ihn diesmal, nur das lauter werdende Zirpen des Vogels in der Höhle. Tristan lief weiter und ertastete in einer Aushöhlung der Wand Zunder, Feuerschläger und Stein und eine kleine leichte Fackel, genau dort, wo er sie vor mehreren Mondzyklen hingelegt hatte. Er brauchte drei Versuche, bevor der Zunder zu glühen begann und sich unter seinem Atem so entfachte, dass er die Fackel in die Flamme halten konnte.

In dem Lichtschein tanzte Tristans Schatten auf dem dunklen Stein. Er bog um die Ecke und betrat die Höhle.

Das Zirpen kam nicht von einem Vogel.

Wild schäumend schlug das Wasser im See Wellen, eine Flosse tauchte auf und wieder unter, ein bläulich schimmerndes Stück Haut erschien an der Oberfläche. Ein Delphinschwanz platschte auf die Oberfläche, wurde wieder hinabgezogen und kurz darauf erhob sich eine andere Flosse, größer, silbern und grau schimmernd in dem flackernden Licht des Feuers. Tristan ließ die Fackel fallen. Eine Gestalt schoss aus dem aufgewühlten See, blass und feucht, mit bloßer Haut und bloßen Brüsten, der Oberkörper einer Frau, aber einer Frau, die viel zu groß zu sein schien. Wie Algen verdeckte nasses Haar ihr Gesicht, menschenähnlich und doch ganz anders. Der Delphin im Wasser schnatterte und zirpte in seinem Todeskampf. Ein Schrei entfuhr Tristans Kehle. Er tastete nach dem langen Dolch an seiner Seite, zog ihn heraus, und ohne einen Gedanken an die Gefahr zu verschwenden, lief er auf den See zu und stürzte sich in das kalte Wasser. Alles, woran er denken konnte, war, dass er Gera retten musste vor der Bestie, die aus den Untiefen des magischen Meers gekommen war, um seine Welt zu zerstören.

- Fortsetzung folgt -

ANHANG

DIESER ANHANG ENTHÄLT:

1. Über die Autorin
2. Kulri Hat, Originaltext
3. Huldra und die Skalden, eine Interpretation
4. Futhark der Alten Sprache
5. Grammatik der Alten Sprache anhand von Oceannes Worten

Über die Autorin

Jorina C. Havet ist eine Autorin und Spieldesignerin. Bevor sie Bücher veröffentlichte, hatte sie bereits im Rahmen ihrer Tätigkeit als Spieldesignerin über 300 Charaktergeschichten entwickelt und geschrieben. Dabei hat sie sich so intensiv mit Weltdesign befasst, dass sie hierfür noch vor der Veröffentlichung ihres ersten Buches als Teilnehmerin einer Podiumsdiskussion zu diesem Thema zu einem Branchentreffen von P.A.N. (Phantastik - Autoren - Netzwerk) eingeladen wurde, in dem sie heute auch Mitglied ist.

Jorina C. Havet studierte Skandinavistik, bevor sie zu Jura wechselte. Neben dem Studium machte sie eine Ausbildung zur Eventmanagerin.

Bibliographie

 Jorina . C. Havet, "Tales Inside", erschienen am 11.3.2020, ISBN: 978-3-948785-01-7

Jorina C. Havet, Der kleine Farnkobold", erschienen am 20.05.2020,
ISBN: 9783751922869

Kulri Hat, Originaltext

Das Lied von Kulri Hat habe ich zuerst auf Englisch geschrieben und war dann - obwohl Deutsch und nicht Englisch meine Muttersprache ist - überraschenderweise außerstande, es ins Deutsche zu übersetzen.

Ich danke an dieser Stelle Regina Hilsberg für die lyrische Übertragung.

Hier der Originaltext:

>And when the wind is howling
>you still hear him cry
>from the salty locker
>ever asking why

>We will tell him his own story
>whilst his mouth is running dry
>Kulri Hat, your ship did sink
>that is why you must cry.

>And when the wind is howling
>you still hear him cry
>from the salty locker
>ever asking why

>I fought the sea he cried
>I fought every battle
>I left a girl behind,
>she asked me to settle

But I was wild
and I was fierce
and asked the sea to fight,
but in return, she felt my fears

And when the wind is howling
you still hear him cry
from the salty locker
ever asking why

Huldra und die Skalden

Das Lied um Huldra orientiert sich mit seinen Stabreimen und seiner bildhaften Sprache weitgehend an der Skaldenkunst des altnordischen / germanischen Raumes, auch wenn ich mir nicht anmaße, meine Vorbilder erreichen zu können.

Ich halte große Stücke auf meine Lektorin. Dies ist die einzige Stelle, an der ich ihre Vorschläge zur Textverbesserung in den Wind geschlagen habe. Sie bemängelte - zu Recht - die Schwierigkeit der Verständlichkeit und schlug vor, das Gedicht dem Hörgefühl des heutigen Lesers anzupassen. Das habe ich abgelehnt. Aber weil mir bewusst ist, dass das Verstehen des Textes nicht so leicht ist, wenn man nicht gerade die noch viel kompliziertere Lektüre der historischen Vorbilder hinter sich hat und daher ein wenig abgehärtet ist, folgt hier für den interessierten Leser eine kommentierte Version des Liedes. Verschiedene Interpretationsmöglichkeiten sind allerdings gewollt, und auch die Unsicherheit darüber, was gemeint sein könnte, ist Teil des Weltdesigns.

> 1. Hell schien Huldra, mit Haar so golden,
> es freite um sie der falsche Fastmund,
> lockt sie listig ins Lugnatal,
> bannt sie mit Blutzauber in seinen Bau.

Einfache Sache: Eine Frau mit goldenem Haar wird in eine Falle gelockt und mithilfe von Blutzauber eingesperrt.

> 2. "Fastmund, du falscher Freund,
> Locken ließt du mich ins Lugnatal,
> doch Seelenheil soll mein Sein hier stören,
> Feuer und Flut deinen Frieden dir nehmen."

In Anlehnung an altnordische Lieder (wobei "Lieder" in diesem Fall nicht als gesungenes Lied, sondern als Gedicht gemeint ist) sagt Huldra den kompletten Verlauf der Geschichte - wenn auch recht kurz und bündig - an dieser Stelle schon voraus. Dies passiert in altnordischer Dichtung häufig, dennoch ändert sich der Ablauf der Geschichte nicht, und niemand versucht, dem vorausgesagten Schicksal zu entgehen. Fatalistisch ergeben sich die Akteure meist einfach in ihr Schicksal.

> 3. Lachend ließ Fastmund mit Leinen sie binden,
> sollte nie die Sonne sie wieder sehen,
> das goldene Haar muss sie gramgebeugt geben,
> tausend Weber webten wohlweiches Tuch.

Hier merkte meine Lektorin die erste Verständnisschwierigkeit an. Natürlich weben die Weber das Tuch aus dem goldenen Haar, aber der Übergang ist für unsere heutigen Verhältnisse kausal unklar ausgedrückt. Der Leser muss ihn sich denken. Eine Interpretation, nach der die Weber ein Tuch weben, das nichts mit dem Haar zu tun hat, ist denkbar, lässt sich aber aus der Logik der gesamten Geschichte nicht herleiten.

> 4. Gold bracht' das Gewebe aus goldenem Haar,
> schadenfroh schüttet Fastmund die Schätze
> hinab in den strudelnden Strom des Stragsund,
> wo Heere von Hingegangenen wachen dem Hort.

Einigermaßen klare Sache: Fastmund verkauft das goldene Tuch, verdient sich dumm und dämlich daran und versenkt die Schätze im Wasser, wo er sie sicher (von Geistern?) bewacht glaubt. Ob hier schon von den toten Seelen die Rede ist, die auch noch Jahrhunderte später nach dem Glauben der Menschen die Schlucht bevölkern, ist der freien Interpretation überlassen.

5. Doch Tränen tropfen auf der Traurigen Haar,
ein Fluch herinnen, dem falschen Fastmund,
die Weber weben die Worte ins Tuch,
neun Tränen, neun Worte und neun Tage vom Trug.

Auch diesen Vers hatte meine Lektorin der Verständlichkeit halber umgestellt. Die Sinnhaftigkeit der einzelnen Zeilen ergibt sich erst aus einem Zusammenhang, den der Leser sich aber nach "Übersetzung" der Zeilen selbst erschließen muss. Das sind wir heute nicht mehr gewöhnt, wir erwarten einen eindeutig kausal vorgegebenen Zusammenhang und ich entschuldige mich hiermit bei meinen Lesern, dass ich ihn an dieser Stelle verweigert habe.

Eine mögliche Herleitung des Zusammenhanges:

1. Huldra weint auf ihr Haar.

2. In den Tränen ist ein Fluch. Alternative Interpretation: *In den Haaren ist ein Fluch.*

3. Die (unwissenden?) Weber weben irgendwelche Worte in das Tuch, das sie (nach obiger Interpretation) aus dem goldenen Haar weben. Welche Worte? In logischem Rückschluss sind damit natürlich die Worte des Fluches gemeint. Die Weber weben Huldras Fluch in das Tuch hinein. Zugegebenermaßen: Hier kann man auch zu einem anderen Schluss kommen, denn gesagt wird es nicht.

4. Noch neun Tage bis der "Trug" beginnt. Was könnte mit dem Trug gemeint sein? Nach logischem Rückschluss aus den vorangegangenen

Zeilen, kann man dazu kommen, dass dieser kommende Trug sich aus dem Fluch ergibt. Auch dieser Rückschluss ist nicht zwangsläufig.

> 6. Der Fluch fliegt über flaches Land,
> hineingewebt ins Haar der Holden,
> Verderben verspricht der Vereinsamten Wort,
> dem kühnen Käufer des kunstvollen Tuchs.

Nun wird das Haar mitsamt dem Fluch darin irgendwo anders hin transportiert. Der Fluch wird demjenigen Verderben bringen, der es kauft. Dieser Vers ist einfach zu verstehen.

> 7. Hielt in den Händen das herrliche Haar,
> Krestror der Kühne, der Gefährte der Kar,
> verlor seine Freude, vergaß Frau und Freunde,
> die Tränen der Traurigen trübten den Sinn.

Hier haben wir jetzt den Käufer des Ganzen: Krestror der Kühne (bitte nicht fragen, was mich bei den vielen "r"s geritten hat, ich glaube ursprünglich war das ein Schreibfehler und er sollte Kestor heißen, Krestror gefiel mir dann aber besser.) Der Fluch trifft ihn, er vergisst, wer er war.

> 8. Hoch auf dem Ross ritt der Recke nach Norden,
> zu befreien die Betrübte aus Fastmunds Bau
> doch Blutzauber bannt und Blutzauber spricht,
> der falsche Fastmund dem freien Krestror.

Auch recht einfach: Gelockt von dem Fluch macht Krestror sich auf, um Huldra zu befreien, aber Fastmund findet das nicht so toll und versucht sich noch mal mit Blutzauber, um Krestror zu stoppen.

9. Die Sinne im Nebel vom salzigen Strom,
aus Huldras Augen auf heiligem Haar
kleidet Krestror sich der Kühne,
in ihr Gewand aus gewobenen Garn.

Hier lässt sich ein Rückschluss auf die Interpretation in Vers 5 schließen, denn eindeutig wird der Fluch hier als in Huldras Tränen verortet beschrieben, und der Fluch vernebelt immer noch Krestrors Sinn. Krestror kleidet sich nun in das Tuch mitsamt dem Fluch darin.

10. Der Zorn herinnen zieht jedes Zaudern,
hinab in die Tiefe des tosenden Tals,
mit Feuer brennt Krestror in den festen Fels,
den grauen Abgrund, den großen Grund,

Hier hatte meine Lektorin den Text dahingehend verändert, dass Krestrors Zorn jedes Zaudern erstickt. Schließt man aber einfach nur wieder die Logiklücke zum vorangegangenen Satz, befindet sich der Zorn nicht in Krestror, sondern in dem Tuch, ergo: In Huldras Fluch. Huldras Fluch lässt also den Krestror jedes Zaudern verlieren, nicht sein eigener Zorn.

Hier fehlt jetzt ein Stück, das sich der Leser selber denken muss. Krestror ist auf einmal in der Lage, den Blutzauber mit einer Macht zu brechen, die einem normalen Sterblichen nicht gegeben ist. Möglich wäre, dass auch hier wieder ein Zauber in dem Tuch eine Rolle spielt. Andere Interpretationsmöglichkeiten sind offen.

Krestror brennt also mit Feuer den riesigen Canyon in den Fels. Hier geht es nicht um eine realistische Darstellung dessen, was vielleicht irgendwann passiert ist, sondern um eine dichterische Erklärung eines Naturphänomens. Irgendwo muss dieser riesige Abgrund ja herkommen, der sich da so schroff in der Erde auftut.

> 11. Strudelnd der Stragsund strömt durch den Fels,
> verschlingend den verhassten Verräter,
> der Fluch der Tränen bringt dem falschen Fastmund,
> Tod durch das Wasser, das Wiege ihm war.

Auch wieder einfach: Der Fluss fließt jetzt reißend durch den durch Feuer entstandenen Canyon, reißt Fastmund mit sich, der da aus Gründen, die nicht erwähnt werden, herumsteht, und Fastmund stirbt in dem Wasser. Vermutlich steht er da, weil er immer schon in der Nähe des Stragsundes gelebt hat, dessen Wasser ihm bereits Wiege war.

> 12. Hell strahlt der Held, als das Herz ihm erblüht,
> glaubt er Glück zu geben der Gramgebeugten,
> doch lacht Huldra leer, als die Leinen sich lösen,
> und Blutzauber bricht, vom Krestror befreit.

> 13. Heim will Krestror die Holde holen,
> doch zornig zieht Huldra, die Zähe von dannen,
> "Geh, Krestror, dein kühnes Wesen klinge,
> daheim bei der Holden an deinem Herd.

Auch hier gibt es keine weiteren Schwierigkeiten: Krestror ist - ob durch Zauber oder einfach so - plötzlich unsterblich in Huldra verliebt, denkt er hat sie gerettet, und will sie mit nach Hause nehmen. Aber Huldra hat keinen Bock auf ihn, sie hat irgendwelche anderen Pläne und will Krestror alleine heimschicken.

> 14. Das Gold gewonnen aus meinem Geben,
> in der blauen Tiefe des tosenden Tals,

> das will ich holen, so hilft mir mein Herz,
> mein ist, was der falsche Fastmund freite."

Was will sie also? Sie denkt, das Gold, das Fastmund mit ihren Haaren verdient hat, sei ihr rechtmäßiges Eigentum. Statt ihr Leben zu retten, will sie ihr Recht einholen. Ein einfacher Vers und eine dumme Entscheidung.

> 15. Krestror bat, in bebendem Betteln,
> er liebte das Leben der Leidgeprüften,
> bat sie zu bleiben, ihm als Band,
> das Neugeknüpfte, neuer Nornen Spruch.

Ganz klar: Krestror findet das blöd, und will lieber, dass sie mit ihm geht. Offen bleibt, ob das neugeknüpfte Band tatsächlich sein neues Schicksal ist, oder ob er nur glaubt, dass die Nornen ihm ein neues Schicksal gegeben haben.

(Kleiner Ausflug: Nornen sind altnordische Schicksalsgöttinnen, deren Existenz ich mir erlaubt habe für meine Welt zu übernehmen. Sie bestimmen bei der Geburt eines Kindes dessen Schicksal. Möglicherweise ist das mit einer der Gründe, weshalb in den altnordischen Liedern keiner der Protagonisten sich gegen Voraussagen sperrt, selbst wenn sie ihm Tod und Verderben verkünden. Die Nornen haben es ja eh schon vorbestimmt, also ist es unabwendbar. Alternativ interpretiert ergeben sich die Akteure gar nicht in ihr Schicksal, sondern sind in regelmäßigen Anfällen von heroischem Übermut der Überzeugung, dass das Unheil sie am Ende doch nicht ereilen werde.)

> 16. Doch stolz stürzt die Starke hinab in den Strom,
> versunken, vergessen ward sie verloren,

dem Gold verfallen, das Grab ihr gegeben,
dem Krestror die Brust in der Brünne brach.

Auch wieder einfach: In dem Versuch an das Gold zu kommen, stirbt nun auch Huldra in den Fluten, und Krestror hat furchtbaren Liebeskummer.

17. Durch Fluch vergessen Frau und Freuden,
stürzt er ihr nach in den starken Strom,
ohne Reiter kehrt reuig ins Reich,
sein Grauer zurück, zur grämenden Gattin.

Krestror hat so großen Liebeskummer, dass er Huldra gleich nachstürzt, weil er ohne sie nicht mehr leben will. Seine Frau bekommt die Kunde seines Todes durch sein reiterloses Pferd. (Ein Motiv, das ich mir erlaubt habe aus einer der vielen Versionen der Nibelungengeschichte des altnordischen Sagenkreises zu übernehmen, bei der Gudrun (im deutschen Sprachraum Kriemhild) Kunde von Sigurds (Siegfrieds) Tod erhält, weil sein Pferd Grani reiterlos zurück kommt.

18. Wissend der einäugige Wand'rer nun weist,
dem Reisenden Rat, der zum Abgrund reist:
"Hörst du die singenden Seelen im See,
in den der Stragsund strudelnd strömt,

19. Dann bleibe bebend am Bogen stehen,
vermeide Kampf mit verratenen Verlor'nen
Dein Schritt geht fehl, scheint der Schatz von dem Grund
wo Huldra weint um den hellen Hort."

Hier endet die eigentliche Geschichte der Huldra und es folgt nun eine Anweisung an Reisende, die sich der Schlucht nähern, ausgesprochen durch den einäugigen Wanderer (auch dies natürlich eine Anspielung auf die nordische Mythologie). Die Anweisung besagt: Wenn du Huldra weinen hörst oder den Schatz in der Tiefe schimmern siehst, dann bleib weg vom Stragsund und fall nicht rein, der Kampf im Fluss (durch Andras Nacherklärung als Kampf zwischen Krestror und Fastmund definiert), den sollst du vermeiden. Warum? Vermutlich sind die Strudel in dem Fluss so stark, dass sie lebensgefährlich sind, und hierin liegt nun der eigentliche Sinn dieser ganzen Geschichte. Es ist ein Mahngedicht, das dem Reisenden, der sich dem Canyon nähert, Vorsicht gebietet.

Meine Lektorin merkte weiterhin an, dass die schillernden Personen der Geschichte verwirrend seien. Dass Fastmund irgendwie böse ist, ist klar. Aber weder Krestror noch Huldra entsprechen unserer heutigen Vorstellung eines Protagonisten (Krestror noch eher als Huldra), denn auch sie sind irgendwie zwielichtig und handeln nicht unbedingt klug.
Die Lektüre lässt etwas ratlos zurück - mit wem sollen wir uns jetzt identifizieren? Wer ist mein "Held", an den ich mich klammern kann?
Auch hier habe ich mich einer Anpassung an heutige Gewohnheiten verweigert und möchte zu meiner Verteidigung anführen, dass das Verstehen und Nachvollziehen dieses Gedichtes nicht essentiell für den Verlauf der Handlung ist.

Runen / Futhark

Die Alte Sprache hat eine eigene Runenschrift, die sich grob am älteren Futhark orientiert.

ᚠ	f
ᚢ	u
ᚦ	th
ᚨ	a
↓	r
ᚲ	k
ᚷ	g
ᚹ	w

ᚺ	h
ᛁ	n
ᛏ	i
ᛃ	j
⇋	y
ᛈ	p
↓	r
ᛋ	s
ᛚ	t
ᛒ	b

⇛	e
⋈	m
↓	l
▷	d
◇	o
þ	v / w
▢	z
ᛜ	ing
ᚻ	cha
⑧	œ

Grammatik der Alten Sprache anhand von Oceannes Worten

Die Alte Sprache ist eine Kunstsprache, die für dieses Buch entstanden und noch in Arbeit ist. Hier eine umfangreiche Grammatik und ein Wörterbuch der Alten Sprache anzuhängen, würde zu sehr ausufern, es soll aber zumindest der Satz:

"Thunisa yron-œ naudingcha"

einmal erklärt sein.

Konjugation:
Die Alte Sprache weist das Gefühl, das jemand fühlt, auch diesem Wort zu.

Thun = ich
und
Is = Wurzel von "Fühlen"

wird daher zu einem Wort zusammengezogen und konjugiert.

Thunisa - Ich fühle
Yronisa - du fühlst
Chonisa - er/sie/es fühlt
Thryronisa - wir fühlen
Nochisa - sie fühlen

Die Alte Sprache unterscheidet in der Konjugation nicht zwischen ich/du/er/sie/es etc. sondern stattdessen zwischen Lebenden und

Nicht-Lebenden, wobei Steine und Pflanzen zu den Lebenden zählen:

Thunuda - ich liege
Fjochuder - liegende Feder (wörtl.: Feder liegt)

Besitzanzeigendes Fürwort:
œ ist das besitzanzeigende Fürwort und wird mit einem Strich mit dem Personalpronomen verbunden.
thun-œ - mein/e/s
yron-œ - dein/e/s

Einzahl, Mehrzahl, Nomen:
Vokabeln werden als "Wurzel" angegeben.
Naud - Wurzel von Angst / Furcht

Ich fürchte mich: Thunauda
du fürchtest dich: yronauda
Furcht / Angst als Nomen: Nauding
Ängste / Mehrzahl von Furcht: Naudingcha

die Endung "ing" zeigt das Nomen an, "cha" die Mehrzahl:

Ising - das Fühlen
Isingcha - mehrere Gefühle
Och - Wurzel von Auge / Sehen
Oching - das Auge, das Sehen
Ochingcha - mehrere Augen
Ud - Stein / Liegen
Uding - der Stein, das Liegen
Udingcha - mehrere Steine

"Thunisa yron-œ naudingcha" bedeutet also übersetzt:
"Ich fühle deine Ängste"

Printed in Poland
by Amazon Fulfillment
Poland Sp. z o.o., Wrocław